Eine tödliche Erinnerung

Fiona Limar

Impressum

Eine tödliche Erinnerung
von Fiona Limar

ISBN-13:978-1499791754
ISBN-10:1499791755

6., überarbeitete Version

Verlegt von:
David Salz, Niederbarnimer Str. 10, 16540 Hohen Neuendorf, Deutschland

Buchcover: Casandra Krammer / design.casandrakrammer.de

1.

Der Tag, an dem Melissa in mein Leben trat, fing schon unheilverkündend an. Bereits in der Nacht zuvor hatten mich wirre Alpträume geplagt. Von einem schattenhaften Verfolger in immer neue Sackgassen getrieben, war ich mehrmals schweißgebadet aufgewacht.

Prompt verschlief ich daher am nächsten Morgen. Als ich nach einer Katzenwäsche und ohne Frühstück aus dem Haus stürzte, fühlte ich mich ausgelaugt und niedergeschlagen. Das war völlig untypisch für mich, hatte ich doch die seit dem Antritt meiner neuen Arbeitsstelle vergangenen drei Monate in einem wahren Glücksrausch durchlebt. Normalerweise machte ich mich jeden Morgen voller Elan auf den Weg in die Praxis. Vielleicht hing meine gedrückte Stimmung auch mit dem Wetter zusammen. Nach warmen, sonnigen Herbsttagen hatte nun der

November mit Kälte, Sturm und Nieselregen Einzug gehalten. Als ich aus dem Haus trat, umfingen mich kühle Nebelschwaden, die mir die Sicht raubten und mich erschauern ließen. Die Gehwege waren mit nassem Laub bedeckt, auf dem ich bei jedem Schritt auszurutschen drohte.

Zu allem Überfluss hatte die Fußgängerampel in der Lindenallee gerade auf Rot geschaltet. Die Lindenallee war eine wenig befahrene Straße und die Ampel ein Zugeständnis an die nahe gelegene Kita. Meistens ignorierte ich sie deshalb, doch angesichts des Nebels wollte ich das trotz meiner Eile nicht riskieren. Brav positionierte ich mich hinter die anderen Wartenden und musterte sie flüchtig. Fast automatisch entwickelte ich dabei eine ungefähre Vorstellung von ihrer Lebenssituation. Was viele meiner Freunde als Berufskrankheit belächelten, war für mich eine nützliche Übung. Schließlich gehörte es einfach zu meiner Arbeit, mir schnell ein erstes Bild von anderen Menschen machen zu können.

Ganz vorn an der Bordsteinkante stand ein Paar im mittleren Alter, dahinter eine junge Frau in Jeans und Parka, die wie eine Studentin aussah. Sie hatte eine Skizzenmappe unter den Arm geklemmt und wippte unruhig mit den Füßen hin und her. Das Paar wirkte auf mich, als würde es auf eine langjährige Beziehung zurückblicken können, die sich aber nun unweigerlich ihrem Ende zuneigte. Sie stritten die ganze Zeit über und es war diesem Streit anzumerken, dass sie ihn in der gleichen Form wohl schon hunderte Male miteinander ausgetragen hatten. Jetzt schien er nur noch ein Ritual zu sein, in dem jeder seine Rolle kannte. Vermutlich kamen sie auch deshalb mit einem so bemerkenswert geringen Wortschatz aus.

"Ich war das nicht!", sagte der Mann und dehnte die Worte in die Länge, um damit anzudeuten, wie sehr ihn der nicht näher bezeichnete Vorwurf nervte.

"Du warst das!", erwiderte die Frau in einer schrillen keifenden Tonlage.

"Ich war das nicht!", wiederholte der Mann. Diesmal klang es noch um eine Nuance gedehnter und eine Spur amüsiert.

Das brachte die Frau offenbar so richtig in Rage. "Du warst das! Du warst das! Du warst das!", schrie sie unbeherrscht, wobei sich ihre Stimme fast überschlug. Der Mann ließ ihren Ausbruch völlig ungerührt über sich ergehen.

Die Studentin hinter dem Paar wirkte dagegen auffallend nervös. Krampfhaft umklammerte sie ihre Mappe, warf dann ihren Kopf ruckartig in den Nacken und atmete mit offenem Mund hastig ein und aus. Ob sie wohl unter Zeitdruck stand oder sich vor einem anstehenden Termin fürchtete? Bevor ich weiter darüber spekulieren konnte, schaltete die Ampel auf Grün. Das Paar betrat eilig die Fahrbahn und kurz bevor es in den Nebelschwaden verschwand, bemerkte ich, dass es sich trennte. Der Mann und die Frau strebten in entgegengesetzte Richtungen eilig voneinander fort.

Die junge Frau tat ebenfalls einen Schritt nach vorn und sank, völlig unvermittelt, lautlos in sich zusammen. Reflexartig streckte ich die Arme nach ihr aus und konnte so gerade noch verhindern, dass sie auf dem Boden aufschlug. Die Situation hatte etwas Surreales. Weit und breit waren weder Menschen noch Fahrzeuge zu sehen.

Der Nebel schien sich zu verdichten und auch sämtliche Geräusche zu verschlucken. Einen Augenblick lang fühlte ich mich von der Umwelt abgeschnitten, allein mit dieser reglosen Frau in meinen Armen, die so weiß wie eine Marmorstatue war - und leider auch so schwer. Als ich glaubte, sie keine Sekunde länger halten zu können, begannen ihre Lider zu flattern und sie schlug die Augen auf. Sie war sich der Situation sofort bewusst.

"Oh, tut mir leid", hauchte sie, als wäre ihr lediglich ein kleines peinliches Missgeschick widerfahren. Mit noch unsicheren Bewegungen rappelte sie sich hoch. Ich hielt es jedoch für besser, ihr meine Hilfe anzubieten.

"Geht es wieder? Soll ich einen Krankenwagen rufen?", fragte ich, während dessen bereits nach meinem Handy tastend.

"Nein, lass das!", wehrte sie ab und stieß schroff meine Hand weg. "Ich komme schon klar." Trotz ihrer abweisenden Haltung zögerte ich, sie einfach ihrem Schicksal zu überlassen.

"Was willst du jetzt machen?", duzte ich sie nun ebenfalls. Vermutlich hielt sie mich noch für eine Studentin. So total falsch lag sie damit nicht.

"Ich gehe nach Hause und lege mich vielleicht kurz hin. Weit habe ich es ja nicht. Ich wohne gleich da drüben." Sie deutete auf eine Jugendstilvilla hinter uns. Für eine Studentin war das eine noble Adresse. Wahrscheinlich lebte sie noch bei ihren Eltern. Ich beschloss, sie bis zur Haustür zu begleiten. Da ich ohnehin zu spät zur Arbeit kommen würde, kam es auf die paar Minuten auch nicht mehr an. Immerhin akzeptierte sie meine Begleitung.

Daran, wie schwer sie sich auf meinen Arm stützte, merkte ich, wie dringend sie diese auch noch brauchte. An der Tür angekommen, atmete sie erleichtert auf und entspannte sich etwas. Dann schaute sie mich zum ersten Mal richtig an.

"Vielen, vielen Dank für Deine Hilfe. Das war wirklich sehr lieb von Dir. Ich bin übrigens Melissa." Sie lächelte erwartungsvoll, und ihr hübsches Gesicht wirkte plötzlich weich und kindlich.

"Ich bin Iris, Iris Forster", erwiderte ich, durch ihren Stimmungsumschwung regelrecht überrumpelt. Aus einem plötzlichen Impuls heraus reichte ich ihr meine Visitenkarte. "Falls du wieder mal Hilfe brauchst ... Es ist nicht weit von hier." Sie studierte die Visitenkarte gründlich und schaute mich dann mit einer Mischung aus Überraschung und Skepsis an. "Du bist also Psychologin?" Ich nickte. Ihr Blick drückte immer noch Zweifel aus, doch dann lächelte sie wieder. "Ich glaube, ich werde darauf zurückkommen."

Beschwingt machte ich mich auf den Weg in die Praxis. Zwar würde ich mich verspäten, doch ich hatte eine neue Patientin gewonnen. Hätte ich geahnt, was dadurch in den darauffolgenden Wochen und Monaten auf mich zukommen sollte, hätte ich wohl nicht so euphorisch reagiert. Es war der Beginn eines sehr realen Alptraumes, aus dem es leider so bald kein gnädiges Erwachen geben sollte.

2.

Zehn Minuten später kam ich in der Praxis an. Sie befand sich im Erdgeschoss eines geräumigen Hauses aus der Gründerzeit und war mit zwei Therapieräumen, einem Gruppenraum, einem Wartezimmer sowie Küche, Bad und Patiententoilette sehr großzügig dimensioniert. Bei meiner finanziellen Situation hätte ich mir derart luxuriöse Räumlichkeiten niemals leisten können. Vermutlich wäre ich sogar noch auf Stellensuche gewesen, wenn mir Ruth nicht zu wirklich günstigen Konditionen eine Praxisgemeinschaft angeboten hätte. Ihr gehörten Praxis und Haus, sie lebte mit ihrem Ehemann in der oberen Etage.

Ich konnte mein Glück über diese Chance kaum fassen. Nicht einmal die ätzenden Bemerkungen meines Freundes Marko vermochten meine Laune zu trüben. "Die will dich doch nur, weil sie keine Götter neben sich duldet! Dich kann sie klein halten. Vermutlich wird sie demnächst die Putzfrau entlassen und du darfst dann vor lauter Dankbarkeit jeden Tag die Praxis schrubben", meinte er hämisch. Die Putzfrau ist immer noch da, Marko nicht mehr. Mein Umzug nach Berlin besiegelte das längst fällige Ende unserer Beziehung.

Kennengelernt hatte ich Ruth vor neun Monaten bei einem von ihr geleiteten Weiterbildungskurs zur klinischen Hypnose. Einen Platz in diesem Kurs zu ergattern, war nicht leicht gewesen, da er schon lange vor Beginn ausgebucht gewesen war. Ich hatte auch bald begriffen, warum das so war: Ruth brannte für das, was sie den Teilnehmern vermittelte und riss sie so unweigerlich mit. Zwar hatte ich zuvor bereits ihre Bücher gelesen, doch sie nun persönlich zu erleben, war noch einmal etwas ganz Anderes gewesen. In einer Pause hatte Ruth beiläufig erwähnt, dass sie nach einer Kollegin oder einem Kollegen für ihre Praxis suchen würde. Sie wollte sich stärker auf ihre wissenschaftliche Arbeit konzentrieren und eine halbe Praxisstelle abgeben. Amüsiert hatte ich beobachtet, wie viele der Kursteilnehmer plötzlich heftig mit den Hufen zu scharren begannen. Ich hatte mir nicht die geringsten Chancen ausgerechnet, da Ruth sicher nicht mit einer Berufsanfängerin wie mir zusammenarbeiten wollte. Auf meine locker in den Raum geworfene Bemerkung, dass ich die Stelle auch gern antreten wollte, hatte ich daher keine ernsthafte Resonanz erwartet.

Und doch arbeiteten wir nun schon seit drei Monaten in der Gemeinschaftspraxis. Ruth hatte bei der Begründung ihrer Entscheidung viele lobende Worte für mich gefunden: Ich würde über Intuition und Einfühlungsvermögen verfügen, eine ausgesprochene Begabung für die Technik der klinischen Hypnose besitzen und zu wissenschaftlichem Denken und Arbeiten fähig sein. Das von einer

Person wie Ruth Rosenzweig zu hören, war Ansporn und Bürde zugleich. Seither lebte ich in der ständigen Angst, sie zu enttäuschen.

Als ich an diesem Morgen endlich in der Praxis ankam, war ich jedenfalls froh darüber, dass sie meine Verspätung nicht bemerkt hatte. Meinen ersten Termin hatte ich natürlich verpasst. Zum Glück war der Patient sehr nachsichtig mit mir gewesen. Schnell hatten wir einen Ersatztermin gefunden. Danach stürzte ich mich in die Arbeit und blieb im Laufe des Tages von weiteren unliebsamen Zwischenfällen verschont. So kam es, dass ich am Abend kaum noch an die Begegnung mit Melissa dachte.

3.

Umso überraschter war ich, sie bereits am nächsten Morgen wiederzusehen. Melissa stand im Vorraum und schaute sich unsicher um. Als sie mich sah, wirkte sie beinahe erschrocken. Doch sie fasste sich schnell wieder und trat entschlossen auf mich zu. Mit einem schüchternen Lächeln überreichte sie mir einen wunderschönen Blumenstrauß.

"Noch einmal vielen Dank für deine Hilfe", sagte sie. "Ich habe mich entschieden, deine Patientin zu werden. Deshalb bin ich gleich heute gekommen, weil ich es mir sonst vermutlich wieder überlegt hätte." Nachdem ich ihr für die Blumen gedankt hatte, wollte ich einen Termin vereinbaren.

"Im Dezember könnte noch etwas frei sein", versicherte ich und schickte mich an meinen Kalender zu holen.

Doch Melissa hinderte mich daran. Sie ergriff meinen Arm und hielt ihn krampfhaft fest. "Im Dezember sagst du? Aber das ist doch viel zu spät! Wie soll ich es bis dahin aushalten? Es hat mich unendlich viel Überwindung gekostet, überhaupt hierher zu kommen. Wie soll ich das ein zweites Mal schaffen? Und dann auch noch nach so langer Zeit!" Sie wirkte wie ein verängstigtes Kind und tat mir plötzlich leid. Zwar hatte ich gerade eine Freistunde, die allerdings fest für dringende Schreibarbeiten eingeplant war. Obwohl es mich zeitlich in Schwierigkeiten bringen würde, beschloss ich, sie Melissa zu opfern.

"Dann komm am besten gleich mit in mein Zimmer", forderte ich sie auf. Normalerweise duze ich meine Patienten nicht. Blieb jedoch die professionelle Distanz ansonsten gewahrt, sprach in Ausnahmefällen auch nichts dagegen. Dies war ein solcher Fall. Hätte es doch zu unnötigen Irritationen geführt, wenn ich plötzlich zum *Sie* übergegangen wäre. Außerdem gab mir Melissa zu verstehen, dass es gerade dieses Gefühl von spontaner Vertrautheit gewesen sei, das ihr den Schritt in meine Praxis erleichtert hatte.

Nun war sie also da und während sie mir gegenüber im Sessel Platz nahm, musterte ich sie unauffällig. Bereits bei unserer ersten Begegnung hatte ich sie als sehr hübsch empfunden. Jetzt musste ich feststellen, dass es sich dabei schlechthin um eine Untertreibung gehandelt hatte. Melissa war viel mehr als nur hübsch. Sie war eine vollkommene Schönheit. Sie hatte eine phantastische Figur, die durch eine hautenge Jeans und einen schlichten schwarzen Pullover auf das Vorteilhafteste zur Geltung gebracht wurde. Ihr Gesicht wies klassische Proportionen auf: Der Mund war schön geschwungen, die Nase schmal und edel geformt. Unglaublich üppiges Haar mit einem feurig goldenen Glanz fiel anmutig gewellt bis fast zu ihrer Taille herab. Doch das Auffälligste an Melissa waren ihre Augen, deren Farbe sich nur schwer bestimmen ließ. Sie wechselte je nach Lichteinfall von einem warmen Bernsteinton über Graugrün bis zu undurchdringlichem Schwarz. Wie zwei Leuchtfeuer beherrschten sie das vollkomme Oval ihres Gesichts.

Rein äußerlich hatte Melissa einfach alles, was sich eine Frau nur wünschen konnte. Und doch hatte ich das Empfinden, ihr würde etwas Entscheidendes fehlen. Es gab nicht die geringste Abweichung von der Symmetrie, nicht den kleinsten Makel, der ihrem Gesicht eine individuelle Note oder einen pikanten Reiz verliehen hätte. Dadurch wirkte sie auf mich steril und nahezu leblos, wie eine in Wachs gegossene Männerphantasie. Melissas sparsame Mimik und Gestik verstärkten diesen Eindruck noch. Mir fiel auf, dass sie fast nie blinzelte, und dieser starre, wachsame Blick ließ sie in Verbindung mit ihrer fulminanten Schönheit geradezu unheimlich erscheinen, als wäre sie ein Wesen aus einer anderen Welt. Auf eine merkwürdige Weise kam sie mir plötzlich bekannt vor. Wo hatte ich dieses Gesicht und dieses Haar schon gesehen? Doch es wollte mir einfach nicht einfallen. Außerdem musste ich aufhören sie anzustarren und mich auf das Gespräch mit ihr konzentrieren. Ich bemühte mich also um einen lockeren Anfang.

"Normalerweise würde ich dich jetzt fragen, welches Problem dich zu mir führt", begann ich lächelnd, "aber in deinem Falle weiß ich es ja bereits aus eigener Anschauung." Sie erwiderte mein Lächeln nicht, sondern nickte nur leicht: "Ja, diese Anfälle machen mir schon zu schaffen. Ich war deswegen schon öfter im Krankenhaus, aber sie haben nichts gefunden. Nicht jedes Mal werde ich dabei ohnmächtig, manchmal bleibt es bei einer Panikattacke. Mein Herz fängt dann an zu rasen, mir wird schwindlig und ich glaube zu ersticken. Es fühlt sich einfach fürchterlich an, als würde ich gleich verrückt werden oder sterben. Eine Zeit lang habe ich mich deshalb überhaupt nicht mehr aus dem Haus getraut. Ich habe Angst, dass es wieder so schlimm werden könnte."

"Davon gehen wir jetzt einfach mal nicht aus", versuchte ich sie aufzumuntern. "Hast du eine Idee, was diese Anfälle bei dir auslöst? In welchen Situationen treten sie auf?"

"Es passiert meistens, wenn mich irgendetwas aufregt oder wenn ich mich in einer Situation gefangen fühle, nicht weg kann. Gestern auf der Straße war es auch so. Dieser komische Streit der Leute vor mir ging mich doch eigentlich überhaupt nichts an. Aber je länger er dauerte, umso unruhiger wurde ich. Schließlich glaubte ich, es keine Sekunde länger ertragen zu können und mir brach der Schweiß aus. Weil die Ampel nicht umschalten wollte, kam ich einfach nicht weg. Daraufhin wurde mir plötzlich schwarz vor Augen. Richtig erklären kann ich mir das immer noch nicht. Es war schließlich nichts Besonderes passiert, nichts wovor ich Angst haben musste."

"Und wovor hast du normalerweise Angst?", fragte ich. Sie zuckte resigniert mit den Schultern.

"Da gibt es leider so einiges. Ich leide unter Klaustrophobie - enge Räume lösen Panik bei mir aus. Außerdem habe ich schreckliche Höhenangst. Schon ab dem zweiten Stock schaue ich vorsichtshalber nicht mehr aus dem

Fenster. Steile Treppen finde ich ziemlich schlimm, besonders wenn sie offene Stufen haben. Aber den Spitzenplatz auf meiner persönlichen Hitliste des Grauens nehmen Fahrstühle ein, denn die sind eng und bringen einen nach oben. Ich fürchte, das ist eine ganz schöne Menge an Problemen, die ich da mit mir herumschleppe."

"Vermutlich hängt das alles irgendwie miteinander zusammen. Wir werden es schon allmählich in den Griff bekommen", meinte ich. "Aber bevor wir richtig anfangen können, möchte ich dir ein paar Fragen zu deiner Person stellen." Dieser Teil unseres Gesprächs war relativ schnell abgearbeitet. Mit vollständigem Namen hieß sie Melissa Morgenroth und war 22 Jahre alt. Früh verwaist, war sie bei Adoptiveltern aufgewachsen und lebte nun allein. Nach dem Abitur hatte sie ein Kunststudium aufgenommen, das sie wegen ihrer vielfältigen Beschwerden nicht konsequent betreiben konnte. So besuchte sie nur hin und wieder Vorlesungen und nahm ansonsten Privatstunden in Malerei bei dem bekannten Professor Thorald Tietze-Mühlberger. Fürs Erste genügten mir diese Angaben. Über Einzelheiten ihrer Lebensgeschichte würden wir später ausführlicher reden. Jetzt wandte ich mich wieder ihren Beschwerden zu.

"Seit wann hast du diese Panikanfälle?", nahm ich den Gesprächsfaden auf.

"So lange ich denken kann", erwiderte Melissa. "Und genau das ist mein eigentliches Problem, denn zurückdenken kann ich nämlich nur bis zu meinem achten Lebensjahr. Was davor war, liegt total im Dunkeln. Darum kann ich auch nicht sagen, ob ich schon früher solche Anfälle hatte."

"Was ist passiert, als du Acht warst?", fragte ich, obwohl ich die Antwort bereits ahnte.

"Damals sind meine Eltern gestorben. Sie sollen bei einem Autounfall ums Leben gekommen sein - so hat man mir das jedenfalls erzählt. Ich muss wohl auch mit in dem Auto gesessen haben, obwohl ich nicht die geringste Erinnerung daran habe. Aber ich war im Krankenhaus, das weiß ich genau. Von diesem Zeitpunkt an kann ich mich nämlich zusammenhängend erinnern. Ich lag allein in einem Zimmer und habe immer wieder nach meinen Eltern gefragt, doch niemand wollte mir eine Antwort gegeben. Eines Tages wurde ich von einer fremden Frau abgeholt. Sie trug eine schwarze Tracht, wie ich sie noch nie zuvor gesehen hatte. Heute weiß ich, dass sie eine Nonne war. Ich ging bereitwillig mit, weil ich dachte, dass sie mich nach Hause bringen würde. Aber ich kam in ein großes düsteres Haus, in dem es viele Kinder gab und Nonnen, die über sie wachten. Da habe ich angefangen zu schreien und mich zu wehren. Ich war der Überzeugung, die fremde Frau hätte mich entführt und meine Eltern würden verzweifelt nach mir suchen. Da haben sie mich allein in einen dunklen Raum gesperrt, aus dem ich erst wieder raus durfte als ich mich beruhigt hatte. "

Melissa schwieg einen Moment, um sich zu sammeln. Wie oft mochte sie diese Ereignisse wohl schon für sich allein rekapituliert haben? Sie kamen ihr sehr flüssig von den Lippen und sie erzählte merkwürdig unbeteiligt, als würde sie die Erlebnisse einer anderen Person wiedergeben. Gern hätte ich einiges mit ihr vertieft, doch ich wollte sie auf keinen Fall aus dem Konzept bringen. Außerdem sprach sie auch schon weiter.

"Ich wollte weglaufen, aber das war unmöglich, da die Tür immer verschlossen war. Es gab einen Flur mit riesengroßen Fenstern, die bis zur Erde reichten. Da habe ich stundenlang gestanden und nach draußen gestarrt. Ich wollte gucken, ob meine Eltern mich holen kommen. Ein Mädchen hat mich gefragt, was ich da machen würde. Ich habe ihr erklärt, dass ich auf meine Eltern warten würde. Sie hat mich ausgelacht und gesagt, meine Eltern kämen nie mehr, weil sie tot sind, so wie die Eltern aller Kinder in diesem Haus. Das Mädchen war größer und stärker als ich, aber ich habe sie geschlagen. Dafür haben mich die Nonnen dann wieder eingesperrt, diesmal in eine ganz enge Kammer. Ich glaube, daher kommt meine Klaustrophobie."

Auch in diesem, doch eigentlich hochdramatischen Teil ihres Berichtes, klammerte sich Melissa nur an Äußerlichkeiten. Der Name des Mädchens war ihr noch geläufig, ebenso wie die Farbe der Fenstervorhänge und die Beschaffenheit der Wände der Kammer.

"Wie fühlst du dich jetzt, wenn du daran zurückdenkst?", fragte ich.

Melissa ließ ihren Blick teilnahmslos durch das Zimmer schweifen. Dann sah sie mir direkt in die Augen. Sie schien über die Frage erstaunt. "Was meine Eltern betrifft, fühle ich das Gleiche wie damals. Ich habe Sehnsucht nach ihnen, aber ich habe nie um sie getrauert. Weil ich nicht glauben kann, dass sie tot sind. Ich habe das immer wie eine Verschwörung empfunden - Jemand hat uns gewaltsam getrennt und ich muss sie finden."

"Und was die Nonnen betrifft? Was sie mit dir gemacht haben? Bist du wütend?"

Melissa deutete ein leichtes Kopfschütteln an: "Nein, bin ich nicht. Es war ja wirklich nicht richtig von mir, dass ich das Mädchen geschlagen habe. Die meisten der Nonnen waren eigentlich recht nett - bis auf eine. Die hat mich ein Satanskind genannt und gesagt, dass ich mal in die Hölle komme. Aber sie hatte wohl selbst eine größere Angst vor der Hölle als ich."

An dieser Stelle fiel mir auf, dass Melissa ihre Gefühle entweder verdrängte oder bewusst vor anderen verbarg. Auch über die folgenden Geschehnisse berichtete sie präzise und völlig emotionslos.

"Ich bin nur für kurze Zeit im Waisenhaus geblieben, da ich bald adoptiert wurde. Meine Adoptiveltern hatten es anfangs nicht leicht mit mir, weil ich überhaupt nicht begriffen habe, wieso ich jetzt bei ihnen leben sollte und entsprechend störrisch war. Sie haben mich ja dann auch gleich zu den Großeltern gegeben und danach ins Internat."

Ich stutzte. Wieso adoptierte man ein Kind und reichte es dann gleich wieder weiter? Melissa beantwortete meine unausgesprochene Frage.

"Meine Adoptivmutter war überzeugt, keine eigenen Kinder bekommen zu können. Doch kaum hatten sie mich zu sich geholt, wurde sie plötzlich doch noch schwanger. Sie war schon Mitte 40 und es war wohl ziemlich belastend für sie. Jedenfalls brauchte sie viel Ruhe und konnte sich nicht auch noch um mich kümmern."

"Und dein Adoptivvater?", warf ich ein.

"Der hatte erst recht keine Zeit. Er war schließlich ein viel beschäftigter Top-Manager."

Mir kam ein Gedanke. "Ist Morgenroth der Name deiner Adoptiveltern?", fragte ich. Melissa schüttelte den Kopf. "Ihr Name lautet von Werlitz, Hans-Friederich von Werlitz ist mein Adoptivvater." Donnerwetter, der Name sagte mir natürlich etwas. Dieser Mann zählte zu den ganz Erfolgreichen und entsprechend Vermögenden des Landes. Inzwischen hatte er allerdings eine Wandlung vom Saulus zum Paulus durchgemacht und hielt Vorträge über die Verderblichkeit von übersteigertem Profitstreben.

"Nach der Auflösung des Adoptionsverhältnisses habe ich meinen Geburtsnamen wieder angenommen", setzte Melissa hinzu. Mich verwunderte, mit welcher Beiläufigkeit Melissa diese wichtige Information abtat. Sie erklärte, die Adoption sei nach Vollendung ihres 18. Lebensjahres im gegenseitigen Einvernehmen aufgelöst worden: "Sie hatten ja jetzt ein eigenes Kind und wollten klare Verhältnisse wegen der Erbfolge. Mich haben sie sehr großzügig abgefunden und dafür bin ich bin ihnen wirklich dankbar. Schließlich kann ich studieren ohne mir Sorgen um meinen Lebensunterhalt machen zu müssen. Wenn ich das wollte, bräuchte ich mal überhaupt nicht zu arbeiten."

"Du bist deinen Adoptiveltern für die materielle Absicherung dankbar", wandte ich ein. "Doch wie hast du es empfunden, dass sie sich so wenig um dich kümmerten?" Melissa zuckte die Schultern.

"Es hat mir nicht wirklich etwas ausgemacht. Bei den Großeltern hat es mir allerdings nicht gefallen. Sie waren sehr streng zu mir. Aber dann kam ich ja nach Da ... " Plötzlich stockte sie und wurde sogar ein wenig rot. Hastig sprach sie weiter: "Ich kam auf ein sehr gutes Internat, wo man den Schwerpunkt auf Kunsterziehung legte. Dort habe ich richtig mit dem Malen angefangen, es war eine schöne Zeit."

"Wie hieß das Internat?", hakte ich nach. Mir war ihre Gemütsbewegung nicht entgangen.

"Du wirst es nicht kennen, es tut nichts zur Sache." Sie presste die Lippen aufeinander. "Schloss Dahrenried", räumte sie schließlich leicht unwillig ein, da ich nicht aufgehört hatte, sie erwartungsvoll anzuschauen.

In meinem Kopf schrillte eine Alarmglocke. Der Name Dahrenried war mir bekannt, denn irgendetwas Tragisches hatte sich vor ein paar Jahren dort ereignet. Ich kam nicht dazu, den Gedanken zu verfolgen, denn in diesem Moment schien ein eisiger Luftzug durch den Raum zu wehen und die Atmosphäre zwischen Melissa und mir völlig zu verändern. Sie setzte sich kerzengerade auf und ihre Stimme nahm einen schneidenden Klang an. "Ich will nicht mehr über diese Zeit reden", erklärte sie entschieden, "nicht über das Waisenhaus, nicht über meine Adoptiveltern und schon gar nicht über das Internat. Schon einmal hat ein Therapeut versucht, das alles mit mir durchzukauen, und zwar ohne jeden Erfolg. Danach ging es mir sogar noch schlechter. Ich bin aus einem ganz bestimmten Grund zu dir gekommen. Auf deiner Karte stand, dass du Hypnosebehandlungen durchführst. Nur deswegen bin ich hier."

"Und was stellst du dir darunter genau vor?", fragte ich, verblüfft über die Verwandlung, die sich da gerade vor meinen Augen vollzogen hatte.

"Ich will, dass du mich in meine Kindheit zurück versetzt, in die Zeit vor meinem achten Lebensjahr. Dort muss der Schlüssel für all meine Probleme liegen, dessen bin ich mir inzwischen fast sicher. Ich möchte die vollständige Erinnerung an meine Eltern wiederfinden und auch an mich selbst, wie ich als Kind gewesen bin. Im Moment fühle ich mich wie ein Baum ohne Wurzeln."

Das Bild war passend gewählt. Umschrieb es doch in poetischer Weise ihre Unsicherheit und das Schwanken ihrer Stimmungen. Sie hatte sehr eindringlich gesprochen und ihr intensiver Blick fixierte mich auf eine Art und Weise, als wäre ich diejenige, die hypnotisiert werden sollte. Unbehagen machte sich bei mir breit und ich fühlte mich in die Defensive gedrängt. So leicht wollte ich es ihr jedoch nicht machen: "Prinzipiell ist nichts dagegen einzuwenden, dass wir versuchen an den Anfang deiner Lebensgeschichte zurückzugehen", übernahm ich wieder die Führung in unserem Gespräch. "Doch bevor ich eine Hypnose durchführen kann, müssen ein paar Voraussetzungen erfüllt sein. Ich muss zum Beispiel wissen, ob du körperlich gesund bist und brauche dazu die Einschätzungen deiner behandelnden Ärzte sowie deine schriftliche Zustimmung sie einzuholen. Ich würde dich vorher gern, durch ein bis zwei weitere Gespräche, noch ein wenig genauer kennenlernen."

Da wir am Ende der Stunde angelangt waren, musste Melissa eine Entscheidung treffen. Sie wirkte frustriert und fast glaubte ich schon, dass sie auf die Behandlung verzichten würde. Nach kurzem Zögern unterschrieb sie aber doch die notwendigen Formulare und vereinbarte einen weiteren Termin mit mir. Dann ging sie und ließ mich nachdenklich zurück. Melissa war schon eine außergewöhnliche Frau. So außergewöhnlich wie der Blumenstrauß, den sie mir mitgebracht hatte. In meinem nur mit einer Liege, einer Sitzgruppe, sowie Bücherregal und Schreibtisch eher puristisch ausgestatteten Arbeitszimmer, bildete er einen leuchtenden Akzent. Die Kombination aus Christrosen, Silberdisteln und winzigen roten Rosenknospen wirkte höchst eigenwillig, doch sehr apart. Damals hatte ich noch keine Ahnung von Melissas Vorliebe für verschlüsselte Mitteilungen und versteckte Symbole. So verstand ich auch die Botschaft nicht, die dieser Strauß mir übermitteln sollte. Es war eine Botschaft von Angst und Gefahr – Grundmotive, die Melissas Therapie von Anfang an begleiten würden.

4.

Um die Mittagszeit wehte ein Hauch von edlem Parfüm durch die Räume - für mich ein sicheres Zeichen dafür, dass Ruth eingetroffen war. Ruth hielt nichts von dem betont nachlässigen Look, den manche Berufskollegen ganz bewusst pflegten. Sie hingegen war die Eleganz in Person. An diesem Tag war sie von Kopf bis Fuß in warme Herbstfarben gekleidet, was wunderbar zu ihrem üppigen, leuchtend roten Haar passte. Obwohl ich fast dreißig Jahre jünger war als sie, fühlte ich mich neben ihr unscheinbar. Mit meinem glatten, dunklen Haar und der blassen Gesichtsfarbe war ich nun mal kein auffälliger Typ. Nach Ruth drehten sich die Männer auf der Straße dagegen immer noch um. Manchmal empfand ich sogar leichte Anflüge von Neid und kam mir deshalb ausgesprochen schäbig vor.

Ich traf Ruth in der Küche an, die uns als Aufenthaltsraum diente. Sie las gerade ihre Emails und warf mir einen prüfenden Blick zu. Dann bemerkte sie, dass ich blass aussehen würde. Ich murmelte etwas von schlechtem Schlaf und Alpträumen. Tatsächlich hatte sich mein Verfolgungstraum in der vergangenen Nacht wiederholt. Ruth war sofort ganz interessiert und ließ sich meinen Traum erzählen.

"Und von wem oder was fühlst du dich momentan verfolgt?", fragte sie dann. Auch ich hatte mich inzwischen daran gewöhnt, Träume auf diese Art zu hinterfragen und war dadurch schon zu mancher verblüffenden Einsicht gelangt. Heute nahm ich es aber ganz prosaisch.

"Vermutlich von einem Virus. Ich brüte wohl eine Erkältung aus, dann träume ich oft solchen Blödsinn. Das hat weiter keine Bedeutung."

Ruth gab nicht gleich auf: "Von Marko vielleicht?", schlug sie vor. Ich schüttelte den Kopf. Es stimmte schon, dass Marko mich seit einiger Zeit mit häufigen Anrufen nervte. Obwohl er mit unserer Beziehung zum Schluss genauso unzufrieden gewesen war wie ich, konnte er nicht verwinden, dass ich diejenige gewesen war, die sie beendet hatte. Aber das Format zum Stalker hatte er nicht. Das sagte ich Ruth auch.

"Jetzt hast Du mir das Stichwort gegeben", erwiderte sie. "Wir haben einen neuen Fall. Eine Stalkerin. Ich hoffe ehrlich gesagt, dass du sie übernehmen kannst. Willst du? Einfach wird das allerdings nicht."

Und ob ich wollte. Jeder neue Fall war eine spannende Herausforderung. Ruth zwinkerte mir zu.

"Dein Enthusiasmus ist wirklich erfrischend. Dabei sind Stalker absolut keine dankbaren Patienten. Sie haben keinen entsprechenden Leidensdruck und sehen überhaupt nicht ein, dass sie Hilfe brauchen. Jedenfalls nicht die, die wir ihnen anbieten."

"Aber wie kommt die Patientin dann überhaupt zu uns?", fragte ich. "Auflage vom Gericht?"

Ruth hob abwehrend die Hände: "Nein, zum Glück nicht, und so weit sollte es nach Möglichkeit auch nicht kommen. Das Objekt ihrer Begierde ist ausgerechnet ein Lehrer ihres Sohnes. Sie lauert ihm fast täglich auf dem Schulgelände auf, und die Schüler haben das natürlich inzwischen mitgekriegt und lästern entsprechend. Der Sohn der Patientin ist 13 Jahre alt, hat auch so schon genug Probleme und soll das nun ständig aushalten. Das schafft er natürlich nicht. Er prügelt sich in den Pausen und pöbelt gegen sämtliche Lehrer. Die haben ihn schließlich zu Dr. Lohmeier geschickt. Der hat schnell herausgefunden, was hinter dem Verhalten des Jungen steckt und die Mutter überredet, sich in unserer Praxis zu melden. Das hat ihn sicher harte Überzeugungsarbeit gekostet."

Dr. Lohmeier war Kinderpsychologe und hatte uns schon häufig Patienten geschickt, denn oft lag das eigentliche Problem bei den Eltern und nicht bei den Kindern. Allerdings sahen die Eltern das nicht immer ein. Ob sich die Stalkerin tatsächlich bei uns melden würde, erschien zumindest fraglich. Entsprechend überrascht war ich, als sie am nächsten Morgen tatsächlich anrief und mit mir einen Termin für die kommende Woche vereinbarte. Dann kam sie doch nicht. Ich ärgerte mich über ihre Unzuverlässigkeit und über den vergeudeten Termin.

Allerdings war das nichts gemessen an dem Ärger, den mir ausgerechnet diese Patientin später noch bereiten sollte.

5.

Melissa dagegen versäumte keinen Termin und war stets pünktlich. Sie gab sich äußerst höflich und kooperativ. Trotzdem hatte ich das Gefühl, ihr keinen Schritt näher zu kommen. Vieles von dem was sie sagte, klang einfach zu glatt und wie auswendig gelernt. Begriffe wie Dankbarkeit und Verständnis traten in ihrem Sprachgebrauch geradezu inflationär auf. Gleichzeitig wirkte ihr schönes Gesicht weiterhin seltsam leer und wurde von keiner Emotion bewegt. Dabei hatte ich längst herausgehört, dass durchaus nicht alles in ihrer Entwicklung so unkompliziert und harmonisch verlaufen sein konnte, wie sie es darzustellen versuchte. Das Verhältnis zu ihren Adoptiveltern gab mir einige Rätsel auf. Denn diese hatten nicht nur die Adoption gelöst, sondern auch den Kontakt zu Melissa völlig abgebrochen. Ich vermutete, dass es dafür Gründe gegeben haben musste, die Melissa auch bekannt sein dürften. Doch sie gab sich in dieser Frage völlig ahnungslos.

"Weißt du, eigentlich habe ich nie wirklich zu dieser Familie gehört. Ich war immer nur so etwas wie ein Gast. Meine Adoptivmutter habe ich komischerweise gar nicht richtig kennen gelernt. Ich kann mich an kein einziges Mal erinnern, dass sie etwas mit mir unternommen hätte. Sie war immer nur mit ihrem Kind beschäftigt."

"War dieses Kind ein Junge oder ein Mädchen?", wollte ich wissen. "Du hast das noch nie erwähnt."

"Sie hieß Amanda. Das bedeutet *die Geliebte*. Der Name passt perfekt. Ihre Mutter hing mit einer wahren Affenliebe an ihr. Und verteidigt hat sie sie wie eine Löwin ihr Junges. Sie hat niemanden an das Kind heran gelassen, mich am allerwenigsten. Einmal waren wir alle zusammen auf einer Hochzeitsfeier. Ich weiß nicht, wer da eigentlich geheiratet hat. Ich glaube, es war eine Nichte meiner Adoptivmutter. Ich war damals 12 und Amanda war 3 Jahre alt. Jedenfalls zog sich die Kaffeetafel ewig hin und wir Kinder haben uns gelangweilt. Ich bin deshalb mit Amanda raus in den Garten gegangen. Es gab da einen kleinen Teich, und wir haben die Goldfische beobachtet. Auf einmal kam meine Adoptivmutter dazu und ist wie eine Furie auf mich losgegangen. Sie hat so getan, als hätte ich Amanda ertränken wollen. Ich bin dann wieder mal umgekippt, und die ganze Szene hat sich wohl ziemlich störend auf den Ablauf der Feier ausgewirkt. Danach bin ich nie wieder mit Amanda allein gewesen. Ihr war anzumerken, dass sie mir aus dem Weg ging. Ihre Mutter muss ihr regelrecht Angst vor mir gemacht haben."

"Kam dir das nicht merkwürdig vor?", fragte ich.

Sie schüttelte unwillig den Kopf. "So war sie eben", sagte sie und schien auf einmal zu bedauern, dass sie mir diese Episode überhaupt erzählt hatte. Eine ganze Weile saß sie einfach nur schweigend da und erweckte den Eindruck, das Gespräch am liebsten nicht weiterführen zu wollen. Erst als ich auf ihren Adoptivvater zu sprechen kam, wurde sie wieder etwas zugänglicher. "Mit ihm war es ganz anders. Er hat sich viel mehr um mich gekümmert, obwohl er doch beruflich so eingespannt war. Wir haben zu zweit wunderschöne Reisen unternommen und Kunstausstellungen besucht. Er hat mich wirklich sehr gemocht und ich ihn auch."

Umso unverständlicher erschien mir der Bruch zwischen ihnen. Melissa versuchte nichts zu erklären, sondern schilderte ganz sachlich den weiteren Ablauf der Dinge. "Nach der Auflösung des Adoptionsverhältnisses wurde er für längere Zeit krank. Er hatte Probleme mit dem Herzen und bekam deshalb einen Schrittmacher. Ich wollte ihn gern besuchen, doch seine Frau hat das abgelehnt. Sie meinte, er würde absolute Ruhe brauchen. Eines Tages hat sie mir dann am Telefon erklärt, dass sie keinen weiteren Kontakt mit mir wünschen würden. Ich denke, dass sie das einfach für ihn mitentschieden hat. Aber er hat sich auch nie wieder bei mir gemeldet und es ist jetzt schon über zwei Jahre her, dass wir voneinander gehört haben."

Ganz kurz schien Traurigkeit Melissas Blick zu verschleiern. Gleich darauf verschloss sich ihr Gesicht wieder zu einer undurchdringlichen Maske. Auch ohne Worte bedeutete sie mir, dass sie nicht weiter zu diesem Thema befragt werden wollte. Doch in meinem Kopf schwirrten eine Menge Fragen herum. Was war da tatsächlich geschehen? Hatte der Adoptivvater Melissa vielleicht zu sehr gemocht? War es Eifersucht auf die allzu schöne Adoptivtochter gewesen, die die Frau so rigoros handeln ließ? Ich hatte natürlich keinerlei konkrete Anhaltspunkte für diese Vermutung. Auf Vermutungen blieb ich allerdings angewiesen, denn Melissas knappe Ausführungen warfen ständig mehr Fragen auf als sie beantworteten. So war ich letztendlich ganz froh darüber, dass die notwendigen Arztbefunde noch nicht eingetroffen waren und ich den Beginn der Hypnosebehandlung dadurch etwas hinausschieben konnte. Das eigentliche Problem bestand darin, dass Melissa mir offenbar nicht vollständig vertraute. Vertrauen in den Therapeuten ist aber die Grundvoraussetzung für eine erfolgreiche Hypnose.

Ich verstand selbst nicht, weshalb ich mich mit Melissa so schwertat. Ich war doch schon mit wesentlich schwierigeren Patienten fertig geworden, sogar mit solchen, die mich am Anfang offen abgelehnt hatten. Frau Kretschmar war eine solche Patientin gewesen. Sie hatte sich ursprünglich an Ruth gewandt und war alles andere als begeistert gewesen, von dieser an mich verwiesen zu werden. Bei unserer ersten Begegnung hatte sie mich mit unverhohlenem Misstrauen gemustert: "Wie alt sind sie eigentlich?", lautete ihre erste Frage. Meine Antwort, ich sei neunundzwanzig, stimmte sie nicht unbedingt versöhnlicher. Frau Kretschmar war 50.

Ich war stolz darauf, mein Psychologiestudium und die anschließende Ausbildung zur Psychotherapeutin so zügig bewältigt zu haben. Doch im beruflichen Alltag war Jugend nicht unbedingt von Vorteil. Viele Patienten bevorzugten ältere Therapeuten wegen deren größerer Berufs-, und Lebenserfahrung. Ich musste mir meine Akzeptanz erst hart erarbeiten. Der gewaltige Schatten, den Ruth mit ihrem Ruf als eine der besten Hypnosetherapeutinnen landesweit warf, kam noch erschwerend hinzu. Viele Patienten nahmen weite Anfahrtswege auf sich, um von der Meisterin persönlich behandelt zu werden. Da war es nur zu verständlich, dass sie sich dann nicht mit dem *Lehrling* begnügen wollten.

Vermutlich hätte Frau Kretschmar die Behandlung durch mich sogar abgelehnt, wenn ihr ihre Situation nicht so ausweglos erschienen wäre. Sie litt unter Kleptomanie und sie litt wie ein Hund. Während unseren ersten gemeinsamen Stunden flossen Ströme von Tränen und sie äußerte ernst zu nehmende Suizidabsichten. Niemand ahnte etwas von ihrem Problem, nicht einmal ihr Ehemann. Dieser Druck zu absoluter Geheimhaltung belastete sie zusätzlich.

"Heute dürfen Sie doch über fast alles reden, über Ihre Depressionen oder über Ihre Alkoholabhängigkeit. Da werden Sie für Ihren Mut und Ihre Offenheit sogar noch gefeiert und bekommen Unterstützung angeboten. Aber geben Sie mal zu, dass Sie zwanghaft stehlen müssen! Das nimmt Ihnen keiner ab. Da heißt es dann: *Die klaut und sucht bloß eine tolle Ausrede für ihre kriminelle Ader*. Sie würden ganz schnell alle Freunde verlieren. Wer will schon nach jedem Besuch nachgucken müssen, ob der Familienschmuck noch da ist? So stellen sich die Leute das doch vor. Jeder Arbeitgeber würde Sie sofort rauswerfen. Meiner sowieso."

Frau Kretschmars Sorge war nachvollziehbar. Sie arbeitete beim Liegenschaftsamt ihrer Gemeinde und hatte seit einiger Zeit das Gefühl, dass man sie dort gern loswerden wollte. Bevorzugt ließ sie in Supermärkten Sachen mitgehen, und zwar ausnahmslos solche, für die sie keine

Verwendung hatte. Zu Hause angekommen vernichtete und entsorgte sie alles mit einer Akribie, mit der ein Mörder sich an die Beseitigung der Leiche machen würde. Danach fühlte sie sich jedes Mal völlig ausgebrannt, bis es sie wieder überkam. Inzwischen vermied es Frau Kretschmar überhaupt einen Laden zu betreten. Ihr Mann musste alle Einkäufe erledigen. Sie hatte ihm erzählt, dass sie unter heftiger Platzangst leiden würde und deshalb auch in Behandlung sei. Nun hoffte ihr Mann auf schnelle Besserung und sie natürlich ebenfalls.

Ich versuchte Frau Kretschmar zu helfen. Doch ihre Erwartung, das Problem mit zwei bis drei Hypnosesitzungen endgültig aus der Welt zu schaffen, konnte ich natürlich nicht erfüllen. Inzwischen hatte sie meine Vorgehensweise verstanden und akzeptiert. In Gesprächen versuchten wir, die tiefer liegenden Ursachen ihrer Probleme aufzudecken. Sie erlernte unter meiner Anleitung ein Entspannungsverfahren, welches sie bei Bedarf selbst anwenden konnte.

Frau Kretschmar hatte von einer unerträglichen inneren Anspannung gesprochen, die sie von Zeit zu Zeit überfiel. Diese löste sich erst in dem Moment, als sie wieder unerlaubt etwas einstecken konnte. Kurzzeitig empfand sie dann sogar ein intensives Glücksgefühl, das bald darauf einem fürchterlichen Katzenjammer wich.

"So ähnlich stelle ich mir das auch bei einem Trinker oder Spieler vor", sagte sie. "Die wissen auch, was sie auf jeden Fall vermeiden sollten und finden sich doch kurz darauf am Tresen oder am einarmigen Banditen wieder."

Um ihr ein Gefühl dafür zu vermitteln, dass sie diese Anspannung durchaus beherrschen konnte, setzte ich

Hypnose ein. Im Zustand der Trance ließ ich sie durch Läden wandern und sich der Versuchung aussetzen. Sie berichtete von steigender Anspannung und ich sah, wie sich ihre Atmung beschleunigte. Nun wies ich sie an, sich nach der bereits eingeübten Methode zu entspannen. Es gelang ihr zunehmend besser. Sie konnte visualisieren, wie sie den Laden ohne "Beute" verließ und empfand Befreiung und Triumph darüber. Nach einigen Sitzungen bewältigte sie sogar den ersten realen Einkauf.

Inzwischen kamen wir blendend miteinander aus und Frau Kretschmar teilte mir immer mehr Einzelheiten ihrer Lebensgeschichte mit. Immer wieder kam mir in diesem Zusammenhang Melissa in den Sinn. Wenn sie sich mir nur annähernd so öffnen würde, wäre viel gewonnen. Doch davon schienen wir noch meilenweit entfernt zu sein.

6.

Der Bericht von Melissas behandelndem Arzt erreichte mich in der Woche vor Weihnachten. Demnach war sie körperlich gesund. Es gab keine Anzeichen für ein Anfallsleiden oder ein psychotisches Geschehen.

Nachdenklich nagte ich an meiner Unterlippe und Ruth sah mich fragend an. Wir saßen uns in der Küche gegenüber und auf dem Adventskranz zwischen uns brannten drei Kerzen.

"Mit Melissa ist soweit alles in Ordnung", sagte ich. "Ich könnte also mit der Hypnose beginnen."

"Und was hält dich noch davon ab? Du klingst irgendwie nicht überzeugt. Wo liegt das Problem?"

"Wenn ich das nur genau wüsste. Ich komme nicht richtig an sie heran, sie verheimlicht mir offensichtlich einiges. Sie wollte auch auf keinen Fall, dass ich den Therapeuten kontaktiere, bei dem sie früher in Behandlung war."

Ruth wischte meine Bedenken mit einer Handbewegung beiseite. "Na und? Es ist doch normal, dass sich Patienten nicht sofort vollständig öffnen. Sie testen uns in der Regel erst einmal eine gewisse Zeit bevor sie sich dazu entschließen."

"Das ist mir natürlich klar und stört mich normalerweise auch nicht weiter. Aber bei Melissa ist es anders. Sie hat zwei Gesichter und keines von beiden scheint ihre wahre Persönlichkeit zu zeigen. Mal ist sie das scheue Reh, verängstigt und Schutz suchend, dann wieder die Schneekönigin, glasklar in ihren Aussagen und beinhart, was ihre Forderungen betrifft. Der Wechsel zwischen beidem tritt sehr abrupt auf und am meisten irritiert mich daran, wie manipulativ sie ihn einsetzt. Mit ihrer Hilfsbedürftigkeit hat sie mich dazu gebracht, ihr vorgezogene Termine zu geben. Anschließend hat sie ihre dominante Seite eingesetzt, um die Therapie in eine ihr genehme Richtung zu lenken. Jetzt bereue ich, so schnell darauf eingegangen zu sein." Es fiel mir nicht leicht, vor Ruth zuzugeben, dass mir ein typischer Anfängerfehler unterlaufen war. Zu meiner Erleichterung ging sie erstaunlich gelassen darüber hinweg.

"So etwas kann passieren," meinte sie, "man reagiert nicht immer sofort so, wie man es sich im Nachhinein gewünscht hätte. Was nun die zwei Gesichter von Melissa angeht, ist doch zu vermuten, dass sie damit nur das Verhalten ihrer Umwelt spiegelt. Auch sie war schließlich solchen emotionalen Wechselbädern ausgesetzt. Erst wollten ihre Adoptiveltern das süße Kind mit den blonden Locken unbedingt haben, dann wurde es plötzlich überflüssig. Wie soll ein Kind das verarbeiten?"

"Damit sprichst du das nächste Problem an. Sie zeigt keine negativen Gefühle, empfindet gegenüber ihren Adoptiveltern angeblich nur Dankbarkeit. So ganz kann ich ihr das nicht abnehmen."

"Vermutlich musste sie die Gefühle der Trauer und Enttäuschung ganz einfach verdrängen, weil sie sie nicht ertragen konnte. Lass ihr Zeit, irgendwann werden diese Verkrustungen schon aufbrechen."

"Ich fürchte nur, dass es während der Hypnose passieren wird und sie das dann völlig überfordern könnte. Deshalb werde ich auch erst im Neuen Jahr damit beginnen. Jetzt gehe ich in den Weihnachtsurlaub und falls es dann zu einer Krise kommen sollte, könnte ich sie nicht sofort auffangen. So eine Situation will ich vermeiden."

"Das klingt nach einem vernünftigen Plan. Wie sieht überhaupt Melissas momentanes soziales Umfeld aus? Sie scheint ein labiler Mensch zu sein, wer kümmert sich sonst um sie?"

"Da ist niemand, Ruth. Keine Familie, keine Freunde. Ich konnte das erst auch gar nicht glauben. Natürlich neigen Angstpatienten dazu, sich aus sozialen Kontakten zurückzuziehen. Manche vereinsamen dann regelrecht. Doch so extrem habe ich das selten erlebt."

"Noch dazu bei einem so jungen Menschen", fügte Ruth nachdenklich hinzu. "Hat sie auch keinen Partner?"

Ich schüttelte den Kopf. "Das ist eigentlich das Erstaunlichste, denn sie ist wunderschön und müsste sich vor Angeboten kaum retten können. Willst du einmal sehen wie sie aussieht?"

Ruth sah mich erstaunt an. "Hast du etwa ein Foto von ihr?" Das nun gerade nicht, doch mir war inzwischen eingefallen, an wen sie mich so lebhaft erinnert hatte. Es handelte sich um keine lebende Person, sondern um ein berühmtes Gemälde. Schnell hatte ich es gegoogelt und drehte den Bildschirm so, dass Ruth es auch betrachten konnte.

"Lucrezia Borgia", sagte sie verblüfft, "die größte Intrigantin und Giftmischerin der Weltgeschichte. Falls deine Patientin mehr als nur das Aussehen von ihr haben sollte, musst du dich in Acht nehmen. Es könnte gefährlich für dich werden."

Noch lachten wir beide darüber.

7.

Nun stand das Weihnachtsfest unmittelbar bevor und die Vorfreude darauf schien alles in ein sanftes, freundliches Licht zu tauchen. Morgens lagen in unserem Praxisbriefkasten liebevoll ausgewählte Weihnachtskarten für Ruth und mich. Als mir eine ältere Patientin sogar selbst gebackene Plätzchen mitbrachte, war ich von dieser Geste ehrlich gerührt. So stieg meine weihnachtliche Stimmung mit jedem Patienten, den ich an diesem Tag mit den besten Wünschen für ein Frohes Fest verabschiedete. Auf dem Weg zu meiner Wohnung ertappte ich mich dabei, dass ich leise ein Weihnachtslied vor mich hin summte.

Mein gegenwärtiges Domizil befand sich in einem Siedlungshaus aus den dreißiger Jahren. Schüchtern duckte es sich hinter die dichten Büsche des Vorgartens, als würde es sich vor seinen protzig modernisierten Nachbarn schämen. Die Besitzerin, Frau Lehmann, war fast achtzig

Jahre alt. Ihre einzige Tochter lebte mit ihrer Familie in Hamburg und hatte kein Interesse an dem Haus. Doch Sie dachte nicht daran, ihre schmale Rente für Modernisierungen einzusetzen. "Für mich reicht es so", pflegte sie zu sagen. " Und wenn ich nicht mehr da bin, kann es getrost zusammenbrechen. Das interessiert mich dann nicht mehr."

Die obere Etage des Hauses, in der sich zwei Zimmer, eine kleine Küche und ein winziges Bad befanden, hatte lange leer gestanden. Den Ansprüchen der meisten potentiellen Mieter genügten die Räume vom Komfort her nicht. Diejenigen, die sich trotzdem dafür interessiert hatten, waren Frau Lehmann als nicht seriös genug erschienen. Für mich war diese bescheidene Wohnung ein absoluter Glücksfall gewesen. In den gefragten Stadteilen Berlins war nämlich bezahlbarer Wohnraum rar. Es hatte schon ein wenig Überredungskunst gekostet, Frau Lehmann zu bewegen, an mich zu vermieten. Doch nachdem ich mich bereit erklärt hatte, die Renovierung selbst zu übernehmen und Ruth sich außerdem für meine Zahlungsmoral verbürgt hatte, war ich schließlich als Mieterin akzeptiert worden. Entscheidend war jedoch gewesen, dass mich Brutus, der Spaniel von Frau Lehmann, sofort in sein Hundeherz geschlossen hatte.

An jenem Tag wurde ich nicht von seinem freudigen Gebell begrüßt. In der unteren Etage waren die Fensterläden bereits fest geschlossen. Frau Lehmann war am Vormittag von ihrer Tochter abgeholt worden, um die Festtage bei ihr in Hamburg zu verbringen. Auch ich beeilte mich, meine Sachen für die Heimreise zusammenzupacken. Das Fest allein zu verbringen, schien mir eine wenig verlockende Aussicht zu sein. Ich musste an Melissa denken, der genau das bevorstand. Ihre Beteuerungen darüber ganz froh zu sein, nahm ich ihr nicht so ganz ab. Bevor ich die Gartenpforte abschloss, schaute ich noch einmal in den Briefkasten. Tatsächlich lag noch ein Brief für mich darin. "Vermutlich nur Werbung", dachte ich, steckte ihn aber in meine Reisetasche, um das später nachzuprüfen. Dann musste ich mich beeilen.

Die S -Bahn kam pünktlich und der Regionalexpress hatte nur 20 Minuten Verspätung. Nach meinen leidvollen Erfahrungen mit der Deutschen Bahn hatte ich mit wesentlich mehr gerechnet. Ziel meiner Fahrt war Wernigerode, wo ich seit meiner Kindheit zu Hause war. Gerade in der Weihnachtszeit gab es für mich keinen schöneren Ort auf der Welt. Doch das war nicht immer so gewesen. Während meiner Studentenzeit hatte ich mich fortgesehnt, hin zum pulsierenden Leben der Großstädte. Weihnachten war mir in dieser Zeit manchmal sogar ein Gräuel gewesen. Ich fühlte mich einfach nur genervt vom Dekorationsrausch meiner Mutter, die unsere Wohnung regelmäßig in einen Dschungel aus glitzernden Girlanden und nadelnden Gestecken verwandelte. Ebenso hasste ich den unvermeidlichen Streit meiner Eltern beim Aufstellen des Weihnachtsbaumes und mehr noch die anschließend demonstrativ zur Schau gestellte Festtagsharmonie.

Inzwischen war ich wesentlich toleranter geworden und konnte den wiederkehrenden Ritualen auch positive Seiten abgewinnen. Ich freute mich auf meine Eltern und auf meinen jüngeren Bruder Daniel, mit dem ich mich zunehmend besser verstand, je älter wir beide wurden. Und natürlich auf unseren Hovawart Anton. Er war auch der Erste, der mich in der Diele unseres Hauses begrüßte und in seiner Begeisterung fast zu Boden riss. Leider bekam meine gute Laune gleich darauf einen empfindlichen Knacks. Als ich meine Sachen in meinem Zimmer abstellte, hatte ich sofort das unangenehme Gefühl, dass irgendetwas nicht stimmte. Die Anordnung der Gegenstände auf meinem Schreibtisch war verändert worden. Nun war ich wahrhaftig kein zwanghafter Ordnungsfanatiker, doch einige Dinge wie meine Notizbücher, hatten durchaus ihren festen Platz. Auf dem lagen sie jetzt nicht mehr. Hatte meine Mutter hier etwa aufgeräumt, obwohl ich sie ausdrücklich gebeten hatte, dies nicht zu tun?

In dem Moment entdeckte ich den Bücherstapel und meinen roten Pullover. Marko war hier gewesen! Er hatte mir endlich meine restlichen Sachen gebracht und sich bei der Gelegenheit gleich noch ein wenig auf meinem Schreibtisch umgesehen. Vielleicht auch noch anderswo! Bei dem Gedanken verspürte ich ein unangenehmes Ziehen in der Magengegend. Ich wollte keinen Streit, doch ich musste meine Mutter darauf ansprechen. Sie gab sich völlig arglos. "Warum sollte ich Marko denn nicht in dein Zimmer lassen? Schließlich ist er fast zwei Jahre bei uns ein- und ausgegangen. Soll ich ihn jetzt plötzlich behandeln wie einen Fremden?"

Ich versuchte den Ärger in meiner Stimme in Grenzen zu halten: "Ja, das sollst du, denn das ist er jetzt für mich. Wir sind schließlich nicht mehr zusammen." Meine Mutter schien das nicht so recht einzusehen und versuchte dem Thema eine andere, ihr genehmere Wendung zu geben. "Ist es mit dir und Marko wirklich endgültig aus?", wollte sie wissen. Ich bejahte das mit Nachdruck und ihre Miene drückte tiefes Bedauern aus. Irgendwie konnte ich sie sogar verstehen. Meine Mutter hatte Marko gemocht. Mit seiner Beredsamkeit und seinem Charme verstand er es, Menschen für sich einzunehmen. Auch ich war dem zunächst erlegen. Doch mit der Zeit musste ich auch seine weniger angenehmen Seiten kennen lernen. Sein Egozentrismus und seine Launenhaftigkeit hatten das Zusammenleben mit ihm erst anstrengend und schließlich unerträglich werden lassen.

Zu meiner Verwunderung hatte Marko das Ende unserer Beziehung nicht hinnehmen wollen. Einmal hatte er mich sogar noch in der Praxis besucht. Von Ruth war er wohl sehr beeindruckt gewesen, denn er hatte sie sofort mit einer regelrechten Charmeoffensive überschüttet. Doch Ruth ließ sich nicht täuschen. "Das ist ein Narzisst wie er im Buche steht", sagte sie hinterher zu mir. "Dessen Ego ist so aufgeblasen, dass es kaum durch die Tür passt. Deshalb kann er die Kränkung von *dir* verlassen worden zu sein, nicht verwinden und will unbedingt doch noch das letzte Wort behalten."

So sehr mich Ruths präzise Analyse auch beeindruckt hatte, der letzte Satz erschreckte mich nicht. Ich würde zu verhindern wissen, dass Marko sich weiterhin in mein Leben einmischte. Inzwischen sah ich das ein wenig anders und meine Festtagsstimmung erhielt dadurch einen kleinen Dämpfer.

8.

Als ich die Geschenke für meine Familie auspackte, fiel mir der Brief wieder in die Hände. Ich legte ihn beiseite und verlebte Heilig Abend in angenehm entspannter Stimmung. Von meinen Eltern bekam ich Geld geschenkt und meine Mutter meinte, ich solle mir dafür vor allem etwas Ansprechendes zum Anziehen kaufen. Mir erschien die zügige Tilgung meines Ausbildungskredites, der wie ein Mühlstein an meinem Halse hing, jedoch entschieden wichtiger. Allerdings behielt ich diese Überlegung für mich, ich wollte meine Eltern nicht damit belasten. Sie mussten schließlich auch noch meinen studierenden Bruder unterstützen und machten sich auch so schon genug Gedanken wegen meiner finanziellen Situation. Die Tatsache, dass ich eine Arbeitsstelle gefunden hatte, schien sie etwas zu beruhigen. Ich hoffte es würde meine Mutter schließlich sogar darüber hinwegtrösten, dass sich meine Aussichten auf eine Heirat mit einem gut verdienenden Anwalt zerschlagen hatten. Sie schaffte es sogar, das Thema kein einziges Mal zu erwähnen und es wurde ein harmonischer Abend.

Am nächsten Morgen hatte ich länger als sonst geschlafen und mich ausgiebig meiner Morgentoilette gewidmet. Gerade schickte ich mich an nach unten zu gehen, als mein Blick wieder auf den Brief fiel. Jetzt entschloss ich mich, ihn endlich zu öffnen. Zu meiner Überraschung enthielt er nur Zeitungsausschnitte.

Der erste bestand lediglich aus einer kurzen Mitteilung:

> *Mysteriöser Mord im renommierten Internat Schloss Dahrenried. Beim Sportfest brach eine 18-jährige Schülerin tot zusammen. Es stellte sich heraus, dass ihrer Getränkeflasche ein stark wirkendes Gift beigemischt worden war. Wegen der laufenden Ermittlungen in dem Fall wurden keine näheren Auskünfte erteilt.*

Noch während ich das las, wurde mir klar, dass ich von dem Fall gehört hatte. Deshalb hatte ich auch gestutzt, als mir Melissa den Namen ihres Internats genannt hatte. Doch der Grund war mir längst entfallen und die Meldung in der Flut neuer Nachrichten untergegangen.

Der zweite Artikel war umfangreicher und mit riesigen Lettern reißerisch aufgemacht: *Ist sie eine heimtückische Mörderin?*, lautete die Schlagzeile. Darunter sah ich das verschwommene Bild einer Frau, deren obere Gesichtshälfte zusätzlich durch einen dicken schwarzen Balken verdeckt wurde. Trotzdem erkannte ich Melissa sofort. Dieses üppige leuchtende Haar gab es nur einmal. Der Artikel bestätigte meine Vermutung. Mit angehaltenem Atem las ich:

Sie waren die engsten Freundinnen, teilten jahrelang alles miteinander. Doch dann reichte Melissa M. beim Sportfest der Freundin ihre Getränkeflasche und damit ein tödliches Gift. Was wie ein Kreislaufkollaps nach Überanstrengung aussah, entpuppte sich als heimtückischer Mord. War Eifersucht im Spiel gewesen? Die Ermittlungen dauern an.

Die Ermittlungen dauern an... Dieser Satz beschäftigte mich. Was hatten die Ermittlungen wohl ergeben? Offenbar keinen hinreichenden Tatverdacht gegen Melissa. Sonst wäre sie jetzt kaum auf freiem Fuß und meine Patientin. Ich hatte auch nie wieder etwas über den Fall gehört oder gelesen. Mein größtes Problem bestand jedoch darin, wie ich jetzt mit Melissa weiterarbeiten sollte. Während ich ergebnislos darüber grübelte, hörte ich meine Mutter nach mir rufen. Ich begab mich nach unten und fing ihren erschrockenen Blick auf.

"Geht es dir nicht gut? Hast du schlecht geschlafen? Du bist ja ganz blass!" Ich murmelte etwas von zu viel Marzipan und einem verdorbenen Magen. Damit konnte ich dann auch gleich meinen mangelnden Appetit beim Mittagessen rechtfertigen. In den kommenden Stunden ertappte mich meine Familie immer wieder dabei, dass ich mit meinen Gedanken abwesend war. "Du arbeitest zu viel!", empörte sich meine Mutter. "Wenn Du wenigstens ein geregeltes Privatleben hättest. Als ich in deinem Alter war ..."

"Ich glaube, ich sollte mich etwas hinlegen", unterband ich dieses Thema erfolgreich. Meine Familie nickte geschlossen und zutiefst mitfühlend. Ihre Fürsorge tat mir gut, auch wenn sie mir in der Sache nicht helfen konnten.

Am zweiten Weihnachtstag hielt ich es dann nicht mehr aus und rief Ruth an. Sie hielt sich nicht lange damit auf, sich meine Entschuldigungen für die unpassende Störung ihrer Festtagsruhe anzuhören.

"Was ist passiert?", fragte sie sofort zur Sache kommend.

Ich gab ihr kurz den Inhalt der Zeitungsausschnitte wieder. Einen Moment lang herrschte am anderen Ende der Leitung Schweigen. Ein langgezogenes "Oh!" war alles, was ich dann vernehmen konnte. Ihre ganze Überraschung kam in dieser einen Silbe zum Ausdruck. Doch Ruth wäre nicht Ruth, wenn sie nicht sofort einen Plan entwickelt hätte. So war es auch diesmal.

"Gut, dass du mich gleich angerufen hast", sagte sie. "Heute Abend kommt Gernot vorbei. Ich werde ihn bitten, mir alle verfügbaren Informationen über den Fall zu besorgen."

Gernot Schlüter war der Schachpartner von Ruths Mann, ein enger Freund der Familie und Kriminalhauptkommissar. "Zuständig für Mord und Totschlag", wie er es selbst auszudrücken pflegte. Ruth fühlte er sich besonders verpflichtet, hatte sie doch entscheidend zur Lösung eines seiner brisantesten Fälle beigetragen. Deshalb ging er für sie an die Grenzen des Machbaren und manchmal sogar ein wenig darüber hinaus. Dass Ruth vertrauliche Informationen als solche behandeln würde, wusste er. Das war bei ihr schließlich schon beruflich bedingt.

"Wann hast du den nächsten Termin mit Melissa?", fragte Ruth jetzt.

"Am ersten Donnerstag im Neuen Jahr", erwiderte ich. "Da wollten wir definitiv mit der Hypnose anfangen."

"Gut", meinte Ruth. "Dann sehen wir uns am Mittwoch. Bis dahin weiß ich hoffentlich mehr und wir können uns in Ruhe über das weitere Vorgehen unterhalten. Und jetzt erhol dich noch ein bisschen!"

Nach dem Gespräch mit Ruth ging es mir besser und ich konnte meine restlichen Urlaubstage tatsächlich noch genießen. Meine Mutter stellte erleichtert fest, dass ich meine Magenverstimmung erfreulich schnell überwunden hatte.

9.

Das Neue Jahr begann mit Schmuddelwetter. Aus einem grauen Himmel fiel endloser Nieselregen. Frau Lehmann, meine Vermieterin, klagte über Rheuma und war erleichtert, als ich ihr anbot, die Einkäufe für sie zu erledigen und Brutus auszuführen. Mir machte es nichts aus, so kam ich wenigstens an die frische Luft.

Ich freute mich auf die Arbeit und auf meine Patienten. Doch zum ersten Mal war ich nicht richtig bei der Sache. Immer wieder verirrten sich meine Gedanken zu Melissa und dem bevorstehenden Gespräch mit Ruth. Energisch rief ich mich selbst zur Ordnung. Auch die anderen Patienten hatten ein Recht auf meine ungeteilte Aufmerksamkeit. Frau Kretschmar, der Patientin mit der Kleptomanie, ging es an diesem Tag ausgesprochen schlecht. Ihre Euphorie, wieder unangefochten einkaufen zu können, war einer tiefen Verzweiflung gewichen.

"Ich schaffe es immer noch, den Laden zu verlassen, ohne etwas zu stehlen. Doch dafür ist diese Anspannung jetzt fast ständig da. Es fühlt sich an, als würde ich unter Strom stehen. Manchmal denke ich, es wäre einfacher, wieder etwas mitgehen zu lassen und dadurch wenigstens einen Moment diese Spannung los zu sein. Aber das will ich natürlich nicht wirklich. Fängt denn jetzt alles wieder von vorn an?"

Ich hatte mit dieser Entwicklung gerechnet. Frau Kretschmar hatte nach ihren ersten Erfolgen die Therapie schon beenden wollen, doch ich hatte sie gewarnt. Bisher hatten wir nur die Symptome behandelt, aber nicht die Ursache. Wenn wir an dieser Stelle nicht weiterarbeiteten, war ein Rückfall vorprogrammiert. Deshalb bat ich Frau Kretschmar, noch einmal zu erzählen, wie es war, als sie zum ersten Mal gestohlen hatte.

"Ach Gott, ist das lange her. Es war irgendwie auch ganz anders als jetzt. Damals war ich 16 und hatte eine beste Freundin. Ich hing sehr an ihr. Bei ihr war das nicht so. Mal war sie ganz eng mit mir zusammen, dann ging sie plötzlich wieder auf Distanz und unternahm lieber etwas mit anderen. Sie war ein richtiges kleines Biest. Ich habe darunter gelitten und konnte das nie mit ihr besprechen. Sie hat mich dann glatt angelogen. Da habe ich angefangen, ihr Kleinigkeiten zu entwenden. Das war so eine Mischung aus Rache und Machtgefühl, ich kann das schwer beschreiben. Aber irgendwann hat sie es mitgekriegt und wir hatten einen Riesenkrach. Ich habe mich so geschämt, dass ich mir geschworen habe, so etwas niemals wieder zu tun. Diesen Schwur habe ich 25 Jahre gehalten."

"Und was war nach den 25 Jahren?", fragte ich. Frau Kretschmar war da Anfang 40 gewesen. Also musste es vor der aktuellen Problematik noch einmal eine Episode gegeben haben.

"Da war es so ähnlich wie jetzt. Ich habe in Läden einfach Sachen mitgenommen und war deshalb erschrocken über mich selbst. Aber da war diese Anspannung, dieser Druck... "

"Und gab es damals irgendein Problem, beruflich oder privat?"

Frau Kretschmar sah mich überrascht an. "Das können Sie laut sagen", platzte es dann förmlich aus ihr heraus. "Damals hatte mein Mann seinen zweiten Frühling. Und die passende, wesentlich jüngere Freundin gleich dazu. Ich war wie vor den Kopf geschlagen und wusste überhaupt nicht, wie ich mich verhalten sollte." Frau Kretschmar war noch immer in erster Ehe verheiratet. Also musste sich die Situation irgendwie geklärt haben. Ich fragte sie danach.

"Das mit der Freundin dauerte fast ein Jahr", sagte sie. "Als ich mich gerade entschieden hatte, mir das nicht länger bieten zu lassen und die Scheidung einzuleiten, da war aus der Beziehung der beiden plötzlich die Luft raus. Mein Mann war ihr zu alt und sie ihm zu anstrengend. Er hat mich förmlich angefleht, ihm zu verzeihen und es noch einmal miteinander zu versuchen. So leicht wollte ich ihm das dann aber auch nicht machen. Wir haben über viele Wochen sehr intensiv miteinander geredet, wesentlich mehr als in den zehn Jahren davor zusammengenommen. Danach lief es mit unserer Ehe besser als zuvor."

"Und der Drang etwas zu stehlen?", hakte ich nach.

"Hatte sich in Luft aufgelöst", erwiderte Frau Kretschmar. Jetzt waren wir am entscheidenden Punkt angelangt:

"Was müsste geschehen, damit er sich wieder in Luft auflöst?"

"Die *karrieregeile* Tussi müsste verschwinden!" Frau Kretschmar spuckte die Antwort förmlich aus und lauschte ihr nach, als sei sie ihr gerade erst richtig aufgegangen. Sie hatte schon zuvor berufliche Schwierigkeiten angedeutet, doch so auf einen Punkt gebracht, hatte sie das bisher nicht. Nun sprach sie ausführlicher darüber. Nach dem altersbedingten Ausscheiden einer Kollegin hatte eine junge Frau deren Platz eingenommen. Diese Kollegin war offenbar sehr forsch und sehr ehrgeizig.

"Sie müssten sie mal hören", ereiferte sich Frau Kretschmar. "Sie weiß alles und sie kann alles. Und zwar vor allem besser. Ständig redet sie davon, dass wir effizienter und bürgernäher werden müssten. Ich habe nichts gegen vernünftige Vorschläge, aber ich lasse mich nicht gern als Idiotin hinstellen, die während ihrer gesamten bisherigen Tätigkeit nur Mist gebaut hätte!"

Die Augen von Frau Kretschmar funkelten, sie hatte sich in Rage geredet.

"Und wissen Sie was das Schlimmste ist?", fuhr sie fort. "Die Kerle fressen ihr alle aus der Hand, sogar den Bürgermeister hat sie glatt um den Finger gewickelt. Sie müssten sie aber auch mal sehen! Lange blonde Haare bis zum Hintern und eine Aufmachung, als wäre unser Amt ein Kontakthof." Frau Kretschmar schnaubte verächtlich.

"Sie haben also immer wieder erleben müssen, dass Ihnen etwas weggenommen wurde, worauf Sie eigentlich Anspruch hatten", fasste ich zusammen. "Zuerst die Zuwendung Ihrer Freundin, dann die Liebe Ihres Mannes und nun die Achtung Ihrer Kollegen sowie die berufliche Anerkennung. Jedes Mal haben Sie das als innere Anspannung erlebt."

"Und dann auch etwas wegnehmen müssen", ergänzte Frau Kretschmar. Sie wirkte verwundert, wie jemand, der gerade aus dem Schlaf erwachte und über die Helligkeit rings umher erstaunt war. "Ich habe sinnlos etwas weggenommen, weil ich mir das Verlorene ja nicht zurückholen konnte", ergänzte sie. Jetzt klang sie resigniert.

"Können Sie das wirklich nicht? Das bezweifele ich. Sie konnten Ihre Ehe retten und auch Ihre berufliche Position werden Sie mit der richtigen Strategie behaupten können." Ich lächelte ihr aufmunternd zu und sie erwiderte mein Lächeln zaghaft. "Aber darüber reden wir in der nächsten Stunde. Für heute ist unsere Zeit um."

Ich ermahnte Frau Kretschmar noch, ihre Entspannungsübungen nicht zu vernachlässigen und verabschiedete mich dann von ihr. Schlagartig spürte ich meine eigene Anspannung wieder. Jeden Moment musste Ruth auftauchen und dann würden wir endlich über Melissa reden.

10.

Ruth wischte meine Entschuldigung, sie Weihnachten mit meinem Anliegen gestört zu haben, mit einer lässigen Handbewegung beiseite. Das Fest habe für sie ohnehin keine so große Bedeutung, gab sie zu verstehen und ein leiser Anflug von Bitterkeit spielte dabei um ihren perfekt geschminkten Mund. Ich wusste, woher er rührte. Ruth hatte keine Kinder und bedauerte das aus tiefstem Herzen. Wenn sie mich ermahnte, neben allem Arbeitseifer die wirklich wichtigen Dinge im Leben nicht zu vergessen, klang sie manchmal wie meine Mutter.

Ich hatte Ruths Frage, wie ich die Festtage verlebt hätte, kurz und knapp beantwortet. Uns war beiden nicht nach Small Talk zumute. Wir brannten gleichermaßen darauf, endlich zur Sache zu kommen. Tatsächlich war Ruth von Gernot ausführlich informiert worden und hatte sich auch Notizen gemacht. Doch die brauchte sie nicht. Sie hatte offenbar schon so ausgiebig über den Fall nachgedacht, dass sie frei darüber sprechen konnte.

"Es ist schon eine tragische Geschichte, die sich da vor drei Jahren auf Schloss Dahrenried abgespielt hat", begann sie nun ihre Ausführungen. "Jedes Jahr veranstaltet das Internat einen Tag der offenen Tür. Dazu sind dann nicht nur die Familien der Zöglinge eingeladen, sondern im Prinzip jeder, der Interesse hat, sich näher über die Einrichtung zu informieren. Es wird auch immer sehr rege davon Gebrauch gemacht. Die Schüler musizieren, tragen eigene Gedichte vor und stellen ihre Arbeiten aus. In jenem Jahr, als sich das Unglück ereignete, gab es eine Kunstausstellung und auch Sportwettkämpfe. Melissa war der unangefochtene Star der Ausstellung. Sie galt als die mit Abstand Begabteste, was die Malerei betraf. Am Sportfest nahm sie dagegen nicht aktiv teil, dafür aber ihre Freundin Julia. Die beiden Mädchen waren seit Jahren das, was man als *dicke Freundinnen* bezeichnet. Sie hingen ständig zusammen und Melissa hatte Anschluss an Julias Familie gefunden. Sie war sogar ein paar Mal mit den Wengers in den Urlaub gefahren."

An dieser Stelle runzelte ich heftig die Stirn. Melissa hatte nicht das Geringste über diese Freundschaft verlauten lassen. Ruth bemerkte es, fuhr aber unbeirrt fort.

"Es war an einem heißen Tag Anfang Juli in der letzten Schulwoche vor den Ferien. Die Sportwettkämpfe waren in vollem Gange und die Besucher hatten sich auf Klappstühlen und Decken rund um den Sportplatz gelagert. Melissa und Julia hatten es sich gemeinsam auf einer Decke bequem gemacht. Julia war ein sportliches Mädchen und trat gleich in mehreren Disziplinen an. Zwischen den Wettkämpfen ruhte sie sich neben Melissa aus, und dabei ist es dann passiert. Julia kam erschöpft vom 200 m Lauf zurück. Sie stellte fest, dass ihre Wasserflasche leer war und Melissa reichte ihr die eigene. Julia trank sehr schnell. Kurz darauf klagte sie über Unwohlsein und brach dann plötzlich zusammen. Es sah ganz nach einem Kreislaufzusammenbruch durch Hitze und Überanstrengung aus. Die Sanitäter vor Ort kümmerten sich sofort um sie, doch ihr Zustand verschlimmerte sich nach kurzer Zeit dramatisch. Als der Notarzt eintraf, konnte er nur noch den Tod feststellen. Er schöpfte Verdacht und stellte die Wasserflasche sicher. Darin fand sich dann eine giftige Substanz."

"Und der Verdacht fiel auf Melissa, weil es ihre Wasserflasche gewesen war?"

Ruth schüttelte den Kopf. "Nein, zunächst mal nicht. Die Wasserflasche steckte in einer offenen Basttasche, die Melissa ständig bei sich trug. Es war übrigens ein aromatisiertes Wasser mit Limettengeschmack, hervorragend geeignet, einen anderen Geschmack zu überdecken. Melissa trank das immer, andere Schüler konnten das bestätigen. Während Julia an den Wettkämpfen teilnahm, verließ Melissa die Decke auch einmal für einige Zeit, um die Toilette aufzusuchen. Sie nahm nur ihr Kosmetiktäschchen mit, die Tasche mit dem Wasser ließ sie auf der Decke zurück. Jeder hätte sich in dieser Zeit daran zu schaffen machen können."

"Hat denn niemand etwas gesehen? Da waren doch sicher viele Menschen ..." Ich ahnte die Antwort bevor Ruth sie aussprechen konnte.

"Genau da liegt das Problem", entgegnete sie. "Eine Straftat begeht man am erfolgreichsten dann, wenn keine potentiellen Zeugen anwesend sind, oder aber gleich hunderte. In der Masse achtet niemand mehr darauf, was der andere treibt. An dem Tag waren viele Menschen dort, auch viele Unbekannte. Letztendlich gab es keine einzige brauchbare Zeugenaussage. Jedenfalls", fuhr Ruth fort, "ging die Polizei zunächst davon aus, dass der Anschlag eigentlich Melissa gegolten hatte. Für diese Annahme gab es nicht nur gute Gründe, sondern sogar einen ganz konkreten Verdacht. Melissa war in den vergangenen Wochen durch eine Mitschülerin übel gemobbt worden. Deren Freund hatte sich in Melissa verliebt und es spielte für das Mädchen überhaupt keine Rolle, dass Melissa diese Neigung weder erwiderte noch ermutigte. Eifersucht kennt bekanntlich keine Logik. Jedenfalls hat sie Melissa beschimpft und andere Schüler gegen sie aufgewiegelt. Schließlich hat sie ein Bild zerstört, an dem Melissa fast ein halbes Jahr gearbeitet hatte. Das Bild war für die Ausstellung vorgesehen. An dieser Stelle hat die Schulleitung von den Vorgängen erfahren und hart durchgegriffen. Die Übeltäterin sollte sogar von der Schule verwiesen werden. Ihre sehr einflussreiche Familie konnte das gerade noch verhindern. Wahrscheinlich hat sie ihre Argumentation mit einer kräftigen Spende untermauert. Das Töchterchen entschuldigte sich brav bei Melissa und ließ sie von Stund an in Frieden. Sechs Wochen dauerte der Burgfrieden mittlerweile an. Doch nun erhob sich der Verdacht, dass die immer noch Rachsüchtige nur die Gelegenheit abgewartet hatte, nach dem Bild auch dessen Schöpferin zu zerstören."

"Klingt plausibel", fand ich. "Wieso hat der Verdacht gegen dieses Mädchen in dem Zeitungsartikel so gar keine Rolle gespielt?"

"Weil deren Familie sofort eine ganze Armada hoch bezahlter Anwälte in Marsch gesetzt hat. Der Verdacht gegen das Mädchen war schnell aus der Welt, als mehrere Mitschüler und sogar ein Lehrer bezeugten, sie seien während der Veranstaltung ununterbrochen mit dem Mädchen in Kontakt gewesen. Sie hätte gar keine Möglichkeit gehabt, etwas in die Flasche zu schütten."

"Und dann blieb der Verdacht an Melissa hängen?"

"Mehr oder weniger", meinte Ruth. Zum Kreis der Verdächtigen hatte sie natürlich von Anfang an gehört, wenn auch der Verdacht gegen sie zunächst nicht stark war. So richtig befeuert wurde er dann ausgerechnet von Julias Mutter. Sie behauptete, Melissa habe ihre Tochter dafür bestrafen wollen, dass sie in diesem Jahr nicht wie sonst von der Familie auf die Urlaubsreise mitgenommen werden sollte."

"Aber die Mädchen waren doch nach wie vor befreundet", wandte ich ein.

"Das schon, aber das Verhältnis hatte sich tatsächlich abgekühlt, wenn man den Aussagen der Zeugen Glauben schenken darf. Außerdem behauptete Julias Mutter plötzlich, vor Melissa gewarnt worden zu sein. Aber dazu wollte sie dann später nichts Genaueres mehr sagen. Jedenfalls reichten ihre dunklen Andeutungen nicht aus, daraus ein Motiv für Melissa zu konstruieren. Außerdem blieb ja immer noch die Möglichkeit eines ganz anderen Täters. Jemand, dem die Mädchen völlig unbekannt und gleichgültig waren. Der einfach dem Ansehen des Internats schaden wollte. Was ihm auch gelungen ist. Die Anmeldungen gingen danach drastisch zurück. Für einen Außenstehenden als Täter spricht auch noch etwas anderes", fuhr Ruth fort, "und zwar die Art des verwendeten Giftes. Es handelte sich um Parathion, das sogenannte Wormser Gift."

Ich hatte noch nie davon gehört.

"Mir war es auch kein Begriff", gab Ruth zu, "aber Ben hat es mir erklärt."

Ben hieß mit vollem Namen Benjamin und war Ruths Ehemann. Er arbeitete als Rechtsmediziner. Allerdings nicht als Pathologe, sondern auf klinischem Gebiet, was bedeutet, dass er es ausschließlich mit Lebenden zu tun hat. Die Begutachtung von Verletzungen aller Art war sein Spezialgebiet. Außerdem kannte er sich auch ziemlich gut mit Toxikologie aus.

"Parathion ist eigentlich ein Schädlingsbekämpfungsmittel und wurde früher unter der Bezeichnung E605 gehandelt. Seit 2002 ist es in der EU verboten. Es ist ein ziemlich übles Zeug, ein Nervengift, das zu Krämpfen und Atemlähmung führt. In den fünfziger Jahren hat eine Frau in Worms damit drei Menschen umgebracht, daher Wormser Gift. Der Fall erregte großes Aufsehen und es war der Beginn der traurigen Karriere des Parathion als Mordgift."

"Es passieren also des Öfteren Morde damit?"

Ruth schüttelte den Kopf. "Nein, überhaupt nicht. Es hat seine Popularität schnell eingebüßt, als dem handelsüblichen Produkt Farb- und Geruchsstoffe zugesetzt wurden. Reines Parathion ist nämlich farb- und geruchslos, weshalb es zuvor so beliebt war. Außerdem ist es sehr leicht nachzuweisen, ein Kinderspiel für jeden Forensiker. Das macht den Fall ja so besonders, dass es hier vom Täter eingesetzt wurde. Er hat vermutlich aus dem Verborgenen heraus zugeschlagen, fühlte sich sicher vor Entdeckung."

"Wenn es schon lange nicht mehr auf dem europäischen Markt ist, lässt es sich dann überhaupt so leicht beschaffen?"

Ruth seufzte resigniert. "Leider ja. Es gibt sogar Landwirte, die es sich noch immer illegal beschaffen. Ab und an findet man bei Überprüfungen Spuren davon im Gemüse."

"Das klingt ja gruselig."

"Das ist es auch. Aber das Zeug ist beliebt, weil es wirklich alles umbringt."

"Auch Menschen."

"Ja, bei entsprechender Dosierung innerhalb von 30 Minuten, wenn nicht sofort Gegenmaßnahmen eingeleitet werden. Bei Julia Wenger ging man von einem Kreislaufkollaps aus, erst dem Notarzt fielen ihre unnatürlich verengten Pupillen auf. Da war es schon zu spät für sie."

"Der Fall ist also ungelöst", stellte ich fest.

"So ist es", bekräftigte Ruth.

"Und an allen Verdächtigen blieb ein Makel haften", setzte ich nachdenklich hinzu.

"Für sie hat sich das Leben verändert." Ruth nickte. "Die ursprünglich Hauptverdächtige hat die Schule verlassen und ist auf ein Schweizer Internat gewechselt. Auch Melissa wurde nahegelegt, sich eine andere Schule zu suchen. Bei ihr lag der besondere Fall vor, dass man nicht sicher sein konnte, ob der Mordanschlag nicht doch vielleicht ihr gegolten hatte. Sie ist deshalb regelrecht untergetaucht. Das Abitur hat sie auf einem Gymnasium in einer kleinen, weit entfernten Kreisstadt abgelegt. Niemand kannte ihre neue Anschrift, sie schloss nicht einmal Handyverträge ab und löschte ihre Facebookseite. Nur eines konnte sie nicht verbergen: Ihre Begabung für die Malerei. Die hat sie nun hierhergeführt, als Schülerin von Professor Tietze-Mühlberger."

"Haben ihre Adoptiveltern sich etwa wegen dieser Sache von ihr distanziert?", fragte ich. Dass sie Melissa nicht beigestanden haben könnten, erschien mir ungeheuerlich. Das wäre ja fast einer Verurteilung gleichgekommen.

Ruth nickte: "Es sieht ganz danach aus. Sie wollten wohl nicht mit einem Mordfall in Verbindung gebracht werden. Es kam ihnen sicher sehr gelegen, dass das Adoptionsverhältnis zu diesem Zeitpunkt schon aufgelöst worden war und Melissa ihren Mädchennamen Morgenroth wieder angenommen hatte. So blieb der Name von Werlitz aus der Sache heraus."

Vieles erschien nun klarer, doch eine wichtige Frage bewegte mich noch. Wer hatte diese Zeitungsausschnitte in meinen Briefkasten gesteckt?

Als könnte sie meine Gedanken lesen, stellte Ruth in diesem Moment die gleiche Frage und erkundigte sich nach der Beschaffenheit des Briefes.

"Kein Stempel und natürlich kein Absender", sagte ich. "Ich habe das für eine Postwurfsendung mit irgendwelcher Werbung gehalten und auch erst verspätet aufgemacht. Jemand muss es direkt in meinen Briefkasten gesteckt haben."

"Jemand, der sehr genau über dich Bescheid weiß. Der deine Anschrift kennt und deine Patienten und sich die Mühe macht, persönlich Post einzuwerfen. Das ist schon unheimlich."

"Ich kann mir nicht vorstellen, dass jemand so viel Einblick hat, von Melissa einmal abgesehen. Aber wieso sollte sie mir die Zeitungsausschnitte geschickt haben? Was ergibt das für einen Sinn?"

Je länger ich jedoch darüber nachdachte, umso wahrscheinlicher erschien mir diese Möglichkeit. Melissa hatte versucht, die Geschehnisse in Dahrenried vor mir geheim zu halten. Doch nachdem sie sich versprochen hatte, musste sie damit rechnen, dass ich mich darüber kundig machen würde. Das könnte als ständiger Druck auf ihr gelastet haben, weshalb sie nun auf ungewöhnliche Art eine Entscheidung herbeigeführt hatte. Ich teilte Ruth meinen Überlegungen mit und sie stimmte mir zu: "Das nehme ich auch an. Aber es ist mehr als nur das, es ist gleichzeitig ein Test. Sie will wissen, wie du darauf reagierst. Ob du sie so annehmen kannst, mit diesem ungeklärten Verdacht, meine ich. Ob du aufrichtig ihr gegenüber bist und mit ihr darüber sprechen wirst. Wenn Patienten solche Spielchen anfangen, wird es schwierig. Du musst sehr vorsichtig sein."

Mir fiel auf, dass Ruth diese Äußerung nun schon zum zweiten Mal in Bezug auf Melissa gemacht hatte. Diesmal lachten wir nicht darüber.

11.

Melissa reagierte wenig überrascht, als ich sie zu Beginn der Therapiestunde auf die Ereignisse in Schloss Dahrenried ansprach, so dass meine Überzeugung, nur sie könnte mir den Brief zugespielt haben, sprunghaft anstieg.

"Ich wusste, dass du es irgendwann erfährst", sagte sie. "Nimmst du mir sehr übel, dass ich es dir nicht gleich gesagt habe?" Ihre Augen wurden plötzlich ganz dunkel und schmal, mit leicht geöffnetem Mund sah sie mich lauernd an. Verblüffenderweise erschien sie mir einen Moment lang fast hässlich.

"Melissa", sagte ich, "wie kommst du darauf, dass ich dir etwas übelnehmen könnte. Eine Therapie ist schließlich kein Verhör. Was du mir sagen willst, bleibt immer deine freie Entscheidung. Und auch wann du es mir sagst."

Melissa entspannte sich sichtlich.

"Ich habe meine Gründe, weshalb ich nicht darüber reden wollte", sagte sie. "Damals im Internat, nachdem das mit Julia passiert ist, wurde ich mehrmals von einer Beamtin verhört. Sie war eigentlich sehr nett und auch die Verhöre verliefen ganz anders als ich mir das vorgestellt hatte. Manchmal war es wie eine lockere Unterhaltung. Aber sie hat mir Fragen gestellt, mit denen ich überhaupt nichts anfangen konnte. Wie ich als Kind so gewesen sei, wollte sie wissen, worüber ich mich geärgert und was ich mir gewünscht hätte. Ich wusste es einfach nicht, konnte nur dasitzen und sie dumm anstarren. Mir wurde plötzlich klar, dass an der Stelle, wo bei anderen Menschen die Erinnerungen an ihre Kindheit sind, bei mir ein großes schwarzes Loch klafft. Ich wollte dieses Loch unbedingt füllen, bevor es den Rest von mir verschlingt. Das bekam für mich eine ungeheure Wichtigkeit."

Melissa sah mir eindringlich in die Augen und ich nickte ihr zu.

"Von der Internatsleitung wurde ich in dieser Phase auch zum Schulpsychologen geschickt. Ich habe versucht, ihm mein Problem zu erklären, doch der hat mir gar nicht richtig zugehört. Er wollte nur über Julias Tod und meine Schuldgefühle reden, die ich deshalb doch sicher hätte. Aber ich mag es nicht, wenn mir andere vorschreiben wollen, was ich fühlen soll. Da bin ich einfach nicht wieder hingegangen.

Und jetzt wollte ich verhindern, dass es genau so läuft. Ich hatte Angst, du würdest auch sofort über diesen ungeklärten Mord reden wollen, weil der doch Spuren in meiner Seele hinterlassen haben müsste. Aber ich will nicht mehr darüber reden. Ich fühle deutlich, dass es mich einfach nicht weiterbringt. Ich möchte stattdessen meine Kindheit wiederfinden. Dabei sollst Du mir helfen!"

"Ja", sagte ich, "ich werde dir dabei helfen. Du allein bestimmst, wie schnell wir vorangehen werden."

Melissa lächelte mir dankbar zu. Doch dann wurde ihr Blick bekümmert.

"Jetzt habe ich so viel erzählt, dass die Stunde fast um ist. Nun können wir wohl gar nicht mehr richtig anfangen?"

Ich beruhigte sie: "Wir werden jetzt noch das Vorgehen bei der Hypnose besprechen und deine wichtigsten Fragen dazu klären. Dann ersparen wir uns das in der nächsten Stunde und können gleich richtig beginnen."

Melissa war zufrieden. Es stellte sich heraus, dass sie bereits besser über Hypnose informiert war, als die meisten anderen Patienten. Einige der am häufigsten gestellten Fragen spielten für sie keine Rolle. Sie hatte keine Angst davor, eventuell nicht wieder aus der Trance zu erwachen. Auch hatte sie keine Befürchtungen, die Kontrolle über den eigenen Willen zu verlieren.

Melissa interessierte sich vor allem dafür, ob sie sich hinterher auch an alles erinnern würde, was sie im Zustand der Trance erfahren hatte. "Weißt du", sagte sie, "ich träume oft von meinen Eltern. In diesen Träumen scheint plötzlich alles ganz deutlich vor mir zu stehen. Beim Aufwachen will ich es dann unbedingt festhalten, aber es gelingt mir nie. Die Bilder lösen sich vor meinen Augen in Dunst auf. Ich bin dann jedes Mal richtig verzweifelt. Und ich will nicht, dass es mit der Hypnose genauso läuft."

Ich konnte ihr versichern, dass das nicht geschehen würde.

Viel Zeit blieb uns nicht mehr, doch ich wollte noch Melissas Hypnotisierbarkeit überprüfen. Bezüglich der Einleitung einer Trance war ich nicht festgelegt. Ich wandte unterschiedliche Methoden der Induktion an, je nachdem, was mir für den Patienten am angemessensten erschien. Für Melissa griff ich zum klassischen Pendel. Ihre Augen folgten seinen sanften Schwingungen und bereits nach wenigen Minuten begannen Melissas Augenlider zu flattern. Ich wies sie nun an, ihre Augen zu schließen und sie glitt so leicht und entspannt in die Trance, wie ein Schwan ins Wasser.

Als ich sie in die Gegenwart zurückholte, wirkte sie enttäuscht.

"Schade, ich hätte gern gleich weiter gemacht", sagte sie.

"Am Montag machen wir weiter, und dann machen wir es richtig", versicherte ich.

Sie strahlte mich an wie ein Kind, dem man eine große Überraschung versprochen hatte.

12.

Nachdem ich Melissa verabschiedet hatte, begab ich mich in die Küche. Ruth hatte dort offenbar schon auf mich gewartet. Sie saß am Tisch und sah mich aus ihren grünen Katzenaugen erwartungsvoll an.

"Und wie ist es gelaufen?", fragte sie.

"Richtig gut", sagte ich zuversichtlich. "Melissa war nicht überrascht, als ich sie auf Dahrenried angesprochen habe. Es hat sie überhaupt nicht interessiert, woher ich das wusste. Vermutlich, weil sie tatsächlich selbst die Quelle war. Natürlich haben wir diesen Punkt nicht berührt. Es scheint mir im Moment auch nicht so wichtig zu sein. Ihre Erklärung, weshalb sie nicht über den Vorfall im Internat reden möchte, war jedenfalls nachvollziehbar. Wir werden uns ab Montag gemeinsam auf die

Spuren ihrer Kindheit begeben. Es ist sicher gut, wenn wir ganz beim Anfang beginnen."

"Es muss ein Trauma in ihrer Kindheit gegeben haben", meinte Ruth. "Sonst wären ihre Erinnerungen nicht so radikal ausgelöscht worden."

"Ich werde behutsam vorgehen", sagte ich, "und in erster Linie an das anknüpfen, was sie noch weiß. Das sind ausschließlich positive Erinnerungen. Das Vorbereitungsgespräch für die Hypnose haben wir bereits geführt. Sie hat da ganz realistische Vorstellungen."

"Dann hat sie anderen Leuten einiges voraus", meinte Ruth und tippte mit resignierter Miene auf ein Schreiben, das vor ihr lag. "Schon wieder eine Anfrage, ob ich eine Zeugin unter Hypnose vernehmen könnte. Diesmal aus Hamburg."

Ich wunderte mich nicht darüber. Ruth erhielt häufig solche Anfragen, doch die meisten lehnte sie ab. Vermutlich würde es auch dieser so ergehen, denn eine Hypnose erschien unter den gegebenen Umständen wenig erfolgversprechend. Das sah ich genauso, nachdem Ruth mir die Umstände der Tat kurz geschildert hatte. Demnach war die Zeugin zugleich das Opfer eines Überfalls auf einen kleinen Laden gewesen. Es war bereits die dritte derartige Tat, offenbar vom gleichen Täter ausgeführt. In einem Fall hatte der Ladeninhaber sich zur Wehr gesetzt und war daraufhin erschossen worden. Nun wurde auf Hochtouren ermittelt, nur gab es leider keine Beschreibung des Täters. Als der maskierte Mann mit vorgehaltener Waffe ihren Laden betrat, hatte das Opfer des dritten Überfalls sich hinter der Ladentheke zu Boden geworfen. Zu ihrem Glück stand die Kasse in dem Moment offen und der Mann verschwand mit dem Geld, ohne von der Frau Notiz zu nehmen. Sie wagte sich trotzdem erst lange danach aus ihrer Deckung hervor.

"In dieser Situation konnte die Frau definitiv nichts erkennen. Daran würde auch die Hypnose nichts ändern. Manche Leute halten den Zustand der Trance für eine Art Zeitreise. Sie glauben offenbar, dann könnte die Frau sich nachträglich aufrichten, über die Theke hinwegsehen und den Täter am besten gleich noch nach Name und Anschrift fragen." Ruth schüttelte den Kopf.

"Dein Erfolg hat sich nun mal herumgesprochen", sagte ich. "Das hat Erwartungen geweckt."

Vor drei Jahren hatte Ruths Freund Gernot wegen eines aufsehenerregenden Falles ziemlich unter Druck gestanden. Mehrere junge Frauen und Mädchen waren Opfer eines Serienvergewaltigers geworden. Ein Mädchen hatte er schwer verletzt, und da seine Übergriffe an Brutalität zunahmen, fürchtete man bald das erste Todesopfer beklagen zu müssen. Zwar ließ sich sein Aktionsradius eingrenzen, jedoch gab es keine brauchbare Täterbeschreibung, weil er stets maskiert auftrat.

Eines der Opfer erklärte sich bereit, unter Hypnose zu versuchen, sich an mögliche Details zu erinnern. Ruth hatte das zunächst abgelehnt. Sie empfand es als unzumutbar, die Frau dieser emotionalen Belastung auszusetzen. Doch sie hatte darauf bestanden. "Ich will alles versuchen, weil ich verhindern will, dass eine meiner Töchter vielleicht sein nächstes Opfer wird", war ihre Begründung gewesen.

Tatsächlich brachte es den Durchbruch. In Trance erinnerte sich die Frau daran, dass von dem Täter ein ganz besonderer Duft ausgegangen war, der überhaupt nicht zu der beängstigenden Situation gepasst hatte. Es war der angenehme Duft nach frischem Heu gewesen. Die Polizeibeamten schwärmten aus, um zu ermitteln, wo in den vergangenen Tagen Heu gemacht worden war. Schon der dritte Hinweis führte zum Täter, der kurz darauf ein Geständnis ablegte.

Ruth war wie eine Heldin gefeiert worden, die Zeitungen berichteten über sie und mehrere Talkshows wollten sie unbedingt als Gast haben. Ihr war der Rummel überhaupt nicht recht. Sie versuchte zu erläutern, dass sich ihr Erfolg in diesem Falle durch die besonderen Umstände erklären ließ. Der Täter war der Frau körperlich sehr nahe gekommen und natürlich hatte sie seinen besonderen Geruch dadurch wahrgenommen. Die Frau liebte den Duft frischen Heus und verband ihn mit Sommer, Ferien auf dem Land und Entspannung. Diese Assoziationen standen in völligem Widerspruch zu der Gewalt, die der Täter ihr unmittelbar danach antat und zu den Gefühlen von Angst, Abscheu und Ekel. Mit der Ausschaltung aller positiven Empfindungen hatte sie auch den wahrgenommenen Geruch verdrängt. Erst im Zustand der Trance erinnerte sie sich wieder daran.

"Hypnose ist keine schwarze Magie", betonte Ruth immer wieder. "Sie ist eine ernst zu nehmende Methode, die noch genauerer wissenschaftlicher Erforschung bedarf. Reißerische Darstellungen schaden da eher. Sie rücken unsere Arbeit in die Nähe von Bühnenspektakel und Hokuspokus. Und da gehört sie wirklich nicht hin."

Ich wollte Ruth bei ihrem Kampf unterstützen und plante eine Dissertation über die Zuverlässigkeit von Erinnerungen unter Hypnose. In jeder freien Minute studierte ich entsprechende Literatur und feilte an den Einzelheiten des Experiments, das ich dafür anstellen wollte. Ruth unterstützte mich dabei.

Jetzt kam Ruth wieder auf Melissa zu sprechen. "Ich bin gespannt, was die Sitzungen mit ihr ans Tageslicht fördern werden", sagte sie. "Hältst du mich auf dem Laufenden?"

Und ob ich das tun würde. Ruths Meinung war mir sehr wichtig. Besonders im Falle von Melissa.

13.

Jeden Tag war es ein wenig kälter geworden und am Wochenende hatte ergiebiger Schneefall eingesetzt. Als ich mich am Montag auf den Weg in die Praxis machte, stapfte ich durch eine verzauberte Winterlandschaft.

Melissa war sehr pünktlich. Sie wirkte erwartungsvoll und sah wunderschön aus. Die kalte Winterluft hatte ihre Wangen sanft gerötet und ihre Augen glänzten.

"Ist es nicht schön, dass es geschneit hat?", begrüßte sie mich. "So muss der Winter sein, ich liebe dieses Wetter!"

Ihre kindliche Begeisterung brachte mich auf eine Idee. Bis zu diesem Augenblick war ich unschlüssig gewesen, wie ich unsere erste Hypnosesitzung thematisch einleiten sollte, jetzt wusste ich es.

Ich bat Melissa in mein Zimmer und ließ sie diesmal gleich auf der Liege Platz nehmen. Sie benötigte einen Moment, um die für sie bequemste Haltung herauszufinden. Mit einem zusätzlichen Kissen unter dem Kopf fühlte sie sich schließlich wohl.

Ich begann über den Winter zu reden, ganz ruhig, als würde ich zu mir selbst sprechen.

"Wie wunderbar verwandelt die Landschaft doch ist", sagte ich. "Wie eine weiße Decke liegt der Schnee über allen Häusern und Straßen. Die Zaunpfähle tragen kleine weiße Mützen. Auf jedem Zweig glitzert der Schnee, die Äste der Bäume biegen sich unter seiner Last."

Längst war mir aufgefallen, dass Melissa ein sehr visueller Typ war, dass sie bildhaft dachte und sich entsprechend ausdrückte. Für ihre Malerei war das sicher eine unabdingbare Voraussetzung. Und für die Hypnose war es auf jeden Fall hilfreich. An ihrem verklärten Blick erkannte ich, dass sie zu jedem meiner Sätze in ihrem Inneren die entsprechenden Bilder aufsteigen ließ. Ich hätte sie ohne weiteres nur mit Worten in die Trance geleiten können. Nur zur Sicherheit griff ich dennoch zum Pendel.

"An den Dachrinnen der Häuser haben sich glitzernde Eiszapfen gebildet", fuhr ich fort. "Schau her, Melissa, ist es nicht auch geformt wie ein Eiszapfen? Schau, wie sich das Licht darin bricht." Ich ließ das Pendel vor ihren Augen hin und her schwingen und sie folgte ihm mit ihren Blicken. Ihre Augenlider begannen zu flattern. "Schließ die Augen, Melissa!", sagte ich. "Du wirst jetzt schlafen, doch du wirst meine Stimme hören und dich später an alles erinnern können. Ich werde jetzt von 22 rückwärts zählen und du wirst dich mit jeder Zahl ein Jahr weiter zurück in deine Kindheit begeben." Langsam begann ich zu zählen, bei 7 hörte ich auf.

"Du bist jetzt 7 Jahre alt, Melissa. Sage mir, wo du dich befindest."

"Ich bin auf dem Berg beim Hexenhäuschen", antwortete sie mir. Ihre Stimme klang etwas verwaschen.

Bei den meisten Patienten kommt es nur zu einer leichten Trance. Manche behaupten dann sogar, gar nicht richtig hypnotisiert gewesen zu sein. Bei Melissa war das anders. Ihre Trance fiel erstaunlich tief aus.

"Ist jemand bei dir, Melissa?", setzte ich das Gespräch fort.

"Meine Mama und mein Papa sind da." Melissas Stimme klang höher als gewöhnlich und hatte einen kindlichen Tonfall. Auch ihre Wortwahl zeigte, dass sie sich als das siebenjährige Kind erlebte, das sie einmal gewesen war.

"Ich sitze auf meinem Schlitten, er ist ganz neu."

"Wie sehen deine Eltern aus, beschreibe sie mir, Melissa."

"Meine Mama sieht schön aus. Sie hat eine Jacke aus weißem Fell an, die ist ganz kuschelig weich. Sie hat auch eine weiße Mütze auf. Mein Papa hat keine Mütze, seine Haare sind blond und lockig, wie meine. Das ziept beim Kämmen."

Während Melissa sprach, sah ich die Bilder vor mir aufsteigen. Auch ich war in eine leichte Trance gesunken. Unsere Kommunikation funktionierte reibungslos. Melissa beschrieb einen Wintertag voller Spaß und guter Laune. Sie erlebte, wie sie mit ihrem Vater den Hügel hinab rodelte. Sie sah, wie ihre Eltern einander neckten, wie sie Schnee von den Zweigen schüttelten und sich damit bewarfen. Sie fühlte, wie ihre Mutter ihr die kalt gewordenen Hände zwischen ihren eigenen wärmte. Es war deutlich zu spüren, wie glücklich sie war.

Als ich die Hypnose schließlich beenden wollte, widersetzte sich Melissa. Sie wollte ihre glückliche Traumwelt nicht verlassen, das kleine Mädchen wollte bei seinen Eltern bleiben. Der Rapport drohte mir zu entgleiten. So etwas kann gerade bei traumatisierten Patienten vorkommen. Doch ich wusste damit umzugehen.

"Melissa, du bist vom vielen Umhertoben müde geworden", sagte ich. "Setze dich einen Moment auf deinen Schlitten und ruhe dich aus." Sie gehorchte mir.

"Spürst du, wie schwer sich deine Beine anfühlen?", fuhr ich fort. "Ganz, ganz schwer sind sie, du kannst sie nicht mehr heben. Du möchtest nicht von deinem Schlitten aufstehen, du würdest gern schlafen." Melissas Atemzüge veränderten sich, sie glitt tiefer in die Trance hinein. Der Rapport war wieder hergestellt. Nun konnte ich Melissa problemlos zurückholen.

"Ich beginne jetzt zu zählen und mit jeder Zahl, die ich ausspreche, gehst du ein Jahr auf deinem Lebensweg voran", sagte ich und zählte langsam bis 22. "Du bist 22 Jahre alt, Melissa, du bist hier in meinem Zimmer, du fühlst dich gut und du kannst dich an alles erinnern. Öffne nun die Augen."

Melissa sah mich an und als sie zu sprechen begann, klang ihre Stimme wieder normal.

"Das war nicht fair!", waren ihre ersten Worte.

"Was war nicht fair, Melissa?"

"Dass du mich so schnell wieder aufgeweckt hast. Es war so schön, ich wäre gern noch geblieben. Aber du hast mich nur 5 Minuten dort gelassen. Warum?"

Ich lachte. "Melissa, das waren 25 Minuten, schau her." Ich zeigt ihr die Uhr, die immer auf meinem Tisch stand.

Melissa starrte ungläubig auf das Zifferblatt. "Hast du die vorgestellt?", fragte sie dann.

"Also mit solchen krummen Tricks arbeite ich nun wirklich nicht", versicherte ich ihr.

Die unter Hypnose erlebte Zeitverkürzung war ein Phänomen, das viele Patienten verblüffte. Es überzeugte letztendlich auch diejenigen, die zunächst angenommen hatten, gar nicht in Trance gewesen zu sein.

Ich ließ Melissa aufstehen und mir gegenüber im Sessel Platz nehmen. Während unseres anschließenden Gesprächs konnte ich mich davon überzeugen, dass Melissa wieder vollkommen wach und orientiert war. Vor allem war sie jedoch begeistert. Noch nie hatte ich sie so lebhaft gesehen.

"Ich war dort, Iris, ich war wirklich dort. Ich habe den kalten Schnee gespürt und die warmen Hände meiner Mutter. Alles war so real!"

Damit berührte Melissa genau die Frage, die mich brennend interessierte. Wie zuverlässig sind solche Erinnerungen unter Hypnose? Hatte sie diesen Wintertag tatsächlich erlebt? Oder war er ihrer Phantasie entsprungen?

Melissa begann über diese Frage zu reden, ohne dass ich sie ihr gestellt hatte. "Ich bin mir sicher, all das früher wirklich erlebt zu haben", sagte sie. "Plötzlich weiß ich bestimmte Dinge wieder. Diesen Berg, auf dem das Hexenhäuschen steht, den gibt es. Das war in einem Park, der muss nicht weit von unserem Haus entfernt gewesen sein. Ich war mit meinen Eltern oft dort, im Sommer und im Winter. Das Hexenhäuschen war ein ganz kleines Haus, in dem niemand gewohnt hat. Außen waren überall Lebkuchen aufgeklebt, die waren aus Holz und bunt bemalt. Manchmal habe ich angeklopft und bin dann schnell weggelaufen. Ich hatte ein kleines bisschen Angst, dass wirklich die Hexe rauskommt." Melissa lächelte, als sie sich daran erinnerte.

"Ich weiß plötzlich auch wieder, dass meine Mutter diese weiche, weiße Pelzjacke hatte. Die roch ganz wunderbar, ich glaube, nach Lavendel. Ich habe diese Jacke geliebt."

Unsere Zeit war um. Melissa war hoch motiviert und hätte am liebsten gleich am kommenden Tag die Behandlung fortgesetzt. Doch ich musste sie auf unseren Termin in der nächsten Woche vertrösten.

Plötzlich hatte es Melissa eilig. "Musst du noch irgendwo hin?", fragte ich sie.

"Nach Hause", erwiderte sie lachend, "ich muss jetzt ganz, ganz dringend malen."

14.

Zu Beginn der nächsten Stunde zeigte mir Melissa das Bild, das sie so dringend malen musste. Es hatte die Winterszene im Park zum Inhalt und es zeigte, dass Melissa tatsächlich eine sehr begabte Malerin war.

Das Bild wirkte hell und luftig, wie von lockerer Hand leicht hingeworfen. Doch sah man genau hin, waren die Details sehr präzise ausgeführt. Die Personen wirkten so lebendig und individuell, dass man sie bei einer zufälligen Begegnung wiedererkannt hätte. Man sah eine elfenhaft zarte, anmutige Frau, unter deren weißer Pelzkappe langes, dunkelbraunes Haar hervorlugte. Sie beugte sich lächelnd zu dem Kind auf dem Schlitten herab. Neben ihr stand ein großer, schlanker Mann, dessen wirres, blondes Haar seinen Kopf wie ein Heiligenschein umrahmte. Er lachte aus vollem Halse und wirkte sehr glücklich. Lediglich das Gesicht des Kindes war nicht zu erkennen. Das kleine Mädchen hielt den Kopf gebeugt und seine langen Locken fielen nach vorn und verdeckten es teilweise.

Dies sollte das erste einer ganzen Serie von Bildern sein, die Melissa immer im Anschluss an unsere Hypnosesitzungen malte. "Mein Familienalbum", nannte sie die Bilder. Melissa besaß kein einziges Foto ihrer Eltern, was diese selbst gemalten Bilder für sie so wertvoll machte.

In unserer zweiten Sitzung führte ich Melissa in ihr Elternhaus. Wieder leitete ich die Trance mit einer Geschichte ein.

"Sie leben in uns weiter, die Räume unserer Kindheit", begann ich. "Da sind die Böden, auf denen wir so gern unsere Spielsachen ausbreiteten, da ist der große Schrank, in dem immer die Süßigkeiten lagen. Wir erinnern uns, wie es roch, wenn am Wochenende Kuchen gebacken oder wenn im Dezember der Weihnachtsbaum aufgestellt wurde. Fasziniert haben wir beobachtet, wie das Pendel der großen Uhr vor unseren Augen hin und her schwang." Wieder kam mein Pendel nur kurz zum Einsatz, Melissa sank mühelos in eine tiefe Trance. Nachdem ich sie erneut in ihre Kindheit zurückversetzt hatte, erteilte ich ihr weitere Instruktionen.

"Betritt nun das Haus deiner Kindheit und erzähle mir davon", forderte ich sie auf.

Das Haus, das Melissa vor sich sah, wirkte alt und modern zugleich. Sie beschrieb mir einen Fachwerkbau mit einem Hirschgeweih am Giebel, redete aber auch von großen Glasflächen. Durch eine schwere, dunkle Tür gelangte sie in lichtdurchflutete Räume mit weißen Wänden und hellen Holzfußböden. Ein Konzertflügel stand vor einem der Fenster und auf einmal war leise Klaviermusik zu hören. Melissa sagte, dass es ihre Mutter sei, die da spielte.

"Sie spielt sehr schön, aber sie weint dabei. Ich mag nicht, wenn sie weint, weil ich dann auch traurig bin." Melissas Stimme klang bekümmert. Sie schien unschlüssig, was sie nun tun sollte. Doch dann nahm sie mich mit in ihr Kinderzimmer, das in hellem Lindgrün gehalten war und beschrieb mir die schöne alte Truhe, in der sie ihre Spielsachen aufbewahrte. Anschließend betraten wir einen verglasten Gang, der das Wohnhaus mit einem Atelier verband. Hier roch es intensiv nach Farbe und überall standen und lagen Bilder. Melissas Vater stand an einer Staffelei und arbeitete an einem Bild. Er gab Melissa Pinsel und Farben, damit sie ebenfalls malen konnte. Wieder war Melissa in der Situation sehr glücklich und wieder musste ich erst die Trance vertiefen, bevor ich sie zurückholen konnte.

Im Auswertungsgespräch erklärte mir Melissa, was sie noch gewusst hatte und was neu für sie gewesen war.

"Ich wusste, dass es da ein Atelier gegeben hat und dass mein Vater gemalt haben muss. Als ich im Internat mit dem Malen anfing und den Geruch der Farben um mich hatte, da war die Erinnerung plötzlich da gewesen. Aber ich wusste nicht mehr, dass dieses Atelier mit unserem Wohnhaus verbunden war. Das war unser Haus, das ich da gesehen habe, Iris. Es gab auch diesen verglasten Gang, ich erinnere mich jetzt genau. Das ist so faszinierend. Meine Erinnerungen sind wie ein Kaleidoskop, du weißt schon, diese verspiegelte Röhre, in der sich einzelne Glassplitter und Perlen befinden. Wenn man das Ding dreht, setzen sie sich zu einem Bild zusammen. Bei mir waren nur ganz wenige Splitter drin, sie ergaben nie ein richtiges Bild. Aber mit jedem Termin bei dir kommen weitere hinzu, und plötzlich setzt sich alles ganz neu zusammen und ergibt einen Sinn."

Melissas Begeisterung sollte über viele Sitzungen anhalten. Immer neue Puzzleteile fügte sie ihrer Kindheit hinzu. Weitere Personen tauchten aus dem Nebel des Vergessens auf. Da war zum Beispiel die geliebte Omi, an die sich Melissa nun wieder deutlich erinnern konnte.

"Sie war die Mutter meines Vaters", sagte sie, "da bin ich mir ziemlich sicher. Sie war oft bei uns, aber ob sie auch im Haus lebte, weiß ich nicht. Sie war sehr lieb zu mir. Einen Opa gab es auch, aber an den erinnere ich mich nur undeutlich, er war selten da und hat sich nie mit mir beschäftigt. Auch im Urlaub war oft die Oma dabei, der Opa nie. Wir sind immer ans Meer gefahren."

Dann tauchte noch ein älteres Mädchen auf, das sich ebenfalls häufig im Haus aufhielt und mit Melissa spielte. So richtig konnte Melissa sie aber nicht einordnen.

"Sie war wohl irgendwie mit uns verwandt, doch ich habe keine Ahnung, wie genau. Vielleicht war sie ja auch nur jemand aus der Nachbarschaft. Auch ihren Namen weiß ich nicht genau, Hanni oder Nanni oder so ähnlich muss ich sie genannt haben. Obwohl sie älter war als ich, ließ sie sich von mir herumkommandieren. Ich konnte wohl ein ziemliches Biest sein."

Erstaunt betrachtete Melissa diese neue Seite ihres kindlichen Ichs. Mit jeder neuen Erkenntnis wuchs ihr Selbstbewusstsein. Sie wirkte in letzter Zeit regelrecht strahlend.

An einem Tag Anfang März überraschte sie mich mit einer lapidaren Mitteilung. Ihr Kunstprofessor Thorald Tietze-Mühlberger sei nunmehr auch ihr Geliebter, sagte sie in einem nüchternen Tonfall, der diesem Ereignis nicht so recht angemessen erschien.

In Melissas bisherigem Leben hatte es, von einigen harmlosen Flirts abgesehen, noch keinen Mann gegeben. Was mich angesichts ihrer äußeren Erscheinung zunächst verwunderte, überraschte mich nicht mehr, nachdem ich mehr über sie erfahren hatte. Melissa fehlten acht Jahre ihres Lebens, sie war emotional viel jünger als ihr Alter vermuten ließ. Deshalb musste sie zunächst das Kind in sich wiederfinden, bevor sie zur Frau heranreifen konnte. Und dieser Prozess war noch nicht abgeschlossen. Daher rief ihre Neuigkeit bei mir ein ungutes Gefühl hervor.

Das sagte ich auch zu Ruth, mit der ich später wieder einmal über Melissas Fall sprach.

"Sieh an, die Schöne und das Biest", kommentierte Ruth trocken. Das Bild war treffend gewählt, denn Professor Tietze-Mühlberger war von einer markanten Hässlichkeit, die einige Frauen offenbar anziehend fanden. Er nutzte das weidlich aus und hatte häufig wechselnde Liebschaften. Seine Frau, eine gut aussehende und sehr bodenständige Person, schien das nicht weiter zu bekümmern. Sie ging ebenfalls eigene Wege. In ihrem Beruf als Bildhauerin war sie ziemlich erfolgreich und ging praktische Probleme mit der gleichen Energie an, mit der sie den Meißel handhabte. Viele ihrer Bekannten versicherten, dass Thorald Tietze-Mühlberger ohne diese Frau völlig verloren gewesen wäre und sie daher nie verlassen würde.

"Weißt du, es ist nicht so sehr die Tatsache, dass er verheiratet und über zwanzig Jahre älter ist, die mich beunruhigt", sagte ich. "Die Tietze-Mühlbergers sollen eine offene Ehe führen und sehr entspannt damit umgehen. Melissa behauptet, keine feste oder dauerhafte Bindung mit ihm anzustreben. Aber das ist mir für eine junge Frau, die ja quasi ihre erste Liebesbeziehung erlebt, einfach zu rational. Er ist für sie eher eine Vaterfigur als ein Liebhaber. Sie blickt total zu ihm auf und ich fürchte, er nutzt das aus. Melissa versucht sich mit dem zu bescheiden, was sie von ihm kriegen kann, weil sie das in ihrem Leben oft tun musste. Nach dem Tod ihrer Eltern hatte sie nie wieder die Liebe eines Menschen für sich allein."

Ruth nickte zustimmend: Außerdem erscheint mir Tietze-Mühlberger als seelische Stütze für einen labilen Menschen wie Melissa denkbar ungeeignet. Der Mann ist eitel bis zur Selbstverliebtheit, launisch wie eine Diva und geldgierig wie ein Investmentbanker. Seine eigenen Bilder sollen sich im Moment nicht so gut verkaufen, aber ihm wird ein untrügliches Gespür für kommende Talente nachgesagt. Vermutlich ist er an Melissa nicht nur sexuell, sondern auch kommerziell interessiert. Wenn sie seine Erwartungen nicht erfüllt, wird er sie fallen lassen. Könnte sie das verkraften?"

"Wohl eher nicht", meinte ich. "Melissa ist noch nicht so weit, eine derartige Enttäuschung entsprechend zu verarbeiten. Mit unseren Hypnosesitzungen ist es ganz eigenartig. Alles, was sie dabei erlebt, erscheint in einem rosigen Licht. Sie sieht nur schöne Seiten ihrer Kindheit und ich habe jedes Mal Mühe, sie aus der Trance zurückzuführen. Das kann aber nicht alles sein, sie scheint die Dinge zu verklären."

"Das kann sie nicht ewig durchhalten", meinte Ruth. "Arbeite einfach weiter mit ihr, dann wird sie dir irgendwann auch die dunklen Seiten zeigen: Die ihrer Vergangenheit und die ihrer Seele."

15.

Als mich der Anruf erreichte, konnte ich ihn zunächst überhaupt nicht einordnen.

"Ich hatte doch schon mal einen Termin mit Ihnen ausgemacht", sagte eine Frauenstimme. "Da konnte ich dann aber nicht kommen. Es geht ja auch gar nicht um mich, es geht um meinen Sohn. Wir haben ein großes Problem. Es ist sehr dringend."

Jetzt dämmerte mir so langsam, mit wem ich es zu tun hatte. Es war Frau Stammer, die Stalkerin, die dem Lehrer ihres Sohnes nachstellte und die deshalb von Dr. Lohmeier zu uns geschickt worden war. Doch dann war sie nicht zum Termin erschienen und hatte sich auch nicht entschuldigt. Das war im November gewesen, inzwischen hatten wir März. Kein Wunder, dass ich mich nicht gleich an sie erinnert hatte. Ein Patient, der unentschuldigt einem Termin fernblieb, hatte bei mir schlechte Aussichten, sofort einen neuen zu erhalten. Er müsste sich ganz hinten auf meiner Warteliste einreihen. Doch bei Frau Stammer lag der Fall anders. Hier ging es vor allem um das Wohl eines Kindes. Deshalb bestellte ich sie gleich für den kommenden Tag.

Diesmal kam sie sogar eine halbe Stunde zu früh. Energisch klopfte sie an meine Tür, das Schild *Therapie, bitte nicht* stören geflissentlich ignorierend. Sie schien enttäuscht, von mir ins Wartezimmer geschickt zu werden.

Als ich sie später dort abholte, eilte sie mir mit federnden Schritten voraus. Jede ihrer Bewegungen drückte Dringlichkeit aus. Frau Stammer war eine kleine, korpulente Person von 45 Jahren. Sie trug ein eng anliegendes, pinkfarbenes T-Shirt, auf dem eine mit Strass besetzte Applikation in Form eines Totenschädels prangte. Ergänzt wurde ihr Outfit durch Jeansleggins und bunt bestickte Westernstiefel mit langen Lederfransen. Ihr Haar war in einem sehr hellen Blondton gefärbt und wurde von einigen pinkfarbenen Strähnen durchzogen. Sie wirkte gepflegt und verströmte einen angenehm frischen Duft. Wenn man gezwungen ist, einem Menschen für längere Zeit in einem Raum gegenüber zu sitzen, lernt man solche Besonderheiten zu schätzen. Kaum hatte Frau Stammer im Sessel mir gegenüber Platz genommen, begann sie auch schon zu reden, und sie redete ohne Punkt und Komma.

"Also Sie müssen uns helfen, der Dr. Lohmeier unternimmt ja nichts. Jetzt wollen sie den Raffi von der Schule schmeißen, und das nur, um dem Wolfgang und mir eins auszuwischen. Das dürfen die doch gar nicht, das einfach an dem Jungen auslassen, meine ich, was sind denn das für Pädagogen? Es war ja schon schlimm genug, wie sie alles getan haben, um Wolfgang und mich zu trennen. Wenn ich ihn sprechen wollte, ging das angeblich immer gerade nicht. Wenn er Pausenaufsicht hatte und ich zu ihm hingegangen bin, kam immer sofort ein anderer Lehrer angerannt und holte ihn weg. Aber hinter all dem steckt natürlich seine Frau. Die ist nämlich auch Lehrerin, zwar an einer anderen Schule, aber die halten doch alle zusammen. Und dem Ingo traue ich zu, dass er genauso seine Finger drin hat. Der gönnt mir mein Glück mit Wolfgang nicht. Die könnten mich ja alle mal, aber es jetzt an dem Jungen auszulassen, das geht nicht, da fehlen mir einfach die Worte ...!"

Dass Frau Stammer die Worte fehlen könnten, war für mich schwer vorstellbar, doch zumindest musste sie einmal Luft holen. Dadurch bekam ich Gelegenheit, ihr ein paar Fragen zu stellen, die Struktur in ihre Darlegungen brachten.

Annette Stammer war seit über 20 Jahren mit Ingo Stammer verheiratet und bezeichnete diese Ehe als einen großen Fehler.

"Wir haben viel zu jung geheiratet", sagte sie. "Es lief schon am Anfang nicht gut mit uns, aber dann wurde der Raffi geboren und wir haben das Haus gebaut."

Raffi hieß eigentlich Raphael und war ihr 13-jähriger Sohn. Der Hausbau war nach ihrer Ansicht der zweite riesengroße Fehler ihres Lebens.

"Ich hätte es besser wissen müssen", schimpfte sie, "der Ingo bringt doch nie etwas Richtiges zustande, mit dem hätte ich doch nie ein Haus bauen dürfen. Wir leben seit

10 Jahren auf einer Baustelle. Das Geld ist auch knapp, wir können gerade so die Kreditzinsen zahlen. Der Ingo hält es doch auf keiner Arbeitsstelle lange aus. Wir hätten uns ja scheiden lassen, aber dann ist das Haus weg und für jeden von uns bleibt ein Berg Schulden übrig. Das geht doch nicht, mit Schulden auf der Straße sitzen. Das Haus ist unser Gefängnis."

In diesem Gefängnis spielten sich die Szenen einer Ehe ab, die nur noch aus Streit und gegenseitigen Gehässigkeiten bestand. Auch Gewalt war schon vorgekommen. Als ich nachfragte, ob sie von ihrem Mann geschlagen werde, winkte Frau Stammer lässig ab. "Er von mir auch. Wir bleiben uns da gegenseitig nichts schuldig."

Ich stellte mir vor, wie sich ein 13-jähriger Junge in diesem vergifteten Familienklima fühlen musste. Als ich sie auf das Problem ansprach, gab ich ihr das Stichwort für ihr Lieblingsthema.

"Ich sage ja auch, dass der Junge da raus muss", schimpfte sie. "Statt auf ihm rumzuhacken und mit Schulverweis zu drohen, sollen sie doch alle zulassen, dass der Wolfgang und ich zusammenkommen. Dann wird alles gut."

Wolfgang Gerlach war der Mathematiklehrer von Raphael. Frau Stammer berichtete ausführlich von ihrer ersten Begegnung und ihre Wangen glühten dabei vor Aufregung.

"Also als ich den Wolfgang kennengelernt habe, da hatte ich noch keine Ahnung, dass er der neue Mathelehrer von Raffi ist. Er war ja ganz neu an der Schule. Ich habe auf der Volkshochschule einen Computerkurs für Fortgeschrittene besucht. Ich arbeite zwar noch in einem Baumarkt, aber es wird schon lange gemunkelt, dass der bald dicht gemacht wird. Deshalb wollte ich meine Chancen auf einen neuen Job verbessern und habe mich für den Kurs angemeldet. Und geleitet wurde der von Wolfgang Gerlach. Als ich zum ersten Mal da hingegangen bin, habe ich den Raum nicht gleich gefunden. Und dann stand da ein Mann auf dem Flur. Den habe ich gefragt, wo denn der Computerkurs stattfindet. Da hat er mir ganz galant seinen Arm gereicht und gesagt: 'Kommen Sie mit, schöne Frau, bei mir sind Sie richtig.' Das war Wolfgang. Bei mir ist der Funke gleich übergesprungen, aber bei ihm auch. Er hat den Kurs dann irgendwie nur für mich gehalten. Den anderen hat er kurz was erklärt und sie dann machen lassen. Aber zu mir ist er jedes Mal hingekommen und hat es mit mir zusammen gemacht. Dann hat er immer seine Arme um mich gelegt, und das nicht nur, um an die Tastatur zu kommen. Es war wunderbar. Bestimmt hätte er mich nach dem Kurs noch eingeladen, wenn nicht jedes Mal seine Frau aufgetaucht wäre. Die muss was geahnt haben und hat ihn regelrecht bewacht. Einmal ist sie sogar vor dem Ende der Stunde reingekommen und hat auf ihre Uhr gezeigt. So benimmt man sich doch nicht!"

Frau Stammer schnaufte verächtlich. "Aber", fuhr sie fort, "nach der letzten Stunde hat es dann doch noch geklappt. Da kam sie nicht und Wolfgang hat mich nach Hause gefahren. Es hätte alles so perfekt sein können. Ingo wollte zu einem Kumpel, mit dem habe ich so bald nicht wieder gerechnet. Ich war so aufgeregt, auf der Fahrt haben wir kaum miteinander geredet. Dann war Ingo plötzlich doch da. Eine Riesenszene hat er mir gemacht, als er mich mit Wolfgang ankommen sah. War das peinlich! Wolfgang ist dann weggefahren. Was hätte er sonst auch machen sollen? Er konnte sich schließlich nicht mit Ingo prügeln. Ich habe Wolfgang noch am gleichen Tag einen langen Brief geschrieben und ihm erklärt, wie es zwischen Ingo und mir steht und dass ich mich scheiden lassen werde, um für ihn frei zu sein."

Frau Stammer richtete ihren Blick schwärmerisch in die Ferne. "Er hat mir gleich geantwortet", hauchte sie, "und mir ebenfalls seine Liebe erklärt. Allerdings hat er auch geschrieben, dass seine Frau ihn nicht freigeben will. Sie erpresst ihn mit ihrer Schwangerschaft."

"Frau Gerlach erwartet ein Kind?", fragte ich überrascht. Frau Stammer verzog angewidert das Gesicht und nickte.

"Wahrscheinlich ist es gar nicht von Wolfgang", sagte sie gehässig. "Die Frau versucht wirklich mit allen Tricks, ihn zu halten. Sie unterschlägt auch seine Post. All meine Briefe an Wolfgang habe ich mit dem Vermerk 'Annahme verweigert' zurückbekommen. Und er bekommt auch keine Gelegenheit mehr, mir zu schreiben. Zu Hause bewacht sie ihn und in der Schule passen die Kollegen auf. Nur kleine heimliche Zeichen kann er mir noch geben."

Bei dem Gedanken daran kicherte Frau Stammer wie ein verliebtes Schulmädchen. "Einmal habe ich ihn nach Schulschluss abgepasst", fuhr sie fort. "Da kam auch gleich wieder ein Kollege angelaufen und hat ihn weg gelotst. Wolfgang hat ganz traurig mit den Schultern gezuckt und mir schnell noch einen Schlüsselanhänger gezeigt, auf dem A. G. stand. A. G. für Annette Gerlach", setzte sie hinzu, als ich nicht gleich reagierte.

"Kann das A nicht für einen anderen Namen gestanden haben, für irgendein Familienmitglied?", wandte ich ein.

Frau Stammer schüttelte energisch den Kopf. "Nein", sagte sie bestimmt, "den Anhänger hat er für mich anfertigen lassen. Er hat mir auch noch andere Zeichen gegeben, das hier zum Beispiel."

Frau Stammer zog ein sorgfältig gefaltetes Blatt Papier aus der Tasche und hielt es mir hin. Es war der Werbeprospekt eines Möbeldiscounters. Darauf richtete ein junger Mann den Zeigefinger auf den Leser. *Ich will Dich* stand in großen, knallroten Lettern darunter. Weiter unten wurde der Text in kleineren Buchstaben mit *von unseren einmalig günstigen Preisen überzeugen* fortgesetzt. Ich sah Frau Stammer verständnislos an. "Das ist Werbung", sagte ich, "die wurde überall verteilt."

"Das weiß ich", erwiderte sie ungeduldig, "aber schauen Sie doch mal genau hin, da ist noch was drauf."

Unten auf dem Prospekt war eine kleine, gezackte Linie zu erkennen. Es sah aus, als hätte da jemand probiert, ob sein Stift noch schreibt. Ich betrachtete die Krakelei verständnislos. Frau Stammer ärgerte sich über meine Begriffsstutzigkeit: "Das ist ein W, das erkennt man doch", sagte sie. "Wolfgang hat mir ein Zeichen geschickt."

Selbst wenn man die Kritzelei mit einiger Phantasie als ein W auslegen konnte, ging diese Schlussfolgerung doch zu weit. "Nehmen wir mal an, Herr Gerlach macht sich wirklich die Mühe, eine Botschaft eigenhändig in ihren Briefkasten zu stecken. Warum dann nicht gleich einen richtigen Brief?", fragte ich.

"Weil Ingo ihn zuerst sehen würde. Der hockt doch schon wieder den ganzen Tag zu Hause."

Frau Stammer hatte für alles eine Erklärung. Mir gingen allmählich die Argumente aus. Gut, dass die Stunde um war.

16.

Auch in den nächsten beiden Stunden mit Frau Stammer hatte ich das Gefühl, mich mit ihr im Kreise zu drehen. Immerhin war es mir gemeinsam mit Dr. Lohmeier gelungen, den Schulverweis für Raphael erst einmal abzuwenden.

Dr. Lohmeier setzte große Hoffnungen in meine therapeutische Arbeit. Ich war da weniger optimistisch.

Ruth hörte aufmerksam zu, als ich ihr von dem Fall berichtete.

"Eigentlich ist die Frau Stammer eine taffe Person", sagte ich. "Sie ist praktisch veranlagt, tüchtig und kann vorausschauend denken. Immerhin hat sie sich schon um ihre Weiterbildung gekümmert, obwohl sie im Moment noch Arbeit hat. Sie sieht auch nicht schlecht aus, wenn sie sich auch ein wenig zu auffällig kleidet. Aber manch einem gefällt das vielleicht. Jedenfalls kann ich mir vorstellen, dass sich durchaus ein Mann für sie interessieren könnte. Aber sie verrennt sich völlig in die aussichtslose Liebe zu Wolfgang Gerlach."

"Der Beginn ist ja noch nachvollziehbar", meinte Ruth. "Die Frau fühlt sich in einer unglücklichen Ehe gefangen. Dann trifft sie plötzlich einen charmanten Mann, der mit ihr flirtet. Liegt doch auf der Hand, dass sie sich verliebt. Seine anhaltende Freundlichkeit interpretiert sie als Erwiderung ihrer Gefühle. Erst die Sache mit seinem Liebesbrief erscheint irgendwie fragwürdig. Hat sie dir den Brief gezeigt?"

Ich schüttelte den Kopf. "Gezeigt hat sie mir nur den dubiosen Werbeprospekt."

"Vielleicht existiert dieser Brief überhaupt nicht", mutmaßte Ruth. "Oder er hat einen ganz anderen Inhalt. Denn Wolfgang Gerlach vermeidet seitdem jeden Kontakt mit ihr, das hat sie selbst bestätigt, wenn sie auch anderen die Schuld daran gibt. Was den Schlüsselanhänger und den Prospekt angeht, zeigt ihre Wahrnehmung eindeutig pathologische Züge."

"Zumindest passt es nicht zu einer erwachsenen Frau", stimmte ich zu. "Weißt du, als ich 13 war, da war ich mächtig in einen Jungen aus meiner Klasse verknallt. Er interessierte sich wohl auch für mich, war aber sehr schüchtern. Jedenfalls hat er sich mal ein Buch von mir geborgt. Nachdem er es mir zurückgegeben hatte, habe ich es Seite für Seite nach einer verborgenen Botschaft an mich durchgeblättert."

"Und hast du eine Botschaft gefunden?"

"Leider nicht."

"Das unterscheidet dich von Frau Stammer. Sie hätte eine gefunden!"

"Stimmt", stellte ich fest. "Und alles, was ihre Sicht der Dinge ins Wanken bringen könnte, blendet sie total aus. Sie erwartet von mir, dass ich ihr helfe, eine Zusammenkunft mit Wolfgang Gerlach zu organisieren. Auf jede erdenkliche Weise versucht sie, mich für ihre Ziele einzuspannen."

"Typisch für eine Stalkerin", sagte Ruth. "Aber es wäre nicht verkehrt, wenn du mal mit dem Gerlach reden würdest. Seine Sicht der Dinge kennen wir ja gar nicht. Vielleicht liefert dir das Gespräch mit ihm einen neuen Ansatzpunkt für die Arbeit mit deiner Patientin. Sonst kommst du einfach nicht weiter mit ihr."

Das sah ich genauso und beschloss deshalb, noch am gleichen Tag mit Wolfgang Gerlach Kontakt aufzunehmen.

17.

Erfreulicherweise hatte Wolfgang Gerlach sofort zugestimmt, sich mit mir zu treffen. Er schien selbst sehr daran interessiert zu sein. Wir verabredeten, dass ich ihn an der Schule treffen sollte. Dann wollten wir irgendwo hingehen, wo wir in Ruhe reden könnten. Wolfgang Gerlach war ein großer, hagerer Mann mit bereits leicht schütterem, hellbraunem Haar sowie lebhaften, grauen Augen. Seine Bewegungen wirkten etwas fahrig und er sprach sehr schnell. Er begrüßte mich geradezu überschwänglich und bedankte sich dafür, dass ich Zeit für ein Gespräch mit ihm aufbringen würde, obwohl doch ich diejenige gewesen war, die darum gebeten hatte. Ich konnte mir gut vorstellen, wie sein jungenhafter Charme auf manche Frauen wirken mochte.

Zu meiner Überraschung schlug er vor, dass wir uns doch in einer nahe gelegenen Parkanlage auf einer Bank unterhalten könnten. Eigentlich fand ich es noch zu kühl, um längere Zeit draußen zu sitzen, doch ich stimmte zu. Den Grund seiner Wahl begriff ich, als er mich um die Erlaubnis bat, rauchen zu dürfen. Gierig sog er den Rauch der ersten Zigarette ein. Im Verlaufe unseres Gespräches würde er es auf fünf bringen. Seine Fingerkuppen waren gelb vom Nikotin, stumme Zeugnisse seiner Sucht. Da ich ihn darum gebeten hatte, erzählte mir Wolfgang Gerlach chronologisch, wie er seine Bekanntschaft mit Frau Stammer erlebt hatte.

"Sie war in meinem Computerkurs für Fortgeschrittene", begann er, "da habe ich sie zum ersten Mal gesehen. Es war bald klar, dass sie da eigentlich nicht hingehörte, sie hatte kaum ausreichende Grundkenntnisse. Aber rauswerfen konnte ich sie deshalb doch auch nicht. Ich habe sie dann mit durchgezogen, habe ihr alles extra erklärt. Natürlich habe ich auch kleine Späßchen mit ihr gemacht. Das lockert die Atmosphäre und gehört für mich einfach dazu. Außerdem hatte sie keinen leichten Stand in der Gruppe. Die anderen haben sich über ihre Schwierigkeiten mokiert. Ein paar Kursteilnehmerinnen haben sich über ihr Outfit lustig gemacht. *Unsere Seniorenbarbie* haben sie sie genannt. Dabei kann sich doch jeder anziehen, wie er will. Ich mag es nicht, wenn über jemanden hergezogen wird, das ist schlecht für das Gruppenklima. Deshalb habe ich Frau Stammer unterstützt und war besonders nett zu ihr. Ich wäre nie auf die Idee gekommen, dass sie das derart falsch auffassen könnte."

Er runzelte die Stirn und wirkte nun etwas angespannt. Offenbar hatte er das Empfinden, sich verteidigen zu müssen. "Die Frau machte eigentlich einen ganz vernünftigen Eindruck auf mich", fuhr er fort. "Und es war ja auch für jeden zu erkennen, dass ich verheiratet bin.

Meine Frau hat mich regelmäßig abgeholt, weil sie in dieser Zeit einmal in der Woche zu ihrem Gynäkologen musste. Wegen ihrer Risikoschwangerschaft wurde sie intensiv betreut und ich wollte ihr natürlich zur Seite stehen und ständig auf dem Laufenden sein. Deshalb haben wir die Termine so gelegt, dass ich immer gleich im Anschluss an den Computerkurs mit ihr hinfahren konnte."

Wolfgang Gerlach sog heftig an seiner Zigarette.

"Nach der letzten Kursstunde habe ich Frau Stammer nach Hause gefahren. An dem Tag hat es genieselt und sie stand da so verloren und schaute zu mir rüber. Ich lasse doch eine Frau nicht im Regen stehen. Außerdem wusste ich inzwischen, dass sie die Mutter eines meiner Schüler ist. Als wir bei ihrem Haus ankamen, tauchten ihr Mann und der Sohn auch gerade auf. Sie schoben und zogen einen hoch mit Brettern beladenen Fahrradanhänger. Die Bretter hatten sie mit einer Plane abgedeckt, die drohte ständig vom Wind runter geweht zu werden. Der Mann hatte wohl Angst, dass die Bretter nass werden könnten, und gestikulierte wild zu seiner Frau hin, dass sie schnell kommen und helfen sollte. Aber die hat sich plötzlich ganz komisch benommen. Ist einfach sitzen geblieben und hat starr vor sich hin geguckt. Da fing der Mann an, auf das Autodach zu trommeln. Sie sprang daraufhin raus und ging wie eine Furie auf ihn los. Ich dachte, die fangen gleich an, sich zu prügeln. Der Junge stand da und wäre vor Scham am liebsten im Erdboden versunken. Das alles auch noch vor den Augen seines Lehrers! Ich bin schnell weggefahren. Was hätte ich sonst machen sollen?"

Wolfgang Gerlach schwieg einen Moment und rauchte gierig. Seine Hand zitterte leicht.

"Hat sich Frau Stammer danach bei Ihnen gemeldet?", hakte ich nach.

Er nickte. "Am nächsten Tag bekam ich einen Brief von ihr. Erst da habe ich begriffen, was mit ihr los ist. Ich dachte zunächst, sie schreibt mir eine kleine Entschuldigung für den Auftritt am Vortag. Das wäre ja ganz angemessen gewesen. Aber sie schrieb mir einen acht Seiten langen Liebesbrief. Sie erklärte darin unter anderem, dass sie sich scheiden lassen und mit mir leben wolle. Ich war völlig sprachlos."

"Wie haben Sie auf diesen Brief reagiert?", fragte ich.

"Ich habe ihr auch geschrieben. Habe erklärt, weshalb das nicht möglich ist."

"Herr Gerlach", sagte ich, "können Sie sich noch in etwa erinnern, was Sie ihr geschrieben haben?"

Er nickte. "Das weiß ich ziemlich genau. Ich habe ja lange überlegt, wie ich den Brief abfasse. Schließlich will man so einen Menschen nicht unnötig verletzen. Ich habe geschrieben, dass sie eine tolle Frau ist, und dass sich ein Mann glücklich schätzen kann, wenn sie ihm Zuneigung entgegenbringt. Ich sei aber glücklich verheiratet und eine Beziehung zwischen uns komme daher nicht in Frage. Dann habe ich nur noch über Raphaels schulische Probleme geschrieben, um den Tenor auf die Lehrer-Eltern Beziehung zu legen. Ich dachte, so könnten wir in Zukunft wieder sachlich miteinander umgehen. Da habe ich mich leider geirrt."

Ja, das hatte er - und zwar gründlich. Frau Stammer hatte nur die Passagen des Briefes wahrgenommen, die in ihr Konzept passten. Sie hatte ihn mit Liebesbekundungen förmlich bombardiert. Inzwischen war er ziemlich ratlos, wie es weitergehen sollte.

"Da ich der Lehrer ihres Sohnes bin, hat sie immer noch Möglichkeiten, an mich heranzukommen. Sie gibt dem armen Jungen Liebesbriefchen mit. Sie taucht in jeder Elternsprechstunde auf. Ich muss immer einen Kollegen dazu bitten. Ich kann mich doch nicht ewig verstecken."

Wolfgang Gerlach machte deutlich, dass er an einem von mir moderierten Gespräch mit Frau Stammer interessiert sei. Ich versprach ihm, diese Möglichkeit zu prüfen und mich wieder bei ihm zu melden. Dann verabschiedete ich mich. Herr Gerlach wollte noch auf der Bank bleiben, um in Ruhe eine letzte Zigarette zu rauchen.

18.

Mein Heimweg führte am Café in der Ahornstrasse vorbei. In Gedanken war ich noch bei meinem Gespräch mit Wolfgang Gerlach, als mich ein Klopfen an der Fensterscheibe aufblicken ließ. An einem Tisch direkt am Fenster saß Melissa und winkte mir aufgeregt zu. Das war nicht einfach ein freundlicher Gruß, aus ihren Blicken und Gesten sprach die blanke Panik. Irgendetwas schien ganz und gar nicht in Ordnung zu sein. Ohne zu zögern betrat ich das um diese Zeit fast leere Café und ließ mich auf dem Stuhl gegenüber von Melissa nieder. Sie atmete sehr schnell und ihre Stimme klang gehetzt, als sie zu sprechen begann: "Gott sei Dank, dass du da bist. Ich kippe gleich um."

Sie hatte ganz offensichtlich eine Panikattacke. Ich ging nicht darauf ein, sondern zog stattdessen meine Halskette mit dem Anhänger aus dem Ausschnitt meines Pullovers.

Es war der Anhänger, der mir während unserer Hypnosesitzungen als Pendel diente, ein schön geschliffener Lapislazuli in einer silbernen Art déco Fassung.

"Schau her Melissa", sagte ich, "welches Schmuckstück ich heute trage. Ich habe es von meiner Großmutter bekommen. Sie war eine wunderbare Frau, eine *tiefe Ruhe* ging von ihr aus. In jeder Situation blieb sie *völlig ruhig und gelassen.*" Während ich ganz langsam und betont sprach, ließ ich das Pendel sanft hin und her schwingen. Melissa folgte ihm mit ihren Augen.

"Eine *wunderbare Wärme* strahlte meine Großmutter aus, bei ihr fühlte ich mich *ganz entspannt und ganz geborgen*", sprach ich weiter. Melissas Atem ging wieder ruhig, sie war kurz davor, in die Trance zu gleiten.

"So, Melissa", sagte ich, "jetzt besorge ich uns *eins, zwei, drei* etwas zu trinken, damit wir wieder *frisch und munter* sind."

Sie schaute mich an, als wäre sie gerade aufgewacht. Dann lachte sie: "Ich habe mir doch schon immer gedacht, dass du zaubern kannst. Jetzt ist alles wieder in Ordnung mit mir. Was war das, hast du mich eben hypnotisiert?"

"Ein bisschen", gab ich zu. "Was war vorhin los? Willst du gleich darüber reden oder lieber später in der Praxis?"

"Ich kann es dir gleich erzählen", sagte sie. "In letzter Zeit habe ich sehr oft Déjà-vu-Erlebnisse. Ganz plötzlich denke ich: 'Das habe ich schon mal erlebt.' Die Situation ist dann so vertraut, richtig unheimlich. Manchmal habe ich Angst, verrückt zu werden."

"Unsinn, Melissa, du wirst nicht verrückt. Diese Déjà-vu-Erlebnisse sind so was wie kleine Kurzschlüsse im Gedächtnis. Wir stöbern durch die Hypnose ziemlich in deinen Erinnerungen herum, da kann so etwas schon einmal vorkommen."

Melissa schien nicht wirklich überzeugt. "Vorhin war es ganz merkwürdig", sagte sie. "Mir kam auf der Straße eine junge Frau entgegen. Ich habe sie wohl ein bisschen zu lange angeschaut, weil sie so seltsam aussah. Sie trug einen langen, bunten Sommerrock, eine himbeerfarbene, wattierte Jacke, die ihr viel zu eng war, und dazu gelbe Gummistiefel. Aber das Merkwürdigste war ihre Kopfbedeckung." Melissa musste plötzlich kichern. "Sie hatte einen Staubsaugerbeutel auf dem Kopf", sagte sie.

"Sie hatte *was*?", fragte ich.

"Na ja, nicht wirklich", kicherte Melissa immer noch. "Das sollte wohl eine Mütze sein. Aber sie sah schon komisch aus, so steif und so eckig. Und diese graubraune Farbe, das erinnerte wirklich an einen Staubbeutel."

Melissa wurde wieder ernst. "Also ich habe sie angeschaut. Daraufhin blieb sie stehen und starrte mich richtig durchdringend an. Ich wollte weitergehen. Aber ich war wie gelähmt und plötzlich war ich fest davon überzeugt, dass ich diese Situation schon einmal erlebt habe. Wie diese Frau da vor mir stand und mich anstarrte, hatte ich unvermittelt die Vorahnung von etwas Entsetzlichem, das gleich passieren würde. Ich habe keine Ahnung, wie ich es geschafft habe, in das Café zu flüchten. So schreckliche Angst habe ich lange nicht empfunden."

"Es ist vorbei, Melissa", sagte ich. "Wollen wir gehen?"

Sie nickte. Da mein Weg durch die Lindenallee führte, konnte ich sie noch bis zu ihrer Tür begleiten. Als ich mich verabschieden wollte, zögerte sie.

"Kommst du bitte noch kurz mit rein?", fragte sie fast schüchtern. "Ich würde dir gern meine Wohnung zeigen. Und meine Bilder."

Eigentlich hatte ich es eilig, nach Hause zu kommen, doch dieses Angebot schlug ich nicht aus. Das Wohnumfeld verrät viel über einen Menschen. Als Psychotherapeut sollte man eigentlich jeden Patienten wenigstens einmal daheim aufsuchen. Was praktisch leider nicht machbar und daher auch nicht üblich ist. Aber hier bot sich mir eine Chance und ich wollte sie nutzen.

Inzwischen hatte ich bemerkt, dass die Villa, in der Melissa wohnte, bei Licht betrachtet durchaus nicht so pompös wirkte, wie sie mir an jenem nebligen Novembertag erschienen war. Zwar handelte es sich um ein imposantes Gebäude, jedoch hatte der Zahn der Zeit heftig daran genagt. Überall bröckelte der Putz. Von dem schmiedeeisernen Zaun, der das Grundstück umgab, waren nur noch rostige Rudimente vorhanden. Dafür bildeten uralte Heckenpflanzen und wild wucherndes Gestrüpp einen dichten Schutzwall zur Straße hin. Melissa bemerkte meinen Blick.

"Jetzt sieht das alles noch trostlos und einfach nur ungepflegt aus, aber wenn diese Hecke wieder zu grünen anfängt, dann ist das ein traumhafter Anblick", sagte sie. "Dann blühen mittendrin sogar wilde Heckenrosen. Ich liebe diesen Vorgarten, man kann sich darin so richtig verstecken."

Angesichts des fehlenden Zaunes konnte ich ihre Begeisterung nicht ganz nachvollziehen. Auch ungebetene Gäste würden sich auf diesem Grundstück ausgezeichnet verstecken können. Aber das sagte ich natürlich nicht laut. Ich wollte Melissa nicht beunruhigen.

"Das Haus gehört einer älteren Dame", erklärte sie mir. "Aber es gehört ihr eben nicht so richtig. Sie hat es von ihrem Lebensgefährten überschrieben bekommen. Die beiden waren aber nicht verheiratet. Jetzt ist ein Neffe dieses Lebensgefährten aufgetaucht und streitet mit ihr erbittert um das Erbe. Sie hat gesagt, solange die Verhältnisse nicht geklärt sind, macht sie keinen Handschlag an dem Haus. Kann man ihr nicht verdenken. Mir hat sie die untere Etage vermietet, weil ich keine Sanierungsansprüche gestellt habe."

In diesem Punkt war Melissas Wohnsituation mit meiner eigenen vergleichbar. Was jedoch die Größenverhältnisse betraf, lebte sie in einem Palast. Die Räume waren riesig, sie hatten hohe Stuckdecken und Parkettböden. Im Wohnzimmer, in das mich Melissa führte, wirkten ihre wenigen Möbelstücke richtig verloren. Sie hatte hier lediglich ein Sofa und ein paar Regale aufgestellt, dazwischen standen Umzugskartons.

"Ich bin einfach noch nicht dazu gekommen, mich richtig einzurichten", sagte sie mit einem Schulterzucken.

Mir fiel auf, dass alle Wände kahl und überhaupt keine Bilder zu sehen waren. Als ich sie danach fragte, lächelte sie mir verschwörerisch zu: "Dann komm mal mit." Melissa führte mich in einen großen Raum auf der Rückseite des Hauses, der durch eine Glastür mit einem Wintergarten verbunden war. In der Mitte des Raumes, in dem es penetrant nach Lösungsmitteln roch, befanden sich eine Staffelei und ein mit Farbtuben und Paletten bedeckter Tisch. An den Wänden hingen und lehnten Unmengen von Bildern. Ich war schier erschlagen von der Fülle. Melissas junges Leben erschien mir fast zu kurz, um all das bereits geschaffen zu haben.

Sie schien mein Erstaunen nicht zu bemerken. "Praktisch, nicht wahr?", sagte sie. "Ich habe mein Atelier direkt in der Wohnung. Das ist ein Riesenvorteil. Weil das Parkett in diesem Raum durch einen Wasserschaden total ruiniert ist, hat mir Frau Steffen gestattet, hier zu malen. Ich kann ja nichts mehr verderben."

Fasziniert begann ich die Bilder zu betrachten. Sie waren in Technik und Stil so unterschiedlich, dass man annehmen konnte, sie würden von ganz unterschiedlichen Personen stammen.

"Ich probiere verschiedene Sachen aus", sagte Melissa als hätte sie meine Gedanken erraten.

Ich fühlte mich von einer Serie zarter Aquarelle angezogen, die fast eine ganze Wand einnahmen. Sie leuchteten in hellen Farben und zeigten blühende Gärten und romantische Landschaften. Immer wieder tauchte das Motiv eines Rosengartens auf. Als ich die Bilder länger betrachtete, fielen mir Details auf, die den ersten Eindruck zerstörten. In einem zwischen Rosenbüschen verborgenen Nest rissen Jungvögel hungrig ihre Schnäbel auf. Unterhalb des Nestes lag die tote Vogelmutter am Boden. Ihre Kehle war eine blutig klaffende Wunde. In einem Spinnennetz kämpfte ein Schmetterling verzweifelt um sein Leben. Die seinen Kampf belauernde Spinne hatte ein menschliches Gesicht, das grenzenlose Bosheit ausdrückte.

Melissas Bilder zeigten vergiftete Paradiese, in denen überall Tod und Verderben lauerten. Schaudernd wandte ich mich ab und betrachtete die Bilder an der gegenüberliegenden Wand. Hier hatte Melissa in Öl und Acryl gemalt, dunkle Farben herrschten vor. Auf diesen Bildern gab es keine vorgetäuschte Idylle mehr, Düsternis und Bedrohung trafen den Betrachter mit voller Wucht. Mir fiel auf, dass auf fast allen dieser Gemälde Türme eine zentrale Rolle spielten. Ich fragte Melissa, ob eine bestimmte Symbolik dahinter stehen würde.

"Was fällt der Psychologin denn so dazu ein?", fragte sie schelmisch zurück.

"Eine ganze Menge", erwiderte ich, "aber ich bezweifele, ob ich damit das Richtige treffen würde. Entscheidend ist doch, was du damit verbindest, du ganz persönlich."

"Angst, schlicht und ergreifend panische Angst. Ich träume regelmäßig von Türmen und ich würde eher sterben als auf einen zu steigen." In ihren Augen war plötzlich ein nervöses Flackern zu erkennen, weshalb ich es vorzog, das Thema zu beenden und mich ihren anderen Bildern zuzuwenden. Am besten gefielen mir Melissas Portraits. Sie wirkten von der Malweise her klassisch und die Hintergründe, die sorgsam ausgeführt waren, verrieten etwas über die Interessen der portraitierten Person. Mir fiel das Bild eines dunkelhaarigen Mannes im mittleren Alter ins Auge, das im Hintergrund mehrere Staffeleien zeigte. Da er sowohl von einer Lampe als auch von dem Lichtschein, der durch ein großes Fenster auf ihn fiel, beleuchtet wurde, schien er sich in einem merkwürdig diffusen Fluidum zu befinden. "Ein Mann im Zwielicht", dachte ich.

"Das ist Thorald", beantwortete Melissa meine unausgesprochene Frage, "und das ist er auch." Sie deutete auf mehrere männliche Aktbilder, die hinter ihr an der Wand lehnten. Wie ein lüsterner Satyr wirkte ihr Liebhaber darauf. Ich begnügte mich mit einem flüchtigen Blick, sie näher anzuschauen, wäre mir wie ein Eindringen in Melissas Intimsphäre erschienen.

Melissa machte uns dann noch einen Tee, den wir im Wohnzimmer auf dem Sofa tranken. Er hatte ein kräftiges, exotisches Aroma. "Das ist marokkanische Minze", sagte Melissa. "Ich ziehe die Pflanzen selbst. Ist dir der Geschmack auch nicht zu intensiv?"

Ich fand den Tee wohlschmeckend, aber für mich wurde es Zeit, aufzubrechen. Als ich aus der Tür trat, sah ich auf der gegenüberliegenden Straßenseite eine Frau stehen, die zum Haus hinüber starrte. Sie trug einen bunten Rock und hatte eine seltsame, hohe Mütze auf dem Kopf. Als sie mich sah, ging sie schnell weiter und bog in eine Nebenstraße eine. Mich fröstelte plötzlich. Es war wirklich noch sehr kühl an diesem Märztag.

19.

Es war als hätte jemand in Melissas Kopf einen Schalter umgelegt. Plötzlich endeten die lichten Erinnerungen an ihre Kindheit und machten düsteren Visionen Platz. Zum ersten Mal zeigte sich diese Veränderung bei unserem darauffolgenden Treffen. Wieder hatte ich sie in ihre Kindheit zurückversetzt und Melissa beschrieb, dass sie sich in einem unbekannten Raum aufhalten würde.

"Es ist so dunkel hier", sagte sie, "und es sind ganz viele Menschen um mich herum. Sie reden alle durcheinander und sie machen mir Angst."

Ich fragte Melissa, ob sie jemanden erkennen würde.

"Meine Mama ist da", antwortete sie. "Sie weint und ich will zu ihr hingehen. Aber sie ziehen mich von ihr fort."

Melissa wirkte verwirrt. Auch nachdem ich sie in die Gegenwart zurückgeholt hatte, konnte sie sich nicht erklären, an welchem Ort sie sich befunden hatte. Doch dieser Ort ließ sie nicht mehr los. Obwohl sie es eigentlich nicht wollte, fand sie sich jedes Mal in dem dunklen Haus wieder. Einmal führte ich sie in der Trance aus dem Haus hinaus.

"Sieh dich um, Melissa", sagte ich. "Was kannst du jetzt erkennen?"

"Ich bin auf einem Hof", sagte sie zögernd. "Es ist überhaupt nicht schön hier. Es ist so schmutzig, überall ist dicker schwarzer Dreck."

In einer späteren Sitzung tauchten an diesem unfreundlichen Ort noch größere Mädchen auf, die Melissa in einen Verschlag auf dem Hof sperrten. Sie hatte furchtbare Angst, doch sie gab mir auch kein Zeichen, die Hypnose zu beenden. Wie mit all meinen Patienten hatte ich mit ihr ein Wort vereinbart, bei dessen Nennung ich sie sofort zurückholen würde. Melissa hatte sich für ein schlichtes "Stop" entschieden. Aber sie sprach es nie aus. So wie sie früher nicht aus der Trance erwachen wollte, weil sie sich darin so wohl gefühlt hatte, so schien irgendetwas sie auch jetzt zu fesseln. Sie wollte diesen dunklen Ort unbedingt erkennen und ihm sein Geheimnis entreißen.

"Es ist nicht sicher, ob dieses dunkle Haus in der Realität überhaupt existiert", wandte Ruth ein, als wir später darüber sprachen. "Melissa hat ihre frühe Kindheit bisher total idealisiert. Sie kann einfach nicht zulassen, dass sich in dieser Zeit auch unangenehme Dinge ereignet haben. Deshalb spaltet sie sie ab und projiziert sie auf einen anderen Ort. Auf dieses ominöse dunkle Haus."

Ich hielt es für gut möglich, dass Ruths Erklärung stimmte. Sie berührte das Kernproblem der Zuverlässigkeit von Erinnerungen unter Hypnose. Und sie rührte an mein schlechtes Gewissen, weil ich lange nichts für meine Dissertation getan hatte. Ich beschloss, ein langes Wochenende in der Bibliothek einzulegen.

Ruth schüttelte missbilligend den Kopf, als ich ihr von meinem Vorhaben erzählte. "Du kannst nicht nur für deine Arbeit leben", sagte sie. "Berlin besteht nicht nur aus Bibliotheken." Sie schob mir die neueste Ausgabe der *zitty* über den Tisch. "Guck da mal rein", meinte sie, "am Wochenende gibt es eine Menge Veranstaltungen, die dich interessieren könnten. Da draußen warten außerdem Scharen netter junger Männer darauf, dich kennenzulernen."

Ruth hörte sich an wie der Werbeslogan einer Partnervermittlung. Aber sie hatte natürlich Recht. Seit über einem halben Jahr lebte ich nun schon hier und hatte bisher nur berufliche Kontakte geknüpft. Privat drohte ich zu vereinsamen. Eine richtige Idee, wie ich das demnächst ändern könnte, hatte ich jedoch nicht.

20.

Es passte zu meiner Stimmung, dass Marko ausgerechnet an diesem Abend anrief. "Hast du dich eigentlich mal wieder bei Ulla gemeldet?", fragte er in einem vorwurfsvollen Ton.

Nein, hatte ich nicht. Ulla war allerdings auch keine besonders enge Freundin von mir gewesen. Wie Marko war sie Juristin und gehörte schon länger zu seinem Freundeskreis, während ich neu dazu gekommen war. Wir hatten uns nie allein getroffen, sondern immer nur in der Gruppe mit anderen.

Doch Marko machte mir Vorwürfe: "Willst du jetzt auch von all deinen Freunden nichts mehr wissen? Ulla würde sich jedenfalls freuen, wenn du am Wochenende zu ihrer Geburtstagsfeier kommst. Sie hat dich noch nicht aus ihrem Gedächtnis gestrichen."

Marko schaffte es tatsächlich, mir ein schlechtes Gewissen zu machen. Wenn ich schon keine neuen Freunde fand, sollte ich vielleicht wenigstens die alten Kontakte weiter pflegen. Also sagte ich spontan zu. Dann würde ich eben schon an diesem Wochenende nach Hause fahren und nicht erst in 14 Tagen, wie es eigentlich geplant war.

"Kannst du mir Ullas Telefonnummer geben?", fragte ich. Ich war mir nicht sicher, ob ich sie gespeichert hatte. "Ich rufe sie dann gleich noch mal an."

"Das ist nicht nötig", erwiderte Marko schnell. "Ich treffe sie morgen im Gericht, da sage ich ihr, dass du kommst. Sie wird sich bestimmt sehr freuen. Ich muss jetzt gleich los. Dann also bis Sonntag."

Ich fand die Nummer dann doch und beim zweiten Versuch erreichte ich Ulla. Sie klang sehr überrascht, mich zu hören. Ich entschuldigte mich erst einmal für mein langes Schweigen und schilderte kurz, wie mich meine neue Tätigkeit gefangen nahm. Dann erklärte ich, dass ich mich wirklich freuen würde, sie wiederzusehen, und gern zu ihrer Feier käme.

Ulla sagte eine ganze Weile nichts und als sie zu sprechen begann, klang ihre Stimme verlegen.

"Also ich weiß nicht, wie ich es sagen soll, aber das ist jetzt echt ein bisschen schwierig..."

Ich verstand nicht, was sie damit wohl meinte.

"Ich mag dich wirklich gern, Iris", setzte sie erneut an, "und ich freue mich natürlich, dass du an meinen Geburtstag gedacht hast. Aber mit Marko bin ich nun mal länger befreundet und inzwischen haben wir auch beruflich miteinander zu tun. Selbstverständlich kommt er zu meiner Feier und er möchte seine neue Freundin mitbringen. Er will allerdings nur kommen, wenn du nicht da bist. Er will keine Unstimmigkeiten aufkommen lassen. Und ich wusste ja nicht..."

"Schon gut, Ulla", unterbrach ich sie, "hier liegt ein Missverständnis vor. Marko hat heute mit mir telefoniert und gesagt, er würde sich freuen, wenn ich auch käme. Ich konnte mir nicht vorstellen, dass er nicht souverän genug ist, mit der Situation vernünftig umzugehen. Und dann auch noch zu feige, das offen zu sagen. Ich weiß schon, warum ich nicht mehr mit ihm zusammen bin."

"Also Iris, wenn Marko das so zu dir gesagt hat, dann kannst du natürlich..."

"Nein Ulla, wirklich nicht. Wir wollen den armen Jungen doch nicht in Verlegenheit stürzen. Ehrlich gesagt, passt es mir terminlich auch nicht gut. Dafür habe ich vor, in 14 Tagen nach Hause zu kommen. Ruf mich einfach an und wir trinken einen Kaffee zusammen."

"Klar Iris, so machen wir es." Die Erleichterung war Ulla deutlich anzuhören. Auch ich war erleichtert, das Gespräch beenden zu können. Ich musste dringend Dampf ablassen. Mit voller Wucht trat ich gegen einen Stuhl, der krachend gegen die Wand flog. "Du Wichser", brüllte ich, "du verdammtes Arschloch!"

In der Wohnung unter mir fing Brutus an zu bellen. Das brachte mich augenblicklich zur Besinnung. Was sollte bloß Frau Lehmann von mir denken? Da hörte ich sie auch schon auf der Treppe. "Fräulein Forster, haben Sie sich etwas getan?", fragte sie besorgt.

"Alles in Ordnung", sagte ich schnell, "ich stelle nur ein Regal auf und habe mir die Hand geklemmt."

"Am besten gleich kühlen!", riet Frau Lehmann.

Kühlen war eine gute Idee. Ich ging ins Bad und ließ mir kaltes Wasser über die Handgelenke laufen.

21.

"So ein fieser kleiner Intrigant!", sagte Ruth, als ich ihr von Markos Aktion erzählte. "Aber das passt absolut zu seiner Struktur. Der wird doch noch zum Stalker."

Ich schüttelte den Kopf. "Das wagt er nicht. Marko ist Jurist und weiß was ihm droht, wenn er sich zu weit aus dem Fenster lehnt. Seine Karriere ist die heiligste unter all seinen Kühen. Der würde er niemals Schaden zufügen."

Mir allerdings schon. Ich mochte mir die Peinlichkeit der Situation, in die ich beinahe geraten wäre, gar nicht ausmalen. Die betretenen Blicke der Anwesenden bei meinem Auftauchen. Marko, der seiner neuen Flamme beruhigend die Hand tätschelte. Vermutlich hatte er verbreitet, ich würde ihm nachstellen. Es wäre für mich kaum möglich gewesen, das richtigzustellen.

Ruth riss mich aus meinen trüben Gedanken. "Vergiss ihn!", sagte sie. "Da wir gerade von Stalkern reden: Wie kommst du mit Frau Stammer voran?"

"Das wird die nächste Woche zeigen. Da haben wir den Gesprächstermin mit Wolfgang Gerlach vereinbart. Er war sehr daran interessiert und Frau Stammer war regelrecht begeistert. Aber als es konkret werden sollte, gab es dann doch Schwierigkeiten. Wolfgang Gerlach wollte partout nicht zu mir in die Praxis kommen. Er hatte panische Angst, gesehen zu werden. In der Schule ging es natürlich auch nicht und so wurde es schwierig, einen neutralen Ort zu finden, an dem wir ungestört reden könnten. Schließlich hat Wolfgang Gerlach vorgeschlagen, dass wir uns bei ihm zu Hause treffen und zwar zu einem Zeitpunkt, an dem seine Frau mit dem inzwischen geborenen Kind bei ihrer Mutter sein wird. Ich finde die Idee nicht so gut, aber er hat darauf bestanden. Das sei unverfänglich, wenn die Mutter eines Schülers den Lehrer aufsuche, meinte er. Frau Stammer war natürlich sofort einverstanden."

Ruth schüttelte den Kopf. Auch sie fand die Idee, eine Stalkerin nach Hause zu bestellen, seltsam. Wenn Wolfgang Gerlach jedoch trotz aller Einwände darauf bestand, mussten wir es so halten.

Es war nichts Ungewöhnliches, dass unsere Patienten großen Wert auf Diskretion legten und wir trugen dem so gut wie möglich Rechnung. Am Haus gab es kein Praxisschild, nur einen dezenten Hinweis an der Klingel. Wir achteten darauf, dass die einzelnen Patienten einander möglichst nicht begegneten. Daher schienen mir die Bedenken von Wolfgang Gerlach vor diesem Hintergrund etwas übertrieben.

Allerdings gab es Patienten, deren Ängste vor Entdeckung noch wesentlich ausgeprägter waren. Erst in der vergangenen Woche war mir ein solcher Fall untergekommen.

An jenem Tag war Melissa meine letzte Patientin gewesen. Nachdem ich sie verabschiedet hatte, vervollständigte ich kurz meine Aufzeichnungen. Danach wollte ich mir in der Küche einen Kaffee machen. Als ich die Tür öffnete, stieß ich fast mit einer Frau zusammen, die daraufhin so erschrak, als wäre sie von mir beim Lauschen ertappt worden.

"Wollen Sie zu mir?", fragte ich sie.

"Ja", erwiderte sie zögernd und räusperte sich, weil ihre Stimme zu versagen drohte.

"Möchten Sie sich anmelden?", fragte ich weiter. Diesmal nickte sie nur.

Ich beschloss, mich sofort darum zu kümmern. Mein Kaffee konnte warten. Also bat ich sie erst einmal in mein Zimmer. Sie nahm nur auf der Kante des Sessels Platz und wirkte dabei so angespannt, als wollte sie jeden Moment die Flucht ergreifen. Ich schätzte sie auf Mitte Fünfzig. Alles an ihr wirkte wie von einem Grauschleier überzogen, angefangen von der gedrungenen Gestalt, über das störrische Haar bis hin zu den unscheinbaren Gesichtszügen. Ihr Blick war mürrisch und wachsam zugleich und sie trug eine Brille mit ziemlich starken Gläsern.

"Welches Anliegen führt Sie zu mir?" Ich lächelte ihr aufmunternd zu.

Sie ging nicht darauf ein, sondern antwortete mit einer Gegenfrage: "Sie hypnotisieren ihre Patienten. Wozu ist das gut?"

"Hypnose kann gegen Schmerzen und Ängste helfen. Oder dabei, frühere Erlebnisse zu verarbeiten. Haben Sie ein Problem in dieser Art?"

Wieder ging sie nicht auf meine Frage ein. "Funktioniert das?", wollte sie stattdessen wissen. "Erinnert man sich dann an alles, was früher passiert ist?"

"Das kommt immer auf den konkreten Fall an", erwiderte ich geduldig. "Dazu müsste ich mehr über Sie erfahren. Sagen Sie mir vielleicht erst einmal Ihren Namen?"

Sie zuckte förmlich zurück. "Nein", sagte sie dann entschieden. "Ich weiß ja noch gar nicht, ob ich wirklich hierherkommen will. Wenn ich mich dafür entscheide, will ich privat behandelt werden und anonym bleiben. Das geht doch, oder?"

"Natürlich geht das", versicherte ich. "Ich erkläre Ihnen auch gern alles, was Sie wissen möchten. Aber irgendwie muss ich Sie auch anreden können."

Sie überlegte kurz. "Frau Niemand", sagte sie dann, "nennen Sie mich einfach Frau Niemand."

Fast hätte ich laut aufgelacht. Diese Frau hatte wohl zu viele Agentenfilme gesehen und verwechselte nun Diskretion mit Konspiration!

"Also gut", sagte ich, die direkte Anrede vermeidend, "gibt es etwas, woran Sie sich erinnern möchten?"

Sie schüttelte heftig den Kopf. "Es gibt eine Menge, was ich ganz gern vergessen würde. Am liebsten mein ganzes bisheriges Leben. Kennen Sie da auch eine geeignete Methode?" Ihre Stimme war voller Bitterkeit.

"Vergessen vielleicht nicht, aber Sie könnten Ihren Frieden mit der Vergangenheit machen und dann damit abschließen. Damit der Weg für einen neuen Anfang frei wird. Dazu müssten Sie allerdings bereit sein, über Ihr Leben zu reden."

"Mein Leben ..., wen interessiert das schon?" Sie schaute wie abwesend vor sich hin.

"Mich interessiert es, sehr sogar. Ich werde mir Zeit für Sie nehmen und Ihnen aufmerksam zuhören." Diese Frau war ein harter Brocken, doch ich gab nicht auf. Nach meinen letzten Worten sah sie sich mich so verwundert an, als wären mir plötzlich zwei Hörner gewachsen. Dann begann sie zu reden. Sie redete, als würde sie nie wieder damit aufhören wollen, hastig und ohne Pausen. Normalerweise hätte ich sie irgendwann unterbrochen und auf die kommende Stunde verwiesen, doch ich spürte, dass ich sie dann endgültig verloren hätte. So ließ ich sie einfach weitersprechen.

Sie redete über ihre freudlose Kindheit, über den cholerischen und gewalttätigen Vater. Er wollte nicht einsehen, wie unrentabel sein kleiner Bauernhof war und hielt starrsinnig daran fest. Für die ganze Familie bedeutete das ein ständiges Zuviel an Arbeit und einen chronischen Mangel an Geld. Die Mutter fügte sich stumm in ihr Los und den beiden Töchtern blieb ebenfalls nichts anderes übrig. Doch sie litten darunter, immer alte Sachen tragen zu müssen und weder Zeit noch Geld für Unternehmungen mit Gleichaltrigen zu haben.

"Ich hatte nie Freundinnen", sagte Frau Niemand, "die anderen Mädchen wollten nichts mit mir zu tun haben. Aber es war auch ganz gut so, denn ich hätte sie ja niemals zu uns nach Hause einladen können."

Ihr Leben änderte sich, als sie ihren späteren Mann kennenlernte. Da war sie gerade mal 13. Seine Eltern waren wohlhabend, doch ein glückliches Kind war er deshalb auch nicht. "Seine Eltern haben kaum miteinander geredet. Geheiratet haben sie damals nur, weil er unterwegs war. Ich hatte den Eindruck, seine Mutter verübelte ihm das regelrecht und hat ihn dafür büßen lassen. Sie bekam dann später noch einen zweiten Sohn und es wurde gemunkelt, der wäre gar nicht von ihrem Mann, sondern von einem Liebhaber. Jedenfalls behandelte sie den völlig anders. Er war ihr absoluter Liebling. Mit ihm verreiste sie sogar oft allein. Mein Mann dagegen war meist mit seinem Vater zusammen und hat ihm bei der Arbeit geholfen. Sie hatten ja einen kleinen Familienbetrieb. Die Frau hat sich überhaupt nicht dafür interessiert, sondern spielte die große Dame und die beiden Männer waren für sie nur eine Art Knechte. Für den jüngeren Bruder später auch, kein Wunder bei der Erziehung. Die haben nie danach gefragt, woher das Geld kommt, das sie ausgeben."

Ihr Mann sei genau so schüchtern und unsicher gewesen wie sie selbst, berichtete Frau Niemand weiter. Sie seien erst gute Freunde und bald darauf ein Paar geworden. Mit 16 war sie dann zum ersten Mal schwanger.

"Das war kein Unfall, wie alle glaubten. Ich wollte unbedingt von zu Hause weg, weil ich es da einfach nicht mehr aushielt. Mit dem Kind, so dachte ich, dürfte ich zu meinem Freund ziehen und wir würden eine eigene Familie gründen. Aber ich hatte die Rechnung ohne seine Mutter gemacht. Obwohl sie sonst nie ein Interesse an diesem Sohn zeigte, wollte sie doch bestimmen, mit wem er zusammenlebte. Ich kam da überhaupt nicht in Frage, sie verlangte, dass ich das Kind abtreibe, und das tat ich schließlich auch."

Frau Niemand starrte einen Moment nachdenklich vor sich hin.

"Aber zwei Jahre später", fuhr sie fort, "durften wir dann doch heiraten. Ich war wieder schwanger und diesmal waren es Zwillinge, zwei Mädchen. Für die Kinder hatte ich wenig Zeit, ich wurde gleich voll in die Arbeit für den Betrieb eingespannt. Das machte mir im Grunde wenig aus, harte Arbeit war ich ja von zu Hause her gewöhnt."

Sie vermied es, näher zu erläutern, um was für eine Art von Familienbetrieb es sich handelte. Offenbar war das Teil ihrer Geheimhaltungsstrategie und natürlich fragte ich nicht nach.

"Mein Schwiegervater erkannte meine Arbeit zumindest an, aber meine Schwiegermutter verachtete mich nur. Richtig schlimm wurde es, als dann ein paar Jahre später auch ihr Lieblingssohn heiratete. Mit dessen Frau verstand sie sich sofort hervorragend. Die war genau so eine nichtsnutzige Spinnerin wie ihr Mann. Von da an sind sie zu dritt in der Weltgeschichte umher gereist, während wir den Betrieb in Schwung hielten. Wenn sie zu Hause waren, musste ich sie auch noch bedienen."

"Zumindest", fuhr Frau Niemand fort und jetzt schwang Genugtuung in ihrer Stimme mit, "konnten mein Mann und ich den Betrieb nach dem Tod des Schwiegervaters allein übernehmen. Alles andere wäre ja auch ungerecht gewesen. Meine Schwiegermutter hat sich dann mit Lieblingssohn und Frau auf eine endgültige Reise begeben. Sie sind ganz weit weggezogen und ich habe sie wahrhaftig nicht vermisst.

Die nächsten Jahre waren wirtschaftlich sehr schwierig. Wir mussten hohe Risiken eingehen und noch mehr arbeiten, für etwas anderes blieb da keine Zeit. Irgendwie haben wir es immer geschafft, und jetzt das ..."

Das bisher unbewegte Gesicht von Frau Niemand verzog sich zu einer tragischen Maske. Sie schien auf den dramatischen Höhepunkt ihrer Ausführungen zuzusteuern.

"Mein Mann hatte einen Herzanfall, keinen Infarkt, eigentlich nichts wirklich Besorgniserregendes. Unsere Hausärztin schwatze ihm aber trotzdem eine Kur auf und von dort kehrte er völlig verändert zurück, als hätte man ihn einer Gehirnwäsche unterzogen. Er redete plötzlich davon, wie wichtig es wäre, auf die Stimme des eigenen Körpers zu hören und dass er ein neues Leben beginnen will. Ich verstand erst gar nichts bis ich dann mitbekam, wessen Stimme da zu seinem Körper gesprochen hatte. Sie ist zehn Jahr jünger als er, blond und vollbusig. Und dafür will der Mann jetzt alles hinwerfen, den Betrieb, für den wir ein Leben lang geschuftet haben und an dem auch die Existenz unserer Kinder hängt. Und wissen Sie, was mich besonders wütend macht? Dass er sagt, mit dieser Frau könne er endlich einmal unbeschwert lachen. Wenn die mein Leben gehabt hätte, wäre ihr das Lachen auch vergangen."

Die Verbitterung der Frau, die jetzt wie ausgepumpt vor mir saß, war mit den Händen zu greifen. Ich verstand ihre Gefühle und sagte ihr das auch.

"Schön", meinte sie daraufhin trocken, "das ist doch immerhin etwas. Aber helfen werden Sie mir auch nicht können."

"Nur Sie selbst können sich letztendlich wirklich helfen und ich würde Sie gern dabei begleiten, falls Sie sich für eine Therapie entscheiden sollten."

Sie schien plötzlich zu begreifen, wo sie sich eigentlich befand und weshalb sie hier war. Ihre Erzählung hatte sie weit fortgetragen. Auf einmal hatte sie es eilig. Ich gab ihr meine Karte und sie versprach, es sich mit der Therapie zu überlegen und dann anzurufen.

"Was bin ich jetzt schuldig?", fragte sie.

"Nichts", erwiderte ich spontan, "nehmen Sie es als kostenlose Probestunde."

Überrascht sah sie mich an. "Mir ist noch nie etwas geschenkt worden. Danke." Es klang eher verbittert als erfreut.

Nachdem sie gegangen war, stellte ich fest, dass wir länger als eine Stunde geredet hatten. Auf einmal hatte ich Markos Stimme im Ohr. "Mit deinem verdammten Helfersyndrom wirst du es nicht weit bringen", hörte ich ihn sagen. "Gewöhne dir einfach an, deine Patienten als zahlende Kunden zu sehen."

Falls es jemals so weit kommen sollte, würde ich den Beruf wechseln. Das hatte ich mir geschworen.

22.

Mein Termin mit Wolfgang Gerlach und Frau Stammer verschlug mich in eine neu erbaute Reihenhaussiedlung. Erst vor wenigen Wochen waren die Gerlachs hier eingezogen, unmittelbar nach der Geburt ihrer kleinen Tochter.

Der Vorgarten wies noch Spuren der gerade abgeschlossenen Bautätigkeit auf. Zwischen Frühblühern lagen Bretter und zerbrochene Fliesen.

Ich hatte mit Frau Stammer vereinbart, vor dem Haus auf sie zu warten. Wir würden dann gemeinsam hineingehen.

Obwohl die Zeit schon um einige Minuten überschritten war, konnte ich sie noch nicht entdecken. Das verwunderte mich etwas, hatte ich doch angenommen, sie würde es sehr eilig haben, zu diesem Termin zu kommen. Eine

Gruppe von Personen kam angeregt plaudernd die Straße herauf, doch Frau Stammer war nirgends zu sehen. Als sie mich dann ganz unvermittelt von hinten ansprach, schrak ich zusammen. Ich hatte ihr Kommen nicht bemerkt.

Frau Stammer war sorgfältig geschminkt und frisiert. Über einer malvenfarbenen Leggins trug sie ein locker fallendes, gelbes Kleid und eine Jeansjacke, die mit glitzernden Strassapplikationen besetzt war. "Da sind Sie ja endlich", sagte sie als wäre ich diejenige, die sich verspätet hatte.

Ich ging nicht weiter darauf ein und wollte gerade auf die Klingel drücken, als sie mich plötzlich zurückhielt.

"Ich habe es mir überlegt", sagte sie freundlich lächelnd, "es ist besser, wenn ich mit Wolfgang allein rede."

"Frau Stammer", erwiderte ich "wir haben mit Herrn Gerlach etwas anderes vereinbart, und daran werden wir uns jetzt auch halten."

Sie zog ein beleidigtes Gesicht, wie ein Kind, das seinen Willen nicht bekommen hatte. "Wenn Herr Gerlach nun aber auch mit mir allein reden möchte, dann können Sie das ja nicht verbieten", meinte sie trotzig.

"Ich gehe nicht davon aus, dass Herr Gerlach das möchte. Sonst hätte er wohl nicht ausdrücklich um ein gemeinsames Gespräch mit mir gebeten."

"Wir können ihn ja fragen", beharrte sie eigensinnig auf ihrem Willen.

Ich glaubte kein Risiko einzugehen, als ich dem zustimmte. Wenigstens konnte ich so die fruchtlose Diskussion beenden und endlich bei Herrn Gerlach klingeln. So schnell wie er öffnete, musste er schon hinter der Tür auf uns gewartet haben. Im Flur roch es nach frischer Farbe und alles wirkte noch ein wenig unfertig. Doch das Wohnzimmer, in das er uns führte, war komplett eingerichtet und recht gemütlich. Wolfgang Gerlach und ich ließen uns in den Sesseln nieder, während Frau Stammer sogleich auf dem Sofa Platz nahm.

Zunächst sagte ich ein paar einleitende Worte, dankte Wolfgang Gerlach für seine Bereitschaft zu diesem Gespräch und die Einladung in seine Wohnung. Weiter kam ich nicht, weil Frau Stammer mich ungeduldig unterbrach.

"Wolfgang", sagte sie und sah ihn dabei strahlend an, "möchtest du nicht auch lieber mit mir allein reden?“

Völlig verdutzt über die Anrede starrte ich sie an. Wieso duzte sie ihn? War das ein Ausdruck ihrer wahnhaften Wahrnehmung, die ihr eine besondere Beziehung zu Wolfgang Gerlach vorgaukelte? Auch er schien völlig überrumpelt und blickte angestrengt auf den Teppich, als gäbe es da etwas Interessantes zu sehen. Gerade wollte ich ihn mit ein paar vermittelnden Worten aus dieser Peinlichkeit erlösen, als er den Kopf hob und Frau Stammer ansah. "Ich möchte auch mit dir allein reden", sagte er leise, doch gut verständlich. Mich sah er überhaupt nicht an. Dafür tat das Frau Stammer umso ausgiebiger, und aus ihrem Blick sprach der unverhohlene Triumph. "Lassen Sie uns dann bitte allein", sagte sie und begleitete ihren Ausspruch mit einer unmissverständlichen Geste zur Tür hin. Über so viel Unverschämtheit blieb mir glatt die Spucke weg.

Doch im nächsten Moment hatte ich mich wieder gefangen. "Frau Stammer, so einfach geht das nicht", sagte ich ganz ruhig. "Das hier ist keine private Kaffeerunde, sondern ein fest vereinbartes therapeutisches Gespräch. Wenn Sie das jetzt unmittelbar vor Beginn absagen wollen, ist das ihre Sache. Aber dann wird das Ausfallhonorar sofort fällig."

Sie ließ sich dadurch nicht im Geringsten beeindrucken. Eilig drückte sie mir zwei Scheine in die Hand, um es rasch hinter sich zu bringen und mich so schnell wie möglich loszuwerden. Ich kam mir wie eine bezahlte Nutte vor. Frau Stammer hätte mir die Scheine in den Ausschnitt stopfen sollen, das hätte noch besser ins Bild gepasst.

Als ich mir eine halbe Stunde später in der Praxis einen Kaffee machte, steckte Ruth den Kopf zur Tür herein. "Schon zurück?", fragte sie erstaunt. "Wie ist es denn so gelaufen?"

"Es ist völlig aus dem Ruder gelaufen", antwortete ich resigniert.

Ruth nahm mir gegenüber am Küchentisch Platz. "Na dann erzähle mal", ermunterte sie mich, woraufhin ich ihr das Desaster in allen Einzelheiten schilderte. "Vielleicht sollte ich meinen Job aufgeben und lieber eine Partnervermittlung eröffnen", sagte ich. "Offenbar habe ich dafür mehr Talent."

Ruth schaute mich mitleidig an. "Jetzt nimm dir das bloß nicht so zu Herzen, du hast keinen Fehler gemacht, das wäre jedem anderen auch passiert. Die erfahrensten Kollegen sind schon von Stalkern ausgetrickst worden und viele nehmen diese Fälle deshalb gar nicht erst an. Allerdings", fuhr sie nachdenklich fort, "ist hier etwas seltsam. Dass die Frau Stammer die ganze Zeit bemüht war, ihr eigenes Süppchen zu kochen, liegt ja in der Natur ihrer Störung. Aber was ist mit ihm? Wieso hat er ihr Spiel mitgespielt? War da doch mehr zwischen den beiden als er dir gegenüber zugegeben hat?"

"Das muss wohl so sein. Aber das macht sein Verhalten nicht logischer. Er hätte sich doch erst gar nicht auf den Termin einlassen müssen oder hätte ihn zumindest noch rechtzeitig absagen können. Ich habe nachgedacht und vermute, dass es anders zusammenhängt. Als ich an dem Haus ankam, war Frau Stammer noch nicht da, aber dann stand sie ganz unvermittelt auf einmal hinter mir. Sie kann nur aus dem Haus gekommen sein und muss daher schon direkt vor dem vereinbarten Termin mit ihm gesprochen haben. Durch dieses Gespräch hat sie ihn vermutlich dazu gebracht, sich ihrem Wunsch zu fügen. Deshalb war sie sich auch so sicher. Ihm war die ganze Situation äußerst peinlich und das hat man ihm deutlich angemerkt."

"Dass es ihm peinlich war, ist wirklich das Mindeste, was man von ihm erwarten darf. Aber was immer ihn dazu bewogen haben mag, sich derart auf die Frau einzulassen - er wird es noch bitter bereuen. Von den beiden werden wir garantiert wieder hören."

Darauf legte ich allerdings nicht den geringsten Wert. Obwohl ich bereits ahnte, dass Ruth wieder einmal Recht behalten sollte.

23.

Im Verlaufe der nächsten Tage gelang es mir tatsächlich, die unangenehme Begebenheit weitgehend aus meinem Gedächtnis zu verbannen.

Zum Glück gab es ja auch Erfolgserlebnisse. Frau Kretschmar hatte ihre Therapie erfolgreich abschließen können. Es hatte lange gedauert, bis sie sich der notwendigen Aussprache mit ihrer Kollegin endlich stellen konnte. Immer wieder hatten wir die Situation gedanklich gemeinsam durchgespielt, hatten unterschiedliche Gesprächsverläufe besprochen. Frau Kretschmar hatte ihre Entspannungstechnik weiterhin regelmäßig geübt, um sich auch unter emotionalem Stress nicht aus der Ruhe bringen zu lassen. Eines Tages war es dann soweit. Als sie wieder einmal von der Kollegin brüskiert wurde, sprach sie das Problem an. Sie machte alles so, wie wir es geübt hatten, blieb ruhig, sachlich und ganz konkret.

"Die Frau hat unmöglich reagiert, wurde sofort schnippisch und unsachlich. Früher hätte mich das so aufgeregt, dass ich heulend raus gerannt wäre. Aber ich habe mir einfach vorgestellt, das wäre jetzt eine unserer Übungen und Sie beobachten mich dabei. Sie wären stolz auf mich gewesen, ich wurde immer besser. Und plötzlich passierte das Wunder: Erst sprang mir ein Kollege bei und dann auch die anderen. Ich dachte doch, die wären alle auf ihrer Seite und nun haben sie mich unterstützt. Schließlich war sie es, die raus gerannt ist. Ein Kollege sagte: 'Gut, dass du die mal ein bisschen zurechtgestutzt hast! Das war wirklich überfällig!' Können Sie sich das vorstellen? Die waren inzwischen alle von ihr genervt, aber keiner hat sich getraut, den Mund aufzumachen. Männer können ja so feige sein.“

Frau Kretschmar strahlte vor neuem Selbstbewusstsein. Ihren Drang zum Stehlen hatte sie überhaupt nicht mehr erwähnt. "Hat sich in Luft aufgelöst", lachte sie, als ich sie danach fragte.

Von diesem Erfolg fühlte ich mich immer noch beflügelt, als ich anschließend Melissa zu ihrer Therapiestunde begrüßte. Bei ihr war es in den vergangenen Wochen nicht so recht voran gegangen. Immer wieder fand sie sich in der Trance in dem dunklen Haus wieder und durchlebte die traumatische Szene, wie sie von ihrer weinenden Mutter weggezogen wurde. "Ich weiß, dass es tatsächlich so passiert ist, doch ich kann es einfach nicht einordnen. Weder weiß ich, wo ich mich befinde, noch kann ich mich erinnern, was vorher und hinterher geschehen ist. Dabei ahne ich, dass es wichtig wäre."

Ich spürte, wie sie sich damit quälte und hatte sie schon mehrmals zu überreden versucht, die Hypnosesitzungen erst einmal eine Weile auszusetzen. Doch sie hatte das immer abgelehnt. Nun kam sie selbst mit einem neuen Vorschlag. "Ich merke, dass ich einfach nicht weiterkomme", sagte sie, " und deshalb will ich jetzt etwas in Angriff nehmen, was ich mir schon lange vorgenommen habe. Ich will in meinen Geburtsort fahren und mein Elternhaus aufsuchen. Wenn ich die Orte meiner Kindheit mit eigenen Augen wiedersehe, dann wird sich dieser Knoten in meinem Gehirn vielleicht lösen und ich kann mich erinnern."

Melissa wusste aus ihrer Geburtsurkunde, dass sie in Gröbeneck geboren war, einer Kleinstadt am Fuße des Harzes. Zwar lag diese ziemlich weit weg von Wernigerode, doch waren wir immerhin in landschaftlich ähnlichen Gegenden aufgewachsen. Melissa hatte auch die letzte Anschrift ihrer Eltern in Erfahrung gebracht. Sie würde das Haus also ohne größere Schwierigkeiten finden können.

"Und ich möchte auch zum Friedhof gehen und ihre Gräber suchen", sagte sie leise, aber entschlossen. "Ich will wissen, ob ich um sie trauern oder endlich nach ihnen forschen muss."

"Traust du dir das wirklich schon allein zu, Melissa?", fragte ich.

Sie hob den Kopf und sah mich mit einem verschmitzten Lächeln an. "Allein nicht, aber mit dir zusammen. Ich möchte, dass du mich begleitest, als meine Therapeutin."

Ich kam überhaupt nicht auf die Idee, ernsthaft zu widersprechen, denn ich war von der Aussicht auf diese Reise in Melissas Vergangenheit total fasziniert.

Niemand verstand meine Gedanken und Gefühle besser als Ruth. "Da eröffnet sich dir tatsächlich eine hochinteressante Möglichkeit", meinte sie. "Du hast eine Patientin hypnotisiert und dabei bereits eine Fülle von Erinnerungen aufgedeckt. Jetzt kannst du gewissermaßen vor Ort überprüfen, inwieweit sich das in Trance Erlebte mit der Realität deckt. Willst du den Fall in deine Dissertation aufnehmen?"

Ich hatte schon mit dem Gedanken gespielt, doch das stand noch nicht zur Debatte. Zuvor musste Melissas Therapie völlig abgeschlossen sein, bevor ich sie darum bitten konnte, ihren Fall in anonymisierter Form erwähnen zu dürfen.

Erst einmal stimmte ich zu, Melissa zu begleiten. Auf das Ergebnis der Reise war ich nicht weniger gespannt als sie selbst.

24.

Wir hatten die Fahrt nach Gröbeneck für den kommenden Samstag geplant und Melissa hatte darauf bestanden, für Organisation und Unkosten allein zuständig zu sein. "Wir fahren mit dem Auto", hatte sie festgelegt. "Mit der Bahn wäre es zu umständlich. Da verlieren wir nur unnötig Zeit." Ich wunderte mich darüber, weil ich wusste, dass Melissa ebenso wie ich über kein eigenes Auto verfügte. Bei mir hatte das finanzielle Gründe. Melissa, für die solche Beschränkungen nicht existierten, besaß jedoch keinen Führerschein.

"Kommt noch jemand mit?", fragte ich deshalb.

Melissa schüttelte den Kopf. "Nein, nur wir Zwei. Jemand anderen möchte ich gar nicht dabei haben. Ich werde uns nur eine Fahrgelegenheit besorgen. Auf der Rückfahrt können wir einen Umweg machen und dich in

Wernigerode absetzen, falls du noch bei deinen Eltern vorbeischauen möchtest."

Wir hatten vereinbart, gleich früh um 7.00 Uhr abzufahren, so dass wir gegen 9.30 Uhr dort sein und den Tag gut nutzen könnten. Melissa wollte mich abholen. Ich vermutete, dass sie sich von Professor Tietze-Mühlberger oder von einem Kommilitonen fahren lassen würde. Deshalb war ich ziemlich verblüfft, sie zur vereinbarten Zeit vor meiner Haustür aus einem Taxi steigen zu sehen. Zwar war mir bekannt, dass Melissa durch die Abfindung ihrer Adoptiveltern über reichliche finanzielle Mittel verfügte, doch was Kleidung und Lebensstil betraf, war sie bisher immer sehr bescheiden aufgetreten. Jetzt winkte sie nur ab, als sie meinen verwunderten Blick bemerkte. "Es ist bequem so, was soll´s? Der Anlass ist anstrengend genug."

Der Taxifahrer war ein rundlicher, freundlicher Mann um die Fünfzig und stellte sich uns als Herr Hartwich vor. Von Anfang an zeigte er sich bemüht, *die Damen* nicht nur erstklassig zu chauffieren, sondern auch angenehm zu unterhalten. Bald wussten wir alles über seine Familie, die Berufe der beiden Töchter und die Entwicklungsfortschritte des ersten Enkelkindes, auf das er sehr stolz war. Herr Hartwich stammte ursprünglich aus Goslar und zeigte sich erfreut, als ich ihm auf seine Nachfrage mitteilte, in Wernigerode geboren zu sein. "Habe ich doch gleich gehört, dass Sie auch keine Berlinerin sind", meinte er.

Melissa war während der ganzen Zeit sehr schweigsam geblieben und ich bemühte mich, das Gespräch in andere Bahnen, weg von Familienverhältnissen, zu lenken. Ob ihm die heimatliche Landschaft nicht manchmal fehlen würde, fragte ich deshalb. Herr Hartwich bestätigte das lebhaft und kam dann auf sein spezielles Hobby zu sprechen. Er sammelte Sagen aus dem Harz und beschäftigte sich mit ihrem Ursprung. Ob ich denn Sagen aus Wernigerode kennen würde, wollte er wissen. Damit konnte ich zum Glück dienen. Ich erzählte, wie der Burggeist die alte Wernigeröder Burg in einer einzigen Sturmnacht vom Kapitelsberg an den Standort versetzte, wo noch heute das Schloss steht. Damit entsprach er dem Wunsche einer frommen Burgfrau, die so verhinderte, dass ihr Gatte, der ein wüster Raubritter war, den aufwendigen Umzug durch neue Raubzüge finanzierte. Anschließend gab ich auch noch die Sage vom Weinkellerloch zum Besten, das in einer Talsenke nahe der Stadt liegen soll: Wem es sich zufällig öffnet, der soll darin reiche Schätze finden, von denen er sich nehmen darf, soviel er tragen kann. Dann muss er einen persönlichen Gegenstand zurücklassen, damit er jederzeit an den Ort zurückkehren kann. Vergisst er das aber, so bleibt ihm der Zugang ewig verschlossen.

Ich vermutete, dass Herr Hartwich die Sagen bereits kannte. Doch er äußerte sich voller Anerkennung und revanchierte sich mit der Sage vom Rammelsberg bei Goslar. Ein Jäger namens Ramm hatte hier ein reiches Erzvorkommen entdeckt, als sein Pferd ungeduldig mit dem Huf im Erdreich gescharrt und dabei die Erzader freilegt hatte.

Ich war froh, ein unverfängliches Thema gefunden zu haben, bei dem sich auch Melissa sichtlich entspannte. Herr Hartwich und ich lieferten uns einen richtigen Erzählwettstreit. Inzwischen waren wir bei Sagen angekommen, die fast überall im Harz beheimatet sind. Wir sprachen über Zwerge, über den von den Bergleuten gefürchteten Bergmönch und über die geheimnisvolle

Bergkönigin. Alles war gut, bis Herr Hartwich zu einer neuen Erzählung ansetzte:

"Einmal freundete sich ein kleines Hirtenmädchen mit einem Zwerg an, der es schließlich mit in den Berg nahm, um ihr seine Welt zu zeigen. Das Mädchen sah gewaltige Schätze wie den Palast der Bergkönigin, der ganz aus Kristall war und in dem ihr Zwerge und Gnome dienten. Die Bergkönigin war sehr freundlich zu dem Mädchen und wollte es am liebsten dortbehalten. Es bekam aber Sehnsucht nach seinen Eltern und ließ sich von dem Zwerg wieder aus dem Berg führen. Wie das Mädchen nun in sein Dorf zurückkam, fand es alles seltsam verändert vor. Es traf nur auf fremde Menschen und wo sein Elternhaus gestanden hatte, waren nur noch verfallene Mauern. Eine alte Frau erklärte dem Mädchen schließlich, dass es vor vielen, vielen Jahren verschwunden sei und damals nicht gefunden werden konnte. Seine Eltern und Geschwister seien lange tot und begraben, zum Beweis zeigt sie dem Mädchen auf dem Friedhof deren Gräber. Als das Mädchen begriff, dass es sein Elternhaus und seine ganze Familie verloren hatte, brach ihm vor Kummer das Herz und es war auf der Stelle tot."

Als Herr Hartwich seine Geschichte beendet hatte, hörte ich Melissa scharf ausatmen. Offenbar hatte sie bei den letzten Sätzen den Atem angehalten. "Wissen Sie weshalb ich diese Sage erzählt habe?", fragte unser Fahrer. Ich hatte keine Ahnung und wünschte nur, er hätte sie nicht erzählt.

"Also ich chatte manchmal in so einem Sagenforum", fuhr er unbeirrt fort. "Da haben wir uns auch über diese Sage ausgetauscht und da haben doch so ein paar Spinner behauptet, sie sei ein Beweis dafür, dass es schon früher

Entführungen durch Ufos gegeben hätte. Genau das wäre nämlich mit dem Kind passiert. Daher sei es auch nicht gealtert, im Gegensatz zu seinen Angehörigen. Nicht zu fassen, was erwachsene Menschen so glauben."

"Warum nicht", ließ sich Melissa plötzlich vernehmen, "ich kenne sogar einen Außerirdischen. Er joggt regelmäßig an meinem Haus vorbei."

Herr Hartwich stutzte und brach dann in Gelächter aus. "Also das müssen Sie jetzt aber genauer erklären", gluckste er. "Mache ich auf der Rückfahrt", versprach Melissa. "Wir sind fast da und müssen gleich aussteigen." Tatsächlich waren wir auf dem Marktplatz von Gröbeneck angekommen. Von hier aus wollten wir zu Fuß gehen. Ich war erleichtert, dass sich Melissa so schnell wieder gefangen hatte.

25.

Gleich nach dem Aussteigen sagte mir Melissa, dass ihr einiges durchaus vertraut vorkommen würde, zum Beispiel der wie eine Blume geformte Brunnen auf dem Marktplatz. Die letzte Anschrift ihrer Eltern lautete: Unter den Föhren 1. Wir mussten nur ein einziges Mal fragen und hatten die Straße nach circa 15 Minuten erreicht. Eigentlich handelte es sich weniger um eine Straße als um einen unbefestigten Sandweg. Auch das weckte Erinnerungen bei Melissa. "Im Sommer hatte ich immer die Sandalen voller Sand und habe das alles ins Haus geschleppt."

An die Häuser, die in großzügigen Abständen zueinander links und rechts des Weges standen, erinnerte sie sich hingegen nicht. Sie sahen auch noch recht neu aus und waren vermutlich erst später erbaut worden. Die Nummer 1 lag ganz am Ende des Weges und war ein klotziger

Neubau im Bungalowstil. Melissa starrte das Haus ratlos an. "Das ist es nicht", sagte sie und wollte den Weg weitergehen, doch der endete abrupt an einer Wiese.

"Das ist aber die Nummer 1", sagte ich, "meinst Du, die Hausnummern könnten sich geändert haben? Wir standen unschlüssig vor dem Haus herum, was drinnen offenbar bemerkt worden war. Eine junge Frau öffnete die Tür, im Haus war Kindergeschrei zu hören. "Wollen Sie zu uns?", fragte die Frau.

Ich erklärte ihr, dass unter dieser Anschrift früher einmal Verwandte von uns gelebt hätten, das sei aber schon 14 Jahre her und wir würden das Haus nicht wiedererkennen.

"Können Sie auch nicht", lachte die Frau. "Das Haus steht erst seit zwei Jahren. Das Grundstück war unbebaut, als wir es kauften."

"Aber hier gab es doch vorher ein anderes Haus", wandte Melissa ein.

"Ja, schon", lenkte die Frau ein, "aber das weiß ich auch nur vom Hörensagen. Ich bin nicht aus dem Ort. Hier soll ursprünglich das alte Forsthaus gestanden haben. Das soll zuletzt unbewohnt gewesen und nach einem Blitzeinschlag abgebrannt sein. Trotz der hohen Bäume ringsum! Wir haben vorsichtshalber eine Blitzschutzanlage." Die Frau wies stolz auf ihre Blitzableiter.

Ich bedankte mich herzlich für die Auskunft und zog die widerstrebende Melissa, die den Tränen nahe war, mit mir fort. Natürlich war ich auch enttäuscht, doch jetzt ging es erst einmal darum, Melissa zu trösten. "Das ist kein Beinbruch", sagte ich zu ihr, "ich habe da eine Idee. Die Frau hat gesagt, es hätte sich bei dem Haus um das alte Forsthaus gehandelt. Das war ja gewissermaßen ein historisches Gebäude und sicher gibt es noch alte Aufnahmen davon. Die müssten doch aufzutreiben sein. Wir könnten zum Beispiel im Stadtarchiv nachfragen."

Meine Annahme sollte sich schneller als erwartet bewahrheiten. Wir kamen an einem kleinen Papierwarenladen vorbei, der auch Souvenirs und Ansichtskarten im Angebot hatte. Dort stießen wir auf die Broschüre *Gröbeneck einst und jetzt*. Ich blätterte ein wenig darin herum. "Wissen Sie, ob hier eine Abbildung vom alten Forsthaus drin ist?", fragte ich die Verkäuferin.

"Ja sicher." Sie fand die entsprechende Seite auf Anhieb. "Das war ein sehr schönes Haus", sagte sie.

"Wirklich schön", pflichtete ich ihr bei. "Wie schade, dass es vom Blitz zerstört wurde."

"Das war wohl eher ein Blitz auf zwei Beinen", versetzte die Frau spitz.

"Sie meinen Brandstiftung?" Melissa stand das Entsetzen ins Gesicht geschrieben und diese heftige Reaktion verunsicherte die Frau.

"Ich meine gar nichts", ruderte sie schnell zurück. "In so kleinen Orten wird viel geredet, oft sogar zu viel. Wollen Sie die Broschüre nun?" Wir nahmen sie natürlich und erwarben außerdem noch zwei Postkarten, auf denen das Forsthaus ebenfalls abgebildet war. Danach setzten wir uns in ein Bistro, um ein ausgiebiges zweites Frühstück einzunehmen, wodurch wir das Mittagessen einsparen würden. Jetzt hatten wir die Gelegenheit, unsere Ausbeute ausgiebig zu betrachten. Melissa war ganz aufgeregt. "Ich erkenne es wieder, das ist unser Haus", sagte sie ein ums andere Mal. "Hier ist die Schnitzerei am Giebel und das große Geweih ist auch da, davon habe ich dir doch erzählt."

Das Forsthaus bestand eigentlich aus zwei Gebäuden, einem großen Haupthaus und einem kleineren dahinter, das vermutlich als Lagerraum gedient hatte. "Zwischen diesen Häusern war der verglaste Gang, der ist hier nicht drauf. Der muss wohl später gebaut worden sein", war sich Melissa ganz sicher. "Und in dem hinteren Haus war das Atelier."

Ich war erstaunt, wie präzise ihre unter Hypnose gewonnenen Erinnerungen waren. Mit so einem beeindruckenden Ergebnis hatte ich gar nicht gerechnet. Selbst wenn sie weiter nichts ergeben würde, hätte sich die Reise dafür schon gelohnt.

In diesem Moment stieß Melissa einen leisen Schrei der Überraschung aus. Sie hatte weiter in der Broschüre geblättert und wies nun auf ein Bild, auf dem ein kleines Häuschen abgebildet war, an dessen Fassade bunte Pfefferkuchen klebten. Es war das Hexenhäuschen, bei dem Melissa den Wintertag mit ihren Eltern verbracht hatte und das von ihr bereits in einem ihrer Bilder verewigt worden war. Wieder überraschte mich die Übereinstimmung zwischen Erinnerung und Realität.

"Können Sie uns bitte sagen wo sich dieses Häuschen befindet?", fragte ich die junge Frau, die gerade unsere Getränke servierte.

Sie warf einen flüchtigen Blick auf das Bild. "Das ist drüben im Park, etwa 10 Minuten von hier", sagte sie dann. "Nach links und dann immer geradeaus, das können Sie gar nicht verfehlen."

Gleich nach dem Essen machten wir uns auf den Weg und fanden Park und Häuschen problemlos. Wir erstiegen den kleinen Hügel, auf dem es lag und Melissa staunte. "Also der muss geschrumpft sein", lachte sie, "früher kam der mir viel höher vor, wie ein richtiger Berg."

Aus dem Inneren des Häuschens war ein dumpfes Brummen zu vernehmen. Ich schaute mich suchend um und entdeckte in etwa 50 Meter Entfernung einen munter sprudelnden Springbrunnen. Damit war das Geheimnis des Hexenhäuschens gelüftet. Es beherbergte die Pumpe, die die Wasserspiele antrieb.

Wir nahmen auf einer Bank am Springbrunnen Platz. Melissa wirkte jetzt wieder entspannter. Auf dem Weg hierher hatte sie sich immer wieder ängstlich umgeschaut, als würde sie eine unangenehme Entdeckung fürchten. Ich vermutete, dass sie nach dem mysteriösen dunklen Haus Ausschau hielt. Nun bestätigte sie diese Vermutung. "Dabei ist das Unsinn, ich würde das Haus wahrscheinlich überhaupt nicht erkennen, nicht einmal, wenn ich direkt davor stünde. Ich habe mich immer nur in diesem dunklen Zimmer gesehen und auf dem Hof, der aber von einer hohen Mauer umschlossen war. Auf diesem Hof war alles schwarz, der Boden, das Mauerwerk, alles. Das sah aus, als wäre es verbrannt und voller Ruß." Melissa starrte mich erschrocken an: "Meinst du, könnte es vielleicht sein...", stammelte sie unsicher.

Ich wusste, worauf sie hinaus wollte. "Sicher hat das nichts mit dem Brand deines Elternhauses zu tun", sagte ich. "Das soll doch zu dem Zeitpunkt schon leer gestanden haben. Einen Hof mit einer Mauer drumherum gab es da auch nicht, der war auf den Fotos nicht zu sehen."

Melissa gab mir recht. "Es sind einfach so viele neue Informationen", sagte sie. "Das kann einen schon durcheinanderbringen."

Dabei hatten wir noch nicht einmal alle Stationen unserer Reise abgearbeitet. Die vielleicht Wichtigste lag noch vor uns. Mit einem entschlossenen "Gehen wir!", erhob sich Melissa plötzlich. Seit einer Weile schon hatte sie den Wegweiser mit der Aufschrift "Waldfriedhof" fixiert. Nun folgten wir der Richtung, die er uns wies, stumm, gefasst und erwartungsvoll.

Der Friedhof war parkartig angelegt und wirkte durch die hohen, alten Bäume sehr idyllisch. Er war viel größer als ich ihn mir vorgestellt hatte und ich fürchtete schon, dass wir die Gräber nicht so ohne Weiteres finden würden. Wir folgten dem Hauptweg, als uns die Aufschrift eines gewaltigen schwarzen Granitblocks förmlich entgegen sprang:

RUHESTÄTTE DER FAMILIE MORGENROTH

Melissa sagte nichts und obwohl wir uns nicht berührten, spürte ich, dass sie zitterte. Auch ich hatte plötzlich ein Gefühl der Enge im Hals, als ich die Aufschriften auf dem Stein entzifferte:

ADRIAN MORGENROTH
4. 3. 1968 - 25. 8. 1998

VANESSA MORGENROTH
9. 5. 1970 - 30. 8. 1998

MATTHIAS MORGENROTH
15. 2. 1994 - 30. 8. 1998

Bei Adrian und Vanessa Morgenroth musste es sich um die Eltern von Melissa handeln. Doch was hatte der dritte Name zu bedeuten? Melissa hatte nie ein Geschwisterkind erwähnt. Ich wandte mich zu ihr um und erschrak, als ich ihren Gesichtsausdruck bemerkte. Sie war leichenblass und hatte den Mund wie zum Schrei geöffnet, doch es kam kein Ton heraus.

Zum Glück befand sich unmittelbar hinter uns eine Bank. Vorsichtig nahm ich Melissas Arm und führte sie dorthin, was sie willenlos mit sich geschehen ließ. Ihr Gesicht war noch immer zu einer tragischen Maske erstarrt und ich hatte den Eindruck, dass sie etwas sagen wollte, aber nicht dazu in der Lage war.

"Lass es zu, Melissa", sagte ich sanft zu ihr, "lass es einfach geschehen."

Mit Erleichterung sah ich Tränen in ihre Augen steigen. Dann löste sich ihr Krampf und sie begann hemmungslos zu weinen. Ich nahm sie einfach nur fest in den Arm, lange saßen wir so. Melissas Tränen strömten so reichlich, dass ich an die Sage von der Prinzessin denken musste, die derart anhaltend um ihren toten Bräutigam weinte, dass an der Stelle später eine Quelle entsprang. Melissas Tränenflut hätte für mehrere Quellen gereicht.

Nach einer ganzen Weile fand sie auch die Sprache wieder. Doch gingen ihre ersten Worte so im Schluchzen unter, dass ich sie kaum verstand. "Matti", flüsterte sie immer wieder, "mein kleiner Matti."

Sie konnte damit nur das Kind meinen, dessen Name unter dem ihrer Eltern in den Stein gemeißelt war. "War er dein Bruder, erinnerst du dich an ihn?", fragte ich behutsam.

Sie nickte. "Ich hatte ihn vergessen, Iris, einfach vergessen! Wie konnte ich das nur? Er war mein kleiner Bruder. Ich hatte ihn lieb und dann habe ich ihn einfach völlig vergessen, das ist doch schrecklich!"

"Du hast ihn doch gar nicht vergessen, du hast nur lange nicht an ihn gedacht. Das ist etwas anderes. Weißt du, unser Gedächtnis braucht Anstöße und Wiederholungen. Wir erinnern uns, weil wir unsere Erinnerungen immer wieder auffrischen, uns in der Familie und unter Freunden immer wieder gegenseitig fragen: Weißt du noch? Das hat dir gefehlt. Niemand hat in all den Jahren mit dir über deinen Bruder gesprochen."

Melissa nickte, ihre Tränen waren versiegt und sie wirkte jetzt völlig apathisch. Ich musste etwas tun, um sie aus dieser Stimmung herauszuholen.

Die Gräber machten einen kalten und trostlosen Eindruck auf mich. Fast die gesamte Fläche wurde von einer polierten, schwarzen Granitplatte bedeckt, in die drei geknickte Rosen eingraviert waren. Begrenzt wurde sie von einer akkurat geschnittenen Buchsbaumhecke, doch darüber hinaus gab es kein Grün und keine Blume. Vorn steckte ein ovales Metallschild mit der Aufschrift *Pflege* im Boden. Der schwarze Granit wirkte erdrückend. Es sah fast aus, als sollten die Toten gehindert werden, sich aus ihren Gräbern zu erheben.

"Was meinst du Melissa", fragte ich, "wollen wir ihnen nicht ein paar Blumen bringen? Ich habe da vorhin einen Pfeil gesehen, der auf eine Friedhofsgärtnerei hinwies. Wir sollten dem mal nachgehen."

Immer noch lethargisch, aber bereitwillig folgte mir Melissa. Die Friedhofsgärtnerei war geöffnet und ein Schild wies darauf hin, dass sich hier gleichzeitig die Friedhofsverwaltung befand. Das Angebot war reichlich und bei der Auswahl der Blumen kam wieder etwas Leben in Melissa.

"Wir sollten etwas nehmen, was man fest einpflanzen kann, nicht nur Sträuße, die verwelken zu schnell", meinte sie. Dann entschied sie sich für drei herrliche, blühende Alpenrosen in Tiefrot, Weiß und zartem Rosa.

Die Friedhofsgärtnerin, die uns bediente, nickte anerkennend zu Melissas Wahl: "Daran werden Sie lange Freude haben. Die entwickeln sich prächtig in dem Waldboden hier. Natürlich muss man sie immer schön gießen."

Melissa sah mich erschrocken an, doch ich beruhigte sie: "Die Gräber sind doch in Pflege, da ist das Gießen sicher inbegriffen."

"Selbstverständlich ist es das, die Pflege wird von uns ausgeführt, da dürfen Sie ganz unbesorgt sein", bestätigte die Friedhofsgärtnerin.

Das brachte mich auf einen Gedanken. Melissa hatte nach Verwandten recherchiert, aber niemanden gefunden, da der Name Morgenroth in Gröbeneck nicht weiter vorkam. Aber wer bezahlte dann die Pflege für die Grabstelle? Als ich die Frau danach fragte, machte sie ein abweisendes Gesicht.

"Das darf ich Ihnen nicht sagen, auch bei uns gilt der Datenschutz. Aber", fügte sie versöhnlich hinzu, "in diesem Falle betrifft es keine lebende Person. Zusammen mit der Grabstelle wurde damals auch gleich der Pflegevertrag für die gesamte Laufzeit bezahlt. Immer mehr Menschen machen das jetzt so. Dann sind sie abgesichert, falls sich die Angehörigen nicht um das Grab kümmern können. Oder falls gar keine Angehörigen mehr da sind."

Die Frau borgte uns dann freundlicherweise noch einen kleinen Spaten und eine Harke. "Legen Sie es einfach hinter den Stein, wenn sie fertig sind", sagte sie, "ich nehme es später wieder mit."

Wir pflanzten die Alpenrosen zwischen Stein und Granitplatte ein. Melissa war jetzt eifrig bei der Sache.

"Weißt du eigentlich, welche Botschaft die Alpenrose übermittelt?", fragte sie mich. "Sie sagt: *Wir wollen uns bald wiedersehen."*

"Tatsächlich? Das ist interessant, das wusste ich nicht." Auf Melissas morbiden Unterton ging ich absichtlich nicht ein. "Kennst du dich mit der Blumensprache aus?"

Melissa nickte. "Schon die Alten Meister haben sie in ihren Gemälden benutzt. Dass die weiße Lilie für die Reinheit der Madonna steht, das weiß ja jeder. Aber es gibt da noch ganz viele Feinheiten, in unserem Malereikurs auf Dahrenried haben wir zeitweise einen richtigen Kult um die Blumensprache entwickelt. Man kann einem Portraitierten kleine Gemeinheiten mitgeben, ohne dass er es mitbekommt. Die Gladiole sagt: *Du bist zu stolz*, eine Sonnenblume steht für zu hohe Ansprüche. Aber es geht sogar noch gemeiner: Die Akelei bezeichnet den Schwächling und die Erdbeerblüte stichelt: *Du bist zu unreif*. Fies ist auch die Aster, das ist die Blume der Untreuen und der Verräter. Du hast allerdings einen sehr schönen Blumennamen, denn die Iris *bedeutet ich kämpfe um dich*. Das passt ja nun wirklich total gut zu dir."

Wir hatten unser Werk vollendet. Nun setzen wir uns gemeinsam auf die Bank und ließen es auf uns wirken. Das Grab sah jetzt viel freundlicher aus.

Plötzlich stutzte Melissa. "Die Daten!", flüsterte sie. "Da stimmt etwas nicht."

Ich wusste, was sie meinte. Mir war es gleich aufgefallen, während sie völlig auf ihren Bruder fixiert gewesen war. Ihr Vater war zuerst gestorben. Die Mutter und der Bruder starben aber erst fünf Tage später. Inzwischen hatte ich darüber nachgedacht und mir eine Erklärung zusammengereimt. Vermutlich war nur der Vater bei dem Unfall sofort tot gewesen, während die Mutter und die Kinder zunächst schwer verletzt überlebt haben könnten. Offenbar waren die Mutter und der Bruder Tage später doch noch an den Folgen verstorben, während Melissa überlebt hatte.

Sie akzeptierte diese Erklärung zwar, wurde dadurch aber erneut aus der Bahn geworfen. "Warum sind sie alle ohne mich gegangen", klagte sie. "Hätten sie mich doch mitgenommen."

"Sie würden nicht wollen, dass du so denkst. Sie wären sehr stolz auf ihre schöne, begabte Tochter, durch die auch sie weiterleben."

Melissa nickte tapfer. "Ich glaube, du hast Recht."

Dann wandte sie sich noch einmal dem Grab zu. "Ich komme bald wieder", versprach sie.

Es klang nach einem tief empfundenen Versprechen und ich konnte mir nicht vorstellen, dass irgendetwas sie daran hindern würde, es auch einzuhalten.

26.

Nach dem Friedhofsbesuch fühlte sich Melissa so erschöpft und emotional aufgewühlt, dass wir uns entschlossen, die Reise in ihre Vergangenheit an diesem Punkt erst einmal zu beenden. Herr Hartwich tauchte nur zehn Minuten nach unserem Anruf auf und brachte uns wohlbehalten mit dem Taxi zurück. Die Unterhaltung musste ich wiederum allein bestreiten, denn Melissa hatte es sich auf den Rücksitzen bequem gemacht und hielt die Augen fast die ganze Fahrt über geschlossen. Meine Freundin leide unter Kreislaufbeschwerden, hatte ich Herrn Hartwich erklärt, worauf er sehr verständnisvoll reagierte. Das kenne er von seiner Frau, die habe auch mächtig darunter zu leiden, meinte er. Den Abstecher nach Wernigerode hatte ich mit Rücksicht auf Melissas angegriffenen Zustand abgesagt, wofür sie mir sehr dankbar war. Ich brachte sie bis in ihre Wohnung und wir redeten noch eine halbe Stunde miteinander. Sie hätte es gern gesehen, wenn ich bei ihr geblieben wäre, doch das lehnte ich ab.

"Versuch es allein zu schaffen, ich weiß, dass du das kannst. Im Notfall rufst du mich an, ich gebe dir meine private Handynummer."

"Das ist wirklich sehr lieb von Dir. Ich werde das ganze Wochenende über zu Hause bleiben. Ich muss mich jetzt einfach erst einmal ausruhen", erklärte sie. Wenn sie tatsächlich zu Hause bliebe, würde auch ich sie anrufen und mich nach ihrem Befinden erkundigen können. Denn Melissa hatte kein Handy, seit ihrem Untertauchen nach dem Weggang von Dahrenried hatte sie nie wieder eines besessen. Sie verfügte lediglich über einen Festnetzanschluss mit einem vorsintflutlichen Apparat, den sie mit der Wohnung übernommen hatte. "Er funktioniert doch und ich telefoniere ohnehin kaum", pflegte sie hämische Bemerkungen darüber abzuwehren. Manchmal hatte ich das Gefühl, sie würde sich noch immer ein wenig vor der Welt verstecken.

Wider Erwarten überstand Melissa das restliche Wochenende sehr gut, nur ein einziges Mal telefonierten wir kurz miteinander. In der darauffolgenden Woche werteten wir die Ereignisse der Fahrt nach Gröbeneck in zwei ausführlichen Gesprächen aus.

Danach war Melissa bereit und motiviert, die Hypnosesitzungen fortzuführen, mit einem interessanten Ergebnis. Es war, als würde ein schon bekannter Film noch einmal ablaufen, diesmal allerdings in restaurierter und vervollständigter Fassung. Erneut betrat Melissa das helle Haus ihrer Kindheit. Sie spielte ausgelassen mit ihren Eltern und unternahm Ausflüge mit ihnen. Doch im Unterschied zu früheren Schilderungen war nun ihr Bruder Matthias immer dabei. Er hockte hinter ihr auf dem Schlitten und klammerte sich an ihr fest. Wenn sie im Atelier ihres Vaters malen durfte, saß er neben ihr auf dem Boden und sortierte die Farbtuben. Gemeinsam planschten sie im Sommer im Meer.

Mir fiel auf, dass wiederum alle Szenen voller Harmonie waren. Hatte es wirklich nie Streit zwischen den Geschwistern gegeben? War Melissa nie eifersüchtig auf ihren Bruder gewesen? Hatte sie sich nie von ihm gestört gefühlt? Als ich sie danach fragte, zuckte sie mit den Schultern. "Ich kann mich an nichts Derartiges erinnern. Wenn ich in Trance bin, erlebe ich immer nur wunderschöne Dinge mit ihm. Ich glaube, meine Eltern sind einfach sehr klug mit uns Kindern umgegangen. Das fing schon an, als Matthias geboren wurde. Als meine Mutter aus dem Krankenhaus mit ihm nach Hause kam, hat sie mir ein Geschenk mitgebracht und dazu gesagt, es wäre von ihm. Es war ein kleines Reh aus Plüsch. Ich hatte sehr viele Stofftiere, doch keines habe ich so geliebt wie dieses Reh, weil es von Matthias war. Ich wünschte, ich hätte es noch."

An dieser Stelle stutzte ich. Das war eine sehr detaillierte Erinnerung, die Melissa da plötzlich zu Tage förderte. War sie wirklich echt oder handelte es sich vielleicht um eine spontane Erfindung von ihr, die das gute Verhältnis zu ihrem Bruder belegen sollte? Warum aber war ihr das so wichtig? Ich kam nicht dazu, den Gedanken weiter zu verfolgen, denn plötzlich zeigte Melissa Wut, und zwar mit einer Intensität, wie ich sie noch nie bei ihr erlebt hatte.

"Wer immer mich in dieses Waisenhaus gebracht hat, er hat mich dort abgegeben wie einen alten Koffer. Kein Foto von meiner Familie, kein einziges Spielzeug hat man mir mitgegeben. Selbst einem Hund würde man sein Lieblingsspielzeug oder seine Kuscheldecke mit ins Tierheim geben."

Tatsächlich war eines der ungelösten Rätsel in Melissas Leben, wie sie in das Waisenhaus gelangt war. Hatte sie überhaupt keine weiteren Verwandten gehabt, die sie hätten aufnehmen können? War ihre geliebte Omi zum Zeitpunkt des Todes ihrer Eltern noch am Leben gewesen? Es gab keinen Hinweis darauf und unsere Frage nach einer weiteren Grabstelle auf den Namen Morgenroth hatte auch zu keinem Ergebnis geführt. Immerhin hatte die Reise Melissa dahingehend verändert, dass sie nun anfing, Gefühle zu zeigen. Sie hatte den Tod ihrer Eltern akzeptiert, wodurch sie endlich um sie trauern konnte.

Noch einmal hatte ich sie auf ihre Bitte hin in ihrer Wohnung besucht, weil sie mir unbedingt etwas zeigen wollte. Auf einem kleinen Tischchen stand ein neues Bild, das ihre Eltern und den Bruder zeigte. Melissa hatte sie in lichten Farben vor dem Hintergrund ihres Elternhauses gemalt. Vor dem Bild standen drei Kerzen und frische Sträuße aus Vergissmeinnicht. Das Ganze wirkte wie ein kleiner Altar.

"Es tut mir gut, sie immer bei mir zu haben, wenn auch nur in dieser Form. Seitdem fühle ich mich schon ein bisschen vollständiger. Ich mache auch noch andere Fortschritte." Melissa deutete auf das Portrait eines Mädchens, das in einem der Bücherregale stand und das ich bisher noch nicht gesehen hatte. "Ich hatte es weggepackt und war bis vor kurzem nicht in der Lage, es anzusehen.

Aber bald werde ich auch um sie trauern können, das spüre ich deutlich."

"Ist das ...?", ließ ich die Frage in der Luft hängen.

Melissa nickte. „Das ist Julia. Ich habe das Bild kurz vor ihrem Tod gemalt."

Es war das erste Mal, dass sie ihre Freundin überhaupt wieder erwähnte. Aufmerksam betrachtete ich das Portrait, das wiederum von der außergewöhnlichen Begabung Melissas zeugte. Ein knabenhaft schlankes, junges Mädchen war vor dem Hintergrund einer Party dargestellt, schemenhaft erkannte man tanzende Gestalten, funkelnde Gläser und zuckende Lichter. Das Mädchen war mitten in der Bewegung eingefangen. Sie befand sich im Vordergrund und strebte deutlich erkennbar auf die tanzende Menge zu. Nur kurz und fast ein wenig unwillig wandte sie sich zum Betrachter um. Sie hatte ein hübsches, schmales Gesicht, das von großen dunkelbraunen Augen beherrscht wurde. In ihrem glatten, braunen Haar steckte eine leuchtend himmelblaue Aster.

27.

Nach dem missglückten Gesprächsversuch in seinem Haus, hatte ich Wolfgang Gerlach erfolgreich aus meinen Gedanken verbannt. Umso überraschter war ich, als er plötzlich vor meiner Tür stand und ein Bild des Jammers bot. Er war sehr blass und schlecht rasiert, das Haar stand ihm in alle Richtungen vom Kopf ab. Sein Hemd war völlig zerknittert und er stank penetrant nach Zigarettenqualm. Insgesamt erweckte er den Eindruck, als hätte er unter einer Brücke geschlafen.

"Sie müssen mir helfen", stieß er hervor, sobald er meiner ansichtig wurde. "Ich weiß mir einfach keinen Rat mehr mit dieser Frau."

Mit *dieser Frau* war natürlich Frau Stammer gemeint, die ihn fest in ihrer Umklammerung hielt. Ich teilte ihm kühl mit, in der Angelegenheit nichts für ihn tun zu können, da Frau Stammer nicht mehr meine Patientin sei und es voraussichtlich auch nicht wieder werden würde. Wolfgang Gerlach raufte sich verzweifelt sein ohnehin wirres Haar.

"Ich weiß ja, dass ich großen Mist gebaut habe. Aber geben Sie mir doch wenigstens die Möglichkeit, mich dafür bei Ihnen zu entschuldigen und Ihnen zu erklären, weshalb ich damals gar nicht anders konnte. Die Frau hat mich doch regelrecht erpresst."

Allmählich gewann meine Neugier die Oberhand. Natürlich interessierte es mich brennend, was der Grund für die skurrile Szene gewesen war, die sich damals zwischen mir, Wolfgang Gerlach und Frau Stammer abgespielt hatte.

"Kommen Sie bitte mit in mein Zimmer", sagte ich. "Ich habe zehn Minuten Zeit für Sie, nicht länger." Tatsächlich kam er ohne Umschweife zur Sache.

"Die Frau hat etwas über mich herausgefunden, was unangenehme Folgen für mich haben könnte. Vor drei Jahren, in der Endphase meines Studiums, hatte ich ziemlich viel Stress. Da habe ich dann manchmal ein bisschen mehr getrunken als mir gut tat. Aber ich hatte das immer unter Kontrolle, das müssen Sie mir glauben. Meine Frau hat es mir leider nicht geglaubt. Sie war der festen Überzeugung, ich hätte ein ernstes Alkoholproblem. Sie hat mir ein Ultimatum gestellt: Entweder ich begebe mich deshalb in Behandlung, oder sie trennt sich von mir. Ich wollte sie auf keinen Fall verlieren und habe mir privat einen Therapeuten gesucht, es sollte ja möglichst niemand etwas davon erfahren.

Es war auch wirklich hilfreich, ich habe gelernt, den Stress besser zu verarbeiten und tatsächlich mit dem Trinken aufhören können. Damit war die Sache für mich erledigt. Jetzt stehe ich kurz vor der Verbeamtung, was sehr wichtig für mich ist. Wir haben schließlich ein Haus erworben und unser Nachwuchs ist inzwischen auch da. Man wird im Vorfeld natürlich ausführlich nach Erkrankungen gefragt, auch ob man eine Suchterkrankung hat oder wegen derartiger Probleme in Behandlung war. Ich habe das verneint, schließlich bin ich doch nicht süchtig und die Behandlung war privat, das geht niemanden etwas an. Nun hat diese Frau Stammer das herausgefunden. Keine Ahnung wie sie das geschafft hat, die sollte den Beruf wechseln und Privatdetektivin werden. Es haben schließlich nur eine Handvoll Leute davon gewusst."

Ich verkniff mir zu bemerken, dass eine Handvoll Personen eine ganze Menge sind, wenn es darum geht, ein Geheimnis zu bewahren. Auch seine angeblich nicht vorhandene Suchtgefährdung ließ ich unkommentiert, obwohl ich mir mit Blick auf seine zitternden, nikotingegerbten Finger meinen Teil dachte.

"An dem Tag, als wir unser Gespräch vereinbart hatten", fuhr Wolfgang Gerlach fort, "kam sie fast eine Stunde zu früh. Ich wollte sie erst nicht reinlassen, aber sie machte gleich so eine Andeutung, dass ich doch lieber mit ihr geredet habe. Da hat sie mir dann gesagt, sie wisse von meinen Problemen und meiner Behandlung deswegen. Ich war wie vor den Kopf geschlagen, aber sie gab sich ganz mitfühlend und verschwörerisch. Sie wolle doch nicht schuld sein, wenn ich wieder mit dem Trinken anfange, meinte sie. Selbstverständlich könne sie ein Geheimnis bewahren, wenn dafür alles Weitere zwischen uns allein unsere Angelegenheit bliebe. Ich habe dem zugestimmt, was hätte ich machen sollen?"

"Nicht zustimmen, was sonst. Haben Sie allen Ernstes geglaubt, Sie würden die Situation auf Dauer beherrschen können?"

"Ja, das habe ich wirklich geglaubt." Herr Gerlach raufte sich erneut sein Haar. "Ich dachte, was ist schon dabei, wenn ich die Frau ab und zu auf einen Kaffee treffe? Ich würde die Gespräche ganz neutral halten und die Termine immer weiter ausdünnen, bis der Kontakt völlig eingeschlafen wäre."

"Was natürlich nicht funktioniert hat."

"Allerdings nicht. Sie wollte ganz schnell immer mehr, rief mich fast täglich an und verlangte Treffen in ihrer oder meiner Wohnung."

"Sind sie etwa darauf eingegangen?"

"Was sollte ich machen? Sie hatte mich doch in der Hand!"

"Herr Gerlach, nicht dass es mich etwas anginge, aber haben sie mit der Frau geschlafen?"

Er warf mir einen Blick zu, der wohl treuherzig wirken sollte, was aber gründlich misslang.

"Wirklich nur ein einziges Mal. Ich dachte, dann hat sie ihren Willen gehabt und gibt vielleicht Ruhe. Glauben Sie bloß nicht, mir hätte das Spaß gemacht. Das Ganze war sogar ziemlich gruselig. Sie meinte wohl, mir etwas bieten zu müssen und hat ein Repertoire vorgelegt wie der Star einer Porno-Messe, allerdings in der untersten Preiskategorie. Sie wollte von mir gefesselt werden und zum Schluss hat sie ernsthaft angeboten, mich zu würgen, weil das den Orgasmus steigern würde. Ich sage Ihnen, solche Erlebnisse können die eheliche Treue festigen. Meine Frau soll das nicht erfahren, darauf kann ich mich doch hoffentlich verlassen?"

"Was mich betrifft mit Sicherheit, ich unterliege der Schweigepflicht. Was allerdings Frau Stammer angeht ..."

Herr Gerlach seufzte tief. "Das ist es ja gerade. Ich habe unsere Beziehung offiziell für beendet erklärt. Seitdem verfolgt sie meine Frau. Ganz besonders dann, wenn sie unsere Tochter ausfährt. Meine Frau traut sich kaum noch mit der Kleinen raus. Sie hat Angst, dass Frau Stammer das Kind entführen oder ihm etwas antun will. Sie müssen unbedingt etwas unternehmen."

"Ich sagte Ihnen doch schon, dass Frau Stammer nicht mehr meine Patientin ist und ich deshalb überhaupt nichts tun kann."

"Doch, das können Sie. Ich werde mit Frau Stammer ein neues Gespräch vereinbaren und mich an alles halten, was Sie vorschlagen, wenn Sie die Frau nur dazu bringen, die Finger von meiner Frau und meinem Kind zu lassen."

"Herr Gerlach, es wird kein weiteres Gespräch geben ..."

Er unterbrach mich aufgeregt: "Ich verstehe ja, dass Sie sauer sind und ich entschuldige mich auch ..."

Diesmal unterbrach ich ihn. "Um mich geht es dabei nicht und persönliche Gefühle wie Gekränktheit haben schon gar keine Rolle zu spielen. Das Problem ist, dass ich bei Frau Stammer jede Autorität und Glaubwürdigkeit verloren habe. Sie hat mich ausgetrickst und vorgeführt, sie fühlt sich mir haushoch überlegen. Deshalb habe ich keinen Einfluss mehr auf sie und kann Ihnen nicht helfen. Wenn Sie sich ernsthaft bedroht fühlen und sogar eine Gefährdung für Ihr Kind sehen, ist das ohnehin kein Fall für den Psychologen mehr, dann sollten Sie schnellstens zur Polizei gehen."

Herr Gerlach begriff, dass er mich nicht würde umstimmen können. Aber völlig aufgeben wollte er deshalb auch nicht. "Geben Sie mir dann wenigstens einen Termin für mich? Ich möchte mich für eine private Therapie anmelden."

Das konnte ich ihm schlecht verweigern, obwohl mir natürlich klar war, worin seine Absicht bestand. Er glaubte mir seine Probleme mit Frau Stammer schon irgendwie überhelfen zu können, wenn er erst einmal offiziell mein Patient wäre. Allerdings würde er sich in Geduld üben müssen. Wir hatten jetzt Anfang Mai, in der zweiten Augustwoche würde ich meinen Urlaub antreten. Bis zu diesem Zeitpunkt waren sämtliche Termine ausgebucht. Neue Patienten konnte ich erst wieder im September aufnehmen. Herr Gerlach zeigte sich darüber sehr enttäuscht, erklärte sich aber schließlich mit dem Termin im September einverstanden. Wie ein geschlagener Mann verließ er die Praxis, mein nochmaliger Hinweis, sich notfalls an die Polizei zu wenden, schien ihn nicht wirklich zu erreichen.

Ruth zeigte sich fassungslos, als ich ihr von dem Gespräch berichtete. "Ist der Mann tatsächlich derart naiv?", fragte sie kopfschüttelnd. "Oder spielt er sein eigenes Spiel und schreit nun nur um Hilfe, weil er den Bogen überspannt hat? Egal wie die Dinge liegen, du hast dich jedenfalls richtig verhalten. Der Hinweis auf die Zuständigkeit der Polizei war völlig korrekt. Du hättest ihn nicht einmal unbedingt als Patienten annehmen müssen, denn von einem Vertrauensverhältnis kann ja zwischen euch im Moment nicht die Rede sein. Wer weiß, was für Leichen der sonst noch im Keller hat."

Genau das war auch meine Befürchtung, trotzdem gab ich mich zuversichtlich. "Bis September ist noch viel Zeit, vielleicht klärt sich bis dahin ja einiges. Hoffentlich in positiver Weise."

Ruth blieb skeptisch. "Hältst du es für möglich, dass Frau Stammer gefährlich wird? Ich meine, dass sie jemandem ernsthaften Schaden zufügt?"

Ich musste zögernd zugeben, es zumindest nicht ausschließen zu können. Hatte sie sich nicht damit gerühmt, ihren Mann gelegentlich zu schlagen? Und natürlich wusste ich auch, dass Stalker erst dann richtig unangenehm werden, wenn sie sich in ihrem Liebesverlangen enttäuscht sehen. Was Frau Stammer bisher betrieben hatte, war ein sogenanntes romantisches Stalking gewesen, mit Liebesbriefen, Anrufen, Bitten um ein Treffen. Das war zwar unangenehm, aber zum Glück noch nicht gefährlich. Diese Form des Stalkings macht den geringsten Prozentsatz aller Fälle aus. In den meisten geht den Tätern hingegen darum, dem Opfer zu schaden, es zu ängstigen und zu demütigen. Diese Gruppe besteht zum größten Teil aus Ex-Partnern und abgewiesenen Liebhabern. Wenn Wolfgang Gerlach das Verhältnis zu Frau Stammer nun tatsächlich beendet hatte, bestand durchaus die Möglichkeit, dass sie sich zu der zweiten Gruppe gesellte.

"Hör auf zu grübeln!", sagte Ruth jetzt. "Du hast dein Möglichstes getan, also mach es jetzt nicht zu deinem Problem."

Mich daran zu halten fiel mir schwer, vielleicht hatte Marko ja Recht gehabt, als er mir ein Helfersyndrom unterstellte.

28.

Verfolgt zu werden, ist ein verdammt unangenehmes Gefühl. Seit einigen Tagen konnte ich das am eigenen Leibe erfahren. Jemand beobachtete mich, schlich mir heimlich nach, streifte abends ums Haus. Zum ersten Mal hatte ich es beim Einkaufen bemerkt, dass mich plötzlich jemand durch die Regale hindurch intensiv anstarrte. Als ich aufblickte und dem bohrenden Blick zu begegnen versuchte, konnte ich nur noch einen davon huschenden Schatten ausmachen. Ich dachte mir nichts weiter dabei. Wenige Tage später hatte ich das Gefühl, mir würde auf dem Heimweg jemand folgen. Beim Umdrehen sah ich eine Gestalt eilig in einem Hauseingang verschwinden.

"Du redest dir das ein, weil du dich in den vergangenen Wochen so intensiv mit Stalking befassen musstest", versuchte ich mich zu beruhigen. Doch die merkwürdigen Vorfälle hörten nicht auf. Als ich dann bemerkte, wie sich jemand vor mir hinter einem Baum versteckte, konnte ich keine Zweifel mehr haben, dass ich unter Beobachtung stand. Allerdings war ich nun eher amüsiert. Bei der Person, die da in letzter Minute vor meinen Blicken in Deckung gegangen war, handelte es sich allem Anschein nach um eine Frau. Ich vermutete daher, dass mich eine meiner Patientinnen heimlich verfolgte. Während der Therapie gebe ich nichts von meinem Privatleben preis. Ein guter Therapeut soll eine Projektionsfläche für die Probleme seiner Patienten sein, seine eigenen Lebensumstände haben in diesem Kontext keine Rolle zu spielen. Die meisten Patienten akzeptieren das. Doch in Ausnahmefällen kann sich eine krankhafte Neugier auf das Privatleben des Therapeuten entwickeln.

Ich hatte eine Patientin im Verdacht, die sich erst seit kurzem in meiner Behandlung befand, eine Studentin, die unter Bulimie litt. Sie hatte sich mir gegenüber bisher sehr misstrauisch gezeigt. Doch diese Vermutung geriet ins Wanken, als Brutus mehrmals mitten in der Nacht anschlug und Frau Lehmann mir tief beunruhigt mitteilte, dass jemand ums Haus schleichen würde. So eine Aktion traute ich dieser Patientin dann doch nicht zu. Eine Idee, wer mir sonst nachstellen könnte, hatte ich allerdings auch nicht. Vielleicht standen die einzelnen Vorfälle ja auch nicht unmittelbar im Zusammenhang. Ich verdrängte mein Unbehagen und wandte meine ganze Aufmerksamkeit meiner Arbeit zu.

Wieder war es, als wäre in Melissas Kopf ein Schalter umgelegt worden. Die lichten Erinnerungen verschwanden, dunkle Bilder bedrängten sie. In tiefe Trance versunken, lag sie auf meiner Couch und sprach mit schleppender Stimme über ihre Eindrücke. "Es ist dunkel im Zimmer und es sind so viele Menschen hier. Sie sind alle ganz schwarz gekleidet. Sie machen mir Angst." Ich forderte Melissa auf, den Raum zu verlassen. Doch auf dem Hof mit den rußgeschwärzten Wänden steigerte sich ihre Angst noch. Sie begann nach ihrem Bruder zu suchen, der plötzlich verschwunden war. Schließlich musste ich sie aus der Trance zurückholen und erst einmal beruhigen.

"Es ist wieder geschehen", murmelte sie noch halb benommen.

Eine Ahnung stieg in mir auf: "Ist etwas passiert, Melissa? Gab es ein besonderes Erlebnis in den letzten Tagen?"

Sie nickte. "Ich habe sie wiedergesehen, diese seltsame Frau mit der komischen Mütze, die mich an einen Staubsaugerbeutel erinnerte. Sie hatte sie diesmal nicht auf, aber ich habe sie trotzdem erkannt. Sie stand auf der Straße vor meinem Haus und ist schnell weggelaufen, als sie mich sah. Es wirkte als hätte sie Angst, aber das war nichts gegen meine Panik. Sie erinnert mich an etwas, doch ich weiß nicht woran."

Als ich an diesem Tag die Praxis verließ, merkte ich sofort, dass mir jemand folgte. Spontan entwickelte ich einen Plan. In einer Seitenstraße befand sich gleich an der Ecke ein kleines Schreibwarengeschäft. Zügig bog ich in diese Straße ein und betrat den Laden, wo ich am Zeitschriftenregal Posten bezog. Von hier aus konnte ich gut beobachten, was draußen vor sich ging. Da kam sie auch schon, eine noch junge Frau schwer bestimmbaren Alters, mit störrischem, ungepflegtem Haar und einer Brille. Sie war wieder merkwürdig gekleidet. Diesmal trug sie eine gestreifte lockere Hose, die stark an eine Schlafanzughose erinnerte und eine altmodische Rüschenbluse mit Puffärmeln. Verdutzt schaute sie die Straße hinunter, auf der sie mich nicht mehr entdecken konnte. Doch auch ich war verblüfft: Zwar erkannte ich in meiner Verfolgerin die junge Frau wieder, die Melissa aus irgendeinem Grunde erschreckt hatte, doch gleichzeitig stieg in mir das Gefühl auf, sie noch in einem anderen Zusammenhang getroffen und sogar gesprochen zu haben.

"Vermutlich bin ich einfach überarbeitet", sagte ich mir, als die Frau plötzlich stutzte und in meine Richtung starrte. Ob sie mich durch das Schaufenster gesehen oder nur begriffen hatte, wohin ich verschwunden sein musste, auf jeden Fall veranlasste es sie, eilig davon zu stürzen.

Ich konnte mir auf ihr Verhalten absolut keinen Reim machen.

Eigentlich hatte ich vorgehabt, die Frau anzusprechen, doch nachlaufen wollte ich ihr auf keinen Fall. Vielleicht ergab sich ja noch einmal eine andere Gelegenheit.

29.

Die nächste Sitzung mit Melissa nahm einen dramatischen Verlauf. Zu Beginn hatten wir wie immer die letzte Stunde ausgewertet. "Dieses dunkle Haus und die schwarz gekleideten Menschen haben etwas mit dem Tod zu tun. Das Gefühl, das mich dabei überfällt, ist nicht nur Angst. Es ist auch eine lähmende tiefe Traurigkeit. Vielleicht ist es eine Beerdigung ..." Sie schwieg nachdenklich.

Meine Gedanken hatten sich in eine ähnliche Richtung bewegt, doch ich wollte sie nicht beeinflussen.

"Versuchen wir es noch einmal mit der Hypnose?", fragte Melissa beherzt. "Ich muss dieses Haus von außen sehen, irgendetwas wiedererkennen. Dann werde ich mich bestimmt erinnern. Ich will über diesen Punkt hinwegkommen."

Wieder versank sie so unkompliziert und tief in Trance wie in ein vertrautes, ureigenes Element. Diesmal hielt sie sich nicht lange in dem bedrückenden Zimmer auf, sondern begab sich gleich auf den Hof.

"Sieh dich gut um", sagte ich. "Kannst du irgendwo eine Tür sehen?"

"Da ist die Pforte", murmelte sie. "Aber die ist bestimmt zu, und verboten ist sie auch."

"Sieh nach, ob sie wirklich zu ist!", forderte ich sie auf.

"Es ist offen", sagte sie und machte sich daran hindurchzugehen. Plötzlich erstarrte sie und begann heftig zu zittern, ihre Zähne schlugen aufeinander.

"Was siehst du?", fragte ich, aber meine Stimme schien sie nicht zu erreichen. Sie öffnete den Mund zu einem Schrei und brachte doch keinen Ton heraus. Noch nie zuvor hatte ich erlebt, dass ein Patient in Trance solchen Schrecken durchlebte.

"Melissa dreh dich um! Du bist nicht allein. Ich bin bei dir und ich werde dich in Sicherheit bringen. Hier ist meine Hand. Hörst du mich, Melissa?"

Wieder antwortete sie nicht, doch als ich ihre Hand berührte, umklammerte sie krampfhaft meine Finger.

"Ich werde jetzt von 7 aufwärts zählen. Mit jeder Zahl schreitest du ein Jahr auf deinem Lebensweg voran." Ich zählte bis 22. "Du bist 22, Melissa. Du bist hier in meinem Zimmer. Du bist in Sicherheit und es geht dir gut. Öffne jetzt die Augen."

Sie sah mich an, wirkte aber noch immer verwirrt und völlig verängstigt. Zum Glück hatte mein nächster Patient abgesagt, so dass ich mir Zeit für sie nehmen konnte. Nur allmählich gelang es mir, sie zu beruhigen. Ich war erleichtert, als sie endlich zu reden begann. "Ich habe den Turm gesehen", flüsterte sie panisch. "Ich habe den Turm gesehen."

Der Turm war für Melissa das Sinnbild eines Schreckens, den sie nicht näher zu beschreiben vermochte. "Es muss etwas Entsetzliches in diesem Turm geschehen sein. Er ist immer da gewesen, in meinem Kopf, meine ich. Seit ich denken kann, male ich Bilder von Türmen und fürchte mich vor ihnen. Aber jetzt weiß ich, dass dieser Turm existiert. Er ist da, hinter dem dunklen Haus und wartet auf mich. Doch ich kann mich ihm nicht nähern. Ich würde vor Angst sterben."

Diese Hypnosesitzung war auch für mich eine neue Erfahrung gewesen, die mich verunsicherte. Ich war froh, sie gemeinsam mit Ruth auswerten zu können.

"Sie ist ganz nah an einem schweren Trauma dran, das ihr Leben überschattet", meinte Ruth. "Zweifellos wird sie sich bald daran erinnern. Doch es belastet sie noch zu sehr. Sie braucht eine Pause."

Ich stimmte ihr zu, obwohl ich nicht wusste, wie ich es Melissa vermitteln sollte. Dann brachte ich das Gespräch auf die merkwürdige junge Frau, die Melissa und mich verfolgte. "Melissa sieht in ihr eine Person aus ihrer

Vergangenheit, die sie lediglich nicht zuordnen kann. Aber ihr Auftreten löst jedes Mal Panik bei ihr aus."

Ruth hatte ihre Zweifel. "Wie alt hast du sie geschätzt? Zwischen 20 und 30? Dann wäre sie damals auch noch ein Kind gewesen und es ist nicht sehr wahrscheinlich, dass Melissa sie als Erwachsene wiedererkennt. Ich vermute da eher eine Ähnlichkeit mit einer anderen Person, die Assoziationen bei ihr auslöst."

"Aber was will diese Frau von uns? Ihr Verhalten ist schon eigenartig."

"Bevor man nach komplizierten Erklärungen sucht, sollte man es immer erst mit der einfachsten versuchen", meinte Ruth. "Melissa sagte doch, sie hätte die Frau selbst ein wenig zu lange gemustert. Könnte dieser Blick nicht falsch verstanden worden sein? Als Interesse zum Beispiel? Diese Frau scheint sozial isoliert zu sein, niemanden zu haben, der ihr beispielsweise raten würde, sich vorteilhafter zu kleiden. Sie sucht vielleicht nach Zuwendung, eventuell sogar erotischer Natur. Melissa hat eine Art von Schönheit, die auch Frauen anzieht und nun beobachtet die Unbekannte sie und wagt nicht, sie anzusprechen."

Diese Argumentation leuchtete mir ein. "Und mich behält sie im Auge, weil sie mich zusammen mit Melissa gesehen hat. Stalker erkunden ja bekanntlich gern auch das Umfeld ihrer Opfer. Das hat gerade noch gefehlt. Mein Bedarf an Stalking-Fällen ist eigentlich gedeckt."

"Man kann sich das leider nicht immer aussuchen", seufzte Ruth.

Ich musste Melissa nicht vorschlagen, eine Pause einzulegen. Der Wunsch kam überraschenderweise von ihr selbst.

"Thorald will mit mir für ein paar Tage nach Florenz fahren", schwärmte sie mir vor. "Ich habe mir schon lange gewünscht diese Stadt mit all ihren großartigen Kunstwerken zu besuchen und nun bekomme ich tatsächlich die Gelegenheit dazu. Ich freue mich so sehr darauf."

Melissa erklärte mir, dass Thorald zu einem Treffen mit ehemaligen Studienkollegen fahren wolle. Sie trafen sich alle zwei Jahre und immer an besonderen Orten, diesmal nun also in Florenz. Ein bisschen wunderte ich mich schon über ihre Ankündigung. Zwar akzeptierte ich die offene Ehe von Professor Tietze-Mühlberger, doch dass er zu so einem Treffen statt der Ehefrau die Geliebte mitnahm, fand ich nicht so selbstverständlich. Melissa schien meine Gedanken erraten zu haben.

"Normalerweise begleitet ihn zu diesen Treffen seine Frau, schließlich kennt sie die Kollegen auch. Aber sie kann wegen eines anderen Termins nicht weg und da hat Thorald vorgeschlagen, dass ich ihn begleiten kann. Bei dem eigentlichen Treffen will ich gar nicht dabei sein. Ich mache inzwischen mein eigenes Programm, während Thorald seine Freunde trifft. Wir hängen dann anschließend noch zwei Tage für uns allein dran. Aber die Zeit wird trotzdem nicht ausreichen, um alles zu besichtigen."

Ich konnte Melissas Begeisterung schon verstehen. Im vergangenen Jahr hatte ich in Berlin die Ausstellung *Gesichter der Renaissance* besucht und war total begeistert gewesen. Nun würde Melissa also die Wiege der

Renaissance aufsuchen und wer passte besser an diesen Ort als sie?

"Hat dir eigentlich schon mal jemand gesagt, dass du auch wie eine Dame aus der Zeit der Renaissance aussiehst?", fragte ich sie.

"Einmal?", Melissa lachte. "Ich bin seit Jahren mit Menschen zusammen, die sich mit Malerei befassen. Da habe ich das ständig zu hören gekriegt. Aber ich kann mir wegen dieser Ähnlichkeit doch nicht die Nase abschneiden."

Ich hatte Melissa noch nie so glücklich gesehen.

30.

Zwei Tage später kam die große Hitze. Obwohl wir erst Anfang Juni hatten, fühlte es sich wie Hochsommer an. Bereits auf dem Weg in die Praxis war ich frühmorgens von einem Hitzegewitter überrascht worden. Ich schaffte es gerade noch ins Haus zu kommen, bevor ein heftiger Regenguss einsetzte. Nach nur 10 Minuten war der Spuk vorbei und am Himmel spannte sich ein prächtiger Regenbogen. Abkühlung hatte das Gewitter jedoch nicht gebracht. Das Thermometer kletterte unaufhaltsam und die Luft wurde unerträglich schwül.

Ich hatte an diesem Tag keine Patienten bestellt, weil ich noch ein paar dringende Büroarbeiten erledigen und danach in die Bibliothek fahren wollte. Alles dauerte länger als geplant und gegen Mittag überlegte ich, ob ich den Besuch der Bibliothek nicht aufschieben sollte. Zwar sehnte ich mich nach der Kühle dort, doch mir graute vor der Fahrt in der vollen, heißen S-Bahn.

Ich ging in die Küche, nahm mir einen Joghurt aus dem Kühlschrank und schaltete das Radio ein. Ein Regionalsender brachte Nachrichten, ich hörte nur mit halbem Ohr hin. " ... verletzte eine Frau einen im Kinderwagen liegenden Säugling absichtlich. Das Kind und die unter Schock stehende Mutter wurden in ein Krankenhaus gebracht, die Täterin von Passanten festgehalten und der Polizei übergeben."

Wo war das passiert? Kein Zweifel, der Name unseres Stadtteils war gefallen. Ich spürte wie meine Knie weich wurden. In diesem Moment hatte ich nicht den geringsten Zweifel, dass es sich bei der Täterin um Frau Stammer handeln musste.

In meinem Kopf begannen zwei Stimmen zu streiten: "Dich trifft keine Schuld", sagte die eine. "Frau Stammer war nicht mehr deine Patientin und du hast Wolfgang Gerlach auf die Polizei verwiesen. Das war richtig so, mehr konntest du nicht tun."

"Ach, wirklich nicht?", höhnte die andere. "Machst du jetzt auch nur noch Dienst nach Vorschrift? Hättest du es nicht doch noch einmal mit einem gemeinsamen Gespräch versuchen sollen? Wenn es auch bei Frau Stammer nichts bewirkt hätte, vielleicht wäre Herr Gerlach dadurch zu der Einsicht gelangt, doch die Polizei einzuschalten. Dann wäre dem Kind nichts passiert."

Wie schwer war das Kind wohl verletzt worden? In meinem Kopf stiegen Horrorszenarien auf, von einem dauerhaft geschädigten Kind, verzweifelten Eltern und einer gnadenlosen Presse, die sich auf die verantwortungslose Therapeutin stürzen würde. Wen würde es in diesem Zusammenhang schon interessieren, dass mein Verhalten völlig korrekt gewesen war? Eigentlich nicht einmal mich selbst. Angesichts eines verletzten Kindes erschien mir das unwichtig.

Aber wenn es nun gar nicht Frau Stammer gewesen war? Eine winzige Hoffnung keimte in mir auf, doch ich brauchte Gewissheit. Wie konnte ich die erlangen? Gernot Schlüter fiel mir ein, der Kriminalhauptkommissar, mit dem Ruth befreundet war und den ich inzwischen auch persönlich kennengelernt hatte. Bei einem gemeinsamen Abendessen in ihrer Wohnung hatte Ruth sogar vermittelt, dass wir uns nun duzten. Trotzdem hatte ich Hemmungen, ihn mit dieser Angelegenheit zu behelligen. Vielleicht war er ja auch gar nicht erreichbar...

Nach einer Weile hielt ich die Grübelei nicht mehr aus und rief doch an. Gernot Schlüter war sofort am Apparat. Ich sah ihn förmlich vor mir, mit seiner randlosen Brille, seinem gepflegten grauen Haar und der Ausstrahlung eines erfahrenen Hausarztes, dem seine Patienten vertrauen. "Was kann ich für dich tun, Iris", fragte er, als gäbe es nichts Wichtigeres für ihn. Ich schilderte ihm das Problem. "Ich muss vor allem wissen, ob es sich bei der Frau wirklich um meine Patientin handelt", sagte ich.

"Ich werde es sicher für dich herausfinden können", versprach mir Gernot, "und dann rufe ich dich zurück."

Tatsächlich klingelte schon 20 Minuten später das Telefon. "Leider kein voller Erfolg", meldete sich Gernot. "Die Frau sitzt auf der Wache und weigert sich hartnäckig, ihre Personalien anzugeben. Die Kollegen wissen also nicht, wer sie ist, waren aber ganz interessiert zu hören, dass du sie eventuell identifizieren könntest. Wenn du einverstanden bist, schicken sie gleich einen Streifenwagen vorbei und holen dich ab."

Und ob ich einverstanden war! Schon bald darauf hielt der Wagen vor der Praxis. Auf dem Weg zur Wache erfuhr ich in groben Zügen, was sich überhaupt zugetragen hatte. Eine Frau hatte eine brennende Zigarette in einen Kinderwagen geworfen, dem Säugling mitten ins Gesicht. An dieser Stelle stutzte ich, mir war nicht bekannt, ob Frau Stammer überhaupt rauchte. Denkbar war es natürlich.

Ein älterer Beamter führte mich gleich in einen Vernehmungsraum, in dem eine zusammengesunkene Gestalt auf einem Stuhl kauerte. "Hier kommt jemand, mit dem du vielleicht lieber reden möchtest", sagte er aufmunternd. Sie hob ein wenig den Kopf und zischte mir ein "Verpiss dich!" entgegen. Vor Erleichterung hätte ich beinahe laut aufgelacht. Das war nicht Frau Stammer! Auf dem Stuhl kauerte eine blutjunge, klapperdürre Frau mit fettigem, schwarzem Haar. Ich teilte dem Beamten mit, diese Person leider nicht zu kennen, was ihn sichtlich enttäuschte.

"Schade", seufzte er, "jetzt kommen wir mit der verstockten Göre wieder nicht weiter. Wissen Sie überhaupt, was die sich geleistet hat? Es war während des kurzen Gewitters heute Morgen. Eine ganze Menge Leute hatten vor dem Regen Zuflucht in einem Buswartehäuschen gesucht. Sie stand direkt neben einem Kinderwagen und blies ihren Zigarettenrauch genau zu dem Kind rein. Die Mutter bat sie sehr höflich, das zu unterlassen, doch sie reagierte überhaupt nicht. Als sich die Umstehenden einmischten und sie ebenfalls empört zurechtwiesen, pfefferte sie die brennende Kippe dem Kind mitten ins Gesicht. Das muss man sich mal vorstellen!"

Der Mann war ehrlich aufgebracht, ich konnte mir denken, dass er selbst schon Enkelkinder hatte. Wir unterhielten uns inzwischen auf dem Flur, die Delinquentin beobachtete das Gespräch misstrauisch durch die Glasscheibe der Tür, konnte uns aber nicht hören.

"Ist das Kind verletzt?", fragte ich.

"Zum Glück nur leicht. Es hat eine Brandblase auf der Wange. Nicht auszudenken, wenn es die Glut ins Auge bekommen hätte ..." Ich war so erleichtert über den glimpflichen Ausgang, dass ich spontan anbot, mit der Täterin zu reden. "Ich bin den Umgang mit verstockten Personen gewohnt", sagte ich. "Vielleicht kann ich ja herausfinden, wie sie heißt." Mein Angebot wurde umgehend angenommen. Ich ging wieder ins Zimmer, setzte mich der jungen Frau gegenüber und musterte sie schweigend. Sie hielt es nicht lange aus. "Was willst du?", fauchte sie. Ich sah sie weiter schweigend an.

"Was willst du?", wiederholte sie noch eine Spur aggressiver.

"Was willst *du*?", fragte ich jetzt ganz ruhig zurück.

"Raus hier, was sonst."

"Warum verhältst du dich dann so, als wolltest du unbedingt hierbleiben? Solange du nicht sagst, wie du heißt und wo du wohnst, wird man dich festhalten."

Sie nagte auf ihrer Unterlippe herum und schien nachzudenken.

"Wohnst du noch bei deinen Eltern?"

Sie antwortete nicht, schüttelte aber leicht den Kopf.

" Im Heim?", fragte ich.

"Betreute Wohngruppe", nuschelte sie undeutlich.

Ich schob ihr einen Zettel und einen Stift über den Tisch. "Schreib hier Namen und Telefonnummer eines Betreuers auf", sagte ich. Sie zögerte so lange, dass ich schon glaubte, sie würde sich weigern, doch dann begann sie zu schreiben. Ich nahm den Zettel an mich und verabschiedete mich ohne irgendwelche Floskeln, die sie doch nicht erreicht hätten.

Der Beamte bedankte sich überschwänglich und wollte sofort veranlassen, dass ich in die Praxis zurückgefahren werde. Doch ich verzichtete darauf.

"Ich habe noch etwas zu erledigen und werde zu Fuß gehen", sagte ich. Dann machte ich mich unverzüglich auf den Weg zu Frau Stammer. In den Ereignissen dieses Vormittags glaubte ich so etwas wie einen Wink des Schicksals zu erkennen. Der Kelch war noch einmal an mir vorübergegangen, doch jetzt musste ich handeln. Ich würde versuchen, mit Frau Stammer zu reden und somit wirklich jede Möglichkeit der Einflussnahme auf sie auszuschöpfen. Ihre Anschrift kannte ich aus der Patientenakte. In der Straße war ich noch nie zuvor gewesen, doch mir war sofort klar, um welches Haus es sich nur handeln konnte, da es tatsächlich wie eine Baustelle aussah. Die Fassade war unverputzt und die Veranda lediglich zur Hälfte fertiggestellt. Nun blieb mir zu hoffen, dass ich sie um diese Zeit zu Hause antreffen würde. Herr Gerlach hatte mir mitgeteilt, dass Frau Stammer zurzeit arbeitssuchend sei und daher viel Zeit für ihre Nachstellungen habe. Plötzlich sah ich sie aus der Haustür in den Vorgarten treten. Sie trug ein pinkfarbenes Top zu weißen Bermudashorts und befand sich in Begleitung eines Mannes in einem grellbunten Hawaiihemd. Das war ärgerlich, denn wenn sie Besuch hatte, durfte ich sie natürlich nicht ansprechen. Doch in dem Moment hatte sie mich bereits entdeckt und kam strahlend auf mich zu.

"Na das ist ja ein Zufall, Frau Forster", sagte sie. "Ich habe gerade an sie gedacht." Dann wandte sie sich an ihren Begleiter, der ebenfalls näher getreten war. "Das ist meine Psychologin Frau Forster, die mir so geholfen hat, als ich durch die dauernden Streitereien mit Ingo völlig mit den Nerven fertig war."

"Das war wirklich nett von Ihnen", lachte er mich freundlich an. "Nun kümmere ich mich ja um Annettchens Wohlergehen." Er war etwas korpulent, sein Haar bereits gelichtet, doch er hatte ein angenehmes Gesicht mit strahlend blauen Augen und mit denen schaute er Frau Stammer ganz verliebt an. Ich muss wohl etwas verdutzt ausgesehen haben, weshalb "Annettchen" sich zu einer Erklärung aufraffte.

"Also der Ulli und ich, wir haben uns vor drei Wochen kennengelernt. Es war Liebe auf den ersten Blick. Seitdem sind wir zusammen."

"Wissen Sie", schaltete sich der Mann nun ein, "seit fast drei Jahren war ich auf der Suche nach einer netten Frau.

Annoncen, Internet, das ganze Programm, und dann immer nur Fehlschläge. Schließlich hatte ich mir einen Trick überlegt. Wenn mir mal wieder eine Frau geschrieben hatte, die mir interessant erschien, bin ich unangemeldet da aufgekreuzt, habe behauptet, zufällig in der Gegend zu sein. Da habe ich sie dann sozusagen unverfälscht begutachten können. Man kennt das ja sonst: Zu den ersten Verabredungen takeln sie sich auf, und später laufen sie dann zu Hause rum wie eine Henne im Windkanal. Darauf hatte ich keine Lust."

"Und meine Freundin Gerda hatte dem Ulli geschrieben", setzte Frau Stammer fort. "Das wusste ich gar nicht. Ich war zum Kaffee bei ihr und als es an der Tür klingelte, hat sie mich zum Aufmachen geschickt."

Der Mann nickte. "Und da sah ich diese tolle, adrette Frau und sagte spontan: 'Du bist die Richtige!' Ich hatte ja kein Foto von der Gerda verlangt, denn ich hatte es satt, mir die Jugendbildnisse von den Damen anzusehen. Als sich der Irrtum dann aufklärte, hatte ich mein Herz schon an Annette verloren."

"Und ich meines an Ulli", strahlte sie.

"Ja und ihr Mann?", wagte ich jetzt doch zu fragen. Frau Stammer lachte. „Der ist zu seiner Mutter gezogen, weil er geradezu Angst hat, der Ulli könnte es sich anders überlegen. Ulli will nämlich mit mir zusammenziehen und in den Kreditvertrag für das Haus einsteigen. Ingo wäre dann schuldenfrei. Dann können wir endlich was aus dem Haus machen. Ulli ist Handwerker, der kriegt das auf die Reihe."

Sie begleitete mich noch ein paar Schritte. "Ulli soll nichts von dem Gerlach erfahren", flüsterte sie mir zu. "Das wäre mit dem doch ohnehin nichts geworden, der war im Grunde genauso ein Weichei wie Ingo."

Ich sah sie mit gespieltem Erstaunen an. "Wer ist Gerlach?", fragte ich.

"Ich wusste es doch, Sie sind in Ordnung!" Frau Stammer verabschiedete mich mit einem kräftigen Schlag auf die Schulter. Ich musste erst einmal begreifen, was ich da soeben erlebt hatte. Ein Objektwechsel war bei romantischen Stalkern gar nicht so ungewöhnlich. Sie fanden plötzlich ein neues Opfer für ihre Begierde und alles begann von vorn. Doch diesmal war Frau Stammer auf jemanden getroffen, der ihr seinerseits echte Zuneigung entgegenbrachte. Irgendwie passten diese beiden heiteren Paradiesvögel sogar zueinander, so dass ein dauerhaftes Glück nicht ausgeschlossen schien. Jedenfalls wünschte ich es ihnen von ganzem Herzen.

Offenbar hatte ich die ganze Zeit über vor mich hin gelächelt, was mir erst bewusst wurde, als eine zufällige Passantin freundlich zurück lächelte. In dem Moment klingelte mein Handy. Ruth rief an.

"Iris, gut dass ich dich erreiche", sagte sie. "Es ist etwas Schlimmes passiert! Eine Patientin von dir ist in ernsten Schwierigkeiten, sie wurde von der Polizei vernommen."

Sie hatte es also auch gehört. "Nein, Ruth", sagte ich lachend, "das war ein Missverständnis. Es war nicht Frau Stammer. Ich komme gerade von ihr und stell dir vor ..."

Ruth unterbrach mich. "Iris, ich rede nicht von Frau Stammer! Es geht um Melissa. Sie soll die Frau ihres Liebhabers ermordet haben."

31.

Mir war, als hätte ich einen Schlag in die Magengrube bekommen. Das war doch nicht möglich, was Ruth da eben gesagt hatte. Das ergab doch überhaupt keinen Sinn! Melissa würde in ein paar Tagen mit Thorald Tietze-Mühlberger nach Florenz fahren, mit dem Wissen und der Billigung seiner Frau. Weshalb sollte sie sie da umbringen? Ruth ließ sich wieder vernehmen: "Iris, bist du noch dran?"

"Ja, aber ich begreife gerade überhaupt nicht ...“

"Wo bist du jetzt?" Ich sagte ihr, in welcher Straße ich mich befand.

"Warte dort auf mich. Ich bin in fünf Minuten da und hole dich ab."

Während ich auf Ruth wartete, lehnte ich mich erschöpft gegen einen Zaun. Vor ein paar Minuten war ich noch guter Dinge gewesen, weil sich ein komplizierter Fall auf wunderbare Weise geklärt hatte. Nun sah es so aus, als käme ein noch wesentlich größeres Problem auf mich zu.

Ruths Cabrio bog um die Ecke. Wegen der Hitze fuhr sie mit offenem Verdeck und ihr rotes Haar wehte wie eine feurige Lohe im Wind. Sie musterte mich mitleidig und mir wurde bewusst, wie verschwitzt und erschöpft ich vermutlich aussah.

"Wir fahren jetzt erst einmal in die Praxis, damit du dich kurz frisch machen und etwas essen kannst. Soviel Zeit muss sein", legte sie ganz pragmatisch fest. "Dann erzähle ich dir alles und fahre dich anschließend zu Melissa ins Krankenhaus, wo man dich schon erwartet."

Sie hatte wieder einmal alles ganz vernünftig geplant und war nicht aus der Ruhe zu bringen. Als ich Ruth schließlich in der Praxis gegenüber saß, fühlte auch ich neue Energie und hörte aufmerksam zu, was sie mir berichten konnte. Allzu viel war es allerdings nicht.

Der Vorfall hatte sich demnach schon gestern zugetragen. Gegen 13.30 Uhr war von Melissas Wohnung aus ein Rettungswagen gerufen worden. Die Sanitäter fanden die bereits bewusstlose Frau Tietze-Mühlberger und die verwirrt wirkende und aus einer Wunde an der Stirn blutende Melissa vor. Beide Frauen wurden ins Krankenhaus gebracht, Frau Tietze-Mühlberger erlitt bereits auf der Fahrt einen Herzstillstand und verstarb kurz darauf. Bei Melissa zeigten sich keine weiteren Symptome. Sie wurde jedoch vorsorglich zur Beobachtung dabehalten. Heute Morgen war dann offenbar klar, dass Frau Tietze-

Mühlberger vergiftet worden war, woraufhin die Polizei eingeschaltet wurde. Eine Beamtin vernahm Melissa und teilte ihr am Ende des Gesprächs mit, dass sie unter Mordverdacht stehen würde.

"Daraufhin ist Melissa zusammengebrochen", fuhr Ruth fort, "und als sie wieder zu sich kam, konnte sie nicht mehr sprechen, kein Wort. In der Klinik war man ziemlich ratlos, wie nun mit ihr zu verfahren sei. Sie waren erleichtert, als Melissa ihnen deine Karte gab, die sie offenbar immer bei sich trägt. Sie haben in der Praxis angerufen und dringend darum gebeten, dass du in die Klinik kommen möchtest. Ich werde dich hinbringen."

"Aber hast du heute nicht einen Kurs zu leiten?", fragte ich. Erst jetzt wurde mir bewusst, dass Ruth eigentlich gar nicht in der Praxis sein dürfte. Sie winkte lässig ab. "Habe ich verschoben. Das hier ist jetzt wichtiger. Ich habe inzwischen schon ein paar Anrufe getätigt, es ist dir hoffentlich recht. Gernot hat mir geraten, Melissa sofort einen Anwalt zu besorgen. Ihr Fall ist nicht ohne Brisanz, es kann schwierig für sie werden. Also habe ich Johannes angerufen, der auch gleich bereit war, ebenfalls zum Krankenhaus zu kommen."

Bei der Erwähnung von Johannes empfand ich spontan eine gewisse Erleichterung. Ich hatte ihn vor gut zwei Monaten bei Ruth kennengelernt. Er war der Neffe ihres Mannes. Anlass war wieder einmal eine Einladung gewesen, bei der außer Gernot und seiner Frau noch zwei weitere Ehepaare anwesend waren. "Ich lade noch Johannes ein, damit das Gleichgewicht der Geschlechter gewahrt wird", hatte Ruth gesagt. "Dadurch können wir auch gleich etwas gegen deine Aversion gegen Juristen tun. Er ist 35, ledig, Anwalt und sehr nett. Ihr werdet euch sicher gut unterhalten." So sehr ich Ruths Einladungen ansonsten schätzte, hatte mich diese Ankündigung mit Unbehagen erfüllt, weil ihre Absicht, mich zu verkuppeln, nur allzu offensichtlich war. Ruth lebte bei Johannes ihre mütterlichen Gefühle aus und die waren anscheinend so dominierend, dass sie keinen Raum für psychologisches Gespür ließen. Sie beklagte, dass ein so kluger Mann immer an die falschen Frauen geriet. "Er hat einfach das falsche Beuteschema!", erklärte sie allen Ernstes. "Seine bisherigen Freundinnen waren die reinsten Schokohäschen: sehr süß, glänzend verpackt und innen völlig hohl. Was er braucht, ist eine Frau, die ihm auch intellektuell das Wasser reichen kann." Obwohl es mir schmeichelte, dass Ruth mich für eine solche Frau hielt, hatte ich keinen gesteigerten Wert auf die Bekanntschaft mit einem Mann gelegt, der sich derart von seiner Tante vorführen ließ. Mein erster Eindruck von ihm war auch eher negativ gewesen: "Zwanghaft und verklemmt", dachte ich, "das ist nun wirklich nicht *mein* Beuteschema." Im persönlichen Gespräch wirkte er dann aber recht sympathisch und schlecht sah er eigentlich auch nicht aus. Johannes war groß, sehr schlank, hatte glattes dunkles Haar und trug eine Brille. Vom Wesen her war er tatsächlich das ganze Gegenteil von Marko. Er drängte sich nicht in den Vordergrund und protzte nicht mit seinen Fähigkeiten, obwohl die, wie mir bald klar wurde, sehr beeindruckend waren. Johannes sprach vier Sprachen fließend und hatte profunde IT-Kenntnisse. Das erfuhr ich nur durch Zufall und nicht einmal von ihm selbst. Zwar flogen zwischen uns keine Funken hin und her, doch inzwischen waren wir miteinander befreundet. Johannes hatte mich nach dem Abend bei Ruth zu einer Party mitgenommen, deren Gäste sich zu etwa gleichen Teilen aus Juristen, Lehramtsstudenten und Informatikern zusammensetzten. Es war ein netter Abend gewesen. Wenn sich auch weiter nichts daraus ergeben sollte, so hatte ich durch Johannes immerhin den Anschluss an einen neuen Freundeskreis gefunden. Dafür war ich ihm dankbar. Vor allem schätzte ich seine Fachkompetenz als Anwalt und war in der gegenwärtigen Situation doppelt froh, seine Bekanntschaft gemacht zu haben.

"Es ist gut, dass Johannes dazukommt", sagte ich. "Sie braucht von Anfang an juristischen Beistand. Man wird wieder auf die Sache in Dahrenried zurückkommen und dann wird es sicher nicht einfach für Melissa."

32.

Ruth setzte mich vor der Klinik ab. Die Pförtnerin, bei der ich mich nach Melissa erkundigte, machte große Augen. Offenbar wusste hier jeder Bescheid, was gerade vor sich ging. Ich wurde von der Stationsärztin Frau Dr. Ebert persönlich abgeholt, einer korpulenten, mütterlich wirkenden Frau, die mir sofort sympathisch war. "Wie schön, dass Sie gleich kommen konnten", sagte sie. "Wir sind hier auf solche Fälle wie Ihre Patientin nicht eingestellt und in die Psychiatrie verlegen wollten wir sie nicht. Die junge Frau steht doch eindeutig unter Schock und hat auch so schon genug Probleme. Vor allem mit dieser übereifrigen Kommissarin, von der ich ehrlich gesagt auch nicht vernommen werden möchte. Die lungert jetzt vor der Tür des Krankenzimmers herum. Lassen Sie sich von der bloß nicht einschüchtern. Die glaubt hier jetzt das Sagen zu haben, aber soweit ist es zum Glück doch noch nicht."

Dass die Stationsärztin ihre Abneigung gegen die Kriminalistin so deutlich zeigte, weckte in mir die Hoffnung, sie würde mich gründlich über alles informieren. Ich wurde nicht enttäuscht. Sie bat mich erst einmal in ihr Zimmer und teilte mir mit, was sie wusste.

"Der Rettungswagen kam gestern um 13.40 Uhr in der Wohnung von Frau Morgenroth an, der Notarzt nur wenige Minuten später. Die eine der beiden Frauen, die Frau Tietze-Mühlberger, saß bewusstlos draußen im Garten. Frau Morgenroth, die den Notdienst gerufen hatte, gab an, ihre Bekannte hätte plötzlich über Schwindel und Atemnot geklagt. Sie wollte daraufhin ins Haus laufen und anrufen, doch sei ihr ganz unvermittelt schwarz vor Augen geworden, so dass sie stürzte. Daher die Wunde an der Stirn. Sie wäre dann längere Zeit bewusstlos gewesen, wie lange genau, konnte sie nicht sagen. Als sie wieder zu sich kam, sei Frau Tietze-Mühlberger nicht mehr ansprechbar gewesen. Erst da habe sie endlich anrufen können. Die Kollegen vor Ort vermuteten Drogeneinfluss und stellten den Tee und die Gläser sicher, aus denen beide getrunken hatten. Doch nur im Glas der später verstorbenen Patientin fanden sich Reste einer Substanz, über deren Zusammensetzung ich erst einmal keine Angaben machen darf. Sicher ist, dass sie den Tod der Frau herbeiführt hat. Nicht sicher ist hingegen, wer sie in den Tee getan hat. Doch das sieht die Frau Kommissarin, Scharf heißt sie übrigens, treffender könnte kein Name sein, ganz anders. Sie hat die Frau Morgenroth so richtig in die Zange genommen und sie dann angeschrien, dass sie eine Giftmörderin sei. Mit durchschlagendem Erfolg: Frau Morgenroth wurde bewusstlos und kann, seit sie wieder zu sich gekommen ist, keinen Ton herausbringen. Ich hoffe, Sie kriegen das wieder hin."

Das hoffte ich natürlich auch. In diesem Moment klopfte es an der Tür und Frau Dr. Ebert verdrehte die Augen: "Wenn das jetzt schon wieder die Scharf ist ...", murmelte sie. Sie vollendete den Satz nicht, doch ihr drohender Unterton verhieß nichts Gutes. Es war nicht die Kommissarin, sondern eine Krankenschwester, die ankündigte, dass da noch jemand für Frau Morgenroth gekommen sei. Sie ließ Johannes eintreten, der sich förmlich als der Anwalt von Frau Morgenroth vorstellte.

"Na dann kommen Sie mal beide mit", forderte uns die Stationsärztin auf. "Sie gehen am besten allein zu Ihrer Patientin", sagte sie zu mir, "und Sie", setzte sie an Johannes gewandt hinzu, "können uns vielleicht die scharfe Kommissarin vom Halse halten."

Kaum hatte sie ausgesprochen, kam uns das Objekt ihrer Abneigung auch schon auf dem Flur entgegen. Sie war eine noch junge und ziemlich attraktive Frau, wenn auch mit etwas maskuliner Ausstrahlung. Ihr Haar war sehr kurz geschnitten und sie war untersetzt und muskulös. Wir stellten uns einander kurz vor. Frau Scharf versuchte sofort in die Offensive zu gehen: "Sobald Frau Morgenroth wieder vernehmungsfähig ist, möchte ich ..."

"Sie werden heute auf keinen Fall noch einmal mit ihr reden. Die Patientin braucht Ruhe", schnitt Frau Dr. Ebert ihr das Wort ab. Ich nickte zustimmend und die Kommissarin sah uns an, als hätte sie uns Beide auch gern auf der Stelle verhaftet.

Als ich das Zimmer betrat, saß Melissa vollständig angezogen auf dem Bett. In ihrer Armbeuge klebte ein Pflaster, der einzige sichtbare Hinweis auf erfolgte Behandlungen. Ihr Haar musste feucht geworden und wieder getrocknet sein, denn es bauschte sich in unglaublicher feuergoldener Fülle um ihr bleiches Gesicht, in dem die dunklen Augen riesig wirkten. Als sie mich sah, griff sie sich mit einer verzweifelt wirkenden Geste an den Hals und öffnete krampfhaft den Mund. Sie versuchte zu sprechen, konnte jedoch keinen Ton herausbringen. Ich fühlte mich an die schöne Märchenprinzessin erinnert, der eine böse Hexe die Stimme geraubt hatte.

"Hallo, Melissa", sagte ich betont munter, "reg dich bitte nicht weiter auf, das kommt wieder in Ordnung. Leg dich einfach erst einmal ganz entspannt hin."

Das war leichter gesagt als getan, Melissas Körper war völlig verkrampft und verspannt. Sie war so steif, dass es ihr kaum gelang den Kopf auf das Kissen zu legen und die Beine durchzustrecken. Erst nach einer ganzen Weile klappte es einigermaßen.

"Ich würde vorschlagen, wir unternehmen jetzt gemeinsam einen kleinen Trance-Spaziergang. Bist du einverstanden, Melissa?"

Sie nickte so eifrig, als hätte ich ihr die Erlösung von all ihren Nöten versprochen.

"Wohin wollen wir uns begeben, auf eine schöne Wiese vielleicht?", fragte ich. Sie schien kurz nachzudenken und schüttelte dann aber unmerklich den Kopf.

"Oder wollen wir lieber einen Sommertag am Strand erleben?"

Jetzt nickte Melissa und mir fiel ein, wie sehr sie das Meer liebte. Wie immer gelang es unglaublich leicht, sie in Trance zu versetzen und ich war froh, ihr auf diese Weise helfen zu können. Ich führte sie an einem sonnigen Strand entlang, ließ sie den warmen Sand unter den bloßen Füßen spüren, das Rauschen der Brandung hören und die salzige Luft auf den Lippen schmecken. Dabei konnte ich zusehen, wie sich ihr Körper immer weiter entspannte.

"Leg dich einfach in den warmen Sand, Melissa. Spüre wie du ganz leicht darin einsinkst. Schau in den Himmel, siehst du wie blau er ist? Und dort hinten am Horizont berühren sich Himmel und Wasser. Wenn dort die Schiffe erscheinen, sieht es aus als würden sie aus der Tiefe empor tauchen. Kannst du ein Schiff am Horizont erkennen, Melissa?"

Ihre Stimme klang unsicher und brüchig, als sie zu einer Antwort ansetzte: "Ja, da kommt ein Schiff, ich sehe es."

Die Hürde war überwunden, sie sprach wieder. Wir ließen das Schiff näher kommen, konnten schließlich Menschen an der Reling erkennen und Möwen, die seine Fahrt begleiteten. Mit jedem Satz wurde Melissas Stimme sicherer, bis sie fast wieder ihren gewohnten Klang angenommen hatte. Ich konnte sie nun aus der Trance zurückholen.

"Ich werde jetzt langsam bis Drei zählen. Bei Drei bist du wieder wach. Du bist hier im Zimmer und kannst dich an alles erinnern. Du wirst dich ruhig und entspannt fühlen und mühelos sprechen können."

Bei Drei öffnete Melissa die Augen und sah sich unsicher um. Dann räusperte sie sich zweimal, bevor sie einen Versuch wagte: "Es geht wieder", waren ihre ersten, erleichtert klingenden Worte. Anschließend sprudelte alles andere förmlich aus ihr heraus. "Es ist grässlich, wenn man plötzlich nicht mehr sprechen kann, ein richtiger Alptraum. Diese Polizistin hat mich erst gar nicht zu Wort kommen lassen und als ich dann endlich antworten wollte, hatte ich keine Worte mehr. Dabei habe ich nichts getan, du musst mir glauben. Ich begreife selbst nicht, was da passiert ist."

"Melissa, wenn es dich zu sehr aufregt, musst du jetzt nicht darüber reden."

"Ich will aber darüber reden! Ich will es unbedingt. Die ganze Zeit wollte ich das, ich konnte es nur einfach nicht. Das war so qualvoll!"

"Hör zu, Melissa", sagte ich. "Diese Kommissarin ist noch da draußen, doch du musst dir keine Sorgen machen, wir lassen sie nicht zu dir herein. Ich habe aber noch jemanden mitgebracht, einen sehr guten Anwalt, der dir helfen kann. Es wäre wichtig, ihn sofort einzubeziehen, natürlich nur, wenn du einverstanden bist."

"Das ist so nett, wie du dich um alles kümmerst. Ja, bitte ihn herein."

Mir wurde bald bewusst, dass Melissa sich mit Anwälten auskannte. Mit Sicherheit war sie auch angesichts der Vorwürfe in Dahrenried anwaltlich vertreten worden, doch danach konnte ich jetzt unmöglich fragen. Ich holte Johannes ins Zimmer und stellte ihn und Melissa einander vor. Unmittelbar darauf musste ich befürchten, dass auch Johannes eine Hypnosesitzung benötigen würde, um die Sprache wiederzuerlangen. Er starrte Melissa an wie eine Erscheinung. Sein sonst immer blasses Gesicht färbte sich intensiv rosa und er brachte kein Wort heraus. Melissa schien nichts zu bemerken, vermutlich war sie derartige Reaktionen von Männern auf ihren Anblick gewöhnt. Da Johannes offenbar noch nicht wieder im Vollbesitz seiner geistigen Kräfte war, machte ich einen Vorschlag. Melissa sollte erst einmal erzählen und er könnte anschließend Fragen stellen. Beide waren einverstanden, nur Melissa wusste nicht recht, wie sie beginnen sollte.

"Weshalb war Frau Tietze-Mühlberger überhaupt bei dir und worüber habt ihr gesprochen?", fragte ich sie deshalb.

"Das ist es ja gerade, ich weiß es nicht." Melissa schüttelte resigniert den Kopf. "Sie kam einfach so vorbei, völlig überraschend und unangemeldet und sie sagte, dass sie gern mit mir reden würde. Mir passte das überhaupt nicht, da ich ein wichtiges Telefongespräch erwartete. Das habe ich ihr auch gesagt und sie meinte, sie käme gern später wieder. Ich wollte sie aber nicht wegschicken. Das kam mir unhöflich vor. Also sagte ich, wenn es sie nicht stören würde, dass ich zwischendurch telefonieren muss, dann könne sie gern hereinkommen. Das hat sie gemacht, sie wollte gern im Garten sitzen und etwas trinken. Gesprochen haben wir gar nicht miteinander. Erst kam der Anruf, danach ging es ihr schon schlecht und dann wurde ich ohnmächtig." Melissa drohte sich in ihren Gedankengängen zu verhaspeln, so wurde das nichts.

"Melissa", sagte ich, lass es uns einmal anders versuchen. Lehne dich zurück, schließe die Augen und lass den ganzen Tag noch einmal an dir vorüberziehen, wie bei einem Spaziergang in Trance. Erzähle der Reihe nach und ganz ausführlich, was du gemacht und erlebt hast."

Sie nickte gehorsam und begann von vorn. "Ich hatte wegen der Hitze schlecht geschlafen und bin spät aufgestanden, so gegen 10 Uhr. Ich habe gefrühstückt, und dann ..."

Ich unterbrach sie. "Was hast du gefrühstückt, Melissa?"

Zwar hielt ich das nicht wirklich für ausschlaggebend, doch ich wollte sie zu einer möglichst detaillierten Schilderung veranlassen. Tatsächlich erwähnte sie dadurch den wichtigen Umstand, dass sie mit dem Frühstück auch ihren Teevorrat für den gesamten Tag zubereitet hatte.

"Ich brühe ihn heiß auf und lasse ihn dann abkühlen, zuerst auf Zimmertemperatur, dann im Kühlschrank. Ich habe zwei Liter gekocht, wie immer an warmen Tagen. Es war ein Minztee aus meiner selbst gezogenen marokkanischen Minze. Bevor ich ihn trinke, tue ich meistens noch ein paar Limettenscheiben hinein. Nach dem Frühstück bin ich ins Atelier gegangen, um zu malen. Ich habe ein Bild von einem Turm gemalt, wieder einmal. In letzter Zeit ist das wie ein Zwang, ich muss diese Türme malen. Während des Malens ist es dann plötzlich passiert - ich geriet in Trance. Ich hatte das Gefühl von dem Turm angezogen zu werden und auf einmal fand ich mich in seinem Inneren wieder. Panik überfiel mich und ich ließ die Palette mit allen Farben fallen. Durch das Geräusch kam ich zu mir. Aber ich hatte Angst, es könnte wieder passieren und hörte deshalb mit dem Malen auf. Stattdessen beschloss ich, mich in den Garten zu setzen und zu lesen. Ich nahm den Stadtführer von Florenz mit und ein Trinkglas, außerdem eine Karaffe von dem Tee, die Limetten hatte ich bereits dazu gegeben. Als ich gerade alles auf den Gartentisch auf der Terrasse gestellt hatte, klingelte im Wohnzimmer das Telefon. Ich bin nach drinnen gegangen und habe abgenommen."

Melissa runzelte die Stirn. Man spürte ihre Anstrengung, sich genau zu erinnern. "Eine Krankenschwester war am Apparat, sie nannte auch den Namen der Klinik, aber den habe ich leider vergessen, sie sprach ihn etwas undeutlich aus. Doch der Name der Schwester war Cornelia, das weiß ich noch genau. Sie sagte, Herr von Werlitz sei Patient auf ihrer Station und wolle mit mir sprechen. Ob sie mich mit ihm verbinden dürfe. Ich war total aufgeregt, einmal weil ich so lange nichts von meinem Adoptivvater gehört hatte und auch, weil er wieder im Krankenhaus war. Ich wollte gleich wissen wie es ihm geht, aber sie meinte, das müsste ich ihn selbst fragen. Dann wollte sie mich mit ihm verbinden. Aber auf einmal sagte sie, ich solle mich noch einen Moment gedulden, der Arzt wäre gerade bei ihm. Natürlich habe ich gewartet und nach einer ganzen Weile fragte sie, ob ich noch dran wäre. Kaum hatte ich 'ja' gesagt, wurde das Gespräch unterbrochen. Ich dachte, sie ruft gleich wieder an und habe neben dem Apparat gewartet, aber es kam erst mal kein Anruf."

Aus den Augenwinkeln bemerkte ich, dass Johannes, der sich die ganze Zeit Notizen gemacht hatte, unruhig wurde und offenbar etwas fragen wollte. Ich bedeutete ihm, damit zu warten und Melissa nicht zu unterbrechen.

"Stattdessen klingelte es an der Tür", fuhr sie fort. "Draußen stand Frau Tietze-Mühlberger und fragte, ob sie mich sprechen dürfte. Wie ich schon erzählt habe, zögerte ich erst ein bisschen, weil ich doch jeden Moment mit dem Anruf meines Adoptivvaters rechnete. Aber dann bat ich sie herein und fragte gleich, ob wir uns in den Garten setzen wollen. Mein Wohnzimmer ist immer noch nicht fertig eingerichtet und draußen war die Luft angenehmer. Sie stimmte sofort zu und war richtig begeistert von dem Garten."

Diese Begeisterung konnte ich gut nachvollziehen. Erst vor ein paar Tagen hatte mich Melissa aufgefordert, mir ihr blühendes Zimmer, wie sie es nannte, anzusehen. Auch hinter dem Haus, wo sich die Terrasse aus Natursteinen befand, gab es keinen intakten Zaun mehr, dafür aber ein undurchdringliches Pflanzendickicht, das überwiegend aus Wildrosen bestand. Jetzt standen die Rosen in voller Blüte. Das Schloss von Dornröschen konnte nicht schöner ausgesehen haben als dieser kleine, verwunschene Garten, in dem sich nun offenbar ein Drama abgespielt hatte. Melissa berichtete, wie Frau Tietze-Mühlberger auf der Terrasse Platz genommen hatte. Auf ihre Frage, was sie gern trinken wolle, hatte sie sich für den kalten Tee entschieden, der bereits in der Karaffe auf dem Gartentisch bereit stand.

"Ich wollte gerade ein zweites Glas holen gehen, als das Telefon klingelte. Zum Glück war das Glas auf dem Tisch noch unberührt, so dass ich es ihr anbieten konnte. Sie sagte, ich solle nur telefonieren gehen, sie käme schon zurecht. Sie hat sich den Tee dann selbst eingegossen, während ich schnell ins Haus gelaufen bin."

Johannes schrieb die ganze Zeit, ihm war anzumerken, wie sehr ihm einige Fragen unter den Nägeln brannten, doch er hielt sich damit zurück und unterbrach Melissa nicht.

"Am Telefon war nicht mein Adoptivvater, sondern meine Vermieterin Frau Steffen", fuhr sie fort. "Sie wollte wissen, wer da bei mir zu Besuch ist und wie gut ich die Frau kennen würde. Ich habe versucht, sie schnell zu beruhigen, aber das war nicht so einfach. Sie hatte wieder einen bösen Brief vom Neffen ihres verstorbenen Lebensgefährten erhalten und musste mir in aller Ausführlichkeit darüber berichten. Ein paar Mal habe ich versucht, das Gespräch zu beenden, aber sie ging nicht darauf ein und redete immer weiter. Ich stand wie auf glühenden Kohlen, weil ich doch ein anderes Gespräch erwartet hatte. Als sie dann endlich aufgelegt hatte, bin ich in die Küche gegangen, um mir auch ein Glas zu holen und dann zurück auf die Terrasse. Frau Tietze-Mühlberger atmete schwer und Schweißperlen standen auf ihrer Stirn. Sie sagte, ihr wäre nicht gut und es liege wohl am Wetter. Ich habe uns beiden Tee eingegossen und ihr einen Stuhl herangezogen, damit sie die Beine hochlegen konnte. Aber es wurde nicht besser. Plötzlich griff sie sich an den Hals und man sah das Weiße in ihren Augen. Ich bin furchtbar erschrocken, das erinnerte mich an ..."

Melissa vollendete den Satz nicht, doch ich wusste auch so, was sie sagen wollte. Sie hatte an den Tod ihrer Freundin Julia denken müssen.

"Ich bin aufgesprungen und wollte ins Haus laufen, um den Notarzt zu rufen, aber mir wurde auf einmal schwarz vor Augen. Das passiert mir ja leider öfter. Nur hat die Ohnmacht diesmal viel länger angehalten, gut eine Stunde, schätze ich. Im Fallen muss ich mir den Kopf gestoßen haben, wahrscheinlich am Türrahmen. Als ich wieder zu mir kam, wusste ich erst einmal überhaupt nicht, was passiert war. Aber dann sah ich Frau Tietze-Mühlberger ganz schlaff und reglos auf dem Stuhl hängen. Da bin ich rein und habe den Notruf gewählt."

Melissa war um noch einen Schein blasser geworden. Man merkte, wie sehr die Erinnerung an das Geschehen sie mitnahm. Doch sie redete tapfer weiter.

"Der Krankenwagen kam ziemlich schnell und von da an habe ich alles gar nicht mehr so richtig mitbekommen. Sie haben wohl gleich noch einen zweiten Wagen und den Notarzt angefordert. Da waren auf einmal viele Menschen. Ein Sanitäter hat sich von Anfang an nur um mich gekümmert. Er hat sich die Verletzung angeschaut und gefragt, ob wir irgendetwas eingenommen hätten. Ich habe ihm gesagt, nur Tee, sonst nichts. Sie haben mich dann in den einen Krankenwagen bugsiert und sind losgefahren, was mit Frau Tietze-Mühlberger passierte, habe ich überhaupt nicht gesehen.

Im Krankenhaus habe ich nach ihr gefragt, aber nur ausweichende Antworten bekommen. Erst heute früh habe ich von ihrem Tod erfahren. Ich war total geschockt und dann kam auch schon diese Polizistin und stellte mir Fragen. Sie wurde bald richtig aggressiv, wollte wissen, was ich Frau Tietze-Mühlberger in den Tee getan hätte. Als ich gesagt habe, nur Minze und Limetten, hat sie mich angebrüllt: Ich solle sie nicht veralbern, ich hätte die Frau vergiftet. Da bin ich wieder umgekippt und als ich aufwachte, konnte ich nicht mehr sprechen."

Melissa atmete tief durch, sichtbar erleichtert, ihre Schilderung zu Ende gebracht zu haben. Ich nickte Johannes aufmunternd zu, worauf er seinen Stuhl näher zu uns heranzog. "Frau Morgenroth", fragte er mit einer Sanftheit, wie ich sie so von ihm sonst gar nicht kannte, "fühlen Sie sich in der Lage, mir noch ein paar Fragen zu beantworten?"

Auf Melissas Zustimmung hin begann er nachzuhaken und klang dabei wieder sehr professionell.

"Dieser Anruf von der Krankenschwester, wann war der genau?"

"Das war Viertel vor Elf. Ich habe auf die Uhr gesehen."

"Und wie lange hat er gedauert?"

"Mit der Wartezeit bis das Gespräch dann unterbrochen wurde, gut 10 Minuten."

"Und in dieser gesamten Zeit stand der Tee im Garten auf dem Tisch, unbeaufsichtigt sozusagen."

"Ja, natürlich, es war doch niemand weiter da."

"Ist der Garten von außen zugänglich?"

"Es gibt keinen Zaun mehr, allerdings ist die Hecke sehr dicht und die Rosen haben Dornen."

Johannes nickte zufrieden. "Das würde ich schon als zugänglich bezeichnen. Nun zur nächsten Frage. Sind Sie nach dem Telefonat noch einmal in den Garten zurückgekehrt?"

"Nein, dazu bin ich nicht gekommen. Da klingelte doch schon Frau Tietze-Mühlberger an der Haustür."

"Das war dann gegen 11 Uhr?"

"Ja, genau."

"Warum haben Sie das Telefon eigentlich nicht einfach mit in den Garten genommen?"

Erstmals erschien die Andeutung eines Lächelns auf Melissas angespanntem Gesicht.

"Weil das nicht ging. Ich habe einen alten Apparat, der ist fast schon antik. Ich telefoniere nicht so oft."

"Dann erübrigt sich wohl auch die Frage, weshalb Sie das Krankenhaus nicht einfach zurückgerufen haben. Ich nehme an, Sie konnten die Nummer nicht sehen?"

"Nein, das konnte ich nicht."

"Um gleich bei den Anrufen zu bleiben: Ist es üblich, dass sich Ihre Vermieterin nach Ihren Besuchern erkundigt?"

"Leider ja, aber sie meint das nicht böse. Sie hat panische Angst davor, dass der Neffe ihres verstorbenen Lebensgefährten sie wieder ausspionieren lassen könnte. Das ist nämlich schon vorgekommen und ich bin darauf hereingefallen. Da hatte sich jemand als Mitarbeiter vom Ordnungsamt ausgegeben und den Zustand des Grundstücks moniert. Das Ordnungsamt hatte aber niemanden geschickt, wie sich später herausstellte."

"Und wie lange haben Sie mit Ihrer Vermieterin gesprochen?"

"Das kann ich nicht genau sagen, es kam mir wie eine Ewigkeit vor. Aber es war vielleicht nur eine Viertelstunde."

"Demnach waren Sie gegen Viertel nach 11 wieder im Garten. Der Notruf soll um 13.30 Uhr eingegangen sein." Johannes schien nachzurechnen. "Wie lange haben Sie dann noch mit Frau Tietze-Mühlberger zusammen gesessen bis Sie aufgestanden sind, um den Notarzt zu rufen?"

"Nur ganz kurz, es ging alles sehr schnell, ein paar Minuten vielleicht."

"Demnach müssten Sie länger als eine Stunde bewusstlos gewesen sein."

Melissa zuckte hilflos die Schultern. "Es ist gut möglich, aber ich weiß es nicht", sagte sie.

Johannes ließ diesen Punkt auf sich beruhen und kam nun zum delikaten Teil, indem er sich erkundigte, in welcher Beziehung sie zu Frau Tietze-Mühlberger gestanden hätte. Melissas Bericht dazu fiel kühl und sachlich aus. Sie erwähnte das intime Verhältnis zu ihrem Kunstprofessor, als würde es sich dabei um die natürlichste Sache der Welt handeln. Dann sprach sie über die offene Ehe der Tietze-Mühlbergers und betonte, selbst nie den Wunsch nach einer dauerhaften Bindung an den Mann verspürt oder gar geäußert zu haben.

"Wir wollten am kommenden Wochenende nach Florenz fahren", sagte sie. "Natürlich mit dem Wissen und Einverständnis seiner Frau. Ich habe sie leider nur flüchtig gekannt, aber sie war immer sehr freundlich zu mir und hat meine Bilder gelobt."

Auf die Frage, was Frau Tietze-Mühlberger wohl mit ihr besprechen wollte, wusste Melissa keine Antwort.

Sie wirkte inzwischen erschöpft und Johannes ließ es dabei bewenden. Nachdem sie ihm die entsprechende Vollmacht unterzeichnet hatte, schärfte er ihr ein, von nun an nur noch in seiner Anwesenheit mit der Polizei zu reden, worüber sie sehr erleichtert schien.

"Es wird sich alles aufklären, Melissa", sagte ich ihr beim Abschied. In Wirklichkeit war ich mir da gar nicht so sicher.

33.

Die folgenden Tage brachten verschiedene neue Entwicklungen. Die Analyse des verwendeten Giftes hatte eindeutig ergeben, dass es sich wieder um Parathion gehandelt hatte. Da Julia Wenger durch die gleiche Substanz ums Leben gekommen war, ging man nunmehr von einem Serientäter aus. Daraufhin übernahm Gernot Schlüter die Leitung der Ermittlungen, was mich mit einer gewissen Erleichterung erfüllte.

Auch Johannes stürzte sich mit Feuereifer in seine Aufgabe. Melissa hatte uns beide von unserer Schweigepflicht entbunden, wodurch wir uns ungehindert austauschen konnten. Sein wichtigster Erfolg war gewesen, dass Melissa nicht in Untersuchungshaft musste. Zwar durfte sie den Ort nicht verlassen und hatte Meldeauflagen zu erfüllen, doch das Gefängnis blieb ihr erspart.

Die ersten Ermittlungen hatten eine Menge Entlastendes für sie ergeben. Bei einer gründlichen Hausdurchsuchung konnte keine Spur von Parathion gefunden werden. Melissa war ziemlich unglücklich gewesen, weil die Beamten aus ihrem Atelier sämtliche Farben, Malgründe und Verdünnungen mitgenommen hatten. Inzwischen hatte sie jedoch alles unversehrt zurückerhalten.

Die beiden Telefonate, von denen Melissa berichtet hatte, hatten nachweislich stattgefunden. Der angeblich aus einer Klinik stammende Anruf war aus allernächster Nähe von einem Handy geführt worden. Als Besitzerin des Handys konnte ein zehnjähriges Mädchen ermittelt werden. Sie vermisste ihr Handy seit zwei Tagen und wusste nicht einmal zu sagen, ob sie es verloren hatte oder ob es ihr gestohlen worden war. Herr von Werlitz war übrigens wohlauf und befand sich zurzeit nicht in einer Klinik. Melissas Vermieterin Frau Steffen bestätigte das Eintreffen von Frau Tietze-Mühlberger gegen 11.00 Uhr sowie auch den Umstand, dass sie sich kurz darauf telefonisch bei Melissa nach der Frau erkundigt hatte.

Vor allem hatte sich jedoch herausgestellt, dass ihr Garten nicht nur einmal, sondern vermutlich sogar regelmäßig ungebetenen Besuch erhalten hatte. In der dichten Hecke, die äußerlich so undurchdringlich wirkte, gab es einen richtigen Tunnel. Um ihn anzulegen, war sogar Schneidwerkzeug verwendet worden. Die Eingänge sowohl zur Straßen- als auch zur Gartenseite hin, wurden durch lose überhängende Ranken geschickt kaschiert. Der Gang schien regelmäßig benutzt worden zu sein, die Kriminaltechniker hatten in seinem Inneren verschiedene Faserspuren sichergestellt. Es sah so aus, als wäre Melissa bereits über einen längeren Zeitraum hinweg aufmerksam beobachtet worden.

Johannes hatte umgehend Polizeischutz für seine Mandantin verlangt und war richtig aufgebracht gewesen, weil dem nicht entsprochen wurde. Allerdings ging er davon aus, dass Melissa verdeckt observiert wurde. Völlig ausgeschlossen wurde ihre Täterschaft dennoch nicht, da es auch einige belastende Momente gab.

Befragungen im Umfeld von Frau Tietze-Mühlberger hatten ein mögliches Mordmotiv für Melissa ergeben. Zwar hatte ihr Ehemann die Existenz von Eifersucht und Konkurrenzgefühlen zwischen den beiden Frauen völlig ausgeschlossen, doch Bekannte und Freunde von Frau Tietze-Mühlberger sahen das etwas anders. Besonders ihre engste Freundin wusste Interessantes zu berichten. Demnach war ihr das Verhältnis zwischen Melissa und ihrem Mann trotz offener Ehe überhaupt nicht recht gewesen. Melissa hätte einen labilen und unberechenbaren Eindruck auf sie gemacht, sie hätte Probleme vorausgesehen und ihren Mann zu überzeugen versucht, das Verhältnis zu beenden. Auch der geplanten gemeinsamen Reise nach Florenz hätte sie mit sehr gemischten Gefühlen entgegengesehen. Zwar hatte die Freundin keinen konkreten Hinweis darauf, konnte es sich aber gut vorstellen, dass Frau Tietze-Mühlberger versucht haben könnte, Melissa zur Aufgabe ihrer Reisepläne zu überreden.

Ein weiterer kritischer Punkt war die lange Ohnmacht von Melissa, für die es keine Zeugen gab. So konnte man ihr unterstellen mit dem Notruf gewartet zu haben, bis sie relativ sicher sein konnte, dass für ihre Rivalin jede Hilfe zu spät kommen würde. Ihre Stirnwunde stellte sich als unerheblich heraus, sie hatte nicht einmal eine Gehirnerschütterung davongetragen. Von dem Gift hatte sie nichts zu sich genommen, Rückstände fanden sich lediglich im

Glas von Frau Tietze-Mühlberger, jedoch weder in Melissas Glas noch in der Karaffe.

Für Johannes war der Tathergang eindeutig: "Der Täter hat Melissa seit Tagen, vielleicht sogar seit Wochen beobachtet, dazu hat er auch das Versteck in der Hecke genutzt. Er hat ihre Gewohnheit, auf der Terrasse zu sitzen und dabei etwas zu trinken, ausgekundschaftet. Bei der ersten sich bietenden Gelegenheit hat er sie mit dem fingierten Anruf ins Haus gelockt und das Gift in ihr Glas geschüttet. Das Glas war dazu bestens geeignet." Johannes zeigte mir ein schönes, antikes Glas. "Das ist das gleiche wie das, aus dem Frau Tietze-Mühlberger getrunken hat, Melissa hat es mir gegeben."

Bei der Nennung von Melissas Namen bemerkte ich ein leichtes Vibrieren in seiner Stimme. Die beiden duzten sich auf Wunsch von Melissa mittlerweile, das entsprang ihrem ausgeprägten Wunsch nach Nähe, während bei ihm wohl noch andere Gefühle im Spiel waren. Ich betrachtete das Glas aufmerksam. Es handelte sich um einen Kelch aus dünnem, leicht opalisierendem Glas. Der Fuß bestand aus drei sich nach oben hin verjüngenden Ringen und einer Kugel, die innen hohl war.

"Wenn du eine farblose Flüssigkeit in diese Kugel füllst, ist das kaum zu erkennen", bemerkte Johannes. "Das kam dem Täter entgegen. Melissa hat nicht gesehen, dass sich etwas in dem Glas befand, noch dazu, weil es sich nur um ein paar Tropfen gehandelt haben muss. Das Gift in die Karaffe zu tun wäre natürlich auch gegangen, dann hätte man aber eine größere Menge benötigt."

"Der Täter hatte natürlich keinen Einfluss auf die Auswahl des Glases", bemerkte ich nachdenklich, "Melissa dagegen schon."

Johannes sah mich erstaunt und fast ein wenig verärgert an. "Gut", sagte er dann, "spiel ruhig mal den Advocatus Diaboli. Was spricht alles für Melissa als Täterin?"

"Zunächst natürlich das durchaus vorhandene Motiv. Nehmen wir einmal an, sie war gar nicht so ahnungslos wie sie tut und sie wusste durchaus von den Bestrebungen der Ehefrau ihres Geliebten, die Beziehung zu unterlaufen. Professor Tietze-Mühlberger war nicht nur ihre wichtigste Bezugsperson, er war sogar die einzige. Ihn durfte sie nicht verlieren. Nehmen wir weiter an, die Ehefrau kam nicht wie behauptet völlig unangemeldet und überraschend vorbei, sondern es bestand eine Verabredung, von der lediglich niemand außer den beiden Frauen wusste. Dann hätte Melissa sich darauf vorbereiten können. Sie hätte sich das Handy besorgt und kurz vor dem Eintreffen ihrer Rivalin selbst den Anruf fingiert. Dann hätte sie Frau Tietze-Mühlberger auf die Terrasse geführt und ihr und sich selbst Tee eingegossen, dabei das mit dem Gift präparierte Glas ihr gereicht. Dann musste sie nur noch die offenbar sehr schnell eintretende Wirkung abwarten. Um ganz sicher zu gehen, rief sie den Notarzt mit über einer Stunde Verspätung und begründete das mit einer Ohnmacht. Die kleine Wunde, die das glaubhafter machen sollte, fügte sie sich selbst zu."

"Und der Anruf der Vermieterin?"

"Ist tatsächlich so erfolgt, war für ihren Plan aber nicht notwendig."

Johannes kaute auf seiner Unterlippe herum. "Zu schade, dass die Vermieterin von ihrer Wohnung aus die Terrasse nicht einsehen kann. Sonst könnte sie die Version von Melissa bestätigen."

"Wenn die Terrasse von oben einsehbar wäre, hätte Melissa bestimmt nicht so häufig dort gesessen. Es reicht wirklich aus, dass Frau Steffen den Hauseingang überwacht."

"Wenn Deine Version stimmen würde, wäre Melissa eine Doppelmörderin, dann hätte sie auch ihre Freundin auf dem Gewissen."

"Und sie wäre beide Male nach dem gleichen Muster vorgegangen, sozusagen nach dem Schneewittchenprinzip."

"Nach welchem Prinzip?", Johannes schaute mich verdattert an. "Habe ich da in meiner Ausbildung irgendetwas verpasst?"

Ich musste lachen. "Nein, hast du nicht. Das ist mir nur gerade so in den Sinn gekommen. In dem Märchen bietet doch die böse Stiefmutter dem Schneewittchen einen Apfel an, der nur zu einer Hälfte vergiftet ist. Dadurch ist Schneewittchen arglos. Melissa reichte der Freundin die Flasche, aus der sie selbst bereits getrunken hatte. Sie trank auch mit Frau Tietze-Mühlberger aus der gleichen Karaffe. Vor allem musste man dadurch annehmen, die Anschläge hätten ihr gegolten."

Johannes atmete hörbar durch. "Und der Tunnel in der Hecke? Hätte sie den dann auch eigenhändig angelegt?"

"Was ist daran so abwegig? Wer einen Mord auf sich nimmt, schafft auch solche Kleinigkeiten. Doch das war sicher überhaupt nicht notwendig. Vermutlich war diese Schneise wirklich schon vorhanden, vielleicht hat sie sie auch zufällig entdeckt."

"Langsam beschleicht mich das unangenehme Gefühl, du könntest glauben, was du da redest."

"Du wolltest doch, dass ich den Advocatus Diaboli spiele."

"Und das machst du ziemlich gut. Ich bin froh, dass du Psychologin und nicht Staatsanwältin geworden bist. Dich möchte ich nicht auf der Gegenseite haben."

34.

Trotz des weiterhin gegen Melissa bestehenden Verdachtes wurde natürlich auch intensiv in andere Richtungen ermittelt. Die Polizei wollte wissen, ob jemandem im fraglichen Zeitraum eine verdächtige Person in der Nähe des Grundstücks aufgefallen sei. Die gesamte Nachbarschaft wurde befragt.

Frau Steffen sorgte in diesem Zusammenhang für Irritationen, weil sie vom Auftauchen eines Außerirdischen berichtete. Als Melissa mir davon erzählte, erschien zum ersten Mal nach langer Zeit wieder ein Lächeln auf ihrem Gesicht. "Das ist ein junger Mann, der regelmäßig jeden Abend am Haus vorbei joggt. Frau Steffen hat ihn natürlich zuerst bemerkt und dabei auch festgestellt, dass er wie ein Außerirdischer aussehen würde. Als ich ihn dann zum ersten Mal gesehen habe, wurde mir klar, wie sie darauf kommt. Er hat eine Glatze und ein schmales, sehr blasses Gesicht. Weil er auch fast keine Augenbrauen und Wimpern hat, wirkt es wie eine Maske, tatsächlich ein bisschen so, wie man die Außerirdischen in Filmen darstellt. Und dann trägt er manchmal auch noch einen silbernen Overall. Er ist schon ein eigenartiger Typ. Aber er ist sicher total harmlos."

Die Polizei sah das mit der Harmlosigkeit anders und suchte intensiv nach dem Mann. Er war von vielen gesehen worden und bald konnte ermittelt werden, dass er jeden Abend mit der S-Bahn ankam und auch, wo er einstieg. Dass er über 30 Minuten fuhr, nur um hier zu joggen, machte ihn verdächtig. Als sich dann in der Hecke auch noch Stoffpartikel von seinem Overall fanden, wurde es richtig eng für ihn. Für die Tatzeit konnte er allerdings ein hieb- und stichfestes Alibi vorweisen. Da war er auf seiner Arbeitsstelle gewesen. Es blieb beim Vorwurf des Voyeurismus, denn er musste einräumen, Melissa regelmäßig von der Hecke aus beobachtet zu haben. Melissa nahm das sehr gelassen auf und meinen dringenden Rat, sich blickdichte Vorhänge anzuschaffen, befolgte sie auch nicht. "Ich käme mir vor wie in einer Gruft", begründete sie ihre Ablehnung.

Auch ich wurde befragt, ob ich etwas Auffälliges beobachtet hätte. In diesem Zusammenhang fiel mir unsere merkwürdig gekleidete Stalkerin wieder ein. Seit ich ihr in dem Zeitschriftenladen aufgelauert und sie die Flucht ergriffen hatte, war sie nicht wieder in Erscheinung getreten. Das war inzwischen schon ein paar Wochen her. Trotzdem wurde nach ihr gesucht, allerdings ohne Erfolg. Sie war wie vom Erdboden verschluckt.

Die Ermittlungen schienen in einer Sackgasse zu stecken und niemand war darüber unglücklicher als Johannes. "Es muss doch irgendeine Spur geben", sagte er immer wieder. "Der Täter muss Melissa schon in Dahrenried gekannt und bis hierher verfolgt haben. Ich vermute Eifersucht oder enttäuschte Liebe als Motiv."

"Was ist eigentlich aus der jungen Frau geworden, die damals als Hauptverdächtige erschien, weil sie Melissas Bild zerstört hatte?", fragte ich.

Johannes winkte ab. "Sie lebt inzwischen in den USA und macht da eine Ausbildung. Sie kommt als Täterin nicht in Frage."

Immer wieder bat er Melissa, gründlich zu überlegen, wer eine derartig anhaltende Feindschaft gegen sie hegen könnte, doch ihr fiel niemand ein. Überhaupt schienen sie die aktuellen Ereignisse und ihre eigene gefährdete Position seltsam unberührt zu lassen. Ich führte keine Hypnose mehr mit ihr durch, sondern konzentrierte unsere Gespräche ganz auf die Verarbeitung der jüngsten Geschehnisse.

Professor Thorald Tietze-Mühlberger hatte den Kontakt zu ihr völlig abgebrochen, was sie kühl und scheinbar gelassen kommentierte. "Was soll er machen? Immerhin hat er seine Frau verloren. Es würde doch seltsam aussehen, wenn er jetzt einen engen Kontakt mit der Geliebten pflegt."

Ich dachte bei mir, dass sein Verhalten auch so seltsam wirkte, fast als würde er Melissa verdächtigen; doch sprach ich das natürlich nicht aus. Melissa schien sich mehr und mehr auf die Vergangenheit zu konzentrieren. Die bedrohliche Vision des Turmes wurde bei ihr zu einer fixen Idee, um die ihre Gedanken ständig kreisten. Auch mit Johannes hatte sie inzwischen darüber geredet, so dass er mich schließlich daraufhin ansprach.

"Ich wollte dich eigentlich schon längst danach fragen", sagte er. "Was hat dieser Turm deiner Meinung nach zu bedeuten?"

"Das kann ich dir so genau auch nicht sagen. Es gab vermutlich ein traumatisches Erlebnis in Melissas Kindheit, welches mit diesem Turm im Zusammenhang steht. Aber nicht einmal das ist sicher. Es muss keine tatsächliche Verbindung zwischen dem Turm und dem fraglichen Ereignis geben. Es reicht, wenn sie in Melissas Vorstellung existiert. Kinder nehmen die Welt anders als Erwachsene wahr und sehen daher oft Zusammenhänge, wo in Wirklichkeit keine sind."

"Bei unserem ersten Gespräch mit Melissa, damals im Krankenhaus, hat sie etwas Merkwürdiges gesagt. Sie meinte, als sie früh beim Malen war, sei sie plötzlich in Trance geraten und habe sich im Inneren eines Turmes gesehen. Funktioniert so etwas wirklich, ich meine, kann man sich selbst hypnotisieren?"

"Ja, natürlich funktioniert das. Es gibt sogar Techniken, mit deren Hilfe man Selbsthypnose erlernen kann. Das ist zum Beispiel für Patienten mit chronischen Schmerzen sehr sinnvoll. Sie können sich dadurch im Bedarfsfalle Linderung verschaffen."

"Aber bei Melissa ist es doch ganz spontan passiert, ohne dass sie es gewollt hat. Es hat ihr sogar Angst gemacht."

"Melissa ist hoch sensibel und sehr leicht hypnotisierbar. Durch die Therapie hat sie Erfahrung mit Trancezuständen, sie treten bei ihr nun schneller und leichter ein. Das ist eigentlich überhaupt nichts Besonderes, ich möchte behaupten, fast jeder Mensch hat schon mal spontan eine Trance erlebt, ohne dass sie ihm als solche bewusst geworden ist. Vom Phänomen der Autobahnhypnose hast du doch sicher schon gehört. Da fährt man ganz entspannt seinem Ziel entgegen, konzentriert sich auf den Anblick des weißen Mittelstreifens und muss plötzlich feststellen, dass die Ausfahrt, die man eigentlich nehmen wollte, bereits viele Kilometer zurück liegt." Ich hätte auch ein anderes Beispiel anführen können, nämlich Johannes' ersten Eindruck von Melissa, der ja offensichtlich ebenfalls bewirkt hatte, dass er für die Umgebung einen Moment lang nicht voll erreichbar gewesen war.

Johannes überlegte immer noch." Und dieses Gefühl von ihr, sich in dem Turm zu befinden ... "

"War eine Art kurzer Tagtraum und ebenfalls nicht ungewöhnlich, auch wenn es ihr in dem Moment sicher unheimlich war."

"Kann es sein", Johannes druckste ein bisschen herum und suchte nach den richtigen Worten, "dass solche Trancezustände das Denken und Handeln beeinflussen?"

Ich hob abwehrend die Hand. "Jetzt komm du mir bitte nicht auch noch mit dem Mord unter Hypnose, der ist definitiv nicht möglich."

"Nein, nein", beeilte sich Johannes zu versichern, "ich will ja nur auf alles vorbereitet sein. Könnte man vielleicht Melissas Glaubwürdigkeit in Zweifel ziehen?"

"Nicht einmal das, jedenfalls nicht aus diesem Grunde."

Johannes schien erleichtert, aber nicht glücklich. "Wir brauchen dringend einen neuen Ansatz", seufzte er. Der sollte sich schon bald aus einer unerwarteten Richtung ergeben.

35.

Ruth kam in mein Zimmer und lächelte mich strahlend an. "Zieh nicht so ein finsteres Gesicht. Draußen ist jemand, der ausdrücklich zu dir möchte, und zwar privat." Sie zwinkerte mir verschwörerisch zu. Ich hatte nicht die geringste Ahnung, von wem die Rede sein könnte. Der junge Mann, der in der Diele auf mich wartete, machte einen sehr sympathischen Eindruck. Er war groß, schlank und hatte dunkelbraunes, lockiges Haar. In seinem Gesicht fielen sofort die lebhaften braunen Augen und sein gewinnendes Lächeln auf.

"Ich bin Tobias Wenger", sagte er, "und Sie müssen Iris Forster sein. Melissa hat mir schon viel von Ihnen erzählt."

Bei der Nennung des Namens stutzte ich. Wenger? War er etwa mit der jungen Frau verwandt, die in Dahrenried vergiftet worden war? Seine nächsten Worte bestätigten meine Vermutung. "Ich bin der Bruder von Julia Wenger und war durch sie früher auch mit Melissa befreundet. Aber die tragischen Ereignisse haben uns auseinander gebracht. Es ist alles ein bisschen kompliziert, ich würde es Ihnen gern genauer erklären. Haben Sie irgendwann Zeit für mich?"

Ich war viel zu neugierig, um das Gespräch mit ihm lange hinauszuschieben. Zum Glück war mein Arbeitstag für heute schon beendet und zu Hause wartete nur Brutus auf mich, mit dem ich seinen Abendspaziergang unternehmen würde. Aber bis dahin war noch genügend Zeit. Also bat ich ihn gleich in mein Zimmer, was ihm sehr recht zu sein schien.

"Ich bin nicht nur mit Wissen und Billigung von Melissa hier, sondern auf ihren ausdrücklichen Wunsch", begann er zu erzählen. "Gestern haben wir uns nach langer Zeit wiedergesehen und ganz ausführlich miteinander geredet. Zum Glück hat sie mein Angebot, ihr helfen zu wollen, angenommen. Und das, obwohl sie so lange nichts von mir gehört hatte. Aber sie möchte, dass ich alles mit Ihnen und mit ihrem Anwalt abspreche. Genau das will ich jetzt tun."

"Ich verstehe noch nicht ganz, inwiefern Sie Melissa helfen wollen", sagte ich.

"Das liegt doch auf der Hand. Ich will denjenigen finden, der ihr nach dem Leben trachtet und damit auch den Mörder meiner Schwester."

"Sollten Sie das nicht besser der Polizei überlassen", gab ich reserviert zu bedenken.

"Das habe ich schon viel zu lange getan. Mit dem Ergebnis, dass meine Schwester drei Jahre nach ihrem Tod für die Polizei nur noch eine Akte ist. Die haben nie wirklich gründlich ermittelt, das ist mir leider zu spät klar geworden. Aber jetzt hat der Täter erneut zugeschlagen, wieder ist eine unbeteiligte Person gestorben. Das ist eine einmalige Chance, ihn endlich zu fassen, und diesmal bleibe ich dran."

So ganz behagte mir sein Eifer in dieser Sache nicht. "Ich verstehe ja, dass es für sie und ihre Familie wichtig ist, dass der Tod ihrer Schwester aufgeklärt wird. Die Ungewissheit muss sehr belastend sein."

Er lachte bitter auf. "Sie drücken das aber zahm aus. Belastend? Völlig kaputt gemacht hat das unsere Familie. Meine Mutter, die mal humorvoll und warmherzig war, ist nur noch ein hysterisches Wrack, die Ehe meiner Eltern zum Zerreißen angespannt. Wenn meine Eltern herausfinden würden, dass ich wieder Kontakt zu Melissa aufgenommen habe, dann dürfte ich mich zu Hause nie wieder blicken lassen. Ach ja, und meinen Job habe ich auch an den Nagel hängen müssen, um Zeit für meine privaten Ermittlungen zu haben."

"Warum lehnen Ihre Eltern den Kontakt zu Melissa ab und wieso suchen Sie ihn trotzdem?"

"Weil ich im Gegensatz zu meinen Eltern fest von Melissas Unschuld überzeugt bin. Ich würde Ihnen gern mehr darüber erzählen, wenn ich darf."

Ich bot an, uns erst einmal einen Kaffee zu machen, was er gern annahm. Danach begann er der Reihe nach zu berichten. So erfuhr ich erstmals, wie die Freundschaft zwischen Melissa und Julia begonnen hatte.

"Eigentlich waren die beiden ja sehr verschieden. Julia war lebhaft, immer gut drauf, ein richtiger Wirbelwind. Sie hatte auch eine Menge Freundinnen, die oft mal wechselten. Melissa dagegen war ruhig und für ihr Alter viel zu ernst, sie hatte so eine melancholische Ausstrahlung, die sie natürlich auch irgendwie interessant erscheinen ließ. Ihre Freundschaft begann, als die beiden 15 waren. Melissa suchte ein Modell für ein Portrait und hat Julia daraufhin angesprochen. Während dieser Sitzungen sind sie ins Gespräch gekommen und wurden dann richtig dicke Freundinnen. Julia hat Melissa mit zu uns nach Hause gebracht. Meine Eltern fanden sie auch nett. So kam es dann auch, dass sie Melissa mit in den Urlaub nahmen, dreimal insgesamt war sie mit der Familie in unserem Ferienhaus in Italien. Dort hat sie sich immer sehr wohl gefühlt. Sie konnte sich noch daran erinnern, auch mit ihren leiblichen Eltern in Italien gewesen zu sein. Julia hing sehr an Melissa, allerdings hat sie in der Freundschaft total den Ton angegeben, was Julia sagte, wurde gemacht. Julia war dann auch diejenige, die sich schließlich zurückzog."

Ich fragte nach den Gründen für den Rückzug und Tobias zuckte resigniert mit den Schultern. "Ein Typ, auf den es Julia abgesehen hatte, was sonst. Julia hatte ständig Freunde, es war aber nie besonders ernst. Melissa zeigte dagegen überhaupt kein Interesse an Jungen, es wurde schon getuschelt, dass sie vielleicht lesbisch wäre. Allerdings musste Julia die Erfahrung machen, dass einige Jungen ihre Freundschaft nur suchten, um dadurch an Melissa heranzukommen. Ja und dann tauchte jemand auf, der es Julia ernsthaft angetan hatte. Das war der Sohn einer befreundeten Familie. Sie war wie elektrisiert, als sie erfuhr, dass er zur gleichen Zeit mit uns in Italien Urlaub machen würde. Seine Familie hatte ein Ferienhaus ganz in unserer Nähe. Aber nun wollte Julia Melissa plötzlich nicht dabei haben, aus naheliegenden Gründen. Mein Vater fand es nicht in Ordnung, die langjährige Freundin so auszubooten, aber meine Mutter unterstützte Julia. Der war es wohl selbst peinlich und sie erfand Vorwände, behauptete, sich mit Melissa nicht mehr so gut zu verstehen."

"Und wie reagierte Melissa darauf?"

"Ganz typisch für sie, voller Verständnis. Sie war Julia gegenüber wie immer, zeigte sich keine Spur beleidigt, was wohl bei jedem anderen Mädchen der Fall gewesen wäre."

Tobias Wenger berichtete dann über den verhängnisvollen Tag, an dem Julia ums Leben kam. Dabei erfuhr ich im Grunde nichts Neues, seine Ausführungen deckten sich mit dem, was ich bereits wusste. Interessant war, wie es danach weiterging.

"Der Verdacht fiel sofort auf Sophie Reichenbach. Immerhin hatte die einen richtigen Hass auf Melissa und ihr in der Vergangenheit bereits übel mitgespielt."

Er erzählte von bösen Gerüchten, die sie über Melissa verbreitet und von dem Bild, das sie zerstört hatte. Auch das war mir im Wesentlichen schon bekannt gewesen.

"Aber dann wurde Sophie gleich von mehreren Personen entlastet und Melissa rückte in den Fokus. Das wäre reine Routine gewesen, wenn nicht meine Mutter ganz eigenartig reagiert hätte. Plötzlich war sie fest von Melissas Täterschaft überzeugt, sie meinte, das wäre ihre Rache für die abgesagte Urlaubsreise gewesen. Es stellte sich dann heraus, dass sie in dieser Hinsicht von Melissas Adoptivmutter beeinflusst worden war. Die hatte sie angeblich schon zu Beginn der Freundschaft der beiden Mädchen davor gewarnt, Melissa zu dicht an die Familie heranzulassen. Damals hätte sie das aber leider nicht ernst genommen. Nun hatte Melissas Adoptivmutter ihr zu Julias Tod kondoliert und dabei eine kryptische Bemerkung gemacht. Sinngemäß soll sie gesagt haben, sie hätte so ein Unglück immer kommen sehen und sie mache sich Vorwürfe, nicht stärker gewarnt zu haben. Das hat meine Mutter völlig aus der Bahn geworfen. Für sie stand Melissa damit als Mörderin von Julia fest. Sie hat sich ihr gegenüber unmöglich aufgeführt. Melissa hatte ein wunderschönes Bild von Julia gemalt und es ihr geschenkt. Meine Mutter hat es ihr vor die Füße geworfen und gesagt, sie wolle keine Geschenke von der Mörderin ihres Kindes. Melissa ging es daraufhin sehr schlecht, man musste sie sogar ins Krankenhaus bringen.

Mein Vater und ich haben vergeblich versucht, unsere Mutter von ihrer Idee abzubringen. Als die Ermittlungen gegen Melissa dann eingestellt wurden, steigerte sie sich sogar noch mehr hinein. Sie wollte Privatdetektive auf sie ansetzen und als mein Vater das unterband, kam es zu einer echten Ehekrise. Schließlich ist er auf die Linie meiner Mutter eingeschwenkt, allerdings nicht so extrem. Aber er hält es für möglich, dass Melissa schuldig ist. Ich durfte natürlich keinen Kontakt mehr zu ihr haben. Daran hat sich bis heute nichts geändert."

"Was glauben Sie, weshalb die Adoptivmutter solche Andeutungen gemacht hat? Und was könnte dahinter stecken?"

"Früher war die Sache für mich ziemlich eindeutig. Sie hatte in Kind adoptiert, bekam dann völlig unerwartet noch ein eigenes, und wollte nun die eigene Brut vor dem Eindringling schützen, und zwar in finanzieller Hinsicht. Weil es aber keinen guten Eindruck machte, dass die so sozial eingestellte Familie von Werlitz ein Adoptivkind einfach wieder abschob, mussten Scheinargumente her, um den Schritt verständlich zu machen. Da wurde das Kind eben ein bisschen dämonisiert, ohne dabei zu konkret zu werden."

"Sehr unschön, aber nachvollziehbar", stimmte ich zu. "Aber Sie sagten, früher hätten Sie das so gesehen. Sehen Sie es heute anders?"

"Allerdings, vielleicht liegt darin sogar der Ansatz, der uns zum wirklichen Täter führen könnte."

Obwohl es jetzt richtig spannend wurde, konnte ich die fortgeschrittene Zeit nicht ignorieren. Brutus wartete auf seinen Abendspaziergang. Wir verabredeten uns gleich für den morgigen Nachmittag, diesmal sollte auch Johannes dabei sein. Denn wenn es um neue Ansätze für Melissas Entlastung ging, war er der zuständige Mann.

36.

Wir trafen uns alle bei Melissa. Sie hatte Kuchen gekauft und Kaffee gekocht, für den sie sich sogleich entschuldigte. Sie trinke eigentlich nie Kaffee und sei die Zubereitung daher nicht gewohnt. Es sollte wohl eine dezente Geste besonderer Rücksichtnahme sein, dass sie es vermied, uns Tee anzubieten. Trotz des angenehmen Wetters saßen wir auch nicht auf der Terrasse, sondern in ihrem unfertigen Wohnzimmer, was die beiden Männer aber nicht zu stören schien. Melissa übernahm die gegenseitige Vorstellung und vermittelte auch gleich bei der Anrede. "Das Durcheinander von Du und Sie erschwert die Verständigung nur unnötig", meinte sie. "Lasst uns doch alle Du zueinander sagen." Niemand hatte etwas dagegen einzuwenden.

Tobias, der Neue in der Runde, erzählte zunächst ein wenig über sich selbst. Er war Diplom-Informatiker und arbeitete als Softwareentwickler in den USA in der Spielebranche. In den letzten beiden Jahren hatte er in Los Angeles gelebt. Im Moment nahm er sich lediglich eine Auszeit und wollte anschließend dorthin zurückkehren. Wann das sein würde, hing ganz vom Erfolg der aktuellen Mordermittlungen ab.

Johannes interessierte sich sehr für die berufliche Tätigkeit von Tobias und stellte ihm eine Menge Fragen. Lange hatte er selbst zwischen Jura- und Informatikstudium geschwankt. Obwohl er gern als Anwalt arbeitete, war das Programmieren seine heimliche Leidenschaft geblieben. Die beiden drangen tief in die Materie ein und bald hatte ich das Gefühl, mit zwei Ausländern am Tisch zu sitzen, von deren Sprache ich kein Wort verstand. Melissa schien es nicht besser zu gehen. Sie zwinkerte mir verschwörerisch zu. Johannes bemerkte es und wechselte schnell das Thema. Wir kamen nun auf das zu sprechen, was uns eigentlich zusammengeführt hatte, nämlich wer Melissa nach dem Leben trachten könnte.

"Ich war immer der Überzeugung, dass die Ermittlungen gegen Sophie Reichenbach damals viel zu schnell eingestellt worden sind", begann Tobias seine Überlegungen vorzutragen. "Sie hatte so ein starkes Motiv und sie hat heftige Aggressionen gegen Melissa gezeigt. Das Bild wurde von ihr nicht nur zerschnitten, sondern mit einem Messer regelrecht zerfetzt. Die Reaktion der Schulleitung darauf war einfach nicht normal. Jeder andere wäre geflogen, aber bei Sophie ging es mit einer Entschuldigung ab und dann Schwamm drüber. Ausschlaggebend war da ganz offensichtlich die Spende ihres Vaters. Als dann nach Julias Tod sofort mehrere Zeugen für Sophie aussagten; da habe ich mir gedacht, wer die Schulleitung besticht, der würde auch Zeugen bestechen. Also habe ich mir diese Zeugen und ihre Schwachstellen in den vergangenen zwei Jahren systematisch angeschaut. Der Lehrer Herr Schneider, der Sophie während der fraglichen Zeit ununterbrochen im Auge gehabt haben will, hatte sich zum Beispiel mit einem Hauskredit übernommen. Aber er ist immer noch in den Miesen, ein Geldtransfer von Reichenbach an ihn ist nicht erfolgt."

"Aber wie hast du das herausgefunden?", fragte ich erstaunt.

Tobias grinste mich an. "Ich glaube, das willst du so genau gar nicht wissen. Es ist schon ein Jammer, wie leichtfertig Leute mit ihren persönlichen Daten umgehen. Aber manchmal ist es eben auch sehr nützlich."

"Das ist doch nicht legal", wandte ich ein.

"Es ist auch nicht legal, Leute zu bestechen oder sogar umzubringen. Man muss sich wehren dürfen."

Ich sah zu Johannes hinüber, aber der zuckte mit keiner Wimper. Offenbar war auch ihm jedes Mittel recht, wenn es nur zu Melissas Nutzen eingesetzt wurde. Also sagte ich nichts mehr. Tobias plauderte dann noch munter aus dem Leben der anderen Zeugen. Ein Mädchen hatte trotz seines sehr schwachen Abiturergebnisses einen hochrangigen Ausbildungsplatz ergattert. Maßgeblich daran mitgewirkt hatte jedoch nicht Herr Reichenbach, sondern der Golfpartner ihres Vaters. Unterm Strich fanden sich bei keinem der Zeugen handfeste Beweise für eine Bestechung. Tobias hatte Sophie Reichenbach sogar persönlich in den USA, wo sie inzwischen lebte, aufgesucht. Sie war mit einem neuen Partner zusammen und schien die alten Geschichten hinter sich gelassen zu haben. "Ganz aus den

Augen lassen möchte ich sie deshalb noch nicht", schloss Tobias seine Überlegungen ab. "Aber eine heiße Spur ist das natürlich nicht."

Dann erklärte er, was er außerdem noch in Angriff genommen hatte. "Ich habe ausnahmslos alle Schüler von Schloss Dahrenried auf verschiedenen Wegen aufgefordert, mir ihre persönlichen Fotos von jenem Tag der offenen Tür und vom Sportfest zur Verfügung zu stellen."

"Das ist naheliegend", meinte Johannes. "Aber sollte die Polizei damals nicht den gleichen Einfall gehabt haben?"

Tobias schüttelte den Kopf. "Die haben sich nur für Aufnahmen interessiert, auf denen Julia zu sehen war und nach Personen in der Nähe Ausschau gehalten. Das reicht meiner Meinung nach nicht aus. Man muss sämtliche Personen, die an dem Tag anwesend waren, unter die Lupe nehmen. Wer damals dort war und nun in Melissas neuem Umfeld wieder auftaucht, ist verdächtig."

"Tobias, da waren Hunderte!", gab Melissa zu bedenken.

"Dann werden wir eben Hunderte überprüfen."

Mir wurde klar, welch enormen Zeitaufwand Tobias bereits betrieben hatte und wie viel Zeit er auch weiterhin zu investieren gedachte. Johannes äußerte sich darüber sehr anerkennend. Im Moment schien es tatsächlich keinen anderen Weg zu geben, in der Sache voranzukommen. Melissa hatte dann auch noch ein Anliegen. "Ich weiß, dass mein Wunsch *neben der Sache* liegt, wie Johannes das so unnachahmlich juristisch korrekt ausdrücken würde, aber ich habe Tobias gebeten, noch einmal nach Gröbeneck zu fahren. Mir ist jetzt klar, dass es dort einen Turm geben muss, der sich neben diesem mysteriösen Haus befindet, in dem sich in meiner Kindheit mit Sicherheit etwas ganz Entscheidendes abgespielt hat. Leider darf ich im Moment ja nicht selbst hinfahren. Aber ein Foto von dem Ort würde mir schon weiterhelfen. Ein Turm ist ein markantes Bauwerk, der muss doch zu finden sein."

"Genau", pflichtete Tobias bei, "ich traue mir durchaus zu, ihn ausfindig zu machen. Allerdings möchte ich, also möchten wir, das heißt Melissa und ich, Iris bitten, mit nach Gröbeneck zu fahren. Du warst doch schon mal dort und kennst dich dadurch etwas aus. Ich habe ein Auto und fahre dich anschließend gern bei deinen Eltern vorbei, falls du das möchtest."

Ich bemerkte ein leichtes, unwilliges Zucken im Gesicht von Johannes, als er Tobias so vertraulich *wir* sagen hörte, indem er von sich und Melissa sprach. Doch ich empfand keine Schadenfreude, obwohl ich Johannes den kleinen Dämpfer durchaus gönnte, weil er mich so schnöde links liegen ließ, seit er Melissa kannte. Erstaunlicherweise verspürte stattdessen auch ich einen kleinen Stich von Eifersucht. Ein bisschen konnte ich ihre verstorbene Freundin Julia auf einmal verstehen, wahrscheinlich war sie es leid gewesen, dass Melissa immer alle männliche Aufmerksamkeit auf sich gezogen hatte. Trotzdem stimmte ich sofort zu, mit nach Gröbeneck zu fahren, denn ich war nicht weniger neugierig als Melissa, welche unbekannten Geheimnisse dort noch ihrer Aufdeckung harrten.

Nachdem wir uns von Melissa verabschiedet hatten, war das Gespräch für Johannes, Tobias und mich noch nicht zu Ende. Tobias hatte bereits im Vorfeld angedeutet, mit uns noch ein paar Details besprechen zu wollen, die Melissa vermutlich zu sehr aufregen würden. Also begaben wir uns gemeinsam in das nahe gelegene Café in der Ahornstraße, in dem, wie immer an Wochentagen, gähnende Leere herrschte. Wir bestellten nur Wasser und hatten die Möglichkeit, ungestört miteinander zu reden.

"Was die geplante Fahrt nach Gröbeneck betrifft", eröffnete Tobias das Gespräch, "so geht es mir um weit mehr als diesen Turm, der Melissa so beunruhigt. Es geht mir um ihre Vergangenheit schlechthin, um das Schicksal ihrer Eltern. Inzwischen bin ich nämlich fast überzeugt, dass diese Morde, die ja eigentlich Mordanschläge auf Melissa waren, mit ihrer Vergangenheit zusammenhängen müssen. Jemand versucht, die ganze Familie auszulöschen und er wird nicht ruhen, bis er sein Ziel erreicht hat."

"Melissas Familie ist bei einem Autounfall ums Leben gekommen", wandte ich ein.

"Ach ja? Hast du Beweise dafür?", Tobias schaute mich herausfordernd an. "Ich habe versucht, das mal zu recherchieren. Über einen solchen Horrorunfall, bei dem eine ganze Familie ums Leben kommt, wäre doch sicher berichtet worden. Aber weißt du was? Ich habe nichts darüber gefunden, nicht die kleinste Notiz. Das ist doch merkwürdig. Dann habe ich von Melissa erfahren, dass offenbar auch noch das Haus niedergebrannt wurde. Das ist bestimmt kein Zufall. Jemand hatte es gewaltig auf die Familie abgesehen. Deshalb sehe ich jetzt auch Melissas Adoption in einem neuen Licht: Wenn es nun gar nicht darum ging, sie erst ins Waisenhaus und dann in eine neue Familie abzuschieben, sondern vielmehr darum, sie dadurch zu schützen? Deshalb hat man ihr auch kein Foto ihrer Eltern und keine Erinnerungsstücke an ihre Familie mitgegeben, ihre Identität sollte verschleiert werden. Das gelang durch die Adoption und den neuen Namen zunächst ja auch ganz gut. Doch dann müssen die Adoptiveltern Wind von den Hintergründen bekommen haben. Sie bekamen es mit der Angst zu tun, durch Melissas Anwesenheit die eigene Familie zu gefährden. Deshalb haben sie sie ins Internat abgeschoben und kaum Kontakt mit ihr gepflegt. Deshalb die Warnung an meine Mutter, sie nicht zu nah an uns heranzulassen. Aber sie hatten nicht den Mut, deutlicher zu werden. Melissas Adoptivmutter deutete auch nach dem Mord schließlich nur an, etwas Derartiges befürchtet zu haben. Sie hatten die Adoption aufgelöst, um die Gefahr für sich endgültig zu bannen. Und haben Melissa damit quasi an ihren Mörder ausgeliefert."

Ich war den Ausführungen von Tobias ziemlich fassungslos gefolgt. Je weniger harte Fakten man zur Verfügung hat, umso besser lassen sich daraus Verschwörungstheorien zusammenbasteln. Das Schlimme an diesen Verschwörungstheorien ist ihre scheinbar bestechende Logik.

"Das klingt mir alles doch sehr weit hergeholt", sagte ich. "Von Werlitz ist ein einflussreicher Mann. Der hätte sich doch nicht von irgendwelchen Verbrechern in Angst und Schrecken versetzen lassen, der hätte sie zur Strecke gebracht."

"Was macht dich da so sicher? Es gibt Organisationen, die sogar Regierungen in Angst versetzen."

Jetzt wurde es mir entschieden zu bunt und ich probierte es mit Ironie. "Daran hätte ich wirklich früher denken sollen. Die Familie hat schließlich regelmäßig in Italien Urlaub gemacht, das wird seine Gründe gehabt haben. Der Arm der Mafia reicht bekanntlich weit."

"Falls du das für einen guten Witz halten solltest", erwiderte Tobias gereizt, "es ist in der Tat so, dass die Mafia auch in Deutschland operiert. Sie kauft hier über Strohmänner Hotels, Geschäfte und Restaurants und wäscht darüber ihr Drogengeld. Der Laden, in dem wir gerade sitzen, wäre eine gute Investition, echten Umsatz scheint der ja nicht zu machen."

Ich schaute zu der grauhaarigen, behäbigen Inhaberin hinüber, die gelangweilt am Tresen lehnte und mit einem Kreuzworträtsel beschäftigt war. Hoffentlich hatte sie die Bemerkung von Tobias nicht gehört. Ich würde hier auch künftig gern noch einen Kaffee trinken dürfen. Zum Glück schaltete sich jetzt Johannes ein und lenkte die Diskussion wieder in seriöse Bahnen. "In der Tat erscheint es auffällig, dass der erste Mordanschlag erfolgte, als Melissa gerade wieder ihren Mädchennamen angenommen hatte. Wenn also tatsächlich jemand nach ihr gesucht haben sollte, konnte er sie zu dem Zeitpunkt ausfindig machen. Dann tauchte sie für eine Zeit unter und erst als sie erneut sichtbar wurde, kam es zum zweiten Mordanschlag. Ich habe auch ein wenig recherchiert." Er öffnete seinen Laptop und zeigte uns die Webseite von Professor Tietze-Mühlberger, auf der Melissa als seine Schülerin vorgestellt wurde." Er hat übrigens den Eintrag inzwischen gelöscht, aber ich habe die Seite gespeichert."

"Wer intensiv nach ihr gesucht hätte, vor dem wäre sie auch in der Zeit ihres Untertauchens nicht sicher gewesen, schon gar nicht vor der Mafia. Schließlich hatte sie nicht mal ihren Namen geändert."

"Natürlich hast du damit Recht, Iris", beschwichtigte Johannes, "und das ist ja auch keine ernsthafte Hypothese. An erster Stelle der möglichen Motive stehen für mich immer noch Eifersucht und verschmähte Liebe. Deshalb ist es eine gute Idee, die Fotos von Dahrenried noch einmal durchzugehen, auch wenn das viel Aufwand bedeutet. Habgier können wir als Motiv ausschließen ..."

"Wieso eigentlich?", hakte ich nach. "Zwar kenne ich keine Summen, doch Dank der Abfindung ihrer Adoptiveltern soll Melissa eine vermögende Frau sein. Wer ist im Falle ihres Todes eigentlich begünstigt?"

"Die Familie von Werlitz. Es wurde vertraglich gleich so festgelegt, weil Melissa ja keine weiteren Angehörigen hat. Sie kann das natürlich jederzeit ändern, hat es bisher aber nicht getan."

"Dann hätten die von Werlitz ein Motiv. Zum Beispiel die Adoptivmutter, die Melissa nie richtig mochte und sich eventuell das Geld von ihr zurückholen will."

"Das hat man sogar überprüft, aber ohne Ergebnis. Die Familie scheint definitiv nichts damit tun zu haben. Da wir insgesamt so wenig Anhaltspunkte haben, ist es vielleicht nicht verkehrt, sich die Familiengeschichte von Melissa mal ein bisschen genauer anzusehen. Alles, was Tobias bisher gesagt hat, war ja rein hypothetisch. Es wäre schon interessant zu wissen, wie die Eltern ums Leben gekommen sind und ob noch weitere Verwandte existieren. Durch die Auflösung einer Adoption werden die ursprünglichen Rechtsverhältnisse wieder hergestellt.

Dadurch kann es bei einigen Personen, die wir noch gar nicht kennen, eine ganz neue Interessenlage geben."

Wenn Johannes das so sagte, klang es plötzlich vernünftig und nicht mehr nur nach jungen Männern, die zu viel Zeit mit Computerspielen verbrachten. Ich würde mit Tobias nach Gröbeneck fahren und versuchen, etwas herauszufinden. Mein Interesse war geweckt.

37.

Ruth schaute mich nachdenklich an. "Du solltest dich nicht zu sehr vereinnahmen lassen, Iris", sagte sie. "Ermittelnde Pfarrer, Gerichtsmediziner und Psychologen mögen sich zwar im Krimi recht gut machen, doch in der Realität haben sie nichts zu suchen. Du bist Melissas Therapeutin, das genügt. Um die Ermittlungen kümmert sich Gernot Schlüter, er macht seinen Job gut. Außerdem hat Melissa ja schon zwei tapfere Ritter zur Seite, die für ihre angebliche Unschuld unerschrocken in die Schranken reiten."

Etwas an Ruths Tonfall ließ mich aufhorchen. "Du hast also Zweifel an Melissas Unschuld?"

"Wie sollte ich die angesichts der Fakten nicht haben?"

"Du meinst wegen der Häufung von Zufällen, wodurch gleich zweimal eine unbeteiligte Person ums Leben kam?"

"Das ist gar nicht mal der springende Punkt. Wer auf einem gut besuchten Sportfest eine Getränkeflasche präpariert, der muss damit rechnen, dass sie an andere Personen weitergereicht wird. So riesig war der Zufall also in diesem Falle nicht. Beim zweiten Versuch konnte der Täter sicher sein, dass Melissa allein zu Hause war. Er hatte beobachtet, wie sie Glas und Karaffe für sich bereitstellte. Dass dann plötzlich eine unangemeldete Besucherin auftauchte, die zuerst aus dem Glas trank, ist wirklich ein großer Zufall, aber kein völlig unwahrscheinlicher. So etwas passiert schon. Was mich tatsächlich an der Sache stört, ist etwas ganz anderes: Es ist das offensichtlich in beiden Fällen gleiche Motiv. In den Wengers hatte Melissa endlich eine Ersatzfamilie gefunden. Sie fühlte sich angenommen, durfte sogar regelmäßig mit in den Urlaub fahren, in ihr Traumland Italien, das sie an die glücklichen Urlaubstage mit ihren Eltern erinnerte. Auf einmal, aus einer Laune heraus, wurde ihr all das wieder genommen. Sie hatte nicht einmal mit der Freundin gestritten, sie hatte im Gegenteil immer versucht, ihr alles recht zu machen, und dann wurde sie abgelegt, wie ein alter Pantoffel. Nur weil die Freundin sie als Konkurrentin zu fürchten begann. So etwas tut schon weh. Melissa weinte nicht, sie zürnte nicht mit der Freundin, sie verhielt sich nach außen hin wie immer. Doch wie mag es tief in ihr drin ausgesehen haben? Du hast sie mir als einen Menschen beschrieben, der seine Gefühle nicht zeigt, vor allem die aggressiven nicht. Aber irgendwo müssen sie sich entladen."

Mit Unbehagen erinnerte ich mich an das Portrait, das Melissa kurz vor Julias Tod von ihr gemalt hatte. Julia trug darauf eine Aster im Haar, die Blume der Verräter. So hatte mir Melissa jedenfalls auf dem Friedhof am Grab ihrer Eltern die Bedeutung dieser Blume erklärt.

"Nach der großen Enttäuschung zog sich Melissa für lange Zeit von allen Menschen zurück", fuhr Ruth fort. "Bis sie hier mit Professor Tietze-Mühlberger zusammentraf. Zu ihm hatte sie schon durch die gemeinsame Liebe zur Malerei von Anfang an einen besonderen Draht. Er schätzte sie seinerseits, förderte sie und so kam eins zum anderen. Vielleicht war sie nicht gerade leidenschaftlich in ihn verliebt, doch sie war auf jeden Fall von ihm abhängig. Nun wollte er auch noch mit ihr nach Florenz fahren, in die Stadt ihrer Träume. Als sie gerade besonders glücklich war, wiederholte sich ihr Trauma. Mit ein paar dürren Worten nahm man ihr alles weg. Wir wissen natürlich nicht, was Frau Tietze-Mühlberger zu Melissa gesagt haben könnte, doch ihre Freundinnen haben glaubhaft versichert, dass sie nicht nur die Reise, sondern das Verhältnis überhaupt unterbinden wollte. Sie durfte sich sehr sicher fühlen, ihr Mann hätte sich im Falle eines Konflikts immer für sie entschieden. Melissa muss sich schrecklich wehrlos gefühlt haben und deshalb griff sie zu ihrer einzigen Waffe."

"Man hat bei der Hausdurchsuchung nichts gefunden", wandte ich ein.

"Sie hat erst nach über einer Stunde den Notarzt gerufen, hatte also ausreichend Zeit, ein kleines Fläschchen verschwinden zu lassen."

Widerstrebend musste ich zugeben, dass Ruths Ausführungen nicht der Logik entbehrten.

"Ich will mir in der Schuldfrage gar kein Urteil anmaßen", sagte ich, "und ich werde bestimmt auch nicht versuchen zu ermitteln. Schließlich habe ich nicht den Ehrgeiz, die Miss Marple der Psychologie zu werden. Mir reicht es wirklich, Melissas Therapeutin zu sein und nur in dieser Funktion werde ich auch nach Gröbeneck fahren. Ich will herausfinden, ob es dort den Turm und das dunkle Haus wirklich gibt und so meinen Erkenntnissen über die Zuverlässigkeit von Erinnerungen unter Hypnose einen weiteren Mosaikstein hinzufügen."

"In Ordnung", sagte Ruth, "ich wollte dich nur davor warnen, Melissa zu nah an dich heranzulassen und sie dann letztendlich zu enttäuschen."

"Ist dir eigentlich bewusst, dass du diese Warnung jetzt schon zum dritten Mal ausgesprochen hast?"

"Dann sollte dir bewusst sein, dass die dritte Warnung immer die entscheidende ist. Man muss sie ernst nehmen, denn danach erfolgt in der Regel keine weitere."

Ruths Stimme klang überhaupt nicht ironisch, als sie das sagte.

38.

Am darauffolgenden Freitag holte mich Tobias mit einem in die Jahre gekommenen Opel ab. Der Lack wies einige Kratzer auf und die Beifahrertür wurde von einer großen Beule verunziert.

"Mach dir keine Sorgen", sagte Tobias, als er meinen skeptischen Blick bemerkte, "technisch ist er top in Ordnung. Ich benötige ihn ja nur vorübergehend, solange ich hier bin, da wollte ich nicht viel Geld ausgeben."

Tobias ging offenbar tatsächlich von einer schnellen Lösung des Falles aus. Jedenfalls fuhr er umsichtig und nicht zu schnell, so dass ich mich entspannen konnte.

"Du hast einen angenehmen Fahrstil", sagte ich anerkennend. "Ich fühle mich als Beifahrer sonst oft unwohl. Als ich mit Melissa nach Gröbeneck gefahren bin, hatten wir einen sehr netten Taxifahrer, aber sein Tempo h richtig Angst gemacht."

"Und Melissa, hatte sie keine Angst?"

"Jedenfalls nicht vor dem Autofahren, das Tempo hat sie nicht weiter gestört."

"Wenn sie als Kind tatsächlich mit in dem Unfallwagen gesessen hat, müsste sie dann nicht entsprechende Ängste zurückbehalten haben?"

"Nein, muss sie nicht. An den Unfall selbst hat sie keine Erinnerung und sie wird sie auch nicht zurückerlangen. Das ist ein normaler Schutzmechanismus. Der Bodyguard von Lady Di kann sich ja auch nicht an den Unfall erinnern. Übrigens auch ein sehr schöner Stoff für Verschwörungstheorien."

Tobias grinste mich von der Seite an. "Damit bin ich dir echt auf den Senkel gegangen, oder? Aber ich bin kein so abgefahrener Spinner, wie du vielleicht annimmst. Wenn man in der Sackgasse steckt, muss man völlig neue Denkmuster probieren, auch unkonventionelle. Das machen wir immer so, wenn wir unsere Computerspiele entwickeln."

"Das ist ja auch nicht schlecht und in der Psychologie durchaus bekannt, man nennt das laterales Denken. So lange man sich darin nicht verliert, finde ich es nützlich."

"Super, dann sind wir auf einer Wellenlänge. Give me five!"

Ich berührte seine rechte Handfläche nur flüchtig mit meiner, doch es fühlte sich an, als hätte ich in eine Steckdose gefasst. Das Kribbeln hielt die ganze Fahrt über an. Wir hatten einen Plan entwickelt. Tobias würde mich zunächst in Gröbeneck absetzen. Dann würde er in die Kreisstadt fahren, wo er sich bei der Regionalzeitung angemeldet hatte, um im Archiv Einsicht in alte Zeitungsjahrgänge zu nehmen. Wenigstens hier sollte doch etwas über den Unfall der Familie Morgenroth zu finden sein.

"Recherchemethoden wie im Mittelalter", schimpfte Tobias. " Ich werde mich in einen Keller hocken und erst die Spinnen verscheuchen müssen."

Ich würde inzwischen schon einmal Erkundigungen nach dem ominösen Turm einholen und danach auf Melissas besonderen Wunsch das Grab der Familie aufsuchen.

"Das mit dem Friedhofsbesuch ist gar nicht schlecht", meinte Tobias. "In diesem kleinen Ort wissen garantiert eine Menge Leute über das Schicksal der Familie Bescheid. Was wir brauchen ist eine nette Omi, der du hilfsbereit die schwere Gießkanne tragen könntest. Dann findest du bestimmt auch die richtigen Worte, um sie zum Reden zu bewegen. "

Ich ließ mich von ihm im Ortszentrum absetzen und nahm Kurs auf den Souvenirladen, den ich bereits mit Melissa aufgesucht hatte. Hier würde ich sicher Auskunft erhalten. Pro forma erwarb ich ein paar Ansichtskarten und fragte dann beiläufig, ob es hier im Ort einen Turm geben würde. Bekannte hätten ihn erwähnt, ohne die Lage genauer zu bezeichnen.

"Da kann nur der Hexenturm gemeint sein", sagte die Ladeninhaberin, "der liegt allerdings nicht direkt im Ort, sondern kurz davor. Dicht ran kommen sie aber nicht, er befindet sich auf einem Privatgrundstück."

"Der Hexenturm? Das klingt nach einer interessanten Geschichte oder Sage. Gibt es die zu diesem Turm?"

"Und ob", lachte die Frau. "Im Mittelalter gab es mal die Burg Gröbeneck, zu der hat der Turm ursprünglich gehört. In der Burg wurden Gerichtsprozesse abgehalten, vor allem Hexenprozesse. Die Hexen sperrte man bis zu ihrer Verurteilung und Hinrichtung in den Turm, daher der Name. Da waren viele arme, unschuldige Frauen betroffen, aber eine soll wirklich böse gewesen sein. Sie hatte an die zwanzig Menschen umgebracht, allerdings nicht durch Hexerei, sondern durch Gift. Am Tag vor ihrer geplanten Hinrichtung war sie aus dem Turm verschwunden, obwohl ein Entkommen daraus völlig unmöglich war. Da hieß es, der Teufel persönlich hätte sie befreit. Sie soll dann noch das Geschlecht derer von Gröbeneck verflucht haben, das tatsächlich bald danach ausstarb. Die Burg verfiel, die letzten Reste davon wurden im Krieg zerstört und die Leute schleppten die Steine für ihre Vorgärten weg. Nur der Turm blieb eigenartigerweise immer unversehrt. Heute gehört er zu einem Privatgrundstück und der Besitzer hat einen sehr stabilen Zaun darum herum errichten lassen. Das kann ich ihm nicht verdenken, denn eine Zeitlang kamen ständig irgendwelche Spinner zu dem Turm, die da den Teufel anbeten wollten. Sie haben allen möglichen Unrat hinterlassen und als eines Tages eine tote Katze da lag, wurde es dem Grundstücksbesitzer zu bunt. Jetzt hat er den Zaun und zwei sehr scharfe Hunde."

Ich bedankte mich für die ausführliche Auskunft und ließ mir noch beschreiben, wo genau der Turm sich befand. Dann machte ich mich auf den Weg zum Friedhof.

Auf dem Grab von Melissas Familie waren die Alpenrosen inzwischen verblüht, doch sie waren offenbar gut angewachsen und hatten bereits viele neue Blätter getrieben. Bestimmt würden sie von nun an in jedem Frühjahr in voller Blüte stehen. Was mich jedoch stutzen ließ, war eine langstielige, dunkelrote Rose, die mitten auf der schwarzen Granitplatte lag. Sie wirkte ganz frisch und konnte demnach erst gestern oder heute früh hier abgelegt worden sein. Wer immer das getan hatte, er musste eine Beziehung zu dem Grab und der Familie haben. Suchend schaute ich mich um. Jetzt benötigte ich die redselige Oma mit der Gießkanne wirklich dringend, doch ich konnte niemanden erblicken. Also schlenderte ich langsam über die schattigen Wege, in der Hoffnung auf eine aussichtsreiche Begegnung. Zwei Mädchen kamen mir Arm in Arm entgegen, ich schätzte sie nicht älter als 13 Jahre. Beide trugen sie Netzstrumpfhosen und kurze Stiefel zu hautengen Pants. Im Vorübergehen streiften sie mich mit einem neugierigen Blick aus katzenhaft geschminkten Augen. Die beiden würden mir garantiert nicht weiterhelfen können!

Leider verlief mein Rundgang über den Friedhof ergebnislos und ich bog wieder auf den Hauptweg ein. Da sah ich die beiden Mädchen am Grab von Melissas Familie stehen und lebhaft miteinander tuscheln und kichern. Dann stimmte die eine "my heart will go on" an, worauf sie sich förmlich vor Lachen bogen. Ich musste daran denken, wie Melissa in Tränen aufgelöst vor diesem Grab gestanden hatte und war über das kindische, pietätlose

Verhalten der Mädchen verärgert. Aber eine Ahnung hielt mich davon ab, sie einfach zurechtzuweisen. Stattdessen blieb ich stehen, warf erst einen Blick auf die Rose, dann auf die Mädchen und sagte: "Romantisch, nicht wahr?"

Die eine sah mich misstrauisch an, doch ihre Freundin prustete sofort wieder los. An sie wandte ich mich nun. "Hast du eine Ahnung, wer die Rose da hingelegt haben könnte?", fragte ich.

"Mehr als eine Ahnung, das weiß ich genau. Das kann nur die Gehrke gewesen sein."

"Aha, gehört sie zu der Familie, ich meine, ist sie mit ihnen verwandt?"

"Nee", lachte das Mädchen, "wäre sie aber gern gewesen, jedenfalls mit ihm. Sie war doch in ihn verliebt und wird ewig um ihn trauern."

"Quatsch", wies die Freundin sie zurecht, "sie verehrt ihn nur als Künstler."

"Das ist ja interessant", sagte ich, "und wer ist Frau Gehrke?"

"Unsere Lehrerin für Deutsch und Kunsterziehung. Sie verraten der doch nicht, was ich Ihnen erzählt habe?"

"Sehe ich so aus als würde ich was verraten? Aber woher weißt du so gut Bescheid?"

Das Mädchen winkte ab. "Das weiß hier jeder. In Kunst nervt uns die Gehrke ständig mit dem Adrian Morgenroth, was für ein genialer Maler der war. Wäre er nicht so jung gestorben, wäre er so berühmt wie Rembrandt geworden. Mindestens!"

Nun musste ich die Mädchen nur noch davon überzeugen, dass ich mich ebenfalls für Malerei und Adrian Morgenroth interessierte, was mir ziemlich gut gelang. Sie erklärten mir, in welcher Schule ich Frau Gehrke finden würde. Ich beschloss die Schule aufzusuchen und in der großen Pause nach Frau Gehrke zu fragen. Bis dahin war jedoch noch über eine Stunde Zeit und so langsam bekam ich auch Hunger. Aus einer Bäckerei stieg mir der verführerische Duft frischer Brötchen in die Nase. Durch das Schaufenster sah ich, dass es im Inneren ein paar Tische gab und offenbar auch Kaffee angeboten wurde. Damit stand mein Entschluss fest, hier mein zweites Frühstück einzunehmen. Von den vier kleinen Tischen der Bäckerei war nur einer in der Ecke besetzt, dort hatte sich eine alte Dame niedergelassen. Sie trug eine blaue Strickjacke und hatte ihr graues Haar zu einem Dutt hochgesteckt. Ich wählte einen Tisch direkt am Fenster. Eine dralle, junge Frau in weißer Schürze trat an den Tisch der alten Dame, hier wurde anscheinend bedient. Plötzlich hob sie verärgert die Stimme: "Du weißt doch genau, was die Windbeutel bei uns kosten, dein Geld reicht nicht einmal für einen halben. Billiger werde ich ihn dir nicht geben, ich betreibe schließlich ein Geschäft und keine soziale Einrichtung. Ein Stück Streuselkuchen von gestern könntest du noch bekommen." Die Antwort der gedemütigten alten Frau verstand ich nicht, nur die Bäckerin sagte laut und schnippisch: "Dann also nur Kaffee!", und kam herüber an meinen Tisch.

"Ich hätte gern einen Kaffee und ein Croissant", sagte ich, "und für die Dame da drüben bitte einen Windbeutel." Sie sah mich erstaunt an, sagte aber nichts weiter und brachte das Bestellte ziemlich prompt. Die alte Dame konnte es zunächst gar nicht glauben. Sie kam an meinen Tisch und bedankte sich so überschwänglich, dass ich schon fürchtete, sie würde gleich in Tränen ausbrechen. "Darf ich mich zu Ihnen setzen?", fragte sie dann und ich half ihr, ihre Sachen zu meinem Tisch hinüber zu tragen.

"Wissen Sie, alt zu sein und kein Geld zu haben, das ist heutzutage fast ein Verbrechen. Früher, als ich noch die Post ausgetragen habe, da hat mich hier jeder gekannt und gegrüßt. Die Postelse hat man mich genannt. Heute wollen mich einige nicht mehr kennen, besonders die nicht, die es ein bisschen zu was gebracht haben und sich nun mächtig was darauf einbilden." Sie schoss einen giftigen Blick zu der jungen Bäckerin hinüber, die daraufhin in den rückwärtigen Räumen verschwand.

Plötzlich stutzte ich. Draußen ging eine Frau vorbei, die mir sehr bekannt vorkam. Jetzt betrat sie tatsächlich die Bäckerei, schaute sich aber zum Glück nicht um. Die Bäckerin kam beflissen nach vorn geeilt und überreichte ihr mit einem "Ihre Brötchen, Frau Brückner", einen prall gefüllten Beutel. Sie nickte nur huldvoll und war auch schon wieder draußen, während ihr die Bäckerin "Einen schönen Tag noch, Frau Brückner" hinterherrief. Zum Glück hatte sie mich nicht bemerkt, denn diese Frau war tatsächlich meine Frau Niemand gewesen, die Patientin mit dem Hang zur Konspiration. Sie hatte mir über ihr schweres Leben, die böse Schwiegermutter und den verräterischen Ehemann berichtet, der sie wegen einer Kurbekanntschaft verlassen wollte. Leider hatte sie sich nie wieder gemeldet und nun traf ich sie ausgerechnet hier, in einem kleinen, gut 300 km entfernten Ort. Konnte das ein Zufall sein? Meine Tischgefährtin riss mich aus meinen Gedanken. "Kennen Sie die Frau?", fragte sie.

"Nein, nein", beeilte ich mich zu versichern, sie hat mich nur an jemanden erinnert."

"Dafür kenne ich sie umso besser. Sie ist auch eine von denen, die jetzt die Nase hoch tragen und nichts mehr von mir wissen wollen. Dabei war sie früher oft sehr dankbar, mich zu treffen, als sie noch Edeltraut Niemann hieß und draußen bei ihrem tyrannischen Vater auf der Klitsche lebte. Die hatten es nicht leicht mit ihm, seine Frau und seine beiden Töchter. Die Edeltraut, als die Kleinste, hat wohl am meisten gelitten. Hatte immer nur alte, abgetragenen Klamotten an, musste auftragen, was die Große, die Gerda ablegte. Ganz sauber waren die Sachen oft auch nicht, die hatten auf ihrem Hof ja nicht mal fließendes warmes Wasser. In der Schule haben die Kinder die Edeltraut deshalb gehänselt, *Trautchen Niemand* haben sie sie gerufen. Kinder können ja so gemein sein. Manchmal haben sie die Edeltraut sogar geschubst und geschlagen, aber da bin ich dann dazwischen gegangen, vor mir hatten sie Respekt. Ich habe sogar oft meine Tour geändert, um die Kleine sicher nach Hause zu bringen. Bis sie dann einen anderen Beschützer gefunden hat. Der Dieter Brückner war schon immer ein feiner Junge, nur so furchtbar schüchtern. Damals gehörten der Brennstoffhandel und die Spedition noch seinen Eltern. Zu der Zeit haben sie auch noch Kohlen verkauft, damit heizten ja hier einige Leute noch, die Niemanns auf ihrem Bauernhof sowieso. Aber die hatten nie genug Geld, um richtig Kohlen für den Winter zu bunkern, darum musste die Kleine sie immer wieder mit dem Handwagen ranholen. Als der Dieter mitkriegte, wie die anderen Kinder sie unterwegs ärgerten, da hat er ihr den Handwagen nach

Hause gezogen, dafür war er sich nicht zu schade. Dabei hatten seine Eltern richtig viel Geld. Dass dann aus ihm und der Edeltraut tatsächlich ein Paar wurde, darüber haben die Leute schon geredet, das passte irgendwie nicht zusammen. Und die Frau Brückner, also die Mutter von dem Dieter, die wollte das mit der Edeltraut auf gar keinen Fall. Als die Kleine mit gerade mal 16 schwanger wurde, da hat ihre Familie sie auf dem Hof versteckt und später allen erzählt, die Anne wäre das Kind von Gerda. Aber mir konnten sie nichts vormachen, ich habe schließlich immer die Post zu ihnen raus gebracht und genau gesehen, dass die Edeltraut mit dem dicken Bauch rumgelaufen ist und nicht die Gerda. Als dann Edeltraut zwei Jahre später doch den Dieter geheiratet und die Zwillinge bekommen hat, da blieb die Anne trotzdem bei der Gerda auf dem Hof. Sie hatte es dort genauso schlecht wie früher die Edeltraut. Der Alte wurde immer schlimmer, seine Frau war inzwischen gestorben und die Gerda musste kuschen. Um das Kind hat sich keiner richtig gekümmert. Als dann der Alte endlich starb, kam das für die Gerda zu spät, sie hat ihn nur um ein halbes Jahr überlebt. Und da musste die Edeltraut die Anne, die inzwischen schon 10 war, bei sich aufnehmen. Aber denken Sie, sie hat sie als Tochter anerkannt? Sie hat sie weiter als ihre Nichte ausgegeben, obwohl die Spatzen die Wahrheit inzwischen von allen Dächern gepfiffen haben. So etwas bleibt doch nicht geheim! Die Anne ist nie richtig in die Familie aufgenommen worden, hat immer außerhalb gestanden. Ihre beiden Schwestern, die Zwillinge, haben das ausgenutzt und sie nur schikaniert. Wie kann eine Mutter nur so etwas zulassen? Schließlich hatte doch die Edeltraut als Kind selbst erfahren, wie weh es tut, so abgelehnt zu werden und dann tut sie es der eigenen Tochter an. Es hat dann auch ein schlimmes Ende genommen mit der Anne."

Die Postelse beugte sich zu mir herüber und senkte ihre Stimme zu einem verschwörerischen Flüstern: "Verrückt geworden ist sie, völlig durchgedreht. Sie ist durch den Ort gelaufen und wollte, dass man sie versteckt, weil jemand sie sonst umbringen würde. Dann ist sie in die Klappsmühle gekommen und keiner weiß, was aus ihr geworden ist. Man hat sie jedenfalls nie wieder gesehen. Nach ihr zu fragen traut sich keiner, die Brückners sind doch wer hier im Ort, die haben das Geld und das Sagen."

"Aber", fuhr sie im normalen Tonfall fort, "Geld ist auch nicht immer alles, es hat der Brückner kein Glück gebracht. Mit ihren anderen beiden Töchtern wollte sie groß rauskommen und aus denen ist überhaupt nichts Gescheites geworden. Die eine ist geschieden und hat drei Kinder von drei unterschiedlichen Männern. Mit der anderen ist es nicht besser, die hat einen von den Kraftfahrern aus dem Betrieb geheiratet, einen ziemlich üblen Kerl. Früher war der mal kriminell, aber ich glaube ehrlich gesagt, dass er es heute immer noch ist."

Plötzlich stand wie aus dem Boden gestampft die Bäckerin neben uns am Tisch. "Es geht nicht, dass du mit deinem Gewäsch die Kunden belästigst", sagte sie in zornigem Ton zu der alten Dame. Die wirkte erschrocken wie ein gescholtenes Kind, doch ich nahm sie sofort in Schutz.

"Die Dame hat mich nicht im Geringsten belästigt, wir haben uns nett unterhalten", sagte ich. Doch die Frau war bereits aufgestanden. "Ich muss los, meine Tiere warten", meinte sie. "Wenn ich Ihnen einen Rat geben darf, halten sie sich an die Tiere, die werden sie nie enttäuschen. Und noch einmal vielen Dank für die liebe Einladung." Damit war sie auch schon zur Tür hinaus. Ich zahlte und gab sogar ein großzügiges Trinkgeld. Wegen der Unfreundlichkeit der Bedienung hätte ich es am liebsten ganz unterlassen, doch mein Gefühl sagte mir, dass ich vielleicht noch einmal hierher zurückkehren würde. Als ich auf die Straße trat, war von der Postelse leider keine Spur mehr zu sehen.

Den Weg zu der Schule, in der ich Frau Gehrke zu treffen hoffte, trat ich tief in Gedanken versunken an. Da lebte meine Frau Niemand, die in Wirklichkeit Brückner hieß, also im gleichen Ort, aus dem Melissa stammte. Auch hatten sich in ihrem Leben offenbar mehr Dramen abgespielt, als sie in unserem Gespräch erwähnt hatte. Ihr erstes Kind hatte sie jedenfalls nicht wie behauptet abgetrieben, sondern verleugnet und ausgegrenzt. Vielleicht hätte sie mir ja später davon erzählt, wenn es wirklich zu einer Therapie gekommen wäre. Die meisten Patienten geben solche Wahrheiten nur nach und nach preis, in dem Maße, wie sie Vertrauen fassen. Doch was hatte Frau Brückner den weiten Weg von Gröbeneck bis in unsere Praxis geführt? Bei aller Abneigung gegen Verschwörungstheorien konnte ich nicht an einen Zufall glauben. Eine schlüssige Erklärung hatte ich allerdings ebenfalls nicht.

Ich erreichte die Schule pünktlich zu Beginn der großen Pause. Das Glück war auf meiner Seite, die erste Lehrerin, die ich ansprach, entpuppte sich als die gesuchte Frau Gehrke. Wenn ich mir eine verbitterte, ältliche Jungfer vorgestellt hatte, so wurde ich angenehm überrascht. Frau Gehrke war eine große, gutaussehende Frau, modisch gekleidet und mit flottem Kurzhaarschnitt. Sie trug auch einen Ehering. Ich hatte mir eine Geschichte ausgedacht, die ich ihr nun vortrug. "Ich interessiere mich für Sagen aus dem Harz", sagte ich, "eventuell will ich ein kleines

Buch darüber zusammenstellen." Frau Gehrke nickte mir anerkennend zu, mit meiner Legende hatte ich ihr Interesse geweckt und mir ihr Wohlwollen erworben.

"Der Hexenturm hat mich nach Gröbeck geführt", fuhr ich fort. "Und da erwähnte eine Bekannte, dass sie einmal einen Maler kannte, der aus diesem Ort stammt, einen Adrian Morgenroth. Er sei leider schon verstorben. Ich habe heute sein Grab besucht, aber ich interessiere mich natürlich vor allem für seine Bilder. Kann man sie irgendwo noch besichtigen?"

"Leider nicht." Frau Gehrke äußerte es im Tonfall tiefer Betroffenheit. "Sein gesamter künstlerischer Nachlass ist einem schrecklichen Brand zum Opfer gefallen. Es war ein bedeutendes Werk, das er geschaffen hatte. Er stand kurz vor seiner ersten großen Ausstellung, sie hätte ihn garantiert bekannt gemacht. Er hatte wie besessen dafür gearbeitet und nicht auf sich Acht gegeben, sonst würde er noch leben."

"Woran ist er gestorben?"

Ihre Ausführungen boten eine ideale Chance, diese Frage anzubringen.

"An einem Blinddarmdurchbruch, es hätte wirklich nicht sein müssen. Aber erst hat er nicht auf die Schmerzen geachtet, und dann war es zu spät."

"Das ist wirklich tragisch. Seine Frau und sein Sohn sind doch nur eine Woche danach gestorben, wie konnte das denn geschehen?"

Das Gesicht von Frau Gehrke nahm plötzlich einen abweisenden Ausdruck an. "Das war eine schreckliche Tragödie, an die man nicht weiter rühren sollte, schon aus Respekt vor den Toten."

"Selbstverständlich", stimmte ich sofort zu. "Man soll die Toten ruhen lassen. Von Interesse ist nur das Werk, das sie hinterlassen. Ist wirklich nichts geblieben, kein einziges Bild?"

"Nun ja, kein Bedeutendes. Aber es gibt ein paar ganz frühe Arbeiten von Adrian, die können Sie in unserem Heimatstübchen besichtigen. Das ist allerdings nur mittwochs und freitags geöffnet. In den nächsten vier Wochen bleibt es ganz geschlossen, die Dame, die es ehrenamtlich leitet, hält sich bei ihrer Tochter auf, die gerade ihr erstes Kind zur Welt gebracht hat."

Nun wusste ich, dass ich auf jeden Fall wiederkommen würde. Ich war jetzt wirklich neugierig auf die Bilder von Adrian Morgenroth und vielleicht war die Leiterin des kleinen Heimatmuseums sogar gesprächiger als Frau Gehrke. Einen vorsichtigen Vorstoß wagte ich dann doch noch. "War die Frau Morgenroth eigentlich auch Künstlerin?"

Auf diese Frage ging Frau Gehrke bereitwillig ein. "Sie war Pianistin und ein sogenanntes Wunderkind. Mit knapp 10 Jahren hat sie Konzertsäle gefüllt, als sie 20 war, hatte man kein Interesse mehr an ihr, was das typische Los der meisten Wunderkinder ist. Sogar ein Mozart musste das schließlich erfahren. Den Menschen geht es nicht um die Kunst, sondern um die Sensation, um das Außergewöhnliche. Kinder kommen besser an als Erwachsene, mögen die auch noch so begabt sein. Frau

Morgenroth hat nur noch Klavierstunden geben können, aber verkraftet hat sie diesen Abstieg wohl nie, sie soll depressiv gewesen sein. Aber", fügte sie schnell hinzu, "auch das sollte heute keine Rolle mehr spielen."

Ich war mit dieser Auskunft hochzufrieden. Wieder hatte sich ein Mosaikstein aus Melissas Erinnerungen als echt herausgestellt. Die Mutter hatte vermutlich manches Mal tatsächlich geweint, wenn sie auf dem Flügel gespielt hatte. Melissas Ambivalenz gegenüber klassischer Musik lag in dieser Erfahrung begründet. Ich dankte Frau Gehrke herzlich für das Gespräch und machte mich beschwingt auf den Weg. Das Timing hätte perfekter nicht sein können. Kaum hatte ich die Schule verlassen, erreichte mich der Anruf von Tobias. "Meine Mission ist abgeschlossen, ich bin schon am Ortseingang von Gröbeneck. Wo darf ich dich auflesen?"

Fünf Minuten später stieg ich zu ihm ins Auto. Tobias war ziemlich unzufrieden mit dem Erfolg seiner Recherche. "Alles wie schon gehabt", sagte er. "Kein Hinweis auf einen Unfall, nicht die kleinste Notiz. Das ist doch nicht normal. Übrigens auch keine Todesanzeige von Seiten der Familie. Lediglich ein Kulturverein bedauert in einer Annonce das plötzliche und viel zu frühe Ableben von Adrian Morgenroth. Auf den Tod von Frau und Sohn nur ein paar Tage später gibt es überhaupt keinen Hinweis."

Tobias wirkte erregt und ich legte ihm beschwichtigend die Hand auf den Arm. "Dafür habe ich einiges herausfinden können", sagte ich. "Adrian Morgenroth ist eines natürlichen Todes gestorben. Bei seiner Frau und den Kindern scheint es tatsächlich ein tragischer Unfall gewesen zu sein, doch darüber konnte ich nichts Genaueres erfahren. Das mit den Todesanzeigen ist nicht ungewöhnlich. Nicht jede Familie setzt sie in die Zeitung. Viele lassen sie drucken und verschicken sie nur an einen bestimmten Personenkreis. Vermutlich haben die Morgenroths das auch so gehalten."

Tobias hörte aufmerksam zu, als ich ausführlich über mein Gespräch mit Frau Gehrke berichtete. "Hat sie einen glaubwürdigen Eindruck auf dich gemacht?", fragte er.

"Unbedingt. Sie hat Adrian Morgenroth sehr geschätzt und verhält sich der Familie gegenüber loyal, indem sie keinen Klatsch verbreiten will. Das mit dem Heimatmuseum ist ein guter Tipp, den sollten wir aufgreifen."

"Das machen wir auf jeden Fall. Denn der Tod der Angehörigen von Adrian Morgenroth und der Brand des Hauses geben immer noch Rätsel auf. Schade, dass das Heimatstübchen erst in vier Wochen wieder öffnet."

"Vielleicht klärt sich bis dahin ja auf anderem Wege einiges auf. Wenn Melissa dann nicht mehr unter Verdacht stehen sollte, kann sie uns sogar begleiten. Es wäre sicher wichtig für sie, die Bilder ihres Vaters zu sehen."

"Das wäre schön", stimmte Tobias zu.

Die Begegnung mit Frau Niemand-Brückner erwähnte ich mit keinem Wort. Schließlich war sie meine Patientin gewesen und das verpflichtete mich zur Verschwiegenheit.

Wir machten uns dann auf den Weg zum Hexenturm. Gut zweihundert Meter hinter dem Ortsausgang ragte er massiv und unübersehbar in die Landschaft. Auf einem

Feldweg parkten wir das Auto und als wir ausgestiegen waren, griff Tobias nach meiner Hand. "Wir sollten wie ein harmloses Touristenpaar wirken und nicht wie zwei Detektive auf geheimer Mission", begründete er seine Initiative. Es fühlte sich trotzdem gut an. Wir konnten uns dem Turm bis auf etwa 50 Meter nähern, dann versperrte ein stabiler Zaun den Weg. Aufgeregtes Bellen ertönte, gleich darauf sprangen zwei kräftige Schäferhunde am Zaun hoch und fletschten bedrohlich die Zähne. Wir wichen zurück, bis die Hunde die Distanz als angemessen betrachteten und Ruhe gaben. Dann ließen wir uns im Gras nieder und gaben uns der Betrachtung des Turmes hin.

"Glaubst du, dass wir den richtigen Turm gefunden haben?", fragte ich Tobias.

"Ich nehme es stark an, einen anderen gibt es nämlich nicht. Früher gab es hier in der Nähe noch zwei Warten, das waren Wachtürme auf exponierten Geländepunkten vor der Stadt, sie sind aber nicht mehr erhalten. Du siehst, ich habe mich auch ein wenig kundig gemacht."

Der Turm war ein massiger Rundbau ohne Fenster, er wies nur ganz schmale, wie Schießscharten wirkende Öffnungen auf. Aus diesem Gebäude schien jedes Entkommen unmöglich. Tobias schien meine Überlegungen zu teilen. "Da muss der Teufel die Frau wohl in eine Fledermaus verwandelt haben", mutmaßte er. "Aber viel wahrscheinlicher hat ihr ein Komplize ganz profan die Tür geöffnet. Nur ergäbe das keinen so guten Stoff für eine Sage."

Ich fragte mich, was Melissa an diesem Turm so erschreckt haben könnte. War sie vielleicht Zeugin eines der satanischen Rituale geworden, die hier stattgefunden hatten?

Hinter dem Zaun tauchte ein Mann auf und schaute zu Tobias und mir herüber. Tobias legte den Arm um mich, ließ sich nach hinten ins Gras fallen und zog mich mit sich. Mein Kopf lag auf seiner Brust, ich spürte seine Wärme und nahm seinen Geruch wahr. Marko hatte stets so intensiv nach einem exklusiven Herrenparfüm gerochen, als hätte er sich stundenlang darin gewälzt. Ich war regelrecht allergisch gegen diesen Duft. Tobias roch nur ganz leicht nach Rasierwasser, vor allem aber nach Sommer, frischem Gras und nach Schweiß. Ich fand seinen Geruch wunderbar. Wenn man den natürlichen Duft eines anderen Menschen mag, dann stimmt die Chemie, das ist eine Wahrheit, die man nicht unterschätzen sollte. Doch im Moment waren mir alle Weisheiten dieser Welt egal, ich fühlte mich einfach nur so wohl wie lange nicht.

Nachdem der Mann hinter dem Zaun sich davon überzeugt hatte, dass es sich bei uns um ein harmloses Liebespärchen handelte, verschwand er wieder. Tobias fotografierte den Turm so gut es ging von allen Seiten, und dann begaben wir uns zurück zum Auto. Zwei Ortschaften weiter machten wir Station in einer sehr romantischen Gaststätte, die sich in einer alten Mühle befand. Es war schon spät am Nachmittag, als wir uns auf den Heimweg begaben. Tobias fuhr wieder angenehm ruhig und langsam, trotzdem kam mir die Fahrt viel zu kurz vor.

Noch am gleichen Abend gab ich *Gröbeneck* und *Spedition Brückner* in den Computer ein. Prompt landete ich auf einer entsprechenden Website und erfuhr, dass es sich bei Brennstoffhandel und Spedition Brückner um ein Familienunternehmen mit fast hundertjähriger Tradition handelte. Es gab Fotos von Lastwagen auf einem Hof und auch ein Bild, das die Familie in einem Büro zeigte. Frau Brückner saß am Schreibtisch, hinter ihr stand ihr Mann und rechts und links von ihm die beiden Töchter. Der Gesichtsausdruck von Frau Brückner wirkte mürrisch, die beiden jungen Frauen sahen ihr auffallend ähnlich. Herr Brückner war ein recht gutaussehender Mann mit dichtem, grau meliertem Haar. Ich konnte mir durchaus vorstellen, dass auch andere Frauen Gefallen an ihm fanden.

Was jedoch Frau Brückner nach Berlin und in unsere Praxis getrieben hatte, blieb mir ein Rätsel. Natürlich gab es Patienten, die noch viel weitere Fahrten auf sich nahmen, nur um sich von Ruth behandeln zu lassen. Mein Ruhm würde jedoch noch niemanden zu einem derartigen Aufwand veranlassen und es schien sehr fraglich, ob er jemals dazu ausreichen würde. Vielleicht hatte Frau Brückner ja geschäftlich hier in der Gegend zu tun gehabt, vielleicht hatte sie hier Verwandte, vielleicht gab es für ihr Auftauchen eine ganz harmlose und plausible Erklärung.

39.

Als ich am nächsten Morgen das Haus verließ, warf ich gewohnheitsmäßig einen Blick in den Briefkasten. Darin lag ein unordentlich gefalteter Zettel, auf dem mein Name stand. Im Gehen entfaltete ich ihn. Er enthielt eine in wackligen Druckbuchstaben verfasste Botschaft und eine ungelenke Zeichnung. Im ersten Moment glaubte ich, eine Kritzelei von Kindern vor mir zu haben. Aber was da in fehlerhaftem Deutsch geschrieben stand, hatte durchaus mit mir zu tun:

LAS MELISA IN RUHE SONST WIRD SIE DICH TÖDEN!!!

Darunter ein fratzenhaftes Gesicht, um das sich anstelle von Haaren Schlangen ringelten. Ich steckte den Zettel ein und zeigte ihn in der Praxis Ruth. Sie musterte die primitive Zeichnung eingehend. "Das Haupt der Medusa", sagte sie dann. "Die Dame weckt klassische Assoziationen."

"Also nach klassischer Bildung sieht mir das Geschreibsel aber nicht aus", meinte ich. "Eher nach einer ausgewachsenen Legasthenie."

"Der Schreiber dieser Zeilen kann sich auch verstellt haben, damit er nicht erraten wird."

"So oder so, ich kann nichts damit anfangen."

"Wir sollten es trotzdem Gernot übergeben", sagte Ruth, "er interessiert sich prinzipiell für alles, was irgendeinen Bezug zum Fall aufweist. Jetzt erzähle erst einmal, was eure Exkursion nach Gröbeneck ergeben hat."

Ich erzählte Ruth alles, was ich über Melissas Familie erfahren hatte, sie kam zu den gleichen Schlussfolgerungen wie ich. "Vermutlich war es tatsächlich so, dass nach dem unerwarteten Tod ihres Mannes die Mutter mit den Kindern verunglückte. Sie wird in schlechter Verfassung gewesen sein, das kann den Unfall begünstigt haben. Aber", unterbrach sich Ruth, "gibt es denn in Melissas Krankenakten keinen Hinweis darauf? Du hast doch seinerzeit alles angefordert."

"Es waren nur aktuelle Berichte über ihren kurz zurückliegenden Klinikaufenthalt. Darin gab es keinen Hinweis auf einen früheren Unfall oder irgendwelche Verletzungen. Allerdings hat mir Melissa erzählt, dass sie damals von einem Krankenhaus aus ins Waisenhaus gekommen sei."

Ruth dachte kurz nach. "Das ist jetzt 14 Jahre her. Krankenhäuser haben die Pflicht, Akten 10 Jahre lang aufzubewahren. Nicht in jedem Falle werden Unterlagen sofort nach Ablauf dieser Frist vernichtet. Theoretisch könnte also noch etwas zu dem Fall zu finden sein. Ein Problem besteht darin, nicht zu wissen, an welche Klinik wir uns wenden müssen. Der Unfall muss sich ja nicht zwangsläufig in der Umgebung von Gröbeneck ereignet haben. Da man die Verletzten sicher in das nächstgelegene Krankenhaus eingeliefert hat, kann das überall gewesen sein."

Trotz dieser Einschränkung fand ich Ruths Hinweis sehr nützlich. Wieso war ich nicht schon eher darauf gekommen? Gleich nachher würde ich die Gröbeneck am nächsten gelegenen Kliniken anschreiben, den Versuch war es auf jeden Fall wert.

Wir sprachen dann auch noch über den Hexenturm und seine mögliche Verbindung zu Melissas Ängsten. "Sie muss nicht einmal etwas mit eigenen Augen gesehen haben", meinte Ruth. "Eine gruselige Erzählung über Geschehnisse an diesem Turm kann ihre kindliche Fantasie angeregt und ihr einen gehörigen Schrecken eingejagt haben. Unser Gedächtnis unterscheidet unter Hypnose bekanntlich nicht klar zwischen selbst Erlebtem und anderweitig Erfahrenem. Das macht ja die Einschätzung solcher Aussagen so schwierig."

Ich stimmte ihr zwar prinzipiell zu, vermutete in diesem Falle aber doch, dass mehr dahinterstecken musste. Melissas bisherige Erinnerungen hatten sich als bemerkenswert präzise erwiesen. Ihre Reaktion auf die Vision des Turmes hatte an Heftigkeit alles Bisherige deutlich übertroffen. Ich war gespannt, wie sie auf die Fotos, die Tobias vom Turm gemacht hatte, reagieren würde.

Wir trafen uns am Nachmittag bei mir in der Praxis. Ich berichtete Melissa zunächst über die positiven Aspekte unseres Besuchs in Gröbeneck, hob hervor, dass ihr Vater ein sehr begabter Maler gewesen und im Ort nicht vergessen sei. Die Existenz einiger seiner Bilder im Heimatmuseum versetzte Melissa erwartungsgemäß in helle Aufregung. "Wenn ich mich doch endlich wieder frei bewegen dürfte", jammerte sie. "Ich habe schließlich nichts getan."

Ich tröstete sie damit, dass das Museum im Moment ohnehin geschlossen sei und sie also nichts versäumen würde.

Dann zeigte ich ihr die Fotos des Hexenturms. Ihre Reaktion darauf fiel anders aus, als ich erwartet hatte. Sie betrachtete die Fotos aufmerksam, jedoch ohne besondere Regung. "Er sieht unheimlich aus", sagte sie dann, "aber ich kann mich nicht wirklich an ihn erinnern. Der Turm, den ich manchmal vor mir sehe, ist irgendwie anders. Da müssten doch auch ein Hof und ein Haus sein, die sind hier nicht zu sehen."

"Es gibt da schon ein Haus, aber das war ein Stückchen entfernt und wurde von Bäumen verdeckt. Wir sind leider nicht näher heran gekommen, das Grundstück war abgesperrt."

"Vielleicht muss ich es wirklich mit eigenen Augen sehen", meinte Melissa nachdenklich. "Es ist sehr lieb von Tobias und dir, dass ihr dort gewesen seid, und vor allem auch das Grab besucht habt."

Als ich am Nachmittag meinen letzten Patienten verabschiedet hatte, stand plötzlich Tobias in der Diele. "Darf ich dich zum Essen einladen?", fragte er fröhlich grinsend und ich stimmte freudig zu. Wir gingen zum Italiener gleich um die Ecke und ich erzählte ihm, wie Melissa auf die Fotos reagiert hatte. Den albernen Zettel in meinem Briefkasten hatte ich schon fast wieder vergessen und erwähnte ihn eher beiläufig. Doch Tobias wurde dadurch in helle Aufregung versetzt. "Das ist doch eine wichtige Spur", sagte er. "Da wird jemand nervös und fängt an, sich zu verraten. Offenbar fürchtet diese Person die Erinnerungen, die du bei Melissa noch hervorholen könntest. Sie bedroht dich, das solltest du sehr ernst nehmen."

Ich fühlte mich ehrlich gesagt nicht ernsthaft bedroht durch das Geschmiere, doch die Besorgnis von Tobias tat mir unsagbar gut. Merkwürdig war die Sache ja wirklich, da wusste jemand über meine Angelegenheiten Bescheid und versuchte mich zu beeinflussen. Es war so ähnlich wie damals mit den Zeitungsausschnitten, von denen ich bis heute nicht erfahren hatte, wie sie in meinen Briefkasten gelangt waren. Tobias riss mich aus meinen Gedanken. "Ich habe einen Anschlag auf dich vor", sagte er. "Von Werlitz hält morgen im Hilton einen Vortrag. Er schob eine Zeitung mit einer entsprechenden Notiz über den Tisch. "Wie wäre es, wenn du hingehen und versuchen würdest, anschließend mit ihm zu reden? Wenn er wollte, könnte er eine Menge Licht ins Dunkel bringen. Ich habe das früher auch schon mal versucht, allerdings ohne Ergebnis und mit eher unangenehmen Folgen."

Ich verstand nicht ganz, was er damit meinte. "Na ja", sagte er auf meine Nachfrage, "nach dem Mord an meiner Schwester hat Frau von Werlitz doch diese kryptische

Bemerkung gemacht, sie hätte so ein Unglück kommen sehen und damit das Misstrauen meiner Mutter gegenüber Melissa erst richtig angefacht. Ich wollte wissen, was sie damit andeuten wollte, sie sollte endlich Klartext reden. Also bin ich zu ihr hin und habe sie zur Rede stellen wollen. Das ist alles, was dabei herausgekommen ist." Tobias deutete auf zwei weiße Narben auf seinem Unterarm. "Dobermänner", sagte er, "wirklich schöne, wachsame Tiere. Mit sehr scharfen Zähnen."

"Sie hat die Hunde auf dich gehetzt?", fragte ich fassungslos. Tobias wiegelte ab. "Ich bin nicht gegangen, als sie mich dazu aufgefordert hat. Stattdessen habe ich sie weiter bedrängt und sogar einen Fuß auf das Grundstück gesetzt. Ich war sehr aufgebracht wegen der ganzen Sache. Sie hätte behaupten können, dass sie sich von mir bedroht gefühlt hat. Allerdings kann ich mich dort nie wieder blicken lassen."

"Und aus diesem Grunde soll ich es jetzt bei ihm versuchen. Er wird zwar beim Vortrag nicht gerade die Hunde dabeihaben, aber ich werde da vermutlich überhaupt nicht reinkommen, das ist doch eine geschlossene Veranstaltung."

"Mit einem Presseausweis kommst du rein. Ich habe dir schon mal vorsorglich einen besorgt." Verblüfft starrte ich auf das Kärtchen, das Tobias mir grinsend unter die Nase hielt.

"Aber wenn er nun nicht mit mir reden will?", gab ich zu bedenken.

"Ich bin da ganz optimistisch. So eine schöne junge Frau wird er auf keinen Fall unhöflich abweisen. Wenn er erst einmal angebissen hat, findest du garantiert die richtigen Worte, um ihm das Geheimnis zu entlocken."

Erst einmal war ich diejenige, die anbiss. Das Kompliment fühlte sich an wie eine Wellnesspackung aus warmem Blütenhonig auf ausgetrockneter Haut. Ja, ich würde hingehen und Hans Friedrich von Werlitz zum Reden bringen. Tobias sollte nicht von mir enttäuscht sein.

40.

Der Saal war brechend voll und machte meine Hoffnung auf einen der vorderen Plätze zunichte. Immerhin saß ich weit genug vorn, um Hans-Friedrich von Werlitz gründlich in Augenschein nehmen zu können. Er sah für seine 72 Jahre ausgesprochen gut und vital aus, hielt sich sehr gerade und hatte noch volles, grau meliertes Haar. Seine Vortragsweise wirkte engagiert, aber gleichzeitig ruhig und konzentriert, man konnte ihm gut zuhören. Auch das Thema *Ökologie und Profit - die Grenzen unseres Wachstums* behandelte er auf eine interessante Weise. Trotzdem schweiften meine Gedanken immer wieder ab und beschäftigten sich vorauseilend mit dem Gespräch, in das ich ihn zu verwickeln gedachte.

Ich hatte mich schlicht und seriös für eine schwarze Hose und eine weiße Bluse entschieden, darin fiel ich unter den vielen Anzugträgern hier im Saal auch am wenigsten auf. Am Ende des Vortrags versuchte ich mich nach vorn zu drängen, was sich als nicht so einfach erwies. Von Werlitz wurde bereits dicht umlagert und ich musste eine günstige Gelegenheit abpassen, ihn anzusprechen. Die kam erst, als wir uns bereits draußen auf dem Flur befanden. Ich hatte mir meine Worte sorgfältig zurechtgelegt, nun konnte ich sie endlich anbringen: "Herr von Werlitz, darf ich Sie in einer wichtigen Angelegenheit für einen Moment unter vier Augen sprechen?"

Er sah mich scharf an und seine Augen wurden schmal. "Um was handelt es sich?", fragte er misstrauisch. Meine Erwiderung, dass ich mit ihm gern über Melissa reden würde, löste einen veritablen Wutausbruch aus. "Schämen Sie sich nicht? Können Sie mich und meine Familie denn nie in Ruhe lassen?", stieß er hervor. "Für eine Meldung, die Sie der skandalhungrigen Meute vorwerfen können, ist Ihnen wohl jedes Mittel recht?"

Schlagartig wurde mir klar, welches Missverständnis hier vorlag. "Herr von Werlitz, ich bin nicht von der Presse." Hastig nestelte ich den Presseausweis von meiner Bluse." Nichts was ich Sie fragen möchte, wird an die Öffentlichkeit gelangen. Das ist auch in meinem eigenen Interesse. Ich bin schon von Berufs wegen zu absoluter Verschwiegenheit verpflichtet." Mit diesen Worten gab ich ihm meine Karte. "Ich bin Melissa Morgenroths Therapeutin. Sie hat mir das Gespräch mit Ihnen ausdrücklich gestattet." Letzteres traf zu, erst vor einigen Stunden hatte ich mir ihr Einverständnis eingeholt. "Er wird nicht mit dir reden wollen", hatte sie mutlos hinzugefügt, "nicht nach all dem, was jetzt schon wieder geschehen ist."

Fast sah es so aus, als würde sie Recht behalten. Herr von Werlitz musterte mich wie ein lästiges Insekt und schien dann plötzlich einen Entschluss zu fassen. Er packte mich energisch am Ellbogen und schob mich neben sich her. Ich hatte keine Ahnung, ob er mich eigenhändig aus dem Haus werfen oder dem Sicherheitsdienst übergeben wollte. Schließlich schob er mich energisch in ein Büro und schloss die Tür hinter uns.

"Vielleicht sollte ich wirklich mit Ihnen reden", waren seine ersten Worte, "glauben Sie bitte nicht, dass mich die ganze Situation nicht belasten würde."

Er hatte mir 15 Minuten gegeben, doch am Ende redeten wir über eine Stunde miteinander. Nachdem er mir erzählt hatte, dass sein Haus in den vergangenen Wochen und Monaten ständig von Reportern belagert wurde, verstand ich seinen anfänglichen Zorn. "Ich würde Melissa gern helfen", sagte er, "doch ich habe keine Ahnung, wie ich das in sinnvoller Weise tun könnte. Vielleicht tatsächlich, indem ich Ihnen alles erzähle. Wenn Sie sich derart für sie engagieren, muss Ihnen wirklich an Melissa gelegen sein."

"Es ist unüblich, was ich tue", sagte ich, "doch Melissa ist auch alles andere als ein üblicher Fall. So vieles ist ihr selbst noch unklar."

Hans-Friedrich von Werlitz begann chronologisch zu erzählen. Er sprach von dem Kinderwunsch, der ihm und seiner Frau leider nicht erfüllt wurde. "Wir haben alles versucht, alle Möglichkeiten der modernen Medizin ausgeschöpft. Aber nichts hat funktioniert und dann hatte meine Frau auch noch zwei Fehlgeburten. Sie war völlig mit den Nerven am Ende. Ich habe schließlich eine Adoption vorgeschlagen. Ich wollte nicht, dass meine Frau sich weiter quält. Sie konnte sich erst nicht dazu entschließen, ein Säugling kam ja wegen unseres fortgeschrittenen Alters nicht in Frage. Bei einem älteren Kind wisse man nie, welchen negativen Einflüssen es früher schon ausgesetzt war, meinte sie. Trotzdem haben wir uns schließlich dazu durchringen können. Als es dann so weit war, haben wir uns auf den ersten Blick in das kleine Mädchen mit den blonden Locken und den traurigen dunklen Augen verliebt. Melissa war anfangs sehr zurückhaltend, wir wollten ihr Zeit lassen, sich an uns und ihr neues Zuhause zu gewöhnen. Von ihrer Vorgeschichte wussten wir so gut wie nichts, nur, dass beide Eltern tot waren. Sie war gerade mal zwei Monate bei uns, da wurde meine Frau plötzlich schwanger. Mit 45 Jahren und ohne Hormonbehandlung! Es war wie ein Wunder. Wir haben uns sehr auf das Kind gefreut, aber dass Melissa deshalb überflüssig wurde, ist eine bösartige Verleumdung, die wir uns leider oft anhören mussten. Sie sollte ein Geschwisterkind bekommen und wir waren fest entschlossen, beide Kinder gleich zu behandeln. Aber dann kam es zu diesem unglückseligen Vorfall."

Er machte eine kurze Pause und atmete tief durch, bevor er weitersprach. "Eines Tages kam eine der Nonnen aus dem Waisenhaus zu Besuch, um sich zu erkundigen wie sich Melissa eingelebt hat. Meine Frau war allein zu Hause, ich musste ja arbeiten. Diese Nonne reagierte mit sichtlichem Entsetzen auf die Schwangerschaft meiner Frau. Die konnte das überhaupt nicht verstehen und fragte natürlich nach dem Grund. Erst wollte die Nonne nicht so recht mit der Sprache heraus, aber dann sagte sie, ihr christliches Gewissen würde ihr gebieten, meiner Frau in dieser Situation die Wahrheit zu sagen. Melissa habe bereits schwere Schuld auf ihre junge Seele geladen und einen Menschen heimtückisch ums Leben gebracht. Genauso hat sie sich ausgedrückt. Das müssen Sie sich einmal vorstellen, so hat die Frau über ein achtjähriges Kind gesprochen! Dann hat sie auch noch ein paar schaurige Einzelheiten zum Besten gegeben. Demnach soll Melissa ihren vierjährigen Bruder auf einen verbotenen Turm gelockt haben, um ihn von dort in die Tiefe zu stoßen. Als zusätzlichen Beweis für Melissas Gefährlichkeit führte sie an, dass sie im Waisenhaus ein Mädchen grundlos geschlagen und dabei ernsthaft verletzt habe. Man habe Melissa deshalb ausdrücklich nur in eine kinderlose Familie vermitteln wollen."

Hans-Friedrich von Werlitz schüttelte resigniert den Kopf. "Sie können sich gar nicht vorstellen, welche verheerenden Auswirkungen dies auf meine Frau hatte. Man muss das verstehen, sie war durch die Schwangerschaft sehr labil, machte sich die größten Sorgen um das ungeborene Kind. Sie wollte Melissa sofort aus dem Haus haben und die Adoption rückgängig machen. Ich kam einfach nicht dagegen an. All meine Argumente, dass ein achtjähriges Mädchen die Folgen seines Handelns noch nicht voll abschätzen kann, prallten an ihr ab. Also habe ich Melissa zusammen mit ihrem Kindermädchen vorübergehend bei meinen Eltern untergebracht. Ich dachte, wenn unser Kind erst einmal geboren und alles gut verlaufen war, würde meine Frau die Dinge wieder nüchterner betrachten. Aber das Gegenteil war der Fall. In ihrer Besorgnis um Amanda steigerte sie sich in eine richtige Aversion gegen Melissa hinein. Mir blieb nichts anderes übrig, als Melissa in einem Internat unterzubringen. All meine Versuche, sie doch noch in die Familie zu integrieren, scheiterten. Meine Frau hielt sie strikt von Amanda fern und machte der Kleinen schließlich regelrecht Angst vor Melissa. Ich fand das Verhalten meiner Frau nicht in

Ordnung, hatte in dieser Beziehung aber keinen Einfluss auf sie. In unserer Ehe kam es deshalb sogar zu ernsthaften Spannungen.“ Während er das sagte wirkte er sehr angegriffen.

„Ich habe versucht, wenigstens einen gewissen Ausgleich zu schaffen, indem ich mit Melissa allein ab und zu für ein paar Tage verreist bin. Sie hatte ja schon dieses ausgeprägte Interesse für Kunst und ich habe mit ihr nach und nach alle bedeutenden Museen abgeklappert. Meine Frau ist in der Zeit mit Amanda verreist. Nach außen hin haben wir das mit dem unterschiedlichen Alter der Kinder begründet. Als sich Melissa schließlich mit Julia Wenger anfreundete und Anschluss an die Familie fand, war ich sehr froh darüber. Ich hatte ihr gegenüber ständig ein schlechtes Gewissen. Materiell fehlte es ihr an nichts, doch die Geborgenheit in der Familie haben wir ihr versagt. Als dann dieser entsetzliche Mord geschah... "

Er fuhr sich mit der Hand über die Augen und starrte einen Moment resigniert vor sich hin.

"Wie haben Sie das damals erlebt?", fragte ich. "Und was haben Sie geglaubt, wer das getan haben könnte?"

"Es war furchtbar und hat für unsere Familie alles noch schlimmer gemacht. Meine Frau war sofort von Melissas Schuld überzeugt und sah darin die Bestätigung ihrer Bedenken und ihres Verhaltens in all den Jahren zuvor. Wenn ich damals den Kontakt zu Melissa weiter aufrechterhalten hätte, wäre dadurch unsere Ehe gefährdet gewesen.

Ich weiß nicht, ob ich Melissa auch verdächtigt habe, ich kenne sie einfach zu wenig, das ist sehr traurig. Aber wenn sie es war, dann gebe ich mir definitiv eine Mitschuld. Kurz zuvor hatten wir die Adoption aufgelöst und dann wollte die Freundin sie plötzlich auch nicht mehr in der Familie haben. Wie viel Zurückweisung erträgt so ein junger Mensch? Und wie reagiert er darauf? Wissen Sie es?"

"Nein", sagte ich, "ich weiß es auch nicht. Denn Menschen reagieren nun einmal sehr unterschiedlich, das macht Vorhersagen und nachträgliche Deutungen schwierig."

"Werden Sie Melissa sagen, was ich Ihnen erzählt habe?"

"Nicht alles, das würde sie in ihrer gegenwärtigen Situation nicht verkraften. Aber ich werde sie auf jeden Fall von Ihnen grüßen und ausrichten, dass Sie ihr alles Gute wünschen."

"Ja, tun Sie das bitte", sagte er.

Tief in Gedanken versunken, trat ich den Rückweg an. Nun kannte ich also das dunkle Geheimnis des Turmes und begriff, weshalb Melissa den kleinen Bruder vollständig aus ihrem Gedächtnis verbannt hatte. Aber was war eigentlich mit der Mutter geschehen? Und weshalb war Melissa im Krankenhaus gewesen?

Die Antwort drauf erhielt ich ein paar Tage später. Vier Krankenhäuser hatte ich angeschrieben und nach Unterlagen zu Melissa gefragt. Drei hatten umgehend in einem kurzen, vorgedruckten Schreiben erklärt, keinerlei Unterlagen über die Patientin zu besitzen. Aus der vierten Klinik erreichte mich nun der Brief einer Ärztin. Zwar seien auch hier keine Akten mehr vorhanden, doch wegen seiner Dramatik könne sie sich gut an den Fall erinnern. Es hätte sich um einen erweiterten Suizid gehandelt, die Mutter habe sich und die Tochter vergiften wollen, nachdem sie zuvor Mann und Sohn verloren hatte. Die Mutter sei unmittelbar gestorben, das Mädchen dagegen habe fast eine Woche im Koma gelegen, aber sie habe überlebt.

Mich berührten diese nunmehr 14 Jahre zurückliegenden Ereignisse sehr und ich war froh, mit Ruth darüber sprechen zu können. Auch sie zeigte sich betroffen. "Das ist wirklich eine dramatische Geschichte.", sagte sie. "Man mag sich das kaum vorstellen. Da stirbt ein noch junger Mann völlig überraschend und die ganz in ihrer Trauer gefangene Witwe überlässt den kleinen Sohn kurz der Aufsicht der älteren Schwester. Die nutzt die günstige Gelegenheit für einen kleinen Ausflug auf verbotenes Terrain, auf eben jenen Turm. Dort geschieht dann ein schrecklicher Unfall, ob rein zufällig oder ob die Kinder zuvor miteinander gerangelt haben, das sei dahingestellt. Aber daraus bei einem achtjährigen Kind Schuld oder gar Vorsatz konstruieren zu wollen, ist ein Unding. Diese bigotte Nonne hat mit ihren Reden furchtbaren Schaden angerichtet, indem sie sie bei einer verängstigten Risikoschwangeren auf fruchtbaren Boden fallen ließ. Melissa hatte nie eine wirkliche Chance. Wie muss das auf ein sensibles Kind gewirkt haben? Sie wird mit Sicherheit die verstohlenen Blicke und Bemerkungen mitbekommen haben, die ihr galten. Sie muss gemerkt haben, dass mit ihr etwas nicht stimmte, dass sie Angst und Abwehr auslöste. Wie ist sie die ganze Zeit damit umgegangen?"

"Sie scheint alles verdrängt zu haben, wirkt äußerlich ruhig und extrem angepasst", sagte ich nachdenklich.

"Aber eben nur äußerlich", gab Ruth zu bedenken. "Wäre es nicht möglich, dass in ihrem Inneren durchaus Hass und Rachegefühle brodelten?"

Ich konnte dem nicht widersprechen.

"Jedenfalls wird nun auch klar, weshalb sie vieles aus ihrer Kindheit zunächst so vollständig vergessen hat. Zu einem Schock sind noch eine schwere Intoxikation und ein langes Koma gekommen. Glaubst du, sie wird sich an den Vorfall auf dem Turm jemals wieder erinnern?"

"Ja, das glaube ich schon. Manchmal habe ich das Gefühl, sie ist ganz nah dran. Ich habe Angst vor dem Moment, wenn es wirklich so weit ist."

"Das kann ich gut verstehen", sagte Ruth nachdenklich.

41.

Meine Vermieterin hatte starke Schmerzen in der Hüfte. Seit ein paar Tagen stand ich deshalb jeden Morgen früher auf und unternahm mit Brutus seinen ersten Spaziergang. Frau Lehmann überschüttete mich deshalb mit Dankbarkeitsbekundungen, die jedoch nichts gegen die stürmische Zuneigung waren, die Brutus mir dafür entgegenbrachte. Wenn ich früh die Treppe hinunter kam, hörte ich schon sein ungeduldiges Fiepen. Danach konnte er es immer kaum erwarten, dass ich endlich die Gartenpforte aufschloss.

An diesem Morgen war das jedoch anders. Brutus stürmte sofort auf den Briefkasten zu, bellte ihn wütend an und war nicht von der Stelle zu bewegen. Ich öffnete die Klappe des Kastens und mein Blick fiel auf ein schlampig verpacktes, blutverschmiertes Päckchen, auf dem mein Name stand. Mit Mühe gelang es mir, Brutus wegzuziehen und ihn zu überzeugen, sich erst einmal auf seine Runde zu begeben. Nachdem ich ihn wieder bei Frau Lehmann abgeliefert hatte, zog ich mir Gummihandschuhe an und holte das Päckchen aus dem Briefkasten. Ich musste es nicht öffnen, sein Inhalt fiel mir förmlich entgegen. Eine tote Ratte war in einen Zettel gewickelt, der mit den gleichen ungelenken Druckbuchstaben bekritzelt war wie die erste anonyme Botschaft:

HÖR AUF RUMZU SCHNÜFELN

DU BIST SONST TOD

stand da in wiederum mangelhafter Rechtschreibung.

Ich packte das Ekelpaket in eine Plastiktüte und nahm es mit in die Praxis. Von dort aus rief ich Gernot Schlüter an, der umgehend einen Beamten vorbei schickte, um es in Empfang zu nehmen. Er lobte mich ausdrücklich dafür, dass ich es nur mit Handschuhen berührt hatte. Etwas anderes wäre mir bei diesem Inhalt allerdings auch nicht in den Sinn gekommen. Später kam Gernot dann noch persönlich vorbei, um mir ein paar Fragen zu stellen. Was mit dem Rumschnüffeln gemeint sein könnte, wollte er wissen. Ich konnte das nur mit meinem Gespräch mit Melissas Adoptivvater in Verbindung bringen und natürlich mit meinen vorangegangenen Besuchen in Gröbeneck. Jemand musste mich beobachten. Gernot zeigte sich ernsthaft beunruhigt.

"Melde dich bitte sofort, wenn du etwas Verdächtiges in deinem Umfeld bemerken solltest. Unser Täter ist skrupellos, er hat schon zwei Menschen auf dem Gewissen."

"Glaubst du etwa, die gleiche Person, die mir die tote Ratte geschickt hat, ist auch der Giftmörder?"

Einen Moment lang schien Gernot mit sich zu ringen, ob er mir auf diese Frage antworten sollte, entschied sich dann aber dafür. "Es gibt auf jeden Fall einen Zusammenhang", sagte er. "Obwohl die Handschrift eine völlig unterschiedliche ist. Unser Giftmörder ist vorsichtig und gerissen, bleibt unsichtbar und hinterlässt keine Spuren. Der Absender der anonymen Botschaften agiert unvorsichtig und impulsiv. Irgendwie passt das überhaupt nicht zusammen."

Gernot sah mich nachdenklich an. "Wie denkst du eigentlich über Persönlichkeitsspaltung?", fragte er plötzlich.

"Kommt darauf an, was du darunter verstehst", erwiderte ich. "Wenn du an so eine spektakuläre Form denkst wie die parallele Existenz von zwei verschiedenen Persönlichkeiten in einer Person, die unterschiedlich agieren und nichts voneinander wissen, dann bin ich eher skeptisch. Diese Fälle wurden zwar beschrieben, sind aber wissenschaftlich nicht hinreichend untersucht. Und ich habe noch nie einen derartigen Fall gesehen. Weshalb fragst du?"

"Vergiss es, war nur so ein Gedanke", winkte Gernot ab. Er wirkte auf einmal sehr müde, der ungelöste Fall setzte ihm sichtlich zu.

Ich sollte an diesem Tag noch ein weiteres Päckchen erhalten. Diesmal war es Melissa, die es mir am Anfang unserer Therapiestunde überreichte. Es war klein, quadratisch, und sorgfältig in zartem, hellblauen Geschenkpapier verpackt.

"Ich habe dir etwas mitgebracht", sagte sie dazu. "Weil du dir so viel Arbeit mit mir machst."

Als ich das Päckchen öffnete, war ich im ersten Moment einfach nur sprachlos. Da lag auf dunklem Samt das schönste Armband, das ich jemals gesehen hatte. Es war aus getriebenem Silber im Art déco Stil gefertigt, in der Mitte befand sich eine Iris aus Aquamarin. Ihre Blätter waren mit funkelnden Tautropfen besetzt, bei denen es sich um winzige Diamanten handelte. Es musste ein Vermögen gekostet haben.

"Melissa", sagte ich mit belegter Stimme, "das ist einfach wunderschön und unheimlich lieb von dir gemeint. Aber ich darf ein derart wertvolles Geschenk leider nicht annehmen."

"Warum denn nicht?", versuchte Melissa zu argumentieren. "Du weißt doch, dass Geld für mich keine besondere Rolle spielt. Außerdem bin ich schließlich deine Privatpatientin."

"Eben darum", gab ich zu bedenken. "Man könnte daraus den Vorwurf ableiten, dass ich Privatpatienten bevorzuge. Noch dazu, wenn sie mir wertvolle Geschenke machen."

"Aber es weiß doch niemand", gab Melissa so schnell nicht auf.

"Ich weiß es und ich könnte es vor mir selbst nicht vertreten." Mir war klar, dass ich sie durch die Zurückweisung ihres Geschenkes verletzte. Doch ich konnte das Armband unmöglich annehmen. Melissa befand sich in einem sehr starken Abhängigkeitsverhältnis zu mir. Es wäre auf dessen Ausnutzung hinausgelaufen.

"Mach es uns bitte nicht so schwer, Melissa", schloss ich das Thema ab. "Ich sehe, wie liebevoll du das Armband ausgesucht hast und ich freue mich über diese Geste von dir. Trag es selbst, in Erinnerung an unsere gemeinsame Zeit. Nun lass uns arbeiten, damit es gute Erinnerungen werden."

Glücklicherweise schien Melissa meine Ablehnung relativ gelassen hinzunehmen. Doch ein paar Tage später brachte sie mir erneut ein Geschenk mit. "Diesmal musst du es aber annehmen", sagte sie mit einem spitzbübischen Lächeln. "Weil es nämlich überhaupt keinen Wert hat."

Das Paket war ziemlich groß, flach und in festes Packpapier verschnürt. Es enthielt ein Portrait von mir, eines von Melissas zauberhaften Aquarellen. Im ersten Moment war ich sprachlos. "Wie konntest du das so schnell malen?", fragte ich.

"Ich habe schon seit längerem daran gearbeitet, es ist nur gerade fertig geworden."

"Aber ich habe dir doch gar nicht Modell gesessen. Wie konntest du da ...?“

Melissa lachte. "Ich habe ein fotografisches Gedächtnis. Das ist sehr nützlich beim Malen. Ein Portrait soll vor allem das Wesen eines Menschen einfangen und keine oberflächliche Eins zu Eins Wiedergabe sein."

"Wer weiß, ob es nicht doch noch einmal sehr wertvoll wird", scherzte ich. "Du wirst garantiert berühmt und dann so hoch gehandelt wie Neo Rauch. Ich finde es ganz toll und ich danke dir dafür."

Das Bild gefiel mir tatsächlich, nicht nur, weil ich darauf schöner und interessanter aussah, als ich mich in Wirklichkeit fühlte. Beeindruckend war auch die Umgebung, in die Melissa mich gestellt hatte. Es war eine weite, grünende Landschaft. Rechts von mir zogen dunkle Wolken auf und ein Vogelschwarm stieg aus einem Busch in die Lüfte, als wollte er vor dem drohenden Unwetter fliehen. Mein Blick war jedoch nach links gerichtet, wo man unter einem blauen Himmel bis zum Horizont schauen konnte. Im Vordergrund spielte ein junges Paar mit einem Kind, ein Stück weiter hinten saß ein älteres Paar auf einer Bank. Hinter den älteren Leuten bewegte sich eine Hochzeitsgesellschaft auf den Horizont zu, wo ganz klein und nur noch undeutlich zu erkennen, Menschen mit Sensen auf den Feldern die Ernte einbrachten. Melissas Metapher sollte offenbar ausdrücken, dass sich mein Blick über die Generationen hinweg in die Vergangenheit richten würde. In der Hand hielt ich eine blaue Iris, den Stiel locker zwischen zwei Fingern, die Blüte nach unten zeigend. Bedeutete das, die Kämpferin würde ihre Waffe senken und aufgeben? Melissa mochte es nicht, wenn man sie nach Deutungen fragte, ihre Bilder sollten für sich sprechen.

"Es ist sehr vielschichtig", sagte ich deshalb nur, "ich werde es mir noch oft in Ruhe ansehen und sicher immer wieder etwas Neues entdecken. Das mag ich so an deinen Bildern. Auf jeden Fall bekommt es einen Ehrenplatz."

Damit wandten wir uns der heutigen Stunde zu. Ich fragte Melissa, was sie in den vergangenen Tagen am meisten bewegt hätte. Erwartungsgemäß war es immer noch mein Gespräch mit ihrem Adoptivvater. Sie hatte seine Grüße und guten Wünsche geradezu begierig in sich aufgesogen. Es war verständlich, dass sie nun erneut darauf zurückkam und gern mehr hören wollte. Ich musste auf der Hut sein, denn natürlich hatte ich nicht alles erzählen können und wollte vermeiden, dass sie misstrauisch wurde. Wie immer zeigte Melissa viel Verständnis für die Befindlichkeiten anderer. Sie bedauerte ihre Adoptiveltern wegen der Belagerung durch die Presse. Dass ihr Adoptivvater beklagte, ihr nicht mehr familiäre Geborgenheit geboten zu haben, relativierte sie sofort. "Er hat wunderschöne Reisen mit mir unternommen. Wir waren zusammen in Paris, in Rom, in Venedig und in Madrid und das, obwohl er beruflich so eingespannt war. Nicht alle Väter tun das für ihre Kinder, ich kann mich wirklich nicht beschweren. "

Über ihre Adoptivmutter sagte sie wiederum nur, dass sie überfordert gewesen sei. "Sie war ja nicht mehr jung. Die Strapazen der späten Geburt und die Sorge um zwei Kinder waren zu viel für sie. Oder hatte sie etwa noch andere Gründe, mich fernzuhalten?"

Die letzte Frage kam völlig unvermittelt und in einem scharfen Ton, der so gar nicht zu dem bisherigen sanften Gesäusel passte. Fast wäre ihr der Überraschungseffekt geglückt und sie hätte mich aus dem Konzept gebracht. Ich konnte mich gerade noch fangen. "Vermutest du das? Dann sollten wir in der nächsten Stunde darüber reden. Für heute ist unsere Zeit leider um." Ich versuchte ein verbindliches Lächeln.

Melissa erwiderte mein Lächeln nicht, sondern bedachte mich mit einem bohrenden Blick aus ihren unergründlichen, dunklen Augen. Entweder ahnte sie nur, dass ich mehr wusste, oder aber sie kannte die Hintergründe und spielte ein Spiel mit mir. Ich fühlte mich plötzlich unwohl in meiner Haut. Dieses ungute Gefühl hielt den restlichen Tag über an. Nachdem ich den letzten Patienten verabschiedet hatte, holte ich das Portrait wieder hervor und betrachtete es eingehend. Es war ein ausgezeichnetes Bild, aber irgendetwas daran beunruhigte mich, das wurde mir erst jetzt richtig bewusst. Ich lehnte es gegen die Wand und sah es mir aus einem größeren Abstand heraus an. Die Vögel, die vor den dunklen Wolken herflogen, bildeten eine Formation. Wenn man die einzelnen Tiere mit Linien verband, entstand ein Kreuz, das direkt über mir schwebte. Mir wurde auf einmal kalt. "Was soll das sein, etwa eine Todesdrohung?", fragte ich mich. Ich straffte die Schultern und atmete tief durch. "Werde bloß nicht hysterisch!", sagte ich laut und verbannte das Bild ganz nach hinten in meinen Schrank.

42.

Es war Hochsommer und alle Welt fuhr in den Urlaub. Ruth und ihr Mann waren zu einer Reise durch Schottland aufgebrochen. Ich hatte es übernommen, inzwischen das Haus zu hüten und in ihrer Wohnung die Blumen zu gießen. Meine Vermieterin Frau Lehmann wurde von ihrer Tochter für eine Woche nach Hamburg geholt. Brutus sollte in seiner gewohnten Umgebung bleiben und ich hatte versprochen, mich um ihn zu kümmern. Unsere täglichen Spaziergänge waren für mich inzwischen zu einer lieben Gewohnheit geworden. Eher lustig fand ich allerdings Frau Lehmanns Bemerkung, es sei sicherer für mich, wenn der Hund im Haus sei. Vermutlich würde sich Brutus unter meinem Bett verstecken, falls wirklich Einbrecher auftauchen sollten.

"Man kann nicht vorsichtig genug sein", sagte Frau Lehmann. "In den vergangenen Tagen habe ich ein Auto mit zwei Männern drin beobachtet, das immer wieder ganz langsam durch unsere Straße gefahren ist. Die wollten vielleicht auskundschaften, wo es sich gut einbrechen lässt."

Ich vermutete eher, es könnte sich um Kripobeamte gehandelt haben. Von den anonymen Drohungen hatte ich Frau Lehmann nichts erzählt. Zum Glück war ich morgens immer als Erste am Briefkasten gewesen.

An jedem zweiten Abend traf ich mich mit Tobias und Johannes bei Melissa. Die Aktion von Tobias hatte Erfolg gehabt, ihm waren Unmengen von Fotos zugegangen, die am Tag der offenen Tür in Dahrenried aufgenommen worden waren. Wir hockten zu viert in Melissas Wohnzimmer vor dem Bildschirm und gingen Foto für Foto aufmerksam durch. Melissas Aufgabe war es, zu jedem Bild Auskunft darüber zu geben, welche Personen darauf ihr bekannt waren und um wen es sich handelte. So unterschieden wir nach und nach, wer zum Internat gehörte und wer als Gast dort gewesen war. Alle sollten wir darauf achten, ob uns irgendeine der anwesenden Personen noch in einem anderen Zusammenhang begegnet war, vor allem in letzter Zeit. Es war eine mühselige und langwierige Prozedur, nach zwei Stunden brannten meine Augen und ich konnte mich kaum noch konzentrieren. Den anderen erging es nicht besser, außerdem war die Stimmung zwischen uns leicht angespannt.

Mit Melissa hatte ich vereinbart, die Therapiestunden für eine Weile auszusetzen. Das Nebeneinander von privaten Treffen und therapeutischen Gesprächen bekam uns nicht gut, wenn es auch in diesem besonderen Falle nicht zu vermeiden war. Außerdem schien Melissa etwas zu ahnen, wenn sie sich unbeobachtet glaubte, musterte sie mich immer wieder mit Blicken, die mir durch und durch gingen.

Zwischen Johannes und Tobias hatte sich eine unterschwellige Gereiztheit breit gemacht, an der Johannes schuld war. Seine Eifersucht war nur zu deutlich spürbar, er beargwöhnte jedes Wort und jeden Blick, der zwischen Melissa und Tobias gewechselt wurde. Johannes mochte ein ausgezeichneter Anwalt sein, psychologisches Gespür besaß er jedoch nicht. Sonst wären ihm vielleicht die leisen Schwingungen zwischen Tobias und mir aufgefallen, die diese eintönigen Abende für mich zu einem prickelnden Erlebnis werden ließen. Weder Melissa noch Johannes wussten etwas davon, dass wir inzwischen zweimal gemeinsam Essen und im Kino gewesen waren und dass ich inzwischen die Erfahrung gemacht hatte, wie phantastisch Tobias küssen konnte. Die Langsamkeit und Heimlichkeit, mit der sich die Dinge zwischen uns entwickelten, machten diese Beziehung, die ja noch gar keine war, zu etwas ganz Besonderem. Tobias hatte einen Nerv bei mir getroffen, er gab mir das Gefühl, eine Frau zu sein, um die es sich ausgiebig zu werben lohnte.

Einige meiner Freundinnen hatten meine altmodischen Ansichten bespöttelt, die dafür verantwortlich waren, dass ich keinen einzigen One-Night-Stand aufzuweisen hatte. Aber ich stand nun mal nicht auf *love to go*, wenn die Zeit zum Genießen fehlt, verkommt der Sex schnell zu einer schalen Angelegenheit. Mit Tobias genoss ich inzwischen jeden gemeinsamen Moment, sogar die nervtötenden Fotobetrachtungen vor dem Bildschirm, die bisher zu keinen brauchbaren Ergebnissen geführt hatten.

Während sich unsere Finger heimlich leicht berührten, dachte ich an mein sturmfreies Haus und an die Aussicht,

Tobias diesmal nicht an der Haustür zu verabschieden. Ich hatte sogar die ganze Wohnung geputzt und mich dabei dafür verflucht, dass ich nicht mehr Zeit und Sorgfalt in die Ausstattung investiert hatte. Außerdem trug ich meine schönste Unterwäsche.

Zwischen Tobias und Melissa hatte sich ein längeres Gespräch über eine der Mitschülerinnen auf einem Foto entwickelt. "Du musst dich an sie erinnern", sagte Melissa gerade. "Sie war doch auf der Gartenparty von Julia, die mit diesem fürchterlichen Wolkenbruch endete. Sie war so betrunken, dass sie fast in den Pool gefallen wäre. Wir beide haben sie gemeinsam in Julias Zimmer gebracht, damit sie ihren Rausch ausschlafen konnte."

"Ach die ist das", rief Tobias aus. "Ich hätte sie jetzt nicht erkannt, ihre Haare sind irgendwie anders. Aber ich erinnere mich genau, wie wir sie mit vereinten Kräften die Treppe hoch geschleift haben. Du bist gestolpert und ich musste dich auch noch festhalten, sonst wären wir alle drei runtergefallen." Melissa lachte und mir wurde bewusst, welche Vertrautheit zwischen ihr und Tobias herrschte. Ich verspürte einen leisen Anflug von Eifersucht, der aber nichts gemessen an dem war, was Johannes gerade empfinden musste. "Tobias", sagte er ganz unvermittelt, "fast hätte ich vergessen dich zu fragen, ob du anschließend noch ganz kurz mit zu mir kommen kannst. Ich habe da ein Problem mit meinem Computer und komme nicht an eine wichtige Datei, die ich aber unbedingt gleich morgen früh brauche."

Am Zögern von Tobias war zu merken, dass auch er sich den weiteren Verlauf des Abends anders vorgestellt hatte. Die Miene von Johannes, der sich dadurch in seinen Befürchtungen bestärkt fühlte, nahm einen verkniffenen

Ausdruck an und hellte sich erst wieder auf, als Tobias zustimmte. Ich verfluchte die Hinterlist von Johannes und die Hilfsbereitschaft von Tobias. In scheinbarer Eintracht lieferten sie mich noch vor meiner Haustür ab, bevor sie sich gemeinsam in Richtung der Wohnung von Johannes in Bewegung setzten.

"Was soll´s", tröstete ich mich mit einem Spruch meiner Oma, "es ist ja noch nicht aller Tage Abend." Doch genau damit sollte ich falsch liegen, denn um ein Haar wäre dieser Abend mein letzter gewesen.

Brutus fiepte bereits erwartungsvoll hinter der Tür und begrüßte mich, indem er freudig meine Hand leckte. Ich ließ ihn noch kurz in den Vorgarten, wo er auch brav das Bein hob. Dann nahm ich ihn mit nach oben. Solange wir zwei allein im Haus waren, schlief er in meinem winzigen Vorraum zwischen Schlafzimmer und Bad.

An diesem Abend kam ich spät zur Ruhe, doch dann fiel ich in einen tiefen, traumlosen Schlaf.

Ich erwachte durch ein aufgeregtes Bellen. Verwirrt rieb ich mir die Augen und setzte mich im Bett auf. Sollte ich etwa verschlafen und den Morgenspaziergang von Brutus verpasst haben? Es war noch völlig dunkel im Zimmer und ein Blick auf den Wecker klärte mich darüber auf, dass es gerade mal 2.15 Uhr war.

Das Bellen von Brutus ging in ein klägliches Winseln über und er begann heftig an der Tür zu kratzen. Was war bloß in den Hund gefahren? Völlig verschlafen erhob ich mich und ging Nachsehen. Brutus gebärdete sich wie wild, als er meiner ansichtig wurde. Hinter der Tür zum Treppenhaus vernahm ich ein verdächtiges Rauschen und

Knistern. Die Tür des alten Hauses schloss nicht dicht, und ein flackernder Lichtschein fiel durch die Ritzen hindurch. Ich öffnete sie einen Spalt, um sie gleich wieder zuzuschlagen. Das Treppenhaus war von Flammen und beißendem Rauch erfüllt, die Hitze des Feuers wurde sogar schon durch die Tür spürbar. Der Fluchtweg war versperrt, ich konnte nur versuchen, durch ein Fenster ins Freie zu gelangen. Vor meinem Schlafzimmerfenster befand sich ein winziger hölzerner Balkon, auf den ich mit Brutus flüchtete. "Lass bloß keine Leiter im Garten rumliegen", hatte mich Ruth einmal gewarnt, "dieser Balkon ist eine Einladung für Einbrecher." Im Moment wünschte ich mir eine Leiter sehnlich herbei, denn bei einem Sprung aus dieser Höhe hätte ich mir zweifellos sämtliche Knochen gebrochen.

Ich begann um Hilfe zu rufen, doch meine Stimme kam mir kraftlos und piepsig vor. Das Prasseln des Feuers wurde lauter, es schien sich mit rasender Geschwindigkeit auszubreiten. Verzweifelt eilte ich zurück ins Schlafzimmer und griff mir zwei Briefbeschwerer aus meiner Sammlung. Diese massiven Glaskugeln waren sehr schwer und ideale Wurfgeschosse. Meine Fähigkeiten im Kugelstoßen und Weitwurf waren leider immer mäßig gewesen. Ich zielte auf das untere Fenster des nur knapp 20 Meter entfernten Nachbarhauses und betete, dass ich treffen und dabei niemanden verletzen würde. Glas splitterte, nebenan ging das Licht an, laute Flüche ertönten und ich schrie mit aller Kraft um Hilfe. Dann ging alles ganz schnell.

Nur mit Boxershorts bekleidet stürzte der Nachbar aus dem Haus, er hatte in Windeseile eine Leiter zur Hand und lehnte sie an meinen Balkon. Oben angekommen, streckte er die Hände nach mir aus und ich reichte ihm

Brutus über die Brüstung. "Na klar, zuerst der Köter, auch wenn der eigene Hintern schon schmort", knurrte er, aber er nahm ihn mir ab. Danach schwang ich mich ebenfalls auf die Leiter und kletterte hinab. Im Garten und vor dem Haus hatten sich inzwischen mehrere Menschen versammelt und dann hörte ich auch schon das Martinshorn der Feuerwehr. Mehrere Löschzüge bezogen vor dem Haus Position, Kommandos ertönten und Schläuche wurden entrollt. Wasser traf auf Feuer und beißender Qualm verpestete die Luft. Die Nachbarin zog mich eilig zu sich ins Haus. "Sie holen sich noch eine Rauchvergiftung, bleiben Sie hier, da draußen stehen Sie nur im Wege."

Die Löscharbeiten dauerten bis zum Morgen an, dann zog die Feuerwehr ab und ließ nur eine Brandwache zurück. Das Haus bot einen traurigen Anblick, der Dachstuhl war teilweise eingestürzt und verkohlte Balken ragten gespenstisch in die Luft. Rund um das Haus war ein Absperrband gezogen worden, die Polizei würde noch genauer ermitteln, doch bereits zu diesem Zeitpunkt stand fest, dass Brandstiftung vorlag.

Unvermittelt tauchte Gernot Schlüter neben mir auf. Er wirkte völlig übernächtigt, doch ich bot vermutlich keinen besseren Anblick. Zumindest hatte mir die freundliche Nachbarin eine Jeans und ein T-Shirt ihrer Tochter borgen können, ich war ja nur mit meinem Nachtshirt bekleidet aus dem Haus geflüchtet. Gernot bot an, mich bei sich zu Hause unterzubringen, doch ich lehnte dankend ab. Ich wollte nur auf dem schnellsten Wege in die Praxis und er fuhr mich bereitwillig hin. Brutus konnte ich einstweilen bei den Nachbarn lassen.

In der Praxis angekommen, telefonierte ich eine halbe Stunde und sagte sämtliche Termine für die laufende

Woche ab. Dann ließ ich mich völlig erschöpft auf meine Liege fallen und war schon eingeschlafen, bevor ich die Schuhe richtig abgestreift hatte. Ich schlief tief und fest bis in den Nachmittag hinein.

43.

Ein Klingeln und lautes Klopfen an der Tür weckten mich schließlich. Draußen stand Tobias." Da bist du ja, wie geht es dir?", waren seine ersten Worte. Nachdem er mich auf dem Handy nicht erreicht hatte, war er schließlich zu meiner Wohnung gefahren und hatte erschüttert vor der Brandruine gestanden. Die Nachbarn hatten ihm erklärt, dass ich in die Praxis gefahren sei. Er wollte wissen, was passiert war, doch über die genauen Umstände des Brandes konnte ich ihm wenig sagen. Erst jetzt wurde mir meine Lage so richtig bewusst. Ich war ohne alles aus dem Haus geflohen, mein Handy und all meine Papiere waren weg, ich hatte nichts Anzuziehen und keinen Cent etwas zu kaufen. Auf einmal war mir zum Heulen zumute.

Tobias lief erst einmal zum Bäcker und holte Brötchen. Während ich duschte, kochte er Kaffee und deckte den

Tisch. Ich überlegte mir, dass ich vorübergehend in der Praxis wohnen könnte. Zum Glück war sie komplett ausgestattet, ich hatte hier ein komfortables Bad, eine Küche und eine Liege in meinem Zimmer, mehr brauchte ich nicht. Auf mich kamen jetzt eine Menge Unannehmlichkeiten zu, ich musste Frau Lehmann benachrichtigen, neue Papiere beantragen und mir vor allem das Nötigste zum Anziehen besorgen. Die geborgte Jeans war mir im Bund zu weit und an den Beinen zu kurz.

"Wo fangen wir an?", fragte Tobias und ich schlug vor, erst einmal zum Haus zu fahren. Bereits am Anfang der Straße empfing uns ein penetranter Brandgeruch. Neben der Brandwache war auch die Kripo wieder vor Ort, Gernot Schlüter begrüßte mich persönlich. Er wirkte deutlich frischer als in der Nacht, offenbar hatte auch er zwischenzeitlich die Möglichkeit gehabt, ein paar Stunden zu schlafen. "Gut, dass du kommst", sagte er, "ich habe nämlich einige Fragen an dich. Vor allem möchte ich wissen, ob du gestern etwas Verdächtiges bemerkt hast."

Ich konnte diese Frage nur verneinen und Gernot klärte mich auf, dass eindeutig Brandstiftung vorlag. Es war ein Brandbeschleuniger verwendet worden und das Feuer hatte sich sehr schnell ausgebreitet. Brutus hatte mir das Leben gerettet, hätte er mich nicht geweckt, wäre ich wohl nicht mehr rechtzeitig aus dem Haus gekommen.

"Es tut mir so leid, Iris", sagte Gernot, "wir haben die Drohungen gegen dich durchaus ernst genommen und hatten regelmäßig ein Auge auf das Haus. Doch wir haben nicht mit einer derartigen Eskalation gerechnet. Niemand hat erwartet, dass der Täter derart rücksichtslos vorgehen würde."

"Du meinst, die gleiche Person, die mir die Ratte in den Briefkasten gesteckt hat, ist auch der Brandstifter?"

"Im Moment gehen wir davon aus. Diese Person hat Spuren hinterlassen, die uns hoffentlich sehr bald zu ihr führen werden. Wo wirst du jetzt eigentlich wohnen?"

"Zunächst einmal in der Praxis, bis ich etwas Neues gefunden habe."

"Das ist gut, ich werde in den nächsten Tagen sicher öfter auf dich zukommen müssen. Eine kleine Überraschung habe ich noch für dich." Gernot öffnete die Tür seines Wagens und förderte meine Tasche zu Tage. "Die lag in deinem Wohnzimmer, in dem Teil des Hauses, der nicht komplett ausgebrannt ist. Von deinen Sachen wirst du allerdings nichts retten können, was nicht verbrannt ist, haben das Wasser und der Rauch unbrauchbar gemacht."

Wie Recht er damit hatte, merkte ich an dem stechenden Geruch, den meine Tasche verströmte. Aber meine Brieftasche mit allen Papieren war vorhanden, was mir eine Menge Laufereien ersparen würde. Auch mein Handy hatte seinen Geist nicht aufgegeben, und erinnerte mich an meine unangenehme Pflicht Frau Kruse, die Tochter von Frau Lehmann, anzurufen. Ich setzte mich ins Auto, atmete tief durch und wählte die Nummer. Der Zeitpunkt war gut gewählt, denn ich hatte sie sofort am Apparat und sie teilte mir auf meine Nachfrage hin mit, dass ihre Mutter noch ihren Mittagsschlaf halten würde. Das war günstig, so konnten wir erst einmal ungestört reden. "Ist etwas mit Brutus nicht in Ordnung?", fragte sie und wenigstens in diesem Punkt konnte ich sie beruhigen.

Auf meine Mitteilung über den Brand reagierte sie in völlig unerwarteter Weise. "Oh, das ist ja ein Zufall", sagte sie und fast glaubte ich, so etwas wie Genugtuung in ihrer angenehmen Stimme wahrnehmen zu können. Sie fing sich sofort und erkundigte sich sehr einfühlsam nach meinem Befinden. "Ich werde vorbeikommen, aber erst morgen im Laufe des Tages. Wo kann ich Sie antreffen?", wollte sie dann wissen. Ich nannte ihr die Anschrift der Praxis. Nachdem sie mir noch versichert hatte, dass ich mir hinsichtlich der Reaktion ihrer Mutter überhaupt keine Sorgen machen müsste, verabschiedeten wir uns. Was für eine taffe Person! Eine Reaktion, so kühl und beherrscht wie die Stimme mit dem schönen norddeutschen Akzent. Mir fiel ein ganzer Steinbruch vom Herzen, weil das Gespräch so unkompliziert verlaufen war.

Am Haus gab es für mich nichts mehr zu tun und so beschloss ich, mit Tobias ins Zentrum zu fahren und mir erst mal etwas zum Anziehen zu kaufen. Brutus durfte ich bei den Nachbarn lassen, sie versprachen, sich gut um ihn zu kümmern. In einem Einkaufscenter erwarb ich in Windeseile eine Jeans, eine Leinenhose, diverse T-Shirts und Unterwäsche. Tobias zeigte sich tief beeindruckt. "Noch nie habe ich eine Frau so zügig einkaufen sehen", sagte er.

Wir fuhren dann in seine Wohnung, das heißt in die Wohnung eines für ein Jahr in China weilenden Kollegen, die Tobias vorübergehend nutzte. Alles darin sah sehr modern und sehr teuer aus, auf mich machte es jedoch einen unterkühlten Eindruck. Im Wohnzimmer befanden sich außer einem überdimensionalen Sofa lediglich ein paar Regale und sehr viel Technik. Die ebenfalls hypermoderne Küche wirkte, als würde ihre Bedienung einen Führerschein erfordern. Tobias bot tatsächlich an, uns etwas zu kochen, doch mir bereitete der Gedanke, diese Küche durch eine so profane Tätigkeit wie Kochen zu entweihen, Unbehagen. Also bestellten wir uns Pizza und ließen uns damit auf dem riesigen Sofa nieder.

Nachdem wir gegessen hatten, kamen wir fast zwangsläufig wieder auf die Ereignisse der vergangenen Nacht zu sprechen. Tobias war sauer auf Johannes, weil sich dessen Computerproblem in seinen Augen als Farce erwiesen hatte. "Darauf hätte er wirklich allein kommen müssen", schimpfte er. "Hätte er mich nicht so bekniet, wie wichtig das wäre, hätte ich dich doch nach Hause gebracht."

"Und dann?", dachte ich leicht amüsiert, sprach es jedoch nicht aus. Was wäre wohl gewesen, wenn wir gemeinsam vom Feuer überrascht worden wären? Erst jetzt merkte ich, wie sehr mir der Schreck noch in den Knochen steckte. Ich gab dem Bedürfnis, über das Erlebte zu reden, einfach nach und Tobias erwies sich als wunderbarer Zuhörer. Während ich redete, streichelte er die ganze Zeit behutsam meine Hand und meinen Arm. Anfangs fand ich das einfach nur angenehm beruhigend, doch nach einer Weile stellte sich das gewisse Kribbeln wieder ein. Langsam begann ich seine Berührungen zu erwidern. Alles fühlte sich aufregend neu und gleichzeitig unendlich vertraut an. Als uns die Liebkosungen unserer Hände nicht mehr ausreichten, nahmen wir die Lippen zu Hilfe. Wie oft hatte ich in der Vergangenheit mit Freundinnen über den perfekten Sex diskutiert, jetzt erlebte ich ihn. Er war nicht etwa deshalb perfekt, weil wir nach besonderer Raffinesse strebten, sondern weil wir uns voll und ganz aufeinander einließen. Wir erspürten unsere wechselseitigen Wünsche, noch bevor sie uns richtig bewusst wurden. Nichts anderes war von Bedeutung, nichts außerhalb von uns schien überhaupt zu existieren. Plötzlich begriff ich die Definition von perfektem Sex: Er ist Trance in ihrer höchsten Vollendung. Jeder sollte das wenigstens einmal im Leben erlebt haben.

44.

Ich erwachte, weil mir die Sonne ins Gesicht schien. Das wunderbare Gefühl der vergangenen Nacht hielt an, ich streckte mich wohlig und schmiegte mich an Tobias, der noch fest schlief. Nur langsam wurde ich mir der Realität wieder bewusst. Gernot Schlüter hatte mich gebeten, mich zur Verfügung zu halten. Frau Kruse wollte vorbeikommen und ich hatte ihr die Anschrift der Praxis gegeben. Was tat ich also noch hier? Tobias erwachte, als ich mich von ihm löste und aufstand, um ins Bad zu gehen. Er sah mich verwirrt an. "Was machst du denn?", fragte er. "Wie spät ist es überhaupt?"

Ein Blick auf die Uhr ließ mich leicht panisch werden. "Schon acht Uhr durch", sagte ich.

"Oh Gott, das ist ja mitten in der Nacht! Komm einfach wieder her und lass uns weiterschlafen."

Doch ich hatte es jetzt richtig eilig. Tobias erhob sich unwillig murrend und brühte uns mit dem futuristischen Automaten in der Turbo-Küche Kaffee auf, für mehr war jetzt keine Zeit. Wir könnten später in der Praxis frühstücken. Die Fahrt verbrachten wir schweigend, ich war wie immer im Stadtverkehr leicht angespannt und Tobias schien noch gar nicht richtig wach zu sein. An der Tür zu Praxis ereilte mich der nächste Schreck. Sie war offen! Panik wallte in mir auf, hatte ich gestern etwa vergessen abzuschließen? Aus der Küche waren Geräusche zu vernehmen und dann kam auch schon Ruth auf mich zugeeilt und schloss mich in die Arme.

Ich war völlig verdattert. "Wo kommst du denn her, ich denke du reist durch Schottland?", fragte ich. Ruth runzelte die Stirn. "Glaubst du, ich kann mich in Ruhe erholen, während hier die Hölle losbricht?", fragte sie. "Gernot hat mich angerufen und mir alles erzählt. Aber jetzt möchte ich es natürlich noch einmal von dir hören."

Tobias, der immer noch in der Tür stand, zog es daraufhin vor, sich erst einmal zu verabschieden. "Ich rufe dich später an", sagte er. Ruth schaute ihm nach, sah dann mich an und meinte nur: "Schön." Sie hatte die Situation umgehend erfasst.

Wir redeten ausführlich über die Brandnacht und Ruths Entsetzen machte mir erst so richtig bewusst, wie knapp ich dem Tode entronnen war. Wie immer hatte sie bereits ganz konkrete Maßnahmen beschlossen. "Gernot sagte mir, du würdest zunächst in der Praxis wohnen. Dass du dich hier im Haus aufhalten willst, finde ich sehr vernünftig, das macht es leichter, über deine Sicherheit zu wachen. Ich habe dir bereits das Gästezimmer hergerichtet."

Meinen Einwand, ich könne doch auch in meinem Therapieraum auf der Liege schlafen, wies sie entrüstet zurück. "Soweit kommt es noch. Warum nicht gleich unter einer Brücke? Du hast oben alles, was du brauchst, auch die nötige Privatsphäre. Wir werden dir nicht in die Quere kommen und du kannst völlig ungestört Besuch empfangen. Aber halte dich bitte nachts hier im Haus auf, zumindest, bis die akute Gefahr vorüber ist. Das soll ich dir von Gernot übermitteln."

Ruth vermied dezent jeden Hinweis darauf, dass ich das in der vergangenen Nacht offensichtlich nicht so gehalten hatte. Ihr Angebot war großzügig, so großzügig wie ihr Gästezimmer, bei dem es sich fast schon um eine Suite handelte. Es verfügte über einen separaten Vorraum, ein luxuriöses Bad und einen geräumigen Wohn- und Schlafraum, der mit einem Doppelbett, einer ausladenden Sitzgarnitur und einem antiken Schreibtisch in einem Erker ausgestattet war. Trotzdem hoffte ich, ihre Gastfreundschaft nicht lange strapazieren zu müssen.

"Du wirst jetzt noch eine Menge Formalitäten zu erledigen haben, auch wenn deine Papiere glücklicherweise gerettet werden konnten", meinte Ruth. "Aber die Schadensmeldung für die Versicherung muss gemacht werden ..."

Ich unterbrach sie lachend. "Ach Ruth, der Schaden ist überschaubar. Meine Möbel stammten aus Studentenzeiten, die wichtigsten Bücher habe ich zum Glück hier in der Praxis und meinen Computer ebenfalls. Meine Garderobe war auch nicht die Neuste und Exklusivste."

"Na, so musst du da rangehen, dann kannst du der Versicherung noch Geld hinbringen. Ich habe bereits mit

Johannes gesprochen, er wird dich beim Ausfüllen der Formulare unterstützen. Zwar sollst du nicht behaupten, dass du Millionenwerte bei dir gelagert hattest, aber du musst ja jetzt fast alles neu beschaffen. Johannes kennt sich damit aus, er hat schon Mandanten in ähnlichen Fällen beraten."

Wie Ruth sich um mich sorgte, erfüllte mich mit Wärme und Dankbarkeit. Sie bot mir auch sofort finanzielle Hilfe an, doch die war zum Glück nicht notwendig, ich war fürs erste mit dem Nötigsten versorgt. Mitten in unserem Gespräch erreichte mich der Anruf von Frau Kruse: Sie könne in zwanzig Minuten da sein und ob es mir jetzt passen würde? Ich stimmte zu und Ruth verabschiedete sich bis später.

Nach unserem Telefongespräch hatte ich mir Frau Lehmanns Tochter als große schlanke Blondine vorgestellt. In Wirklichkeit war sie klein, korpulent und brünett. Sie sprühte förmlich vor Energie und war offenbar nicht leicht aus der Fassung zu bringen.

"Sicher ist Ihnen meine Reaktion auf den Brand merkwürdig vorgekommen", sagte sie, "aber es gibt schon seltsame Zufälle. Wissen Sie, es stand eigentlich schon lange fest, dass meine Mutter nicht auf Dauer allein in dem Haus bleiben kann. Aber sie wollte es einfach nicht wahrhaben, meinte immer wieder, es würde schon noch gehen. Dabei wurde sie zunehmend unbeweglicher und wären Sie nicht gewesen, hätte sie sich und den Hund zuletzt nicht mehr versorgen können. Ich wollte sie endgültig zu mir nach Hamburg holen, hatte auch schon eine nette kleine Wohnung direkt bei uns im Haus fest in Aussicht. Bei ihrem jetzigen Besuch sollte sie die in Augenschein nehmen und sich möglichst sofort zum

Bleiben entschließen. Aber wieder konnte sie sich nicht durchringen, es war immer die gleiche Litanei: 'Später gern, aber noch geht es mit dem Haus, Brutus ist die Umgebung gewohnt, was soll aus meiner netten Mieterin werden und so weiter und so weiter.' Da ist mir der Kragen geplatzt und ich habe zu meinem Mann gesagt: 'Manchmal wünschte ich, die Bude würde abbrennen.' Natürlich nicht mit Ihnen drin", setzte sie trocken hinzu. "Aber meine Trauer über die aktuelle Situation hält sich in Grenzen. Nun sind die Würfel wenigstens gefallen."

"Ich kann Sie verstehen", sagte ich, "doch sollten Sie das nicht zu laut sagen. Immerhin wird der Brandstifter noch gesucht." Sie schlug sich in gespieltem Schrecken auf den Mund. Gemeinsam fuhren wir dann zum Haus.

"Ich werde nicht bleiben können", sagte sie, "aber ich schicke jemanden vorbei, der sich um alles kümmern wird. Sie haben ja meine Telefonnummer, falls es Probleme geben sollte." Nur Brutus wollte Frau Kruse gleich mitnehmen, das hatte sich ihre Mutter ausdrücklich gewünscht. "Nochmals vielen, vielen Dank, dass sie ihn gerettet haben", sagte sie, nachdem wir ihn von den Nachbarn in Empfang genommen hatten.

"Er hat mich gerettet", erwiderte ich und drückte ihn zum Abschied an mich. Als er mir dabei über die Hand leckte, musste ich schnell die Tränen wegblinzeln.

"Ich verstehe, weshalb meine Mutter Sie so mag", meinte Frau Kruse. "Besuchen Sie uns doch mal, wir würden uns riesig freuen." Ich sah dem Auto nach, bis es um die Ecke gebogen war.

Am Nachmittag traf ich mich mit Johannes und verbrachte anschließend viel Zeit damit, eine Liste der vom Feuer vernichteten Sachen zu erstellen. Sie wurde letztendlich doch erstaunlich lang. Mit meiner Haftpflichtversicherung mussten wir den Schadenersatz für die Fensterscheibe der Nachbarn regeln. Johannes meinte, dass es da keine Probleme geben dürfte. Als Tobias mich später zum Abendessen abholte, war ich hungrig und ziemlich erschöpft. Ich hatte tagsüber kaum etwas gegessen. Wir gingen zum Italiener und ich bedauerte einen Moment lang, mir nicht doch etwas wirklich Schickes zum Anziehen gekauft zu haben. Ich hoffte nur, Tobias trotzdem zu gefallen. Wir erzählten uns, wie wir den Tag verbracht hatten und Tobias erwähnte, am Morgen Melissa besucht zu haben. "Sie war furchtbar erschrocken über den Brand und lässt dich ganz herzlich grüßen."

Die Tatsache, dass ich in nächster Zeit bei Ruth wohnen würde, fand er beruhigend. Das Haus war gut gesichert und verfügte über eine Alarmanlage. Allerdings machte er sich Sorgen um Melissa: "Es liegt doch auf der Hand, wie gefährdet auch sie ist. Dieser alte Kasten, in dem sie wohnt, hat nicht etwa nur Schwachstellen, der ist eine einzige Schwachstelle! Da kann jedes Kind mit Hilfe einer Nagelfeile einbrechen. Sie braucht dringend Personenschutz."

Nicht zum ersten Mal fragte ich mich, wie wohl Melissa und Tobias früher zueinander gestanden haben mochten. Daher sprach ich Tobias ganz direkt drauf an. Seine Antwort fiel sehr ausführlich aus, fast schien es, als hätte er nur auf eine Gelegenheit gewartet, endlich darüber sprechen zu können.

"Als wir uns kennenlernten, war ich 23 und sie gerade mal 15", sagte er. "Sie war für mich zunächst einmal nur eine von vielen Freundinnen meiner Schwester. Ich habe mich nie sonderlich um diese albernen Mädchen gekümmert. Aber ich merkte damals schon, dass Melissa anders war. Viel ernster als andere in ihrem Alter. Ich konnte natürlich unmöglich übersehen, wie hübsch sie war. Ich studierte zu der Zeit und kam nicht allzu oft nach Hause. Außerdem hatte ich eine Freundin, die vom Alter her zu mir passte, Melissa erschien mir viel zu jung. Aber als sie dann 18 war, da spielte der Altersunterschied auf einmal keine Rolle mehr. In dem Jahr fuhr ich mit meiner Familie in den Urlaub in unser Ferienhaus in Italien. Meine Eltern waren erstaunt und erfreut, als ich erklärte, mitkommen zu wollen. Auch Melissa kam mit und in diesem Urlaub wurden wir ein Paar. Es war nicht geplant, sondern ergab sich aus der Situation. Julia hatte sich einen feurigen Italiener geangelt, worüber meine Eltern tief beunruhigt waren. Sie beknieten mich, ich solle auf meine Schwester aufpassen und über diesen Auftrag war ich alles andere als erfreut. Schließlich haben wir es so gelöst, dass Melissa und ich die beiden so oft wie möglich begleiteten, als zweites Paar sozusagen. Wir haben uns auch ein bisschen wie ein Paar verhalten, um nicht wie Aufpasser zu wirken. Was als Spiel begann, wurde irgendwann Ernst. Es war ein schöner Sommer." Tobias schaute einen Moment lang verträumt vor sich hin.

"Und wie ging es mit euch weiter?" Ich bemühte mich, sachlich zu klingen.

"Es ging nicht richtig weiter, aber es hörte auch nicht richtig auf." Tobias klang leicht resigniert. "Sie gab mir immer das Gefühl, sich nicht völlig auf mich einlassen zu wollen, fast so als wäre es für sie immer noch ein Spiel.

Oft entzog sie sich mir einfach, schützte alles Mögliche vor, um mich nicht treffen zu müssen. Dann war sie plötzlich wieder lieb und nett, ich wurde nie schlau aus ihr. Zeitweise kam es mir so vor, als wollte sie mich nur nicht kränken, wäre aber froh, wenn ich sie in Ruhe ließe. Schließlich habe ich mich nach dem Urlaub auch etwas von ihr zurückgezogen. Ich wollte ihr Zeit lassen und sie nicht zu sehr bedrängen. Aber ich setzte all meine Hoffnungen auf den kommenden Sommer. Als meine Schwester mir sagte, Melissa würde nicht mit nach Italien fahren, habe ich das völlig falsch verstanden. Julia hat mir nämlich nicht verraten, dass sie es gewesen war, die sie ausgeladen hatte. Ich war sauer auf Melissa, weil ich annahm, sie würde mir auf eine feige Art ausweichen. Das habe ich ihr dann auch so geschrieben und kurz darauf kam Julia ums Leben. Alles andere war plötzlich unwichtig geworden. Leider habe ich dieses Missverständnis nie aufklären können."

"Also ist es eine unerfüllte Liebe?"

Wie ich diesen zickigen Unterton in meiner Stimme hasste! Zum Glück schien er Tobias nicht aufzufallen.

"Das muss man wohl so sagen. Mich hat das sehr lange beschäftigt und durch die tragischen Umstände, die es unmöglich machten, mich mit ihr auszusprechen, wurde das Gefühl noch verstärkt."

Auf einmal spürte ich eine bleierne Müdigkeit, ich hätte am Tisch einschlafen können.

"Entschuldige", sagte ich zu Tobias, "ich bin furchtbar müde, könnten wir vielleicht gehen?"

Er fasst nach meiner Hand. "Du bist ja eiskalt", meinte er erschrocken.

"Es war alles ein bisschen viel", versuchte ich möglichst gelassen zu erklären. "Ich glaube, der Schock wirkt sich jetzt erst richtig aus."

Tobias brachte mich zu meinem vorläufigen Domizil und verabschiedete sich sehr zärtlich. Er bedauerte, nicht mit raufkommen zu dürfen, hatte ich diese Möglichkeit doch kategorisch ausgeschlossen. Ich war froh, diese Barriere zwischen uns zu haben. Ich brauchte dringend Zeit zum Nachdenken.

45.

Gleich ganz früh am nächsten Morgen rief Melissa an und klang ziemlich aufgeregt. Sie würde gern vorbeikommen und mit mir reden. Wir hatten momentan keine festen Termine miteinander, doch das Angebot, sich bei Bedarf zu melden, bestand natürlich weiterhin. Nun machte sie davon Gebrauch.

Sie tauchte so kurz nach ihrem Anruf bei mir auf, dass ich annehmen musste, sie habe den Weg zur Praxis im Laufschritt zurückgelegt. Ihr Gesicht war gerötet und sie atmete schnell. Ich hatte angenommen, sie würde auf den Brand zu sprechen kommen, aber sie hielt sich nicht lange mit der Vorrede auf. "Du hast doch anonyme Drohbriefe erhalten, bevor es bei dir brannte?", fragte sie. Ich stutzte, denn davon hatte ich ihr nichts erzählt.

"Johannes hat es mir gesagt", setzte sie erklärend hinzu. "Er meinte, das sei eine neue Spur, die mich entlasten würde. Aber jetzt habe ich auch so ein Schreiben erhalten." Sie schob ein doppelt gefaltetes, weißes A4 Blatt zu mir über den Tisch. Ich nahm es nicht, sondern holte stattdessen eine Klarsichthülle aus meinem Schreibtisch.

"Mach es auf und steck es hier rein", sagte ich. "Vermutlich werden keine Fingerabdrücke außer deinen darauf sein, doch wir müssen dem nicht unbedingt noch weitere hinzufügen."

Melissa gehorchte und ich konnte mir die Nachricht nun in Ruhe ansehen. Sie hatte nicht die entfernteste Ähnlichkeit mit den Kritzeleien, die mir zugegangen waren. Auf dem oberen Teil eines blütenweißen Zeichenblattes befand sich die akkurat und detailliert ausgeführte Zeichnung eines Turms. Darunter stand in sauber ausgeschnittenen Lettern:

ERINNERE DICH, SONST WIRST DU STERBEN

Das Ganze erinnerte eher an ein künstlerisch gestaltetes Plakat als an einen Drohbrief.

Es stellte sich heraus, dass es nicht die Todesdrohung war, die Melissa in solche Aufregung versetzt hatte, sondern die Zeichnung. "Das ist der *richtige* Turm", betonte sie immer wieder, "der Turm, den ich in meinen Alpträumen sehe. Ich bin mir ganz sicher. Dieser andere Turm, den ihr fotografiert habt, ist zwar unheimlich, doch es ist nicht der Turm vor dem ich mich fürchte."

Diese Vermutung hatte ich allerdings auch schon gehabt. Der sogenannte Hexenturm war sehr massiv, hatte keine Fenster und ein geschlossenes Dach. Wie sollte jemand von dort hinabstürzen? Der Unfall mit Melissas Bruder musste sich also woanders ereignet haben. Der Turm auf der Zeichnung erschien mir dafür durchaus geeignet. Er hatte oben eine Plattform und wirkte ziemlich verfallen. Sicher übte er eine große und gefährliche Anziehungskraft auf neugierige Kinder aus.

"Als ich die Zeichnung dieses Turmes gesehen habe", fuhr Melissa fort, "da habe ich eine Panikattacke bekommen, so heftig wie schon lange nicht mehr. Ich zittere immer noch. Was hat das alles zu bedeuten? Wer das gezeichnet hat, muss wissen, was damals in dem Turm passiert ist. Aber warum droht er mir? Ich habe ja selbst den Wunsch, mich erinnern zu können, doch für wen außer mir sind meine Erinnerungen derart wichtig?"

Ich konnte ihr diese Fragen, die mich ebenfalls bewegten, nicht beantworten. Zum Glück bestand Melissa nicht auf einer Hypnose, da sie vor dieser letzten, entscheidenden Erinnerung offenbar zurückschreckte. Sie spürte intuitiv, dass sie noch nicht bereit war, sich ihr zu stellen. Ich beschloss, stattdessen etwas gegen ihren momentanen Erregungszustand zu unternehmen. "Wollen wir einen schönen, entspannenden Strandspaziergang unternehmen?", fragte ich sie deshalb und sie stimmte erleichtert zu. Diesmal dauerte es länger als sonst, Melissa in Trance zu versetzen. Auch meine beruhigenden Suggestionen schienen langsamer zu wirken. Ich ließ sie am Strand entlanggehen, der Brandung lauschen und die Möwen beobachten. Doch immer noch war eine gewisse Unruhe bei ihr spürbar. Ich suchte nach weiteren Ablenkungen und fragte sie, ob sie allein sei oder andere Menschen am Strand sehen könne. "Es ist jemand bei mir", gab sie schläfrig zur Antwort.

"Wer ist bei dir, Melissa", fragte ich nach.

"Tobias", erwiderte sie, "er hält meine Hand."

Bis zu diesem Punkt hatte auch ich mich in einem Zustand leichter Trance befunden, nun wurde ich hinaus in die Wirklichkeit katapultiert, wie ein Kind aus einem fahrenden Karussell. Was war das gewesen? Noch nie hatte Melissa ihre gemeinsame Vergangenheit mit Tobias erwähnt. Weshalb erinnerte sie sich ausgerechnet jetzt daran?

Mir war klar, dass ich die Sitzung an diesem Punkt abbrechen musste. Weiter zu fragen, wäre mir wie ein voyeuristischer Akt erschienen. Also holte ich nach ein paar einleitenden Worten Melissa aus der Trance in die Gegenwart zurück. Sie schien darüber überrascht zu sein, äußerte sich jedoch nicht dazu. Stattdessen fragte sie mich, ob ich am Abend zu ihr kommen würde. "Tobias meint, wir sollten unbedingt mit der Auswertung der Fotos weitermachen."

Melissa wusste in dieser Beziehung mehr als ich, mich hatte Tobias noch nicht gefragt. Offenbar war der Kontakt zwischen ihm und Melissa viel enger, als mir bisher bewusst gewesen war. Ich gab ihr eine ausweichende Antwort.

"Jedenfalls geht es mir jetzt besser", sagte sie noch, bevor sie die Praxis verließ. Das konnte ich von mir nicht behaupten.

Ruth musterte das Schreiben in der Klarsichthülle mit allergrößter Aufmerksamkeit. Melissa hatte es mir dagelassen, weil ich es Gernot Schlüter übergeben sollte, der noch in der Praxis vorbeikommen würde.

"Ich könnte das nicht", stellte Ruth mit Bestimmtheit fest.

"Was könntest du nicht?", fragte ich leicht verdutzt. "Einen Drohbrief verfassen?"

"Jedenfalls keinen mit so einer Zeichnung. Hast du dir die einmal genau angesehen? Sie ist handwerklich perfekt, man könnte sie in einen Touristenführer aufnehmen. Nicht jeder kann so zeichnen, das will gelernt sein."

Ruth hatte Recht. Die Zeichnung des Turmes war perfekt und mit künstlerischem Anspruch ausgeführt - die Perspektive, Licht und Schatten; alles stimmte.

"Jedenfalls scheint sie nicht von der gleichen Person zu stammen, die mir die Drohungen und die tote Ratte geschickt hat."

"Und genau damit habe ich ein Problem. Schon wieder kommt eine neue Person ins Spiel, die entweder Täter oder Mitwisser zu sein scheint. Ein bisschen viel Gedränge in einem einzelnen Fall, findest du nicht auch?"

Ich sprach den Verdacht aus, der damit im Raum stand: "Du glaubst, dass Melissa dieses Schreiben selbst verfasst hat?"

"Ich würde es nicht ausschließen. Es ist durchaus eine gängige Methode, seinen Opferstatus zu betonen. Bei Melissa könnte ich mir jedoch auch noch andere Motive vorstellen. Sie ist süchtig nach Nähe und Zuwendung. Bisher hatte sie die ungeteilte Aufmerksamkeit von Johannes und Tobias. Durch den Brandanschlag bist du in den Mittelpunkt gerückt. Johannes kümmert sich um die Versicherung und Tobias ist völlig an deine Seite gewechselt. Sie will vielleicht ihre Vorrangstellung zurückerobern."

"In Bezug auf Tobias dürfte ihr das nicht schwer fallen."

Ruth sah mich überrascht an. "Willst du darüber reden?", fragte sie knapp. Ich wollte tatsächlich, das wurde mir erst jetzt richtig bewusst. Manchmal braucht man eben selbst einen Therapeuten und Ruth war mit Abstand die beste Wahl. Aufmerksam hörte sie zu, als ich von dem Gespräch mit Tobias berichtete, durch das ich von seiner früheren Beziehung zu Melissa erfahren hatte. Ruth brachte es auf den Punkt: "Du hast ihm eine Frage gestellt und er hat sie beantwortet. Wo liegt dein Problem?"

"Die Antwort war mir zu ausführlich und zu enthusiastisch."

"Das ist eine sehr subjektive Einschätzung.“

"Außerdem hätte er nicht betonen müssen, wie stark der offene Ausgang der Beziehung seine Gefühle für Melissa intensiviert hat.“

"Hat er das auf die Gegenwart bezogen gesagt?"

"Ich bin mir nicht sicher."

"Weshalb hast du nicht nachgefragt?"

Ich wusste, wie Recht Ruth hatte und genau das brachte bei mir das Fass zu Überlaufen. "Weil ich keine Lust auf ein therapeutisches Gespräch hatte. Ich wollte umworben werden, wollte Komplimente hören, und zwar auf mich, nicht auf andere Frauen bezogen. Ich erwarte von einem Mann, dass er von allein darauf kommt. Privat will ich keine Therapeutin sein, sondern eine Frau mit eigenen Ansprüchen, mit Erwartungen und sogar mit Launen."

"Das ist dein gutes Recht", meinte Ruth schmunzelnd. „Tobias hat sich wirklich nicht gerade als ein Muster an Einfühlungsvermögen gezeigt. Aber das ist noch lange kein Grund, ihn in die Wüste zu schicken."

Das hatte ich auch nicht vor, doch ein wenig reserviert gab ich mich ihm gegenüber weiterhin. Am Nachmittag rief er an und wollte sich mit mir zum Essen verabreden. Ich lehnte ab, weil ich viel zu tun hätte, was auch nicht gelogen war. Daraufhin kam er auf die weitere Auswertung der Fotos zu sprechen. "Wir sind fast durch damit. Unter Umständen könnten wir heute Abend sogar fertig werden. Du bist doch dabei?"

Ich stimmte zu, sagte aber, dass ich eventuell etwas später kommen würde. Es wurde dann auch tatsächlich später. Als ich bei Melissa ankam, waren bereits alle versammelt. Auf dem Tisch standen Snacks und Rotwein, ich holte mir allerdings lieber nur ein Wasser. In Melissas Wohnzimmer fiel mir sofort eine Veränderung ins Auge. Vor den hohen Fenstern befanden sich blickdichte Vorhänge, die bereits zugezogen waren. Noch vor kurzem hatte Melissa dies strikt abgelehnt. Was hatte sie dazu bewogen, ihre Meinung zu ändern? Wie hatte sie diese langen Stoffbahnen überhaupt so schnell an die hohen Fenster bekommen? Ich fragte sie danach.

"Ich habe eine Firma beauftragt, die haben das ganz schnell erledigt", meinte sie. Ja natürlich, durch ihren finanziellen Spielraum verfügte Melissa über solche Möglichkeiten. Manchmal vergaß ich das.

Tobias hatte den Computerbildschirm in Position gebracht und wir konzentrierten uns auf die Fotos. Einige der Gesichter darauf hatte ich inzwischen so oft gesehen, dass sie mir richtig vertraut vorkamen. Ich glaubte längst nicht mehr daran, in diesem Rahmen etwas zur Aufklärung beitragen zu können und hoffte nur noch auf das baldige Ende der Aktion. Die Fotos waren an unterschiedlichen Schauplätzen aufgenommen worden, sie zeigten Impressionen vom Sportfest, vom Konzert auf der Wiese hinter dem Schloss und von der Kunstausstellung in der Aula. Gerade befanden wir uns wieder in der Aula, die Menschen auf dem Foto standen dicht gedrängt, offenbar lauschten sie in diesem Moment der Eröffnungsrede zur Ausstellung. Durch eine zufällig entstandene Lücke zwischen den Personen wurde der Blick auf eine kleine, grauhaarige Frau mit einer dunklen Sonnenbrille frei. Ich starrte sie wie gebannt an. Das war doch meine Frau Niemand-Brückner aus Gröbeneck! Was machte sie denn da auf Schloss Dahrenried?

Tobias hatte meine Überraschung bemerkt. "Erkennst du jemanden, Iris?", fragte er gespannt.

"Nein, natürlich nicht", erwiderte ich vielleicht allzu schnell, denn er fühlte sich veranlasst, nochmals nachzufragen: "Wirklich nicht?"

"Nein wirklich nicht", bekräftigte ich. "Ich bin müde und überreizt, da fängt man an, Gespenster zu sehen."

"Wir haben es gleich geschafft, nur ein paar Aufnahmen noch", tröstete Tobias mich. Als wir dann endlich damit durch waren, fühlten sich alle erschöpft. Tobias und Johannes war die Enttäuschung darüber anzumerken, dass wir zu keinen neuen Erkenntnissen gelangt waren. Ich musste meine Erkenntnis für mich behalten, denn Frau Niemand-Brückner war meine Patientin gewesen, noch dazu eine, die dringend auf die Einhaltung ihrer Anonymität bedacht gewesen war. Diese hatte ich nun unter allen Umständen zu wahren und zu schützen. Wenn ich einen Verdacht gegen sie hegte, durfte ich dem nur allein nachgehen und niemanden einweihen. Der Gedanke war nicht angenehm, aber folgerichtig. Ich hatte keine andere Wahl.

Tobias brachte mich nach Hause. Mir fiel auf, dass er mich immer wieder aufmerksam von der Seite musterte. "Ist dir auf den Fotos wirklich niemand aufgefallen?", fragte er schließlich. Ich schüttelte den Kopf. Auf einmal war ich mir überhaupt nicht mehr sicher. Eine kleine, grauhaarige Frau kann man schnell mal verwechseln. Außerdem hatte sie auf dem Foto auch noch eine Sonnenbrille getragen, was es nicht leichter machte. "Weißt du", sagte ich deshalb zu Tobias, "ich war heute einfach müde und konnte mich nicht richtig konzentrieren. Es ist zwar eher unwahrscheinlich, aber gut möglich, dass ich etwas übersehen habe. Kannst du mir die Fotos von heute Abend auf meinen Rechner ziehen? Dann sehe ich sie mir nochmal in Ruhe an."

"Klar", meinte Tobias, "ich bringe dir morgen früh einen Stick vorbei."

Er schlug nicht vor, mit nach oben zu kommen und es gleich zu erledigen. Obwohl ich daran nicht ganz unschuldig war, fühlte ich mich enttäuscht.

46.

Am nächsten Morgen brachte mir Tobias bereits in aller Frühe den Stick vorbei. Ich bemühte mich, nicht zu zeigen, mit welcher Ungeduld ich darauf gewartet hatte. Mein Schlaf in der vergangenen Nacht war unruhig gewesen, weil meine Gedanken immer wieder um das eine Foto kreisten und um die Frage, ob ich mich vielleicht doch getäuscht hatte.

Kaum hatte Tobias sich verabschiedet, übertrug ich die Datei auf meinen Rechner und machte mich sofort an die Sichtung der Fotos. Da ich mich lediglich auf die in der Aula entstandenen Aufnahmen konzentrieren musste, kam ich zügig voran. Nach nur 20 Minuten hatte ich das entscheidende Bild gefunden. Ich zoomte das Gesicht der grauhaarigen Frau so nah wie möglich heran. Nun hatte ich keine Zweifel mehr: Diese mürrisch nach unten gezogenen Mundwinkel gehörten zu meiner rätselhaften

Patientin. Es war eigentlich gar nicht erforderlich, dass ich zum Vergleich noch einmal die Website ihrer Firma in Gröbeneck aufrief und die Fotos verglich. Ich tat es trotzdem. Nun stand die Anwesenheit von Frau Brückner an jenem verhängnisvollen Mordtag auf Schloss Dahrenried fest. Doch ich konnte nicht wissen, ob sie wegen Melissa dort gewesen war, auch wenn es auf der Hand zu liegen schien. Auch ihr Auftauchen in meiner Praxis musste mit Melissa zu tun gehabt haben, sie stellte die einzige mögliche Verbindung zwischen den beiden Ereignissen dar. Aber musste sie deshalb etwas mit den Morden zu tun haben? Oder zumindest etwas darüber wissen? Eines stand fest: Solange ich nur vage Vermutungen hatte, durfte ich meine Schweigepflicht nicht brechen.

Ich würde also allein nach Gröbeneck fahren und möglichst herausfinden müssen, welches Interesse Frau Brückner an Melissa haben konnte. Heute war Freitag und in der kommenden Woche würde ich wieder normal arbeiten, da bleib mir für solche Erkundungen keine Zeit. An diesem Wochenende konnte ich auch nicht fahren, denn ich hatte Gernot Schlüter versprechen müssen, den Ort einstweilen nicht zu verlassen. Den fälligen Besuch bei meinen Eltern hatte ich verschoben. Sie hatten keine Ahnung von dem Brand, das würde ich ihnen später lieber persönlich erzählen. Nur dass meine Vermieterin zu ihrer Tochter nach Hamburg ziehen würde und ich auf Wohnungssuche war, wussten sie bereits. Also hoffte ich auf eine Gelegenheit am übernächsten Wochenende. Bis dahin würde ich mich in Geduld fassen müssen.

Mittags bekam ich einen Anruf von Tobias. Er wolle mir nur ein schönes Wochenende wünschen und mitteilen, dass er für ein paar Tage wegfahren müsse. Sobald er zurück sei, würde er sich bei mir melden. Mehr sagte er nicht. Ich verbrachte das Wochenende mit Arbeit und verschwendete endlich auch mal wieder ein paar Gedanken an meine vernachlässigte Dissertation. Am Montag sprachen mich mehrere Patienten voller Mitgefühl auf den Brand an. Immerhin erhielt ich dabei auch ein paar Hinweise auf leerstehende Wohnungen.

Tags darauf tauchte Tobias wieder bei mir auf und wollte mich dringend und am liebsten sofort sprechen. Er musste abwarten, bis ich den letzten Patienten verabschiedet hatte. Dann saßen wir uns in meinem Zimmer gegenüber.

Tobias wirkte nervös, er redete sehr schnell und sah mir dabei nicht in die Augen. Die Dringlichkeit, mit der er sprach, hatte etwas Aufgesetztes. "Iris, es scheint eine Menge schief zu laufen, wir müssen unbedingt handeln", sagte er. "Es erinnert mich alles ganz fatal an die Situation vor drei Jahren. Auch da konzentrierten sich die Ermittlungen plötzlich auf Melissa und alle anderen Spuren ließ man einfach im Sande verlaufen. Jetzt scheint das gleiche Spiel von vorn zu beginnen. Man hat Melissa nach ihrem Alibi in der Brandnacht gefragt, das musst du dir einmal vorstellen! Natürlich hat sie keins, sie war um die Zeit allein in ihrer Wohnung. Dann haben die Beamten nochmal im Atelier rumgeschnüffelt und der eine hat die Bemerkung gemacht, dass da eine Menge Brandbeschleuniger rumstehen würden. Melissa ist Malerin! Sie braucht Verdünnungen für ihre Farben und zum Reinigen der Pinsel, und zwar in großen Mengen. Schließlich malt sie ja sehr viel."

Ich fand es auch seltsam, dass man Melissa in dieser Art befragt hatte. Doch die Aufregung von Tobias erschien mir übertrieben. "Das ist sicher nur Routine und hat weiter nichts zu bedeuten", sagte ich. Aber Tobias regte sich nur noch mehr auf. "Mit solcher Routine verplempern die ihre Zeit und lassen den Täter in aller Ruhe weitermachen. Überhaupt nichts haben sie bisher herausgefunden. Weil sie komplett unfähig sind. Sonst wüssten sie längst, was ich inzwischen weiß. Ich habe die vergangenen Tage gut genutzt und ein paar Recherchen angestellt."

Tobias beugte sich vor und sah mich eindringlich an, bevor er weitersprach. "Ich bin da auf eine Frau gestoßen, mit der sich die Polizei mal näher befassen sollte, und zwar schleunigst! Es handelt sich um eine Frau Brückner aus Gröbeneck, sie betreibt dort eine Spedition. Diese Dame hat Melissa in den vergangenen Jahren systematisch hinterher geschnüffelt, hat regelmäßig ermittelt, wo sie sich aufhält und was sie so macht und sie war an dem betreffenden Tag der offenen Tür auf Schloss Dahrenried!"

Ich war völlig verblüfft, damit hatte ich nicht gerechnet. Wie war Tobias so schnell auf Frau Brückner gekommen? Woher hatte er all die Informationen über sie? Er wich meinem fragenden Blick mit einem verlegenen Grinsen aus und ich wusste die Antwort. Tobias hatte seine eigenen Methoden. Er musste sich in Frau Brückners Computer gehackt haben. Mir blieb keine Zeit, länger darüber nachzudenken, denn er redete schnell weiter. "Aber das ist noch nicht alles", sagte er, "Melissa ist nicht die einzige junge Frau, für die sich diese Frau Brückner interessiert. Mit ähnlichem Eifer stellt sie nämlich auch noch einer gewissen Anne Niemann nach, ermittelt deren Aufenthaltsorte und sucht nach günstigen Verbindungen dorthin. Ich dachte mir, das könnte ein

Ansatzpunkt sein. Ich wollte herausfinden, was Melissa und diese Anne Niemann gemeinsam haben. Sie war zuletzt in der Nähe von Potsdam gemeldet, also bin ich dort hingefahren. Und jetzt kommt der Knaller!" Tobias senkte die Stimme, um seinen Worten mehr Nachdruck zu verleihen. "Anne Niemann ist spurlos verschwunden! Was ich von ihrer ehemaligen Vermieterin über sie erfahren habe, war hochinteressant. Demnach war sie erst vor wenigen Wochen dort angekommen und machte den Eindruck, irgendwie auf der Flucht zu sein. Das hat die Vermieterin genauso ausgedrückt. Sie hatte die möblierte Wohnung nur unter der Bedingung angemietet, sie jederzeit zum Monatsende kündigen zu dürfen. Die Miete hat sie immer pünktlich am Ersten des Monats gezahlt, aber dann hat sie nach gerade mal drei Monaten den Schlüssel abgegeben und weg war sie. Sie ist noch am gleichen Tag mit zwei Reisetaschen fortgegangen, ohne zu sagen, wohin. Dabei hatte sie sogar eine gute Arbeitsstelle gefunden, eine Bekannte der Vermieterin hatte sie ihr vermittelt. Sie war bei so einem Verein für Schülerhilfe für die Terminvergabe und Absprachen mit den Lehrern zuständig. Ein bisschen Buchhaltung hat sie wohl auch gemacht, die waren angeblich sehr zufrieden mit ihr. Etwas Persönliches habe sie nie erzählt und sie soll anfangs nur dadurch aufgefallen sein, dass sie sich merkwürdig kleidete. Aber nachdem man sie darauf angesprochen hatte, sei sie immer adrett in dunkler Hose und weißer Bluse gekommen. Es habe keine Probleme zwischen ihr und den Kollegen gegeben, niemand hat begriffen, warum sie so plötzlich weg wollte. Das ist doch schon ziemlich eigenartig, findest du nicht auch?"

Er wartete meine Antwort nicht ab, sondern redete ohne Pause weiter. "Es ist ganz offensichtlich, dass Anne Niemann vor jemandem flieht, der ihr große Angst einjagt. Bei dieser Person handelt es sich eindeutig um Edeltraut Brückner! Um die gleiche Frau, die auch hinter Melissa her ist!"

Während Tobias redete, lief in meinem Kopf ein Film ab. Ich saß wieder in der Bäckerei in Gröbeneck und hörte zu, was mir die alte Postzustellerin über die älteste Tochter von Edeltraut Brückner erzählt hatte, über jenes Kind, das als Tochter der Schwester ausgegeben und auch später nicht anerkannt wurde. Ja, dieses Mädchen hieß Anne, ich erinnerte mich genau. Es trug den Geburtsnamen seiner Mutter. Anne Niemann war die Tochter von Edeltraut Brückner.

Offenbar hatten die beiden keinen direkten Kontakt zueinander, sonst würde die Mutter nicht im Internet nach der Tochter suchen. Aber stimmte es auch, dass Anne vor ihrer Mutter floh? Ich vermutete einen ganz anderen Zusammenhang. Schließlich hatte die ehemalige Postzustellerin erzählt, Anne sei in eine Nervenklinik eingeliefert worden, weil sie behauptet hatte, man wolle sie umbringen. Möglicherweise litt sie noch immer unter paranoiden Wahnvorstellungen und war deshalb ständig auf der Flucht. Tobias hatte eingangs noch erwähnt, sie habe in den vergangenen zwei Jahren elfmal den Aufenthaltsort geändert. So ein gehetztes Gebaren würde zum Krankheitsbild passen.

Es gab also eine plausible Erklärung für die Suche der Frau Brückner nach Anne. Aber weshalb interessierte sie sich für Melissa? Es musste auch hier eine Verbindung geben, vermutlich sogar ebenfalls eine verwandtschaftliche...

Ich schreckte aus meinen Gedanken auf. Offenbar hatte Tobias mich bereits wiederholt etwas gefragt, ohne dass ich es registriert hatte. Jetzt wiederholte er seine Frage eindringlich und katapultierte mich damit in die Gegenwart zurück: "Was weißt du über diese Frau Brückner?", einen Moment lang starrte ich ihn verständnislos an. Woher wusste Tobias, dass ich sie kannte? Im nächsten Moment durchzuckte mich die Erkenntnis siedend heiß: Tobias hatte sich nicht nur im Computer von Frau Brückner umgesehen, sondern auch in meinem eigenen! Wie ein Film lief alles noch einmal vor meinen Augen ab: Er hatte mich wiederholt gefragt, ob ich nicht doch jemanden auf den Fotos erkannt hätte. Weil er mir nicht glaubte, musste er mir mit den Fotos auf dem Stick auch einen Trojaner weitergegeben haben. Arglos hatte ich die Datei überspielt. Er hatte dann in aller Ruhe meinen Computer ausgekundschaftet und die Website der Firma Brückner entdeckt, die sich noch darauf befand. Vermutlich hatte er genau wie ich die Fotos verglichen.

Anscheinend war ich vor Schreck und Wut knallrot geworden, denn Tobias legte beschwichtigend seine Hand auf meinen Arm. "Iris, das ist eine ernste Sache, du musst jetzt sagen, was du weißt", raunte er beschwörend. Wütend schlug ich seine Hand weg. "Sag mal, ist dir überhaupt klar, was du da getan hast?", fauchte ich ihn an. Wenigstens schien es ihm peinlich zu sein, er wirkte verlegen. "Es war vielleicht nicht ganz richtig von mir", räumte er ein, "aber..."

Ich ließ ihn nicht ausreden. "Nicht ganz richtig?", schrie ich aufgebracht. "Ich bin Psychotherapeutin und du schnüffelst mal eben so in meinen Daten rum. Geht`s noch?"

Tobias versuchte erneut, mir die Hand auf den Arm zu legen. "Genau das ist der springende Punkt, Iris", sagte er. "Mir war klar, dass du etwas wusstest, es mir aber freiwillig nicht sagen würdest. Ihr Therapeuten nehmt es mit eurer Schweigepflicht doch ebenso genau wie die Katholiken mit dem Beichtgeheimnis. Aber soweit ich weiß, endet deine Pflicht zur Verschwiegenheit, wenn dadurch eine schwere Straftat verhindert werden kann."

Nun sah ich endgültig rot. "Willst ausgerechnet du mir jetzt die Rechtslage erklären? Der Einzige, der hier eine Straftat begangen hat, bist definitiv du. Sei froh, wenn ich darüber schweigen werde, was ich mir übrigens erst noch überlegen muss. Aber dass ich ansonsten nichts sagen werde, das kann ich dir fest versprechen."

Tobias gab noch nicht auf. "Iris, diese Frau Brückner hat definitiv Dreck am Stecken. Ich war bei ihr und wollte sie zur Rede stellen."

Ich war sprachlos. "Du hast *was* gemacht?"

"Ich wollte dich da raushalten, Iris, wirklich. Deshalb hab ich versucht sie direkt zu konfrontieren, weil ich dachte, sie wird sich dann verraten. Sie war derart aufgebracht, dass mir sofort klar wurde, die Frau weiß um was es geht. Sie hat etwas zu verbergen."

"Und was hat sie gesagt?", diese Frage konnte ich mir nun doch nicht verkneifen.

"Nichts. Sie hat mich rausgeworfen." Tobias wirkte jetzt leicht zerknirscht.

"Nachahmenswerte Idee von der Frau. Ich möchte, dass du gehst und dich nie wieder bei mir blicken lässt."

"Iris, bitte, lass uns darüber reden!"

"Ich habe schon viel zu lange mit dir geredet. Verschwinde! Und zwar sofort!"

Ich setzte mich an meinen Schreibtisch und wandte ihm demonstrativ den Rücken zu.

"Falls du es dir noch anders überlegen solltest, ich wohne im Moment bei Melissa. Sie sollte jetzt nicht mehr allein sein. Dein Rechner ist übrigens wieder sauber."

Ich gab keine Antwort und drehte mich nicht um, bis ich die Tür ins Schloss fallen hörte.

47.

Tobias hatte mir einen Brief geschrieben, keine Mail, sondern einen richtigen Brief auf hellblauem Briefpapier.

Darin betonte er eingangs, was für eine besondere Leistung das von ihm sei, sein erster Brief auf Papier seit 15 Jahren! Abgesehen davon, dass ich ihm das nicht so recht glaubte, war ihm wohl klar gewesen, dass ich eine Mail erst gar nicht geöffnet hätte. Der Brief enthielt eine Menge Entschuldigungen und Einsichten. Tobias geißelte sich als rücksichtslos und bedauerte zutiefst, mein Vertrauen missbraucht zu haben. Er betonte auch, wie ungeheuer wichtig ich ihm sei. "*Aber*" setzte er dann fort - und an diesem Punkt begannen die Rechtfertigungen und Ausflüchte. Er ließ nichts aus, es ging um die prekäre Situation von Melissa, die angebliche Unfähigkeit der Polizei und den Zeitdruck, unter dem wir stehen würden. Immerhin erwähnte er auch meine eigene Gefährdung, schließlich hatte jemand das Haus angezündet.

Was pflegte ich meinen liebeskranken Patientinnen regelmäßig mit auf den Weg zu geben? 'Alles, was ein Mann vor dem *aber* sagt, dürfen Sie getrost vergessen.' Also beförderte ich den Brief in den Papierkorb und beschloss ebenfalls, ihn zu vergessen. Den Brief und den Mann, der ihn geschrieben hatte. Dann stürzte ich mich in meine Arbeit.

Ruth sagte ich nichts von dem Hackerangriff, den Tobias auf mich unternommen hatte. Irgendwie war es mir peinlich. Allerdings erwähnte ich seine Wohngemeinschaft mit Melissa und dass ich seine Präferenzen wohl richtig eingeschätzt hätte. Die Reaktion von Ruth darauf war sehr überrascht. "Schade. Ich hätte ihn als klüger eingeschätzt", sagte sie.

"Ich weiß nicht, ob Klugheit in dieser Beziehung eine Rolle spielt. Aber ich will auch nicht darüber nachdenken. Genauso wenig wie über die unerquickliche Frage, was Melissa wohl hat, was ich nicht habe."

"Das wäre allerdings die falsche Fragestellung. Du müsstest in diesem Falle eher fragen, was sie *nicht* hat, was du hast. Nämlich Persönlichkeit, Selbstbewusstsein und Ecken und Kanten. Melissa ist eine schöne Hülle, die den Wusch weckt, sie mit den eigenen Idealvorstellungen auszufüllen. In den meisten Männern steckt nun mal ein kleiner Pygmalion, der sich seine Traumfrau selbst erschaffen möchte. Solche Beziehungen enden allerdings sehr oft in einem Fiasko."

Ruths Urteil über Melissa mochte hart klingen, doch es traf den Kern. Melissa war durch ein Trauma in ihrer Kindheit gefangen. Erst wenn sie es überwunden hatte, würde sie zu der Frau werden können, die sie sein wollte. Ob Tobias mit dieser Frau dann glücklich werden würde, war nicht vorhersehbar. Erfüllte mich dieser Gedanke mit Genugtuung? Es würde jedenfalls nichts zwischen uns ändern. "Er hat seine Chance gehabt", sagte ich laut. Um zu unterstreichen, dass ich das Thema endgültig abschließen wollte, breitete ich den Versuchsplan für mein Hypnoseexperiment vor Ruth aus. Interessiert beugte sie sich darüber. "Sieht perfekt aus", meinte sie dann. "Wann willst du anfangen?"

"Nicht vor September. Die meisten meiner Versuchspersonen sind momentan im Urlaub. Ich bin froh, so viele Freiwillige gefunden zu haben."

In der Tat war es mein größtes Problem gewesen, ob sich genügend Teilnehmer für mein Experiment finden lassen würden. Schließlich kannte ich hier noch nicht so viele Leute. Doch dann kam es ganz anders. Der gesamte Freundeskreis von Johannes erklärte sich bereit. Ruth steuerte ebenfalls einige interessierte Bekannte bei. Den ganz großen Erfolg hatte jedoch eine Anfrage von Gernot bei Polizeischülern. Auf einmal hatte ich sogar mehr Versuchspersonen als ursprünglich geplant. Doch das sollte mir nur recht sein, es konnte immer noch jemand abspringen oder sich als nicht für das Experiment geeignet erweisen.

Der Ablaufplan war denkbar einfach. Zuerst würde ich die Teilnehmer einzeln zu einem Vorgespräch einladen. Bei diesem Termin sollten sie alles Notwendige über Hypnose erfahren und auf ihre Eignung für das Experiment überprüft werden. Doch während sie sich noch in der Vorbereitungsphase wähnten, wären sie schon mittendrin. Denn plötzlich würde eine Patientin in das Gespräch hineinplatzen, die in Wahrheit eine nach einem festen Drehbuch handelnde Schauspielstudentin war. Sie würde um einen Termin bitten und sich nicht abweisen lassen, bevor sie nicht einige Fragen gestellt und Informationen über sich preisgegeben hätte. Auch ihr Äußeres sollte einige markante Merkmale aufweisen und dabei mehrere Sinne ansprechen. Sie würde ein auffälliges Tattoo am Oberarm tragen, laut mit einer Unmenge silberner Armreifen klimpern und penetrant nach einem Veilchenparfüm duften.

Einige Tage später würden die Teilnehmer dann zum zweiten Termin erscheinen und dabei von mir über diese Frau befragt werden, zuerst in einem normalen Gespräch, danach in Trance. Es sollte überprüft werden, ob die Hypnose zu weiteren Erinnerungen führen würde und wie zuverlässig diese waren. Wie immer, wenn ich mich mit der Planung meines Experimentes beschäftigte, erfasste mich Ungeduld. Am liebsten hätte ich sofort mit der Umsetzung begonnen. Da das leider nicht möglich war, beschloss ich den Rest des Tages wenigstens in der Bibliothek zu verbringen, um weiter am theoretischen Teil zu arbeiten.

Ich hielt mich gern in den stillen, kühlen Räumen auf und konnte mich dort wunderbar konzentrieren. Doch heute wirkte der Zauber nicht. Die Ruhe brachte meine Gedanken zum Tanzen und führte sie immer wieder zu Edeltraut Brückner zurück. Schließlich gab ich auf, ich musste mit jemandem reden. Von der Toilette aus rief ich Johannes an. Ich machte mir wenig Hoffnung, dass er Zeit haben könnte, doch zu meiner Überraschung stimmte er einem Treffen sofort zu. "Eigentlich sollte ich jetzt beim Gericht sein", sagte er, "doch ein wichtiger Zeuge ist nicht erschienen. Ich kann für heute hier Schluss machen und wir treffen uns gleich bei mir. Einverstanden?"

Ich fühlte mich sofort ein wenig erleichtert. Johannes war wirklich ein guter Freund und ein Treffen in seiner Wohnung war mir sehr angenehm. Nur ungern hätte ich das heikle Thema an einem öffentlichen Ort besprochen.

Johannes konnte nur wenige Minuten vor mir in der Wohnung angekommen sein, doch er hatte bereits Tassen und Gläser auf dem Tisch platziert. "Kaffee, Tee, Saft, Wasser, was darf es sein?", fragte er, wie immer der perfekte Gastgeber. Ich nahm nur ein Wasser und er entschied sich ebenfalls dafür. In einen bequemen Sessel versunken bestaunte ich die makellose Sauberkeit des Zimmers, das fast schon steril anmutete. "Putzt du hier eigentlich zweimal täglich oder lässt du es bei einem Mal bewenden?", konnte ich mir nicht verkneifen zu sticheln. Johannes schien die Ironie nicht zu bemerken. "Putzen hat etwas Meditatives, ich kann dabei gut denken", erwiderte er ganz ernsthaft. Warum funktionierte das bei mir nicht genauso, ich war doch schließlich die Psychotherapeutin? Aber natürlich war das im Moment mein geringstes Problem. So begann ich zum ersten Mal zu erzählen, was mir mit Tobias widerfahren war, obwohl es mir nicht leicht fiel. "Johannes, ich möchte dieses Gespräch in deiner Eigenschaft als Anwalt mit dir führen und daher an deine Pflicht zur Verschwiegenheit appellieren", hatte ich eingangs gesagt. Johannes war über so viel Förmlichkeit verwundert gewesen, doch das war nichts gegen seine Verwunderung über meinen Bericht.

"Hat der nicht mehr alle Latten am Zaun? Wie kann er sich in deinen Computer einhacken? Das ist ein unbefugtes Ausspähen von Daten, darauf stehen nach § 202a StGB bis zu drei Jahre Freiheitsstrafe!"

Ich war mir sicher, dass die Empörung von Johannes durch seine eigene Frustration über die Entwicklung zwischen Tobias und Melissa noch angeheizt wurde und er ihn aus diesem Grunde am liebsten unverzüglich hinter Gitter gebracht hätte. Doch darum ging es mir nun wirklich nicht.

"Ich brauche deinen Rat und deine Hilfe, Johannes. Nur mit dir kann ich darüber reden, weil ich sicher sein kann, dass es vertraulich bleibt."

Er nickte und nahm eine konzentrierte Haltung an, wie er sie vermutlich auch gegenüber seinen Mandanten an den Tag legte. Er wirkte vertrauenerweckend, auch auf mich. Vertrauen war etwas, das ich im Moment dringender als alles andere brauchte.

"Ich hatte vor längerer Zeit eine Patientin", begann ich meinen Bericht, "die nur ein einziges Mal zu einem Beratungsgespräch da war. Durch Zufall habe ich später erfahren, dass sie wie Melissa aus Gröbeneck stammt und immer noch dort lebt."

"Und sie war hier bei dir in der Praxis?"

"Ja, genau. Aber ich hatte deshalb noch nicht unbedingt einen Zusammenhang mit Melissa angenommen. Wie sagt man doch so schön: Zufälle gibt es, die gibt's gar nicht. Ich habe dann auch nie wieder von der Patientin gehört. Bis zu unserer letzten Fotosession bei Melissa. Da habe ich sie auf einem der Fotos erkannt."

Johannes hörte jetzt wie gebannt zu, er war so weit auf seinem Stuhl nach vorn gerutscht, dass ich befürchten musste, er würde gleich vornüberkippen.

"Die Frau war auch in Dahrenried?", vergewisserte er sich atemlos. "Das war dann aber bestimmt kein Zufall mehr."

"Das nehme ich auch nicht an. Aber ich konnte unmöglich darüber reden. Sie war schließlich meine Patientin! Doch Tobias hat meine Überraschung angesichts dieses Fotos bemerkt. Er hat mehrfach nachgefragt und als ihm klar wurde, dass ich nicht reden würde, ist ihm wohl die Idee mit dem Trojaner gekommen."

"Was durch nichts zu rechtfertigen ist", warf Johannes mit Schärfe in der Stimme ein.

"Leider habe ich es ihm dann auch noch sehr leicht gemacht, die Frau zu identifizieren. Sie betreibt in Gröbeneck eine Firma und hat auf ihrer Website ein Foto von sich. Ich hatte die Seite zum Vergleich noch einmal aufgerufen. So wusste Tobias nicht nur wer sie ist, er hatte auch gleich alle Kontaktdaten und hat sich Ruck-Zuck auch bei ihr eingehackt."

Johannes gab sich empört über so viel kriminelle Energie, aber das Ergebnis der Aktion interessierte ihn trotzdem brennend, das war unverkennbar.

"Er hat herausgefunden, dass diese Patientin intensiv über Melissa und über noch eine andere Person Informationen gesammelt hat. Diese andere Person ist eine enge Verwandte der Patientin. Sie haben offiziell keinen Kontakt zueinander, vermutlich, weil die Patientin der Anderen in der Vergangenheit Unrecht getan hat. Darin liegt auch der Schlüssel zu ihrem Verhalten. Sie hat sehr viel gearbeitet, immer von dem Ehrgeiz angetrieben, dadurch Anerkennung zu erlangen. Dabei hat sie nahestehende Menschen vernachlässigt und verletzt. Jetzt befindet sie sich in einer Lebenskrise und sie merkt vielleicht, dass sie nach den falschen Werten gestrebt hat. Ich vermute, sie sucht nach Menschen, die sie auf diesem Wege zurückgelassen hat, um sich mit ihnen auszusöhnen."

"Und in welchem Verhältnis steht sie zu Melissa?"

"Ich weiß es nicht, vermute aber eine verwandtschaftliche Beziehung. Unter Umständen ist sie damals gebeten worden, die Waise aufzunehmen und hat das abgelehnt?"

"Das sind nun wirklich sehr viele Vermutungen und nicht alles daran erscheint logisch. Warum hat sie dann keinen Kontakt zu Melissa aufgenommen?"

"Mag sein, dass das nie ihre Absicht war. Sie wollte unter Umständen nur wissen, wie es ihr geht."

"Dann müsste sie über die Mordanschläge sehr erschrocken sein."

"Das denke ich auch. Das wäre ein weiterer Grund, auf Abstand zu bleiben. Für Tobias ist sie allerdings die Mörderin, er hat sich in Unkenntnis der tieferen Zusammenhänge schon wieder eine wunderschöne Verschwörungstheorie zusammengestrickt."

"Völlig ausschließen kann man das natürlich nicht." Johannes wirkte nachdenklich. "Aber auf jeden Fall kann sie eine ungeheuer wichtige Zeugin für uns sein. Schließlich war sie ständig nah an Melissa dran und war sogar an dem betreffenden Tag in Dahrenried. Sie könnte etwas beobachtet haben. Würde sie mit dir reden?"

"Das ist ziemlich fraglich, Tobias hat eine Menge Porzellan zerschlagen. Er ist nämlich umgehend hingefahren und hat die Frau *konfrontiert*, was immer man sich bei ihm darunter vorstellen muss. Sie soll ziemlich wütend geworden sein."

"Das kann ich mir vorstellen." Johannes nutzte die Chance, sich noch einmal ausführlich über das unmögliche Verhalten von Tobias auszulassen, mit dem der nichts als Schaden anrichten würde. Ich stimmte ihm lebhaft zu, wir brauchten das beide, um unseren Frust loszuwerden. Doch dann überlegten wir, wie es nun weitergehen sollte.

"Du musst mir vor allem helfen, indem du Einfluss auf Tobias nimmst", sagte ich. "Er muss jetzt endlich mal die Füße stillhalten und darf sich nicht weiter einmischen. Sag ihm bitte, dass ich dich über die wichtigsten Zusammenhänge aufgeklärt habe und dass da kein Handlungsbedarf besteht. Jedenfalls nicht von seiner Seite."

Johannes nickte zustimmend. Es war ihm anzumerken, wie sehr ihm die zugewiesene Rolle behagte, vor allem Tobias gegenüber. "Und was wirst du unternehmen?", fragte er.

"Ich werde nach Gröbeneck fahren, weil es da auch noch etwas anderes zu erledigen gibt. Aber ich werde bei dieser Gelegenheit versuchen, Kontakt zu meiner Patientin aufzunehmen. Es kann sein, dass sie eine Erklärung von mir erwartet." Zwar traute ich Tobias nicht zu, dass er mich ihr gegenüber erwähnt hatte, doch sie könnte ihre eigenen Überlegungen angestellt haben. Es war möglich, dass sie mich mit ihm zusammen gesehen hatte. Deshalb wollte möglichem Ärger vorbeugen. Das Angebot von Johannes, mich nach Gröbeneck zu begleiten, lehnte ich ab. Diesmal würde ich allein fahren.

48.

Bereits am Donnerstag hatte ich Ruth mitgeteilt, dass ich das Wochenende in Wernigerode bei meinen Eltern verbringen würde. Freitag früh kam dann Gernot kurz in der Praxis vorbei. "Es ist natürlich nichts dagegen einzuwenden, dass du zu deinen Eltern fährst, Iris", sagte er, "aber sei bitte weiterhin vorsichtig. Halte dich nach Möglichkeit nur an Orten auf, wo auch andere Menschen sind. Wenn dir irgendetwas verdächtig erscheinen sollte, dann scheue dich bitte nicht, mich sofort zu informieren."

Auch Ruth gab mir noch so viele mütterlich besorgt klingende Ratschläge mit auf den Weg, dass ich ein schlechtes Gewissen bekam, sie zu hintergehen. Mein Weg zum S-Bahnhof führte mich noch einmal durch die Lindenallee. Das Auto von Tobias stand vor der Villa, das war gut, er war also nicht damit unterwegs. Meine größte Sorge war, dass er mir noch einmal in die Quere kommen könnte. Es versetzte mir inzwischen auch keinen Stich mehr, den Opel jeden Morgen vor Melissas Tür zu sehen. Mit der Sache hatte ich innerlich abgeschlossen.

Um nach Gröbeneck zu gelangen, musste ich zweimal umsteigen, wenigstens waren alle Züge ausnahmsweise einigermaßen pünktlich. Um 14.31 Uhr kam ich auf dem kleinen Bahnhof von Gröbeneck an. Das war eine günstige Zeit, das Heimatstübchen musste seit einer halben Stunde geöffnet sein. Ich fand es sofort, es war in einem der ältesten Fachwerkhäuser des Ortes untergebracht. Als ich durch die Tür trat, musste ich mich bücken, um mir nicht den Kopf zu stoßen. Der Dielenboden im Inneren war so abschüssig, dass man das Gefühl hatte, sich auf dem Deck eines Schiffes zu bewegen. Nach der Helle des Sonnenlichts draußen wirkte der Raum düster, die kleinen Fenster ließen nur wenig Licht herein. Hinter einem Schreibtisch neben dem Fenster saß eine korpulente ältere Dame. Sie hatte eine Tasse Kaffee, sowie ein Tortenstück von beachtlicher Größe vor sich. Während sie genießerisch den Löffel zum Munde führte, blätterte sie langsam in einer Illustrierten. Bei meinem Eintreten sah sie unwillig auf, unverkennbar fühlte sie sich gestört. Doch darauf konnte ich jetzt keine Rücksicht nehmen. Ich grüßte sehr freundlich und erkundigte mich zuerst nach dem Eintrittspreis. Sie gab mir keine Antwort, sondern deutete mit dem Löffel auf ein Schild auf ihrem Schreibtisch. Dem konnte ich entnehmen, dass ich 2 Euro zu entrichten hatte. Also legte ich die Münze auf einen Teller und machte mich ohne Umschweife an den Rundgang, damit sich die Dame wieder ungestört ihrer Torte widmen konnte.

Das Heimatstübchen bestand aus zwei kleinen Räumen, deren Verbindungstür entfernt worden war. Eingangs wurde auf einer Tafel die Geschichte des Ortes erläutert. Ich erfuhr, dass Gröbeneck um das Jahr 1100 erstmals urkundlich erwähnt worden war. Die Bevölkerung, die vor allem aus Bauern bestand, wurde im 15. Jahrhundert durch die Pest stark dezimiert. Der dreißigjährige Krieg ließ den Ort verarmen, der eigentliche Aufschwung kam erst im 19. Jahrhundert durch den Abbau von Granit. Die Erzeugnisse der Gröbenecker Steinmetzbetriebe fanden Absatz bis in die Niederlande. Dadurch wuchsen die Einwohnerzahl und der Wohlstand des Ortes.

Der Geschichte der Burg Gröbeneck mit dem Hexenturm war eine gesonderte Tafel gewidmet. Ich überflog sie lediglich mit wachsender Ungeduld, denn eigentlich war ich ja nur wegen der Bilder von Adrian Morgenroth gekommen. In diesem Raum schienen sie sich nicht zu befinden. Ich warf der Form halber noch einen Blick in zwei Vitrinen, in denen archäologische Funde aus der Region gezeigt wurden und begab mich dann in den Nebenraum. Die Bilder sprangen mir sofort ins Auge, sie erinnerten mich lebhaft an die leuchtenden Aquarelle von Melissa. Es waren drei Landschaftsbilder und ein Portrait, das eine alte Bäuerin zeigte. Unter den Bildern war auf einer kleinen Tafel der Name des Künstlers angegeben, ohne zusätzlichen Hinweis darauf, dass er aus dem Ort stammte. Eigentlich hätte sich das doch angeboten.

Aber noch etwas anderes ließ mich stutzen: Die schwungvolle Signatur unter den Gemälden bestand eindeutig aus einem A und einem B. Ich ging in den vorderen Raum zurück, wo die Dame hinter dem Schreibtisch die Torte inzwischen vertilgt hatte und nun ganz in ihre Illustrierte vertieft war. "Entschuldigung", sagte ich, "der Maler der Bilder nebenan hieß doch Adrian Morgenroth?"

"Ja, genauso steht es ja auch auf der Tafel", bemerkte die Dame spitz.

Ich ließ mich durch ihre Unfreundlichkeit nicht abschrecken. "Wieso sind die Bilder dann mit *A. B.* signiert?"

Sie sah mich an, als müsse sie erst überlegen, ob ich einer Antwort würdig sei, entschied sich dann aber dafür. "Morgenroth war der Name seiner Frau, er hat ihn nach der Heirat angenommen. Vorher hieß er anders und das hier sind Bilder aus dieser frühen Zeit."

"Und wie hieß er vor der Heirat?"

Jetzt wurde ihr Blick misstrauisch, sie sah mich mit fest zusammengepressten Lippen an. Mir dämmerte eine Erkenntnis: "Hieß er vorher Brückner?", fragte ich.

"Na, Sie sind ja gut informiert", kam es statt einer Antwort zurück. Waren die Leute in diesem Ort eigentlich generell so unfreundlich oder hatten sie gemeinsam ein dunkles Geheimnis zu hüten? Mir war es in diesem Moment egal, ich hatte jedenfalls gerade ein weiteres Rätsel lösen und dem Puzzle ein Teil hinzufügen können. Melissas Vater war ein geborener Brückner und demnach mit meiner Patientin verwandt. Den Grad der Verwandtschaft musste ich noch herausfinden, die Verwalterin des Heimatstübchens würde ihn mir definitiv nicht verraten. Ich ging zu den Bildern zurück, um sie noch einmal in Ruhe zu betrachten. Im Nebenraum wurde leise eine Tür zugezogen. Ein Blick durch den Durchgang verriet mir, dass der Schreibtisch jetzt verwaist war. Hinter einer mit *Privat* beschrifteten Tür war leises Gemurmel zu vernehmen. Offenbar telefonierte die Dame. Ich kehrte zu den Bildern zurück und ließ mich davor auf einem der alten

Stühle nieder. Der ganze Raum war als Stube aus dem 19. Jahrhundert eingerichtet, mit einem urigen Kachelofen und einem Spinnrad davor. Adrian Morgenroths Bilder passten nicht in dieses Ambiente, dafür wirkten sie viel zu frisch und modern. Die Ähnlichkeit mit den Arbeiten von Melissa war wirklich verblüffend. Spielten da Erinnerungen eine Rolle oder konnte sich so ein Stil etwa tatsächlich vererben?

Eine empörte Stimme riss mich aus meinen Gedanken: "Hier dürfen Sie nicht sitzen!" Weder gab es einen entsprechenden Hinweis, noch bestand die Gefahr, dass der derbe Holzstuhl unter mir zusammenbrechen könnte. Dennoch erhob ich mich sofort mit einer Entschuldigung. "Ich wollte ohnehin gerade gehen", sagte ich, "vielen Dank. Auf Wiedersehen." Auf letzteres schien sie keinen Wert zu legen, die reservierte Dame verabschiedete mich mit einem knappen Kopfnicken.

Ich stand wieder draußen im hellen Sonnenlicht und atmete erst einmal tief durch. Wie sollte es jetzt weitergehen? Die unfreundliche Behandlung durch die Leiterin des Heimatstübchens hatte mich entmutigt. Wie würde da erst Frau Brückner reagieren? Offiziell kannte ich ja nicht einmal ihren Namen. Trotzdem trugen mich meine Füße ganz automatisch zu der Straße, in der sich die Firma befand. Dann wurde mir die Entscheidung abgenommen. Denn vor dem Tor stand *sie* in blauer Hose und geblümter Bluse und sah mir entgegen, als würde sie mich schon erwarten. Ein Ausweichen war nun unmöglich. Entschlossen ging ich auf sie zu und versuchte es erst einmal mit einem einfachen, neutralen Gruß, den sie nicht erwiderte. Mit vor der Brust verschränkten Armen stand sie vor mir und starrte mich feindselig an. "Weshalb spionieren Sie mir nach?", brach es dann aus ihr heraus. Auf diesen Vorwurf war ich vorbereitet. "Das tue ich ganz gewiss nicht", erwiderte ich, "ich bin nicht Ihretwegen hier."

"Und weshalb sind Sie dann hier?", setzte sie ihr Verhör fort.

"Das darf ich Ihnen nicht sagen. Weil ich die Identität einer anderen Person schützen muss, so wie ich auch Ihre immer geschützt habe."

Sie ging nicht darauf ein, sondern fragte stattdessen weiter: "Kennen Sie einen Herrn Wenger?"

Diese Frage berührte einen neuralgischen Punkt, doch ich ließ es jetzt einfach darauf ankommen. "Er war bei mir", sagte ich. "Er wollte sich nach Ihnen erkundigen. Ich habe ihm selbstverständlich jede Auskunft verweigert und ihn rausgeworfen." Damit hatte ich offenbar den richtigen Ton getroffen, denn ihre Züge entspannten sich und sie nahm die Arme herunter. Einen Augenblick lang schien sie noch mit sich zu ringen, doch dann sagte sie: "Es ist gut, dass Sie da sind, sonst hätte ich Sie aufgesucht. Kommen Sie mit rein, ich erzähle Ihnen, was Sie wissen wollen."

Wir gingen durch das Tor auf einen Hof, auf dem mehrere LKW mit dem Firmenlogo standen. Dann wandten wir uns hinter dem Firmengebäude nach rechts. Plötzlich ergab sich ein neuer Ausblick. Ich hatte Mühe, meine Überraschung zu verbergen! Denn direkt vor mir befand sich der Turm, eben jener Turm, den Melissa auf der Zeichnung als den "richtigen" ausgemacht hatte. Im Grunde genommen handelte es sich eher um ein Türmchen, denn er war klein und unscheinbar. Von der Straße her hatte ich ihn überhaupt nicht sehen können. Offenbar war er Teil einer alten Stadtmauer, von der ebenfalls noch verwitterte Reste zu erkennen waren. Zusammen mit der Turmruine bildete sie die hintere Begrenzung des Grundstücks.

Der Hof über den wir gingen, wies seitlich eine Vielzahl von Schuppen und Garagen auf. Mir fiel ein, dass die Familie früher mit Kohlen gehandelt hatte. Sicher hatte man die dann hier auf dem Hof gelagert. Was Melissa als rußartiger Schmutz in Erinnerung geblieben war, musste Kohlenstaub gewesen sein! Wieder staunte ich über die Präzision ihrer Erinnerungen. Alles war vorhanden: Der Turm, der Hof und nun führte mich Frau Brückner in das dunkle Haus. Es war ein altes Gebäude, wenn auch größer und nicht so windschief wie das Heimatmuseum. Doch die Fenster waren ähnlich klein und ließen wenig Licht herein. Sie bat mich nur in die spärlich möblierte Diele. Wir nahmen an einem hässlichen Campingtisch Platz, die zugehörigen Hocker waren unbequem und ziemlich wacklig. Ich schaute mich unauffällig um. Unmengen von schmutzigen Schuhen standen herum, ansonsten gab es lediglich einen Garderobenständer, der unter der Last von Jacken zusammenzubrechen drohte und einen rostigen Schirmständer ohne Schirme.

Die Umgebung wirkte bedrückend auf mich, Frau Brückner schien sie nicht zu stören. Sie sah mich an und begann ohne Umschweife zu reden. "Sie sind wegen Melissa hier." Es war keine Frage, sondern eine Feststellung. Ich behielt einen Gesichtsausdruck bei, der mir auf jedem Pokerturnier Ehre gemacht hätte und äußerte mich nicht. Frau Brückner schien das auch nicht zu erwarten, sondern schloss gleich die nächste Feststellung an. "Melissa ist meine Nichte. Ihr Vater, Adrian Morgenroth, war der jüngere Bruder meines Mannes."

Da ich mich immer noch nicht äußerte, redete sie einfach weiter. "Ich habe geahnt, dass sie eines Tages hier auftauchen würde. Obwohl es besser wäre, die Geister der Vergangenheit in Ruhe zu lassen, vor allem für Melissa. Aber sie muss sich ja nicht einmal selbst bemühen, sie hat es wieder mal verstanden, andere für sich einzuspannen, wie zum Beispiel Sie und diesen aufdringlichen Detektiv."

Mit Letzterem schien sie Tobias zu meinen, doch ich klärte sie nicht über ihren Irrtum auf. "Würden Sie mir von Ihrer Familie erzählen?", fragte ich sie stattdessen, und sie nickte zustimmend.

"Eine ganze Menge habe ich Ihnen ja schon bei unserem ersten Gespräch erzählt", sagte sie. "Die Firma hier gehörte früher meinem Schwiegervater. Er war ein sehr tüchtiger Mann, hat sein Leben lang für den Betrieb geschuftet. Seine Frau hat ihn dafür nur verachtet; und seine Arbeit hat sie regelrecht gehasst. Sie hat nur in höheren Regionen geschwebt und sich am liebsten mit Künstlern umgeben."

"Warum hat sie ihren Mann dann überhaupt geheiratet?" Die Frage erschien mir angebracht.

"Als sie ihn kennenlernte, hat er noch Architektur studiert. Das war ganz nach ihrem Geschmack. Den Betrieb der Eltern, der damals noch eine reine Kohlenhandlung war, sollte der ältere Bruder meines Schwiegervaters weiterführen, so war es beschlossen. Doch nach einem schweren Unfall war der dazu nicht mehr in der Lage. Da hat mein Schwiegervater sein Studium abgebrochen und den Betrieb übernommen. Er wollte seine Eltern nicht im Stich lassen. Doch seine Frau hat ihm diesen Schritt nie verziehen. Sie hat sich von ihm zurückgezogen und ihr eigenes, völlig abgehobenes Leben geführt. Sogar einen Salon hat sie eröffnet, das müssen Sie sich mal vorstellen, hier in Gröbeneck! Da kamen alle möglichen Künstler hin, die sich vermutlich nur mal richtig satt essen wollten. Von ihrer Kunst konnten die doch alle nicht leben!"

"Und ihr Schwager Adrian Morgenroth, konnte der auch nicht von seiner Kunst leben?", lenkte ich das Gespräch in die gewünschte Richtung.

"Nein, natürlich nicht. Aber das hatte er ja auch nicht nötig, seine Mutter hat ihn vergöttert und dafür gesorgt, dass es ihm an nichts fehlte. Mit seiner Frau, mit dieser Klavierspielerin, war es dann genau das Gleiche. Meine Schwiegermutter hat jedes Mal echte Tränen der Rührung vergossen, wenn die zu klimpern anfing. Sie musste regelmäßig bei ihren Künstlertreffen spielen. Das waren auch die einzigen Auftritte, die sie noch hatte. Aber sie hat sich so viel auf ihren Namen eingebildet, den sie sich als Zehnjährige mit ein paar Konzerten gemacht hatte, dass sie ihn bei der Heirat nicht ablegen wollte. Da hat der Adrian ihn auch angenommen, weil er einen einheitlichen Familiennamen wollte, schon wegen der Kinder." Frau Brückner schnaubte verächtlich. "Sie hat mit ihren Klavierstunden, die sie gegeben hat, auch fast nichts verdient. Aber verbraucht haben sie Unsummen. Die Schwiegereltern haben das Forsthaus für sie gekauft und völlig umgebaut. Auf dem Hof war für drei Familien auf die Dauer zu wenig Platz, und die Schwiegermutter meinte, Adrian brauche eine bessere Umgebung für sein Schaffen. Der Schwiegervater hat nicht widersprochen und am Ausbau des Hauses sogar kräftig mitgeplant. Einen Palast haben sie denen hingestellt, der ganze Giebel wurde komplett verglast, das gab erst viel Hin und Her mit dem Denkmalsschutz. Als alles fertig war, hat sich die Schwiegermutter meistens dort aufgehalten. Ich war froh darüber, denn mich konnte sie nie leiden. Das beruhte allerdings auf Gegenseitigkeit."

Frau Brückner schüttelte resigniert den Kopf. "Diese Frau war ja so ungerecht. Das hat sie sogar auf die Kinder ausgedehnt. Meine Mädchen hat sie kaum angeguckt. Aber mit den beiden von ihrem Adrian, mit der Melissa und dem Matthias, hat sie sich fast umgebracht. Die durften alles und bekamen alles. Wenn es mal Streit gab, dann waren angeblich immer meine Mädchen daran schuld. Melissa hat das mächtig ausgenutzt, sie war ein richtiges kleines Biest. Sie hat allen möglichen Unsinn ausgeheckt, um dann anderen die Schuld zuzuschieben. Fast immer ist sie damit durchgekommen. Nur deshalb ist es wohl auch zu dem Unglück gekommen."

"Würden Sie mir von dem Unglück erzählen?", fragte ich behutsam.

Sie nickte. "Es ist an dem Tag passiert, als Adrian beerdigt wurde. Er war ganz plötzlich verstorben, an einem vereiterten Blinddarm. Seine Mutter und seine Frau sind völlig zusammengebrochen. Mir hat es auch leidgetan, er war zwar ein Nichtsnutz gewesen, aber immer höflich und freundlich. Doch ich durfte keine Schwäche zeigen, denn an mir hing wieder mal die ganze Arbeit. Unten im Haus wollte eine große Beerdigungsgesellschaft bewirtet werden und oben lagen meine Schwiegermutter und meine Schwägerin in getrennten Zimmern auf ihren Betten und gaben sich ihrer Trauer hin. Ich wusste nicht, wo mir der Kopf stand. Auf die Kinder konnte ich unmöglich auch noch die ganze Zeit über achten. Das hat sich Melissa zunutze gemacht und ist mit ihrem Bruder auf den Turm geklettert. Er war ja erst vier, aber sie mit ihren acht Jahren wusste genau, dass ihnen das verboten war. Als ich ihr Fehlen bemerkte, bin ich sie gleich suchen gegangen, aber ich kam zu spät. Ich habe gerade noch gesehen, wie sie ihn runter gestoßen hat."

"Könnte er nicht einfach von allein gefallen sein?"

Frau Brückner schüttelte energisch den Kopf. "Dann wäre er direkt an der Wand hinabgestürzt. Aber so, wie er gefallen ist, war das nur durch einen mit ziemlicher Wucht ausgeführten Stoß möglich. Das hat auch die Polizei gesagt, die kam wegen des unnatürlichen Todesfalles und hat das untersucht. Außerdem habe ich ja gesehen, was Melissa getan hat. Da gibt es keinen Zweifel."

"Der Turm sieht nicht besonders hoch aus", sagte ich.

"Nur von dieser Seite nicht. Auf der anderen fällt das Gelände steil ab, da war mal ein Graben. Auf der Seite war auch die Brüstung komplett eingefallen, das war wirklich gefährlich. Da konnte man leicht abstürzen."

"Und was passierte danach?"

"Unser Hausarzt hat der Vanessa, also der Mutter von Melissa, etwas zur Beruhigung gespritzt. Aber er wusste nicht, dass sie die ganze Tasche voller Medikamente hatte, Schlafmittel, Antidepressiva, alles Mögliche. Sie war ja ständig leidend. Daraus hat sie dann für sich und Melissa einen Cocktail gemixt. Niemand hat etwas bemerkt, alle waren froh, dass die beiden offenbar ruhig schliefen. Am nächsten Morgen war Vanessa tot. Melissa lebte noch, aber wir konnten sie nicht aufwecken. Sie wurde ins Krankenhaus gebracht und erholte sich wieder. Nur hier konnte sie natürlich nicht bleiben."

"Warum nicht?", bemühte ich mich so ruhig und neutral wie möglich zu fragen.

"Wie hätte das gehen sollen?", ereiferte sich Frau Brückner. "Meine Schwiegermutter konnte kaum für sich selber sorgen und ich hatte die Verantwortung für die Firma und für drei eigene Kinder."

Jetzt hatte sie im Eifer etwas ausgesprochen, wonach ich sonst unmöglich hätte fragen können. "Drei Kinder? Ich erinnere mich, dass sie in unserem ersten Gespräch nur die Zwillinge erwähnten."

Frau Brückner musterte mich mit einem erstaunten Blick. Sie hatte wohl nicht erwartet, dass ich mir ihre Worte so gut gemerkt hatte. "Ich habe noch eine dritte Tochter", sagte sie dann, "aber die ist zunächst bei meiner Schwester aufgewachsen. Ich war erst 16, als sie geboren wurde. Erst nach dem Tod meiner Schwester kam sie in unsere Familie, da war sie 10 Jahre alt. Sie hat sich nie richtig eingefügt, hing immer nur im Forsthaus bei Onkel und Tante rum. Die haben ihr dann auch noch jede Menge Flöhe ins Ohr gesetzt, haben ihr Klavier- und Zeichenunterricht gegeben und behauptet, sie sei begabt. Zu Hause bei uns wollte sie immer nur malen und sich an keiner Arbeit beteiligen. So etwas konnten wir wirklich nicht gebrauchen. Es gab öfter mal Streit deswegen. Nach den Unglücksfällen in der Familie ist sie regelrecht durchgedreht. Im Nachthemd ist sie durch den Ort gelaufen und hat behauptet, man wolle sie umbringen. Uns blieb schließlich nichts anderes übrig, als sie in eine Nervenklinik einweisen zu lassen. Ich rede nicht gern darüber, deshalb habe ich sie in unserem ersten Gespräch wohl nicht erwähnt."

Keinesfalls würde ich sie daran erinnern, dass sie im ersten Gespräch behauptet hatte, dieses Kind abgetrieben zu haben. Aufschlussreich fand ich es aber schon. Empfand sie die Vernachlässigung dieser Tochter fast wie eine Abtreibung? Das würde für erhebliche Schuldgefühle sprechen. "Was ist aus ihr geworden?", hakte ich nach. Ein resigniertes Schulterzucken war die Antwort. "Sie war 6 Jahre in der Klinik, danach noch 4 Jahre in einer betreuten Wohngruppe. Die ganze Zeit über war sie sehr verwirrt und hat den Kontakt zu mir abgelehnt. Vor 3 Jahren ist sie dann plötzlich in eine eigene Wohnung gezogen. Angeblich war sie geheilt, doch ich frage mich ernsthaft, ob das wirklich zutraf. Sie führt seitdem ein unstetes Leben und wechselt ständig den Wohnsitz. Ich befürchte, dass es ihr wieder schlechter geht. Kontakt lehnt sie nach wie vor ab, ich mache mir große Sorgen um sie."

Ich sagte Frau Brückner, dass ich das gut verstehen könnte. "Und machen Sie sich um Melissa auch Sorgen?", fragte ich. "In gewisser Weise schon. Aber aus allem, was da jetzt passiert, möchte ich meine Familie unbedingt heraushalten. Melissa darf nichts von diesem Gespräch erfahren. Sie werden Ihr doch nichts sagen?"

"Selbstverständlich nicht. Sie können sich auf mich verlassen"

"Ich weiß", sagte sie. "Sonst hätte ich nicht mit Ihnen geredet." Zum ersten Mal bemerkte ich bei ihr die leise Andeutung eines Lächelns.

49.

Gut drei Stunden später saß ich im Zug nach Wernigerode. Das Gespräch mit Frau Brückner hatte sich noch eine ganze Weile hingezogen. Sie hatte mir unter anderem mitgeteilt, dass ihr Mann nun doch bei ihr geblieben sei und man sich wieder zusammengerauft habe. Doch ihre Blicke und Gesten hatten eine andere Sprache gesprochen, offenbar waren die Probleme zwischen ihnen noch längst nicht bewältigt. Überhaupt hinterließ das gesamte Gespräch sehr zwiespältige Gefühle bei mir. Einerseits konnte ich recht zufrieden sein. Frau Brückner hatte lange und bereitwillig mit mir geredet und sie hegte kein Misstrauen gegen mich, was die Einhaltung meiner Schweigepflicht betraf. Das war mir natürlich sehr wichtig. Andererseits war mir klargeworden, dass sie mir durchaus nicht alles erzählt hatte. Hinter ihren wortreichen Schilderungen verbarg sich eine tiefere Wahrheit, die sie unbedingt geheim halten wollte. Immer wieder hatten mir ihre abschweifenden Blicke und verkrampften

Gesten genau das verraten. Doch um welche Wahrheit mochte es sich handeln und welche Punkte ihrer Ausführungen betraf sie?

Mir war es gelungen, die Rede noch einmal auf den Tag der offenen Tür in Dahrenried zu bringen und sie zu fragen, ob sie irgendwelche Beobachtungen gemacht hatte. Sie hatte das hastig abgewehrt, allzu hastig. Angeblich war sie nur auf der Eröffnung der Ausstellung gewesen und dann sofort wieder gegangen. Als das Sportfest begann, sei sie längst nicht mehr dort gewesen und von dem Mord habe sie erst später aus der Zeitung erfahren.

Mir war sofort klar, dass sie log. Aber weshalb? Hatte sie wirklich etwas zu verbergen, oder wollte sie nur verhindern, in diese Vorgänge hinein gezogen zu werden, sei es auch nur als Zeugin? Sie hatte mir erklärt, dass es vor 13 Jahren viel Gerede im Ort gegeben hätte. Es sei einfach zu viel passiert, erst die tragischen Todesfälle, dann die Einweisung ihrer ältesten Tochter in die Psychiatrie. Ihre Familie habe sehr darunter zu leiden gehabt, auch die Kinder. Sie sei froh, dass inzwischen Ruhe eingekehrt sei und sie bereue bereits, nach Melissa gesucht zu haben. Auf keinen Fall sollten dadurch die alten Geschichten wieder aufgerührt werden.

Die Grübelei brachte mich nicht weiter. Durch das Zugfenster schien warm die Nachmittagssonne und draußen zog die schöne Landschaft des Harzes an mir vorbei. Ich schloss die Augen, doch sofort waren die Bilder des Tages wieder da und wollten mir keine Ruhe lassen. Nur ganz allmählich begannen sie zu verschwimmen und sich zu Träumen zu verdichten. Ich stand im Heimatstübchen vor den Bildern von Adrian Morgenroth und bemerkte plötzlich, dass im Nebenraum Frau Brückner und die aufsichtführende Dame aufgeregt miteinander tuschelten. Gleich darauf saß ich mit Frau Brückner in der ungemütlichen Diele und bemerkte, wie eine schattenhafte Gestalt durch das Fenster spähte. "Da ist Niemand", sagte Frau Brückner, "man soll die Vergangenheit besser ruhen lassen." Dann wechselte die Szenerie erneut, ich ging mit Brutus spazieren und er bellte aufgeregt den Briefkasten an. Ich zögerte hineinzusehen, fürchtete einen unangenehmen Fund zu machen. Als ich es doch tat, lag darin nur ein weißes Blatt, das in meiner Hand zu einem Gemälde wurde. Während ich es noch betrachtete, huschte eine bunt gekleidete Gestalt eilig an mir vorbei.

In dem Moment erwachte ich mit dem bestimmten Gefühl, gerade auf etwas Wichtiges gestoßen zu sein, das ich unbedingt festhalten musste. Was wollte die bunte Gestalt mir sagen? Sie erinnerte mich an die seltsame junge Frau, die Melissa und mich eine Zeit lang verfolgt hatte. Diese war mir auf eine eigenartige Weise bekannt vorgekommen und plötzlich wusste ich auch weshalb: Die Ähnlichkeit zwischen ihr und Frau Brückner war unverkennbar. Langsam setzten sich die Puzzleteile in meinem Kopf zusammen. Tobias hatte über Anne Niemann berichtet, dass sie wegen ihrer merkwürdigen Art, sich zu kleiden, aufgefallen sei. Frau Brückner hatte Annes Zeichenunterricht bei Adrian Morgenroth erwähnt. Unsere zeitweilige Stalkerin war Anne Niemann gewesen, die verleugnete älteste Tochter von Frau Brückner! Vermutlich hatte sie Melissa die Zeichnung des Turmes und die Aufforderung, sich zu erinnern, zukommen lassen. Auf jeden Fall kannte sie den Turm und die dramatischen Ereignisse, die sich damals abgespielt hatten. Zu dem Zeitpunkt muss sie etwa 16 Jahre alt gewesen sein.

Aber warum verfolgte sie Melissa und drohte ihr sogar? Falls Frau Brückners Annahme stimmte und sie wieder krank war, bedurfte es dafür keiner rationalen Gründe. Sie hatte sich zu der Familie Morgenroth hingezogen gefühlt, sich als Teil von ihr erlebt. Vielleicht gab sie ja Melissa die Schuld an deren Zerstörung und wollte sich dafür rächen. Wenn Anna Niemann hinter den rätselhaften Morden steckte und ihre Mutter das ahnte oder sogar wusste, dann war das die Wahrheit, die sie unbedingt verbergen musste. Der mühsam wieder aufgebaute Ruf ihrer Familie stand auf dem Spiel. Wenn niemand sie stoppte, würde Anne weitermachen. Schließlich war sie intelligent und verstand es, sich anzupassen, das wurde durch das Urteil ihrer ehemaligen Kollegen belegt.

Von diesem Moment an hatte ich keine Ruhe mehr. Kaum zu Hause angekommen, zog ich mich in mein Zimmer zurück, um ungestört zu telefonieren. Meine Mutter schüttelte vorwurfsvoll den Kopf. "Du bist ja noch gar nicht richtig da", schimpfte sie. "Lass dich doch nicht so von deiner Arbeit auffressen, das predigst du anderen schließlich auch immer. Aber selbst machst du den gleichen Fehler." Anton, dem die Begrüßung durch mich ebenfalls zu knapp gewesen war, quetschte sich mit durch die Tür und legte sich auf meine Füße. Zum Glück erreichte ich Ruth sofort. Ich teilte ihr mit, wo ich gewesen war und machte mich auf eine Strafpredigt gefasst. Sie fiel verhältnismäßig knapp aus. Was ich dann zu berichten hatte, interessierte sie umso mehr. Ruth stellte mir eine Menge Fragen dazu. Das hatte zur Folge, dass ich mir der Richtigkeit meiner Schlussfolgerungen noch sicherer wurde. Nun ergab sich allerdings das Problem, in welcher Form und an wen ich sie weitergeben konnte und durfte. Bei diesen Überlegungen war mir Ruth wie immer eine große Hilfe, sie ging die Sache ganz systematisch an.

"Anne Niemann war nicht deine Patientin", sagte sie. "Dadurch, dass sie dich verfolgt hat, bist du selbst auf sie aufmerksam geworden. Woher die zusätzlichen Informationen über sie stammen, darfst du natürlich nicht sagen, Frau Brückner muss außen vor bleiben. Aber das lösen wir ganz elegant. Schließlich hat die Polizei nach deiner ersten Aussage bereits nach der Stalkerin gesucht, jetzt konkretisieren wir die Angaben zu ihrer Person und lassen das als anonymen Hinweis behandeln. Diese Möglichkeit besteht immer, du musst überhaupt nicht in Erscheinung treten. Ich regele das mit Gernot.

Ruth war wirklich ein Schatz. Ich war gleich ruhiger und konnte mich nun meiner Familie zuwenden. Viel Zeit blieb mir dafür allerdings nicht, schon am Sonntagnachmittag musste ich wieder aufbrechen. Meine Mutter war darüber zunächst verstimmt, fragte dann aber hoffnungsvoll, ob mich vielleicht jemand erwarten würde. Eine Bejahung dieser Frage hätte sie augenblicklich mit meinem permanenten Zeitmangel ausgesöhnt. Ich dagegen wollte das Thema gern ein für alle Mal von der Tagesordnung gestrichen sehen. "Ich habe mich entschieden", sagte ich deshalb. "Ich will keinen Mann, ich schaffe mir lieber einen Hund an." Meine Mutter rollte verzweifelt mit den Augen und Anton wedelte so eifrig mit dem Schwanz, als wollte er mir seine unbedingte Zustimmung signalisieren. Ich bedauerte sehr, ihn nicht mitnehmen zu können. Ich hätte eh nicht genügend Zeit für ihn gehabt und im Moment verfügte ich nicht einmal über eine eigene Wohnung.

Ruth und ihr Mann schienen nicht zu Hause zu sein, als ich in der Wohnung ankam und mich gleich ins Gästezimmer begab. Vermutlich waren sie im Theater oder im

Konzert. Ich setzte mich an den antiken Schreibtisch und zeichnete einen Stammbaum.

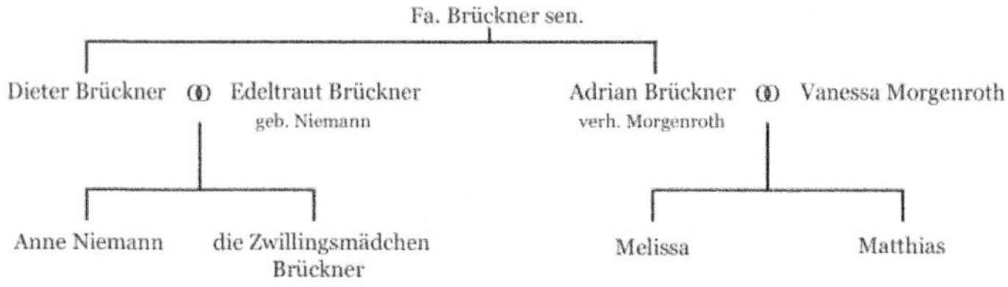

Den Namen Anne Niemann kreiste ich rot ein. Als ich mich ins Bett legte, hatte ich das Gefühl, endlich ein entscheidendes Stück vorangekommen zu sein. Kurz vor dem Einschlafen hörte ich den durchdringenden Signalton eines Rettungswagens.

50.

Eine Melodie, die mir vertraut erschien, weckte mich am nächsten Morgen. Ich brauchte eine Weile um zu begreifen, dass es sich dabei um den Klingelton meines Handys handelte. Ein Blick auf den Radiowecker neben meinem Bett verriet mir, dass es erst 5.00 Uhr war. Wer rief denn um diese Zeit schon an?

Es war Melissa und ihre Stimme klang, als würde sie weinen. "Entschuldige, dass ich so früh anrufe", sagte sie, "ich habe es einfach nicht mehr ausgehalten. Es ist etwas Schreckliches passiert. Tobias ist schwer verunglückt. Sie haben ihn nach Berlin-Buch gebracht. Ich habe da angerufen, aber mit mir redet niemand, weil ich keine Angehörige bin. Ich glaube, er ist tot." Jetzt weinte sie wirklich.

"Ich bin gleich bei dir", erwiderte ich und sprang mit einem Satz aus dem Bett. Nachdem ich mich nur flüchtig gewaschen und mir die Zähne geputzt hatte, schlüpfte ich gleich in meine Sachen vom Vorabend. Gerade mal 10 Minuten später klingelte ich an Melissas Tür. Sie schien in der vergangenen Nacht überhaupt nicht geschlafen zu haben. Ihre Augen waren vom Weinen gerötet. Stockend berichtete sie mir, was passiert war. "Tobias wollte sich gestern in Potsdam mit einem alten Studienkollegen treffen. Er sagte mir, dass er spätestens um 22.00 Uhr wieder hier sein würde. Ich wollte das eigentlich gar nicht, er sollte sich wegen mir nicht einschränken. Aber er hat darauf bestanden. Tatsächlich muss es kurz vor 22.00 Uhr gewesen sein, als er auf der Berliner Straße gleich hinter der Autobahnausfahrt von der Fahrbahn abgekommen und gegen einen Baum geprallt ist." Melissa schniefte und konnte nicht weitersprechen. Ich stellte mir die Unfallsituation vor. Die Berliner Straße war eine von prachtvollen alten Bäumen gesäumte Allee, die leider auch noch einige gefährliche Kurven aufwies. Hier hatten sich schon mehrere schwere Unfälle ereignet. Doch Tobias war ein besonnener Fahrer und er kannte die Strecke.

Melissa hatte sich wieder gefangen und redete weiter. "Als er nicht kam, habe ich mir erst mal nichts dabei gedacht. Ich fand es in Ordnung, dass es mit dem Freund offenbar doch später geworden war. Unter Umständen hätte ich überhaupt nichts erfahren, weshalb sollte man mich schließlich benachrichtigen? Er war ja hier nur zu Besuch und nicht gemeldet.

Zufällig ist ein Nachbar an der Unfallstelle vorbeigekommen und hat das Auto erkannt. Von ihm habe ich es dann erfahren. Inzwischen wurde der Unfall auch schon in den Nachrichten erwähnt. Aber ich habe keine Möglichkeit Näheres zu erfahren, weil ich ja nicht mit Tobias verwandt bin. Am Telefon haben sie mich gleich abgewiesen."

"Am Telefon wird in der Regel überhaupt keine Auskunft erteilt, nicht mal an Verwandte. Aber beruhige dich, wir finden einen Weg." Mein erster Einfall war es gewesen, mich wieder mal an Gernot Schlüter zu wenden. Das führte tatsächlich schnell zum Erfolg. So erfuhren wir, dass Tobias auf der Intensivstation lag und zumindest außer Lebensgefahr war. Seine Eltern hatte man benachrichtigt und sie befanden sich auf dem Weg ins Krankenhaus.

Am Nachmittag kam Gernot persönlich in der Praxis vorbei und wollte mich sprechen. "Mit diesem Unfall stimmt etwas nicht", sagte er. "Er hat sich nicht etwa in einer Kurve, sondern auf schnurgerader Strecke und bei angemessenem Tempo ereignet. Wir vermuten stark, dass Tobias Wenger von einem anderen Fahrzeug abgedrängt wurde. Im Moment wird sein Wagen noch auf mögliche Spuren untersucht. Kannst du mir sagen, was er gestern vorhatte?"

Ich sagte, dass er sich meines Wissens mit einem Studienkollegen getroffen hätte. Nach allem, was ich mit Tobias erlebt hatte, war ich mir allerdings nicht sicher, ob er nicht auch andere Ziele verfolgt hatte. Doch davon sagte ich lieber nichts.

Gernot hatte dann noch erfreuliche Nachrichten. Tobias war nicht so schwer verletzt, wie man anfangs angenommen hatte. Der Aufprall war nicht frontal, sondern mehr seitlich gegen den Baum erfolgt. Dadurch war vor allem die Beifahrerseite eingedrückt worden. Tobias hatte Knochenbrüche und Prellungen erlitten, doch er war bereits wieder bei Bewusstsein. Gernot kündigte an, morgen mit ihm reden zu wollen, die Ärzte hätten grünes Licht gegeben. Ich war nach diesem Gespräch sehr erleichtert und Melissa war es auch, als ich ihr davon berichtete.

"Ich würde ihn gern besuchen", sagte sie, "aber das ist leider ganz unmöglich, weil seine Eltern dort sind. Es gäbe einen fürchterlichen Eklat, wenn sie mich sehen würden. Sie dürfen ja nicht einmal wissen, dass Tobias wieder Kontakt zu mir aufgenommen hat. Kannst du nicht hingehen und ihn von mir grüßen?"

Ich hatte auch schon daran gedacht, sah da aber ebenfalls gewisse Probleme. Seine Eltern würden bestimmt wissen wollen, woher ich Tobias kenne. Die Wahrheit, dass wir uns über Melissa kennengelernt hatten, konnte ich unter den gegebenen Umständen nicht sagen. Mit einer Lüge aufzuwarten, erschien mir angesichts der dramatischen Situation unangebracht. So kam ich auf die Idee, Johannes um einen Krankenbesuch bei Tobias zu bitten. Auch er war über den Unfall sehr bestürzt gewesen und erklärte sich sofort bereit, Tobias zu besuchen. Ein junger Mann würde zu weniger Nachfragen seitens der Eltern Anlass geben als eine Frau. Tobias würde einfach sagen, sie hätten sich auf einer Veranstaltung kennengelernt und seien seitdem befreundet.

Zu meiner Überraschung bat mich Melissa, bei ihr zu übernachten. Bisher hatte sie erstaunlich gelassen auf alle Ereignisse reagiert, jetzt zeigte sie zum ersten Mal Angst. Ich meinte ihr den Wunsch nicht abschlagen zu können und stimmte zu. Ruth runzelte die Stirn, als ich ihr mitteilte, ich würde für ein paar Nächte bei Melissa schlafen. Sie bestand darauf, Gernot zu informieren, wogegen ich nichts einzuwenden hatte. Ich arbeitete lange an diesem Montag, vieles war liegengeblieben. Erst gegen Abend machte ich mich mit dem Nötigsten versehen auf den Weg zu Melissa.

Sie erwartete mich bereits und wollte zuerst mit mir klären, wo ich schlafen könnte. Zum ersten Mal betrat ich ihr Schlafzimmer und blieb verblüfft stehen. Fast eine ganze Wand des nicht gerade kleinen Raumes wurde von einem gewaltigen Himmelbett eingenommen, das aus den Beständen eines Schlosses zu stammen schien.

"Ich habe es von den Vorbesitzern übernommen, es stand schon da, als ich hier einzog", sagte Melissa auf meinen verwunderten Blick hin.

"Vermutlich hätten sie es hier nicht raus bekommen", mutmaßte ich, "es sieht aus, als wäre das Haus um das Bett herum erbaut worden."

Melissa lachte. "Es ist praktischer als es aussieht, man kann es auseinandernehmen. Ich habe es gründlich aufarbeiten und neue Matratzen anfertigen lassen. Es ist super bequem und größer als jedes Doppelbett. Willst du auch hier schlafen, es ist genug Platz?"

Nein, das wollte ich auf keinen Fall und so entschied ich mich für das Sofa im Wohnzimmer. Melissa brachte mir das Bettzeug und weihte mich dann noch in die Besonderheiten des ebenfalls antik anmutenden Badezimmers ein. Die riesig dimensionierte Wanne ruhte auf Löwentatzen und das warme Wasser kam aus einem Boiler. "Du darfst dich auf keinen Fall einschließen", warnte sie mich, "von innen lässt sich die Tür dann nicht wieder öffnen." Sicherheitshalber steckte der Schlüssel deshalb außen im Schloss. Ich löschte bald das Licht und schlief trotz der ungewohnten Umgebung schnell ein. Schließlich war die vergangene Nacht sehr kurz und der Tag aufregend gewesen.

Melissa schlief noch, als ich mich am nächsten Morgen zur gewohnten Zeit auf den Weg in die Praxis machte. Später rief sie mich an, um sich dafür zu entschuldigen. Ich klärte gleich den weiteren Tagesablauf mit ihr. Johannes wollte Tobias am Nachmittag im Krankenhaus besuchen. Ich würde in der Bibliothek auf den Anruf von Johannes warten, dann wollte ich mich mit ihm in seiner Wohnung treffen und mir von dem Besuch berichten lassen.

Alles verlief planmäßig und Johannes verbreitete Optimismus und Zuversicht. Er hatte sowohl mit Tobias als auch mit dessen Vater sprechen können, der ein sehr angenehmer, ruhiger Mensch sei. Tobias habe das rechte Bein und die Hüfte gebrochen. Er sei eingegipst gewesen wie eine Mumie. Seine Unzufriedenheit darüber konnte Johannes ja durchaus verstehen, nicht aber seine Befürchtungen, doch noch sterben zu müssen. Er mokierte sich ein wenig über dieses seiner Ansicht nach hypochondrische Gebaren. Ich verkniff mir, ihn daran zu erinnern, wie er sich auf einer Party beim Brotschneiden leicht mit dem Messer geritzt hatte. Er wäre fast in Ohnmacht gefallen und hätte am liebsten den Notarzt gerufen.

Johannes überreichte mir ein kleines, flaches Päckchen. "Das soll ich dir von ihm geben, er hat es als sehr dringend hingestellt. Wohl so eine Art Vermächtnis", setzte er ironisch hinzu. Ich steckte das Päckchen betont gleichgültig in meine Tasche, um es später zu öffnen. Denn jetzt erzählte Johannes, wie Tobias ihm den Unfallhergang geschildert hatte. "Er hatte einen LKW hinter sich bemerkt, der ziemlich schnell fuhr. Plötzlich machte der die Lichthupe an und fing an zu drängeln, obwohl genug Platz zum Überholen gewesen wäre. Dann zog er wirklich an ihm vorbei, drängte ihn aber zur Seite. Tobias ist sicher, dabei gerammt worden zu sein, die Polizei ermittelt bereits."

Johannes sah mich nachdenklich an. "Hältst du es für möglich, dass es einen Zusammenhang mit den Nachforschungen von Tobias über Melissas Vergangenheit gibt? Wollte man ihn vielleicht zum Schweigen bringen, weil er schon zu viel herausgefunden hatte?"

Zwar war mir dieser Gedanke auch schon gekommen, doch ich schob ihn mit aller Macht beiseite. Inzwischen war ich mir ziemlich sicher, dass Anne Niemann hinter all den rätselhaften Ereignissen stecken musste. Sie konnte sowohl die Giftmorde begangen als auch den Brand gelegt haben. Die anonyme Nachricht mit der künstlerischen Zeichnung des Turmes war ein klarer Hinweis auf sie. Was die primitiven Kritzeleien an mich betraf, konnte sie sich durchaus verstellt haben. Unter Umständen hing dieses unterschiedliche Agieren ebenfalls mit ihrer Erkrankung zusammen. Aber der Unfall von Tobias passte definitiv nicht ins Bild, damit hatte sie mit Sicherheit nichts zu tun.

"Es ist verständlich, dass wir jetzt überall Zusammenhänge vermuten", sagte ich deshalb zu Johannes, "auch da, wo gar keine sind. Solche Unfälle kommen leider öfter vor, vermutlich hat sich da irgendein Idiot durch das

Tempo von Tobias provoziert gefühlt. Ich hoffe, sie finden ihn."

"Das hoffe ich auch", meinte Johannes und wechselte das Thema. Ob ich schon zu Abend gegessen hätte, wollte er wissen. Nein, das hatte ich nicht und so nahm ich seine Einladung dankend an. Johannes hatte Chili con Carne gekocht und zwar in einer Menge, die für vier Personen gereicht hätte. Eigentlich war das nicht so mein Fall, ich hielt mich deshalb mehr an das leckere, frische Weißbrot, das er dazu serviert hatte. Johannes dagegen verschlang große Mengen von dem Chili. Es war mir bei seiner schlanken Figur ein Rätsel, wo er all die Kalorien eigentlich ließ.

Nach dem Essen wollte ich zurück zu Melissa, sie wartete bestimmt schon auf mich. Johannes bot an, mich zu fahren, aber das fand ich nun wirklich nicht erforderlich. Mit der S-Bahn wäre ich genauso schnell.

Melissa wartete tatsächlich schon und war erleichtert, mich zu sehen. Noch erleichterter war sie dann über meinen Bericht. Ich stellte die Verletzungen von Tobias noch ein wenig harmloser dar als sie waren.

"Ich habe mir die Schuld an dem Unfall gegeben", sagte sie. "Ich dachte, er wäre zu schnell gefahren, weil er unbedingt wie versprochen um 22.00 Uhr hier sein wollte."

Ich konnte ihr versichern, dass es so nicht gewesen sei.

"Er war auch fast jeden Tag unterwegs", überlegte Melissa weiter, "ich frage mich, ob er noch irgendetwas herausgefunden hat. Hat er nichts davon zu Johannes gesagt?"

Mir fiel das Päckchen wieder ein, das er mir von Tobias gegeben hatte. Ich zog es aus meiner Tasche, es war in dunkelblaues Geschenkpapier eingewickelt. Darin befand sich ein Kästchen und als ich es öffnete, wollte ich zuerst meinen Augen nicht trauen. Darin lag ein silbernes Armband mit einer blauen, mit Diamantsplittern besetzten Lilie. Ein Armband, das mir nur allzu bekannt vorkam. Melissa, die mir beim Auspacken zugeschaut hatte, war blass geworden und sagte kein Wort.

"Also ich weiß wirklich nicht, was das zu bedeuten hat", stammelte ich unsicher.

"Aber ich weiß es", stellte Melissa mit Bestimmtheit fest, obwohl ihre Stimme dabei leicht zitterte. "Er hat es mir abgekauft. Für eine Frau, die ihm sehr viel bedeutet, hat er gesagt. Diesmal wirst du es wohl annehmen müssen." Sie drehte den Kopf zur Seite und sah aus, als würde sie gleich anfangen zu weinen.

Verdammt, das hatte gerade noch gefehlt! Ich versuchte die Situation irgendwie zu retten. "Melissa, du verstehst das jetzt sicher ganz falsch", setzte ich zu einer Erklärung an.

Zum ersten Mal erlebte ich sie daraufhin richtig wütend. "Nein, ich verstehe völlig richtig", fauchte sie mich an, "hör auf, mich wie ein kleines Kind zu behandeln." Sie stürzte aus dem Zimmer, dann hörte ich sie in der Küche hantieren. Eigentlich hatte sie ja Recht. Wie sollte ich ihr etwas erklären, das ich selbst nicht richtig begriff? Was hatte sich Tobias nur dabei gedacht? Natürlich konnte er nicht ahnen, dass ich das Päckchen in Melissas Gegenwart auspacken würde. Doch warum hatte er ihr etwas von einer anderen Frau erzählt, die ihm viel bedeuten würde? War das eine besondere Masche von ihm, glaubte er sich damit begehrenswerter zu machen? Bei mir hatte es jedenfalls nicht funktioniert. Und Melissa war jetzt ebenfalls sauer.

Ich überlegte, ob ich zu ihr in die Küche gehen sollte, als sie mit zwei Teegläsern in der Hand zurückkehrte. "Entschuldige meine Gereiztheit", sagte sie. "Lass uns noch einen Tee zur Beruhigung trinken und dann Schlafen gehen. Es ist schon spät."

Ich hatte keine Lust auf Tee, doch ich war erfreut über die versöhnliche Geste. Der Tee hatte einen intensiven Geschmack nach marokkanischer Minze, der mir diesmal leicht bitter vorkam. Nachdem wir ausgetrunken hatten, ging Melissa in ihr Schlafzimmer und ich streckte mich auf der Couch aus. Wir würden morgen reden, der Tag war anstrengend genug gewesen. Tatsächlich muss ich an diesem Abend ziemlich schnell eingeschlafen sein.

51.

Ich erwachte durch ein unbestimmtes Geräusch und ohne jedes Zeitgefühl. Im Zimmer war es stockdunkel, verschlafen tastete ich nach dem Schalter der Stehlampe neben dem Sofa. Es dauerte eine Weile, bis ich ihn endlich gefunden hatte. Die Lampe tauchte den Raum in gelbliches Licht. Plötzlich hatte ich den Eindruck, als ob sich einer der schweren Vorhänge vor dem Fenster bewegt hätte. Doch gleich darauf schien auch der Fußboden auf mich zuzukommen. Eine Welle der Übelkeit schoss in mir hoch, ich schaffte es gerade noch so ins Bad. Über die Toilettenschüssel gebeugt erbrach ich schwallartig den gesamten Inhalt meines Magens. Ein unangenehm bitterer Minzgeschmack blieb in meinem Mund zurück und veranlasste mich, erneut zu würgen. Diesmal kam nur noch Galle zum Vorschein. Ich fühlte mich schwach, kalter Schweiß bedeckte meine Stirn. Was war bloß mit mir los? Auf dem Flur hörte ich leise Schritte, offenbar hatte ich Melissa geweckt. In nächsten Moment hörte ich, wie der Schlüssel im Schloss umgedreht wurde. Das konnte doch nicht sein! Wankend erhob ich mich und griff nach der Klinke. Die Tür war verschlossen, die Schritte hatten sich wieder entfernt.

"Melissa, was soll das, mach die Tür auf!", rief ich, doch es kam keine Antwort. Mein Magen krampfe sich erneut zusammen und plötzlich überfiel mich ein schrecklicher Verdacht. Was waren doch gleich noch einmal die typischen Symptome einer Vergiftung mit Parathion? Übelkeit, Krämpfe, Speichelfluss, Wahrnehmungsstörungen - ich hatte sie alle! Der Raum schien sich um mich zu drehen. Was war ich doch für eine naive Gans gewesen! Ruth hatte mich mehrmals vor Melissa gewarnt, aber ich hatte nicht auf sie hören wollen. Auch die deutlichen Signale, die Melissa selbst gesendet hatte, waren von mir einfach ignoriert worden. Schließlich hatte ich die Aster als Zeichen des Verrats auf dem Portrait ihrer toten Freundin deutlich gesehen, ebenso wie das Kreuz auf meinem eigenen. Aber ich hatte es nicht ernst genommen. Stattdessen hatte ich mich bereit erklärt, bei Melissa zu übernachten und hatte ihr dann auch noch den Beweis meines eigenen Verrats an ihr eigenhändig unter die Nase gehalten! Obwohl ihre tiefe Gekränktheit unverkennbar gewesen war, hatte ich die Aussprache darüber auf den nächsten Morgen verschieben wollen. Als ob es für mich noch einen Morgen geben würde! Das Gift wirkte schnell, ohne sofortige medizinische Hilfe wäre ich verloren. Die Badewanne mit den Tatzenfüßen sah auf einmal wie ein Sarg aus - mein Sarg. Ich musste hier sofort raus. Das Fenster war in diesem altmodischen Bad ganz oben unter der Decke angebracht und nur mittels einer Stange zu öffnen. Es gab kein Möbelstück, mit dessen Hilfe ich es erreichen konnte, dieser Fluchtweg war mir versperrt. Noch einmal rief ich Melissas Namen, dann versuchte ich mich mit aller Kraft gegen die Tür zu werfen. Es erschien völlig aussichtslos, trotzdem versuchte ich es noch ein zweites Mal.

Auf einmal gab es draußen auf dem Flur ein lautes Krachen, die Badtür wurde aufgerissen und ich stürzte nach vorn auf den Boden. Im gleichen Moment war eine große schwarze Gestalt über mir und drehte mir schmerzhaft die Arme auf den Rücken. Der Flur schien plötzlich voller Menschen zu sein, Schreie, gebrüllte Kommandos und laute Schritte waren zu hören. Dann trat für einen kurzen Moment Ruhe ein und ich hörte die besonnene Stimme von Gernot Schlüter. "Bist du das, Iris? Lass sie los!" Letzteres war an den Polizisten gerichtet, der mich immer noch festhielt. Gernot reichte mir die Hand und half mir auf. "Ist alles in Ordnung? Bist du verletzt?", fragte er. Ich schüttelte schwach den Kopf und schaute verwundert auf die unwirkliche Szenerie, die sich mir jetzt bot. Am anderen Ende des Flures stand Melissa in ihrer offenen Schlafzimmertür. Sie trug ein langes weißes Nachthemd und ihre Augen waren vor Schreck weit aufgerissen. Neben ihr stand eine junge Polizeibeamtin, die gezogene Waffe im Anschlag. Auch Gernot Schlüter, der immer noch neben mir und dem Polizeibeamten stand und mich mit einer Hand behutsam stützte, hielt in der anderen seine Dienstwaffe. Doch das eigentliche Geschehen spielte sich zwischen diesen beiden Gruppen, in der Mitte des Flures ab. Da standen sich zwei Frauen gegenüber, die wohl aufeinander losgegangen wären, hätten nicht zwei weitere Polizeibeamte, die je eine der Frauen fest umklammert hielten, das verhindert. So mussten sie es mit hasserfüllten Blicken bewenden lassen.

Bei einer dieser Frauen handelte es sich ohne jeden Zweifel um Frau Brückner. Doch auch die andere konnte ich leicht identifizieren, die Ähnlichkeit mit ihrer Mutter war verblüffend. Es konnte nur Anne Niemann sein. Ich erkannte sie als die Person wieder, die mich damals verfolgt hatte.

Gernot ging jetzt auf die beiden Frauen zu. Kurz bevor er sie erreicht hatte, bückte er sich, um etwas vom Boden aufzuheben. "Was haben wir denn hier?", fragte er. "Sieht aus wie eine Spritze. Diesmal wollten Sie also ganz sicher gehen und das Gift injizieren." Auf seinen Wink hin sicherte der Polizeibeamte den Fund."

"Sie war es!", schrie Frau Brückner mit Blick auf ihre Tochter. "Sie wollte Melissa töten. Zum Glück war ich rechtzeitig hier, um es zu verhindern."

Sogar in dieser aufgeheizten Situation blieb Gernot Schlüter die Ruhe in Person. "Weshalb wollte ihre Tochter Melissa töten?", fragte er Frau Brückner.

"Weil sie verrückt ist, und weil sie Angst hat, dass Melissa etwas verraten könnte. Denn Anne war es, die den kleinen Matthias damals vom Turm gestoßen hat."

Anne Niemann wurde sehr blass und starrte ihre Mutter erschrocken an. "Ich war das nicht", flüsterte sie kaum hörbar.

Doch Frau Brückner ließ sich nicht beirren. "Du warst das", brüllte sie, "du warst das, du warst das, du warst das!" Während sich ihre Stimme in immer höhere Tonlagen hinaufschraubte, hatte ich plötzlich ein lebhaftes Déjà-vu: Ich stand an einem nebligen Novembertag an einer Ampel und vor mir stritt ein Paar, wobei die Frau genau die gleichen Worte gebrauchte wie jetzt Frau

Brückner. Daraufhin war mir Melissa bewusstlos in die Arme gefallen. Ich schaute besorgt zu ihr hin.

Tatsächlich schien Melissa zu wanken, ihr Atem ging schnell und sie öffnete den Mund, um etwas zu sagen. Als sie keinen Ton herausbrachte, glaubte ich schon, sie habe wieder die Stimme verloren. Doch dann brach ein Schrei von ihren Lippen, so laut und durchdringend, dass alle zusammenzuckten. "Nein!", schrie sie und noch einmal, "Nein!" Sie ging einen Schritt auf Frau Brückner zu und sagte mit überraschend kräftiger Stimme: "Nein, sie war es nicht, du warst es." Anklagend streckte sie den Arm gegen ihre Tante aus. In ihrem langen Nachthemd und mit dem wallenden Haar wirkte sie wie ein Racheengel.

"Du warst es!", wiederholte sie entschieden. Ihre Augen waren weit aufgerissen und sahen fast schwarz aus. Wie in Trance redete sie weiter. "Ich erinnere mich genau. Mathias hatte die ganze Zeit geweint, weil ihm die vielen fremden Menschen in den schwarzen Kleidern Angst gemacht haben. Er war erst ruhig, als ich versprochen habe, ihm die Schafe zu zeigen. Vom Turm aus konnte man die Herde auf der Weide sehen, das wusste ich. Ich habe aufgepasst und Matthias gut festgehalten, aber auf einmal hast du vor uns gestanden. Du hast uns angeschrien, und dann hast du ihn runtergestoßen. Mit mir wolltest du das Gleiche machen, aber ich habe mich gewehrt und dann sind Anne und noch ein paar Leute gekommen. Da hast du gesagt, ich wäre das gewesen, die Matthias geschubst hat. Ich wollte erklären, dass das nicht wahr ist, aber auf einmal konnte ich nicht mehr sprechen..."

Melissa schwieg erschöpft, doch Anne kam ihr zu Hilfe. "Es stimmt, was sie sagt. Weil du Angst hattest, dass

Melissa die Sprache wiederfindet und dich verrät, hast du versucht, sie und Tante Vanessa zu vergiften. Mich hast du dazu benutzt, ihnen das Gift zu geben. Du hast gesagt, es wäre ein Beruhigungsmittel von Dr. Martens, sie müssten das unbedingt trinken. Tante Vanessa hat es getrunken und ist gestorben, aber Melissa hat es zum Glück wieder ausgespuckt. Du hattest dich nicht zu ihnen rein getraut, weil du dachtest, Melissa schreit oder redet, wenn sie dich sieht. Da hast du mich benutzt. Du hast dein eigenes Kind für einen Mord benutzt."

"Ach ja?", entgegnete Frau Brückner gereizt, "wolltest du denn überhaupt mein Kind sein? Du hast dich doch nur bei denen rumgetrieben, die haben dir doch besser gefallen." Sie machte eine Kopfbewegung zu Melissa hin. Die war unter der Wucht der neuen Erkenntnisse leichenblass geworden und schien jetzt tatsächlich kurz vor einer Ohnmacht zu stehen. Zum Glück reagierte die Beamtin neben ihr sofort. Sie fasste Melissa unter und zog sie in ihr Schlafzimmer.

Frau Brückner hatte sich gefangen. "Du bist doch verrückt", sagte sie zu Anne. "Das hast du dir alles in deinem verrückten Kopf ausgedacht. Du wolltest Melissa umbringen, weil du immer eifersüchtig auf sie warst."

"Wenn das so wäre, hätte Ihre Tochter uns wohl kaum alarmiert, als sie Sie in das Haus eindringen sah. Geben Sie auf Frau Brückner. Falls Sie für den Mord an ihrer Schwägerin auch schon Parathion verwendet haben, werden wir Ihnen das noch nachweisen können", mischte sich Gernot in seiner ruhigen Art ein.

Frau Brückner sah ihn abschätzend an, unsicher, wie sie jetzt reagieren sollte.

"Sparen Sie sich die Mühe, es war so", sagte sie dann. Auf einmal wirkte sie ganz gelassen, als sei mit der Notwendigkeit, sich noch weiter zu verstellen, eine Last von ihr abgefallen. Sie schaute sich im Flur um und schien mich erst jetzt bewusst wahrzunehmen. "Ich will mit Ihnen reden", sagte sie als wären alle anderen überhaupt nicht anwesend.

Gernot schüttelte über diese Verkennung der Sachlage resigniert den Kopf. "Frau Brückner, Sie sind wegen mehrfachen Mordes vorläufig festgenommen ..."

"Und alles was ich von jetzt an sage, kann gegen mich verwendet werden", unterbrach sie ihn gereizt. "Das ist mir bekannt, aber ich will reden. Allerdings mit Frau Forster, der ich in zwei Gesprächen schon mehr über mich erzählt habe als allen anderen Menschen in den vergangenen zwanzig Jahren zuvor, meinen Mann eingeschlossen. Von mir aus können Sie gern zuhören", sagte sie an Gernot Schlüter gewandt, "Sie sind doch sicher auf ein umfassendes Geständnis erpicht, dies ist Ihre Chance, es zu bekommen. Und zwar Ihre einzige, danach werde ich nichts mehr sagen."

Gernot schaute mich fragend an. "Würdest du es machen?", flüsterte er mir zu. "Fühlst du dich dazu in der Lage?"

Ja, seltsamerweise fühlte ich mich in der Lage. Die Ereignisse der vergangenen Minuten hatten Ströme von Adrenalin durch meinen Körper gejagt und den letzten Rest von Übelkeit hinweggeschwemmt. Was immer diese Übelkeit verursacht hatte, Gift war es nicht gewesen und Melissa hatte nichts damit zu tun. Auf einmal lagen alle Zusammenhänge klar auf der Hand. Ich war geradezu begierig, auch noch den Schleier von den letzten Geheimnissen zu reißen. Deshalb nickte ich Gernot zustimmend zu. "Allerdings würde ich mich gern setzen", fügte ich hinzu, denn ein wenig schwach auf den Beinen fühlte ich mich schon.

Zu viert begaben wir uns ins Wohnzimmer, Gernot, Frau Brückner, der sie überwachende Beamte und ich. Als ich den Raum betrat, kam er mir wie eine andere Welt vor. Die Stehlampe verbreitete ihr warmes Licht, mein Bettzeug lag auf der Couch. Ich fühlte mich, als würde ich nach langer Abwesenheit an einen vertrauten Ort zurückkehren. Dabei hatten der Schrecken im Bad und die Szene auf dem Flur keine 20 Minuten gedauert. Doch mir war es wie eine Ewigkeit erschienen. Als ich das Bettzeug beiseite räumen wollte, winkte Gernot ab. Er schob es ein wenig nach hinten und ließ sich dann auf der Kante der Couch nieder. Inzwischen hatte der Beamte zwei Sessel für Frau Brückner und mich zurechtgerückt. Wir würden uns gegenübersitzen wie in einem therapeutischen Gespräch in der Praxis. Nur handelte es sich diesmal um etwas völlig anderes.

Ausgerechnet jetzt klingelte mein Handy. Ein Blick auf das Display zeigte mir, dass es Johannes war, der anrief. Es war 2.30 Uhr, was konnte er da von mir wollen? Ich schaltete das Handy einfach aus, es war im Moment der absolut falsche Zeitpunkt, das zu klären.

Dann wandte ich meine Aufmerksamkeit Frau Brückner zu. Sie wirkte so entspannt, als ginge es nur darum, ein ganz normales Gespräch zu führen. "Sie wissen ja schon eine Menge über mich", begann sie zu reden, "nun sollen Sie also auch noch den Rest erfahren. Ich werde Ihnen sagen, was auf dem Turm wirklich passiert ist. Aber ein wenig ausholen muss ich dazu, denn eigentlich nahm alles schon acht Wochen vorher seinen Anfang, mit dem plötzlichen Tod meines Schwiegervaters. Er hatte einen Herzinfarkt, ist bei der Arbeit einfach umgefallen und gleich gestorben, noch bevor der Arzt da war. Meine Schwiegermutter hat kaum um ihn getrauert. Im Gegenteil, sie hat sofort begonnen, ihre eigenen Pläne zu schmieden. Laut Testament war sie die Alleinerbin, den Söhnen stand nur der Pflichtteil zu. Dabei hatten mein Mann und ich den allergrößten Anteil an der Entwicklung der Firma in den vergangenen Jahren. Natürlich gingen wir davon aus, dass wir sie weiterführen würden. Aber dann überraschte uns die Schwiegermutter mit dem Plan, die Firma zu verkaufen. Sie verfügte einfach so über unsere Köpfe hinweg über unser Lebenswerk. Vom Erlös wollte sie ein Haus in Italien kaufen und mit Adrian und seiner Familie dorthin ziehen, in die Gegend, in der sie bereits Jahr für Jahr den Urlaub verbracht hatten. Adrian hätte dort ideale Bedingungen für sein künstlerisches Schaffen, meinte sie. Dass mein Mann und ich dann überhaupt keine Bedingungen mehr gehabt hätten, unseren Lebensunterhalt zu verdienen, war ihr offensichtlich egal. Mit dem Anteil, den sie uns bot, hätten wir keinen neuen Betrieb aufbauen können. Aber das war ihr gleichgültig, sie hatte nur das Wohl von Adrian im Auge. Ein paar Wochen später war er dann tot."

Frau Brückner warf einen flüchtigen Blick zu Gernot hinüber. "Nein, mit seinem Ableben hatte ich nichts zu tun, falls Sie das jetzt glauben sollten. Aber es kam uns nicht ungelegen, denn damit hatten sich die Verkaufspläne und der Umzug nach Italien schließlich erledigt. Das dachte ich jedenfalls. Aber dann kam der Tag der Beerdigung. Das Haus war voller Trauergäste und die gesamte Arbeit blieb an mir allein hängen, das erzählte ich ja bereits. Ich war auf dem Weg in die Küche, als mich im Flur einer unserer wichtigsten Kunden ansprach. Er fragte mich, ob es nun beim Verkauf der Firma bleiben würde, es war ihm also schon zu Ohren gekommen. Ich sagte, das sei mit Adrians Tod hinfällig geworden, mein Mann und ich würden den Betrieb selbstverständlich weiterführen. Plötzlich stand meine Schwiegermutter hinter mir, ich hatte sie nicht kommen hören. Sie ging wie eine Furie auf mich los. Ich weiß gar nicht mehr, was sie mir alles an den Kopf warf. Als raffgierige Erbschleicherin bezeichnete sie mich, Adrian sei erst seit ein paar Stunden unter der Erde und schon wollte ich mir alles unter den Nagel reißen. Aber daraus würde nichts werden, es bliebe bei dem geplanten Verkauf und mein Mann würde zur Strafe für mein pietätloses Benehmen nur den Pflichtteil bekommen. Ich konnte sie mit keinem Argument besänftigen. Schließlich sagte ich, wenn mein Mann und ich ihr schon so gleichgültig wären, dann sollte sie doch wenigsten an ihre Enkel denken. Da wurde sie richtig ausfallend. Sie würde vor allem an Melissa und Matthias denken, die jetzt ohne Vater aufwachsen müssten, keifte sie. Dann setzte sie auf meine Töchter bezogen hinzu: *Was gehen mich deine hässlichen Kröten an!*

Frau Brückners Unterlippe bebte, sie war sichtlich erregt. "Das hat sie wörtlich gesagt, *deine hässlichen Kröten*", wiederholte sie. "Ich wollte nur noch weg, allein sein, sonst hätte ich zugeschlagen. Ich bin aus dem Haus und zum Turm gelaufen. Das war mein Refugium, der einzige Ort, an dem ich ab und zu heimlich eine Zigarette rauchen konnte. Auf dem gesamten Firmengelände war ja das Rauchen strikt verboten, und im Haus sowieso. Aber als ich im Turm ankam, hörte ich Stimmen. Ganz oben, wo sie nichts zu suchen hatten, standen diese beiden verwöhnten Bälger, wegen denen meine Kinder alles verlieren sollten. Sie hatten den einzigen Platz in Beschlag genommen, der mir allein gehörte. Ich habe gesagt, sie sollen verschwinden, aber sie haben nur durch mich hindurch geschaut, als wäre ich Luft für sie. Da bin ich ausgerastet. Der Junge ist lautlos in der Tiefe verschwunden, aber Melissa hat sich wie ein wildes Tier auf mich gestürzt, sie hat mich gebissen und getreten. Dann tauchte plötzlich Anne mit unseren Nachbarn auf, sie wollten sich verabschieden und hatten mich im Haus nicht finden können. Anne hat sie zum Turm geführt und dadurch wurden sie Zeugen der Szene mit Melissa. Ich habe es so erklärt, dass Melissa ihren Bruder gestoßen und ich sie festgehalten hätte. Melissa hatte einen Schock, sie konnte nicht sprechen, das war mein Glück. Denn das Wort dieser kleinen Göre hatte bei meiner Schwiegermutter hundertmal mehr Gewicht als mein eigenes. Doch ich wusste auch, dass sie die Sprache wiederfinden würde, deshalb musste ich schnell handeln. Sie hätte mich sonst ins Gefängnis gebracht."

"Haben sie deshalb ihre Schwägerin vergiftet und es bei Melissa zumindest versucht?", fragte ich leise. Sie nickte. "Mir blieb keine andere Wahl." Es war die schreckliche Logik eines Verbrechens, das weitere nach sich zieht.

"Und wie ging es danach weiter?", fragte ich.

"Melissa überlebte, das ist ja bekannt", sagte sie. "Ich habe dafür gesorgt, dass sie gleich ins Waisenhaus kam. Meine Schwiegermutter hat keinen Widerstand mehr geleistet, auch nicht gegen die Übertragung der Firma auf meinen Mann und mich. Sie hat nur noch ein halbes Jahr gelebt, hinterher hat sich herausgestellt, dass sie einfach aufgehört hatte, ihre Medikamente einzunehmen. Von ihr ging keine Gefahr mehr aus. Aber Anne hatte etwas mitbekommen und sie setzte es gegen mich ein. Zum Glück hat ihr niemand geglaubt und sie wurde dann bald in die Klinik eingewiesen. Ich habe versucht, zu vergessen, was passiert war. Anfangs wurde natürlich im Ort getuschelt, aber langsam wuchs Gras über die Sache. Mit der Firma ging es steil bergauf, ich habe sehr viel gearbeitet und wir haben uns für die Gemeinde engagiert, auch finanziell. Alles war gut bis dann nach zehn Jahren Melissa wieder auftauchte."

Einen Moment lang sah Frau Brückner versonnen vor sich hin, redete dann jedoch ohne zusätzlichen Anstoß weiter. "Sie war ja sehr schnell adoptiert worden, kein Wunder bei ihrem Aussehen. Die Menschen wollen schöne, vorzeigbare Kinder, da war meine Schwiegermutter keine Ausnahme. Man hat uns nicht gesagt, wer sie adoptiert hatte und wo sie dann lebte, man hat ja keinerlei Anspruch auf solche Informationen. Aber dann fiel der Satz, wenn sie erwachsen wäre, könnte Melissa durchaus einmal nach ihren Verwandten suchen. So bestünde die Aussicht, dass sie später noch einmal Kontakt zu uns aufnehmen würde. Diese Bemerkung hat mich all die Jahre hindurch verfolgt. Als Melissa 18 war, da ist es dann tatsächlich passiert. Sie hat sich beim Einwohnermeldeamt nach der letzten Wohnanschrift ihrer Eltern erkundigt."

"Und wie haben Sie davon erfahren?"

"Die zuständige Sachbearbeiterin hat mich informiert. Man hält zusammen, hier im Ort."

Dieses Zusammenhalten traf auf bestimmte Einwohner offenbar ganz besonders zu, das hatte ich schon bemerkt. Frau Brückner redete unbeeindruckt weiter. "In der

Vergangenheit hatte ich vor allem ein Auge auf Anne gehabt. Sie hatte die Klinik inzwischen verlassen, hatte ihren Schulabschluss nachgeholt und eine Ausbildung zur Bürokauffrau abgeschlossen. Mir war klar, dass sie mich hasste und mir schaden wollte, doch ich habe sie nie wirklich gefürchtet. Durch ihre Vorgeschichte war sie unglaubwürdig. Doch in Verbindung mit Melissa konnte sie mir gefährlich werden. Die beiden durften nicht zusammentreffen. Da Melissa ihren ursprünglichen Namen wieder angenommen hatte, war sie leicht zu finden. Auf der Homepage des Internats wurde groß für ihre Ausstellung geworben. Dieser Tag der offenen Tür war eine einmalige Gelegenheit, mich ihr unauffällig zu nähern."

"Sind Sie bereits mit dem Vorsatz dorthin gefahren, Melissa zu töten?"

"Ich hatte doch keine andere Wahl, ich musste schnell handeln." Sie sagte das in einem Ton, als müsste ich doch verstehen, unter welchem Zwang sie gestanden hatte. Ihre eiskalte Logik jagte mir einen Schauer über den Rücken.

"Aber sie hat überlebt, weil sie die präparierte Flasche an ihre Freundin weitergegeben hat. Offenbar sind Schutzengel genauso ungerecht wie die gewöhnlich Sterblichen, auch sie scheinen schöne Menschen zu bevorzugen." Frau Brückner lächelte böse. "Danach habe ich mich erst einmal ruhig verhalten und dann war Melissa plötzlich spurlos verschwunden. Ich konnte nichts machen, wenn ich zu auffällig nach ihr gesucht hätte, wäre man auf mich aufmerksam geworden. Meine Tochter Anne musste sich in dieser Beziehung keine Zwänge auferlegen und ich wusste genau, dass sie ebenfalls nach Melissa suchen würde. Es war ein Wettlauf, den ich nicht verlieren durfte. Ich habe sie hier aufgespürt und herausgefunden, dass sie bei Ihnen in Behandlung war. Ich bin in die Praxis gekommen, um irgendwie herauszufinden, wie viel sie Ihnen bereits erzählt hat. Das habe ich dann nicht erfahren können, aber dafür habe ich eine Menge über mich erzählt, was ich ursprünglich nie vorhatte. Nun wissen Sie auch den Rest. Ich habe es wieder versucht und das Schicksal hat Melissa wieder gerettet. Und mich hat es jetzt eingeholt. Aber es war gut, mit Ihnen darüber reden zu können."

Fast gelang ihr so etwas wie ein Lächeln.

"Wenn ich nicht rechtzeitig aus dem brennenden Haus gekommen wäre, hätten wir dieses Gespräch nicht mehr führen können." Diese abschließende Bemerkung konnte ich mir einfach nicht verkneifen. Frau Brückner hob abwehrend die Hand. "Das war ich nicht", sagte sie entschieden.

"Nein, das waren Sie wirklich nicht", mischte sich Gernot, der die ganze Zeit über geschwiegen hatte, jetzt mit in das Gespräch. "Das war die gleiche Person, die auch den Unfall von Herrn Wenger verursacht hat. Dieser Herr Bertram ist Kraftfahrer in Ihrer Firma und gleichzeitig Ihr Schwiegersohn, nicht wahr? Aber angestiftet wurde er mit Sicherheit von Ihnen."

"Er ist ein Idiot, ich habe das so nicht gewollt. Ich hatte nur erwähnt, dass mich diese Therapie, die Melissa bei Frau Forster macht, beunruhigt. Davon, das Haus anzuzünden, war nie die Rede. Und den Wenger, diesen Detektiv, sollte er mal für ein paar Stunden von Melissa weglocken. Aber er muss ihn gleich umbringen!"

Mich machte der Ausbruch von Frau Brückner einfach nur sprachlos. Sie hatte vier Menschenleben auf dem Gewissen, doch das plumpe Vorgehen ihres Schwiegersohnes erfüllte sie mit Empörung. Immerhin lebten seine Opfer noch.

"Jedenfalls wussten Sie, dass Herr Wenger nicht im Haus ist, und wollten die Chance nutzen, Frau Morgenroth allein zu überraschen", fuhr Gernot fort. "Mit der Anwesenheit von Frau Forster hatten sie nicht gerechnet."

"Nein, das hatte ich nicht. Als sie wach wurde, wollte ich schon umkehren, aber dann ist sie ins Bad gegangen und der Schlüssel steckte außen. Sie hatte mich nicht gesehen hinter dem Fenstervorhang, deshalb stellte sie keine Gefahr für mich dar. Aber ihr hätte ich auch nichts angetan, das möchte ich klarstellen."

Draußen war jetzt der Signalton eines Rettungswagens zu vernehmen und das Blaulicht warf zuckende Reflexe auf die zugezogenen Vorhänge. Ein sanfter Windzug wehte von dem Fenster her, durch das Frau Brückner eingestiegen war. Die junge Beamtin, die Melissa ins Schlafzimmer begleitet hatte, öffnete leise die Tür. Gernot winkte sie herein und bedeutete ihr, dass wir hier fertig wären. "Ich habe einen Krankenwagen gerufen, Frau Morgenroth hat einen Schock", sagte sie. "Die Sanitäter sind gerade bei ihr."

"Das ist gut", entgegnete Gernot. "Und Frau Forster sollen sie sich auch gleich ansehen."

"Wozu denn das?", fragte ich verständnislos.

"Fass dir mal ins Gesicht!"

Ich kam der Aufforderung nach und zuckte zurück, weil es höllisch wehtat. In der ganzen Aufregung hatte ich das bisher nicht bemerkt.

"Du hast ein gewaltiges Hämatom am Auge, und vermutlich sogar eine Gehirnerschütterung, so blass wie du aussiehst", meinte Gernot. Der Sanitäter, der mich kurz darauf begutachtete, sah es weniger dramatisch. "Sie hätten sofort kühlen müssen", belehrte er mich, als hätte ich keine anderen Sorgen gehabt. Aber er schlug vor, dass ich Melissa, die man vorsorglich mitnehmen wollte, in die Klinik begleiten sollte. Damit war ich einverstanden.

Vor dem Haus stieg ich zu Melissa in den Krankenwagen, während Frau Brückner in ein Polizeiauto verfrachtet wurde. Es musste jetzt kurz nach drei Uhr sein, doch in mehreren Häusern brannte Licht. Der Polizeieinsatz war nicht unbemerkt geblieben. Im Krankenhaus angekommen, wurde Melissa gleich zur Untersuchung gebracht. Mir bedeutete man, in der Notaufnahme Platz zu nehmen, jemand würde sich mein Auge ansehen. Auf dem Flur dorthin kam mir Johannes entgegen gewankt. Ich glaubte einen Geist zu sehen, auch weil sein Gesicht eine beinahe grünliche Färbung aufwies. "Gott sei Dank, da bist du ja", sagte er, "ich habe mir solche Sorgen gemacht, weil du nicht an dein Handy gegangen bist." Mein verständnisloser Blick veranlasste ihn zu weiteren Erklärungen. "Na das Chili, du musst doch auch eine Lebensmittelvergiftung haben! Das Hackfleisch muss nicht mehr ganz frisch gewesen sein. Mir haben sie den Magen ausgepumpt, lieber sterbe ich, bevor ich das nochmal über mich ergehen lasse. Aber vermutlich sterbe ich ohnehin, ich fühle mich jedenfalls so."

Plötzlich wurde ich von einem unbändigen Lachreiz gepackt, ich konnte mich überhaupt nicht wieder beruhigen.

"Vielen Dank für dein Mitgefühl", sagte Johannes beleidigt.

52.

Melissa blieb noch zwei Tage in der Klinik. Ich ging gleich am folgenden Tag wieder arbeiten, doch an einen normalen Praxisbetrieb war nicht zu denken. Die Verhaftung von Frau Brückner war *das* Gesprächsthema. Da mein rechtes Auge noch von einem gewaltigen Veilchen verunziert wurde, das sich auch unter großen Mengen von Make-up nicht vollständig verstecken ließ, bot es den Patienten einen willkommenen Anlass, mich auf die Ereignisse anzusprechen.

Ruth wurde von Gernot Schlüter mit den neuesten Informationen versorgt und gab diese an mich weiter. Edeltraut Brückner hatte inzwischen ein umfassendes Geständnis unterschrieben. Sie würde wegen Mordes in drei Fällen und wegen Totschlags an Matthias Morgenroth angeklagt werden. Ihren Schwiegersohn, Herrn Bertram, erwartete eine Anklage wegen versuchten

Mordes in zwei Fällen. Eine Mitwisserschaft ihrer Zwillingstöchter hatte Frau Brückner bestritten, obwohl von einer solchen auszugehen war. Aber sie würde ans Licht kommen, Herr Bertram war munter dabei, Frau und Schwägerin zu belasten. Definitiv unwissend war dagegen ihr Ehemann Dieter Brückner gewesen. Die Eheleute hatten schon lange wie Fremde nebeneinander gelebt, er hatte sich nie dafür interessiert, was seine Frau so trieb.

Schockiert zeigte sich Ruth auch über das Schicksal von Anne Niemann, die fast zehn Jahre grundlos in der Psychiatrie verbracht hatte. "So etwas dürfte einfach nicht möglich sein", sagte sie immer wieder. "Warum hat sich nur niemand die Mühe gemacht, genauer hinzuschauen? Sie war von ihrer Persönlichkeit schon ein wenig auffällig, was bei ihrer Kindheitsgeschichte kein Wunder ist. Der Hausarzt der Familie hat damals ihre Einweisung veranlasst und eine Menge falscher Angaben gemacht, die nie gründlich in Frage gestellt wurden. Er war übrigens verschuldet und wurde von Frau Brückner großzügig entlohnt. Belangen kann man ihn leider nicht mehr, er ist inzwischen verstorben. Dass Anne immer wieder von den Morden sprach und sich Gehör zu schaffen versuchte, hat man als Wahnvorstellungen interpretiert und sie deshalb auch mit entsprechenden Medikamenten behandelt. Schließlich hat Anne begriffen, dass sie sich verstellen und die Wahrheit verschweigen muss, wenn sie wieder in ein normales Leben zurückkehren will. Erst nach Jahren ist ihr das endlich gelungen."

"Wenn man das als normales Leben bezeichnen will", schränkte ich ein. "Sie ist ja nicht zur Ruhe gekommen, war auf der Flucht vor ihrer Mutter. Aber sie wollte auch Gerechtigkeit und Melissas Aussage war ihre einzige Chance. Deshalb hat sie nach ihr gesucht und ihr die

Zeichnung in den Briefkasten gesteckt. Wenn sie doch bloß früher mit mir gesprochen hätte!"

"Sie hatte Angst Iris, nachvollziehbare Angst. Sie wollte nicht wieder in die Psychiatrie gesteckt werden. Als sie Melissa zum ersten Mal auf der Straße gegenüberstand, hat die eine Panikattacke erlitten und ist vor ihr geflohen. Das hat Anne natürlich noch mehr verunsichert."

Ich nickte. Kurz darauf hatte ich Melissa im Café getroffen und sie hatte mir davon erzählt. "Es war Annes Ähnlichkeit mit ihrer Mutter, die Melissa damals so erschreckt hat, das ist mir jetzt bewusst geworden. Aber mir ist immer noch nicht klar, wieso Anne in jener Nacht sofort zur Stelle war und die Polizei rufen konnte."

"Sie hatte sich die ganze letzte Zeit über in unmittelbarer Nähe versteckt gehalten. Geschlafen hat sie in einer Laube auf einem verwilderten Grundstück."

"Aber sie konnte das Haus doch unmöglich Tag und Nacht beobachten."

"Musste sie auch nicht. Sie wusste, dass ihre Mutter nur an ihren freien Tagen, also sonntags oder mittwochs, das Firmengelände zu verlassen pflegte. Dann hat Anne das Haus im Auge behalten. Übrigens wurde es auch durch die Polizei observiert, aber die gingen davon aus, der Täter würde von hinten über den Wintergarten eindringen. Entsprechend hatten sie sich positioniert. Ohne Annes Anruf hätten sie vielleicht zu spät reagiert."

"Anne hat sich sehr mutig verhalten, indem sie ihrer Mutter ins Haus gefolgt ist. Dass die ihr dann noch die Morde anhängen wollte, muss schlimm für sie gewesen sein. Nur gut, dass sich Melissa in dem Moment wieder erinnert hat."

"Was war es eigentlich, das Melissas Erinnerung schließlich zurückgebracht hat?", fragte Ruth.

"Es war die Gesamtsituation, die auf einmal den ursprünglichen Ereignissen auf unheimliche Weise glich. Da war der Anblick von Frau Brückner, ihre Stimme und genau die gleichen Worte, die sie damals Melissa gegenüber auf dem Turm gebraucht hatte: "Du warst das, du warst das, du warst das!"

Ruth nickte. „Wie gut, dass sich alles aufgeklärt hat, diese Frau hätte sonst eiskalt weitergemacht. Wer weiß, wie viele Menschen noch zu Schaden gekommen wären. Eines macht Gernot allerdings immer noch Sorgen und das ist die Herkunft des E 605. Frau Brückner behauptet, es würde noch aus alten Beständen stammen und somit über 15 Jahre alt sein. Das würde bedeuten, dass es über 15 Jahre seine Giftwirkung bewahrt, die zugesetzten Farb- und Geruchsstoffe sich aber zersetzt hätten. Keine schöne Vorstellung, aber immer noch besser als die, dass es einen Schwarzmarkt für reines Parathion geben könnte. Jetzt sind die Gerichtschemiker am Zuge."

"Mich lässt diese Frau Brückner einfach nicht los", sagte ich. "In ihr ist so viel Bitterkeit, mehr als in einem Schierlingsbecher. Natürlich hat man ihr Unrecht getan, aber sie hat es an den Schwächsten abreagiert, an den Kindern. Wenn sie sich rechtzeitig geöffnet hätte, wäre ihr vielleicht zu helfen gewesen."

Ruth runzelte die Stirn. "Nicht jedem wirst du helfen können, finde dich rechtzeitig damit ab. Dir werden auch immer wieder Irrtümer unterlaufen. Ich habe mich zum Beispiel im Hinblick auf Melissa geirrt, ich habe sie die ganze Zeit über ernsthaft verdächtigt. Du hattest den besseren Riecher."

Ich dachte an die angstvollen Minuten in Melissas Bad, in denen ich ihr sogar zugetraut hatte, mich ermorden zu wollen. Das sollte für immer mein Geheimnis bleiben. Johannes klagte noch immer über Magenbeschwerden und wunderte sich, wie schnell und komplikationslos ich diese Lebensmittelvergiftung überwunden hatte. Ich führte das nicht zuletzt auf Melissas Tee zurück, der mir gründlich den Magen ausgespült hatte. Außerdem hatte ich von dem Chili auch nur sehr wenig gegessen.

"Wusstest du eigentlich, dass es sich bei dem berühmten Portrait der Lucrezia Borgia um eine falsche Zuschreibung handelt?", fragte Ruth jetzt. "Es stellt eine ganz andere Dame dar. Aber Generationen von Menschen haben bei seiner Betrachtung mit Schaudern an die berühmte Giftmischerin gedacht. So ist das mit falschen Bildern, die wir uns gern mal machen."

Diesmal war ich froh, als die Woche zu Ende ging und ich endlich meinen Urlaub antreten konnte. Ich fühlte mich wirklich reif dafür.

Am letzten Tag vor meiner Abfahrt suchte ich noch einmal Melissa auf. Sie verabschiedete gerade einen Handwerker, mit dem sie den Einbau neuer Schlösser besprochen hatte. "Es soll jetzt endlich alles einbruchssicher gemacht werden", sagte sie. "Die Tür zum Wintergarten werde ich sogar vergittern lassen, das hat der Handwerker dringend empfohlen. Es ist schon eigenartig, Tobias hat immer gesagt, wer hier einbrechen will, der wählt den Zugang durch den Wintergarten. Deshalb hat er dort auf einem Feldbett geschlafen, um es sofort mitzubekommen. Aber dann ist sie durch das Wohnzimmerfenster eingestiegen, bloß gut, dass du gerade im Bad warst und sie dich nur eingeschlossen hat." Melissa vermied es, den Namen ihrer Tante in den Mund zu nehmen. Mich ließ etwas anderes stutzen. Tobias hatte im Wintergarten geschlafen? Jedenfalls erinnerte mich seine Erwähnung daran, dass ich Melissa noch etwas erklären wollte. Jetzt bot sich die Gelegenheit dazu. "Melissa ich wollte dir unbedingt noch sagen, dass da zwischen Tobias und mir nichts mehr war, als er bei dir eingezogen ist. Daran wird sich auch nichts ändern", sagte ich entschlossen, das Thema gleich bei den Hörnern packend. Melissas Reaktion verblüffte mich. "Das finde ich schade", meinte sie, und ihr Gesicht spiegelte echtes Bedauern wieder.

"Aber du warst doch gekränkt, als ich das Armband von ihm ausgepackt habe. Das war nicht zu übersehen."

"Klar war ich das. Weil ich wieder mal von nichts wusste. Dass du als meine Therapeutin deine Privatangelegenheiten nicht mit mir besprichst, das habe ich ja akzeptiert. Aber Tobias hatte mir versichert, dass ich inzwischen wie eine Schwester für ihn wäre. Da hätte er es mir doch erzählen können, mit einer Schwester bespricht man solche Sachen schließlich. Ich hatte den Eindruck, wieder beiseitegeschoben zu werden."

In diesem Moment tat sie mir furchtbar leid, ich wollte sie nicht mit ein paar banalen Floskeln trösten. "Sprich mit ihm darüber", sagte ich, "die meisten Missverständnisse entstehen dadurch, dass wir einfach zu wenig miteinander reden. Ich weiß das aus eigener Erfahrung."

"Wann kommst du wieder?", fragte sie abschließend. "Ich möchte die Therapie unbedingt fortsetzen. Es gibt schließlich eine Menge aufzuarbeiten."

"Anfang September bin ich wieder da. Pass bis dahin gut auf dich auf." Wir umarmten uns zum Abschied.

53.

Die aufregenden Ereignisse der vergangenen Wochen hatten mir keine Zeit für eine ausführliche Urlaubsplanung gelassen. Meine Eltern reagierten erstaunt und erfreut, als ich verkündete, den Urlaub daheim verbringen zu wollen. Warum auch nicht? Immerhin war ich in einer wunderschönen Landschaft zu Hause. Mein Vater sorgte dafür, dass ich sie auch ausgiebig genießen konnte, indem er lange Wanderungen plante. Schon bald hatte ich dicke Blasen an den Füßen. Er unterhielt uns mit Geschichten, die ich bereits in- und auswendig kannte und meine Mutter jammerte über Mückenstiche und Sonnenbrand. Ich genoss jede Minute. Meinem Bruder, der für ein verlängertes Wochenende zu uns gestoßen war, kam meine gute Stimmung höchst verdächtig vor. "Was immer du da genommen hast, gib mir bitte auch was davon", sagte er.

"Das ist Lebenserfahrung, die gibt es nicht auf Rezept", belehrte ich ihn.

"Erschieße mich bitte rechtzeitig, wenn du bei mir die ersten Anzeichen bemerken solltest", stöhnte er.

Die letzte Urlaubswoche nutzten wir für die Einrichtung meiner neuen Wohnung. Sie befand sich ganz in der Nähe meines alten Domizils, in einem würfelförmigen Neubau. Der Eigentümer hatte vier komfortable Zweizimmer-Wohnungen darin untergebracht, die er zu vermieten gedachte. Da es über zwanzig Bewerber gab, hatte ich mir kaum Chancen ausgerechnet und war hocherfreut gewesen, den Zuschlag zu erhalten. Dank des eifrigen Einsatzes von Johannes hatte auch die Versicherung schon gezahlt, so dass ich mich unterstützt von meiner Familie an die Gestaltung der Wohnung machen konnte. Während mein Vater und mein Bruder die Möbel aufstellten, kümmerte ich mich mit meiner Mutter um das schmückende Beiwerk. Am Ende der Woche sah alles schon recht behaglich aus.

Voller Elan verließ ich an meinem ersten Arbeitstag nach dem Urlaub das Haus. Mein Weg zur Praxis war fast der gleiche geblieben. In der Lindenallee kam mir auf der Höhe ihrer Villa Melissa entgegen. Sie trug eine Tüte mit frischen Brötchen in der Hand und befand sich in Begleitung einer extravaganten jungen Frau. Melissa strahlte über das ganze Gesicht, als sie mich erkannte. "Wie schön, dass du wieder da bist", sagte sie. "Und toll erholt siehst du aus!" Ihr Blick glitt prüfend über mich hinweg und blieb kurz an dem Lilienarmband hängen. Ein leichtes Lächeln umspielte ihre Lippen, doch sie gab keinen Kommentar dazu ab. Vermutlich hatte sie bereits von

Tobias erfahren, dass ich ihn im Krankenhaus besucht und mich mit ihm versöhnt hatte.

Auch Melissa sah gut aus. Unauffällig musterte ich ihre Begleiterin. Die trug einen schwarzen Overall, einen modischen Kurzhaarschnitt mit kirschroten Strähnen und eine schnittige Brille in der gleichen Farbe. Sie sah mich an und lachte: "Sie erkennen mich wohl nicht?"

Es war Anne Niemann! Ich hatte sie tatsächlich nicht erkannt.

"Hast du einen Moment Zeit, um mit rein zu kommen?", bat Melissa jetzt. Den hatte ich tatsächlich, denn es waren für diesen Tag noch keine Patienten bestellt. Außerdem war ich neugierig, was sich inzwischen ereignet hatte.

Melissas Wohnzimmer hatte sich schon mal verändert. Sämtliche Regale waren eingeräumt und es standen keine Kartons mehr umher. Dafür gab es dekorative Grünpflanzen und farblich abgestimmte Kissen auf der Couch, alles sah auf einmal viel wohnlicher aus. Am meisten fielen jedoch die großformatigen Bilder auf, die jetzt die Wände schmückten. Sie zeigten sonnendurchflutete Landschaften und strahlten förmlich von innen heraus. Ich bemerkte die schwungvolle Signatur darunter: A. M. Fragend sah ich zu Melissa hinüber. Sie war meinem Blick gefolgt und nickte mir glücklich zu. "Ja, es stimmt, das sind Bilder meines Vaters. Onkel Dieter hatte sie gerettet und hat sie mir nun übergeben. Ich kann gar nicht sagen, wie sehr ich mich darüber freue."

"Mein Vater hatte sie noch vor dem Brand aus dem Haus geholt und hinter einer doppelten Wand auf dem Speicher versteckt. Er wollte ein Andenken an seinen

Bruder haben, wusste aber, dass meine Mutter das nicht billigen würde. Also hat er es heimlich gemacht", fügte Anne hinzu.

"Und der Brand?", fragte ich. "War es Brandstiftung?"

"Vermutlich hat meine Mutter den Brand gelegt, weil sie auch das Andenken an Melissas Familie auslöschen wollte", meinte Anne. "Vielleicht aus Hass, vielleicht auch, weil es ihr Gewissen belastete. Wer weiß das schon bei ihr. Ich verstehe sie nicht und ich will sie auch gar nicht verstehen."

Melissa legte ihr tröstend den Arm um die Schulter. "Anne wohnt jetzt hier bei mir", sagte sie. Anne nickte. "Jedenfalls bis ich etwas Eigenes gefunden habe. Aber ich werde in der Nähe bleiben. Eine Arbeit habe ich nämlich schon gefunden, in der Uni-Bibliothek. Dort gefällt es mir so gut, dass ich jetzt noch eine entsprechende Zusatzausbildung in Angriff nehmen werde."

Ich wandte mich wieder der Betrachtung der Bilder zu. Eines gefiel mir ganz besonders, es zeigte eine hübsche junge Frau mit zwei Kindern, vermutlich handelte es sich um Vanessa Morgenroth mit Melissa und Matthias. Melissa bestätigte es mir. "Das ist auch mein Lieblingsbild", sagte sie. "Mein Vater verstand sich wunderbar darauf, Portraits zu malen."

"Das musst du von ihm geerbt haben", lachte Anne. "Darf ich Ihnen mal das Portrait zeigen, dass sie von mir gemalt hat?", fragte sie an mich gewandt. Natürlich wollte ich es sehen und wir begaben uns dazu in das Atelier. Annes Portrait war fertig, stand aber noch auf der Staffelei. Sie war an einem Strand abgebildet, hinter sich die Weite des Meeres. Auf einer entfernten Insel waren die verschwommenen Umrisse einer Festung zu erkennen. In der Hand hielt sie eine geöffnete Muschel.

"Die Muschel ist das Symbol für ein Geheimnis, für etwas, das verschwiegen wird", verriet mir Anne. "Aber Melissa hat sie offen gemalt, weil das Geheimnis endlich gelüftet ist."

"Und die Festung in Hintergrund?", fragte ich. "Sie erinnert ein wenig an Alcatraz. Eigentlich auch eine klare Symbolik, Anne ist ihrem Gefängnis entkommen."

"Nicht schlecht erkannt", bestätigte Melissa. "Warst du bei deinem eigenen Portrait auch so gut?"

"Vermutlich nicht. Die Iris in meiner Hand war ja verständlich, ebenso wie der Blick über die Generationen hinweg in die Vergangenheit. Aber die Vögel hinter mir beschrieben so eine seltsame Formation, da war ich mir der Bedeutung nicht sicher."

"Sie sollte das Kreuz symbolisieren, dass du für deine Patienten auf dich nimmst. Um es dann in Luft aufzulösen." Melissa machte mit ihren Fingern eine flatternde Bewegung. "Ich habe schon bessere Metaphern verwendet", fügte sie selbstkritisch hinzu.

"Nein, ich finde es großartig", versicherte ich schnell. Ich war froh, das Bild in der Praxis gelassen zu haben, wodurch es nicht dem Brand zum Opfer gefallen war. Suchend schaute ich mich im Atelier um. Das Portrait von Julia konnte ich nirgends entdecken, auch im Zimmer war es nicht mehr gewesen. "Ich habe es Julias Mutter mitgegeben", sagte Melissa auf meine Frage. "Sie war hier, um sich bei mir zu entschuldigen."

Nun fragte ich der Vollständigkeit halber auch noch nach der Aster in Julias Haar. "Das war so ein Spaß zwischen uns", lachte Melissa. "Julia wechselte gern mal die Freunde, manchmal sogar mitten auf einer Party. Deshalb habe ich sie mit der Blume der Treulosen gemalt. Sie fand das komisch."

So war das also gewesen. Man konnte sich nicht nur ein falsches Bild machen, man konnte Bilder auch falsch interpretieren.

Als ich in der Praxis ankam, war Ruth schon da. Auf meinem Tisch stand eine schöne Bergpalme. "Ein kleines Geschenk zum Einzug in deine neue Wohnung", sagte Ruth. "Sie ist pflegeleicht und wird nicht zu groß." Ich freute mich sehr darüber, Grünpflanzen fehlten mir noch. Ich berichtete gleich von meinem Treffen mit Melissa. Ruth war ganz interessiert und wollte wissen, wie es ihr ging.

"Eigentlich erstaunlich gut", sagte ich. "Natürlich leidet sie unter dem Aufsehen, das der Fall allgemein erregt hat. In den Medien wurde ja bereits groß darüber berichtet. Ständig muss sie irgendwelche Interviewanfragen abschmettern. Alle möglichen Leute, die sie früher gemieden haben, wollen plötzlich Kontakt mit ihr aufnehmen. Bei ihren Adoptiveltern und der Familie Wenger kann man das verstehen, sie wollen ihre Fehler wiedergutmachen. Aber auch ehemalige Mitschüler, mit denen Melissa damals kaum ein Wort gewechselt hat, behaupten nun, ihre engsten Freunde gewesen zu sein. An Peinlichkeit nicht zu übertreffen war jedoch das Auftauchen von

Professor Tietze-Mühlberger. Der glaubte doch ernsthaft, die Beziehung zu Melissa nahtlos wiederaufnehmen zu können. Er wollte auch gleich ihre momentane Berühmtheit ausnutzen und eine Verkaufsausstellung ihrer Bilder organisieren. Anne sagte, er hätte Dollarzeichen in den Augen gehabt, als er davon sprach."

"Und wie hat Melissa darauf reagiert?", fragte Ruth.

"Sie hat ihn rausgeworfen."

"Donnerwetter, die kleine Melissa wird erwachsen!"

"Ja, das wird sie. Melissa konzentriert sich jetzt ganz auf die Menschen, die ihr wirklich wichtig sind. Sie hat während unseres Gesprächs gefühlte hundertmal *meine Cousine* und *mein Onkel* gesagt. Sie scheint sehr glücklich darüber zu sein, ein Stückchen Familie gefunden zu haben. Mit Anne versteht sie sich wirklich gut. Natürlich gibt es für beide viel aufzuarbeiten. Nicht nur Melissa, auch Anne hat um einen Termin gebeten. Ich glaube fast, den Onkel werde ich auch noch kennen lernen. Annes Vater wird die Firma verkaufen, die Zwillinge haben die Beziehung zu ihm abgebrochen, sie halten trotz allem zur Mutter. Er hat wirklich nichts gewusst und soll völlig fassungslos über die Abgründe sein, die sich da in der Familie aufgetan haben."

"Da hast du also auf dem Wege hierher schon wieder Termine gemacht", staunte Ruth. "Dabei hättest du das wirklich nicht nötig. Schau mal her, das sind alles Anmeldungen von neuen Patienten, die ausdrücklich zu dir möchten." Sie beförderte einen beachtlichen Stapel beschriebener Karteikarten zutage. "Und das Besondere daran ist, dass es sich zum großen Teil um ungelöste

Kriminalfälle handelt, bei denen man sich deine Hilfe erhofft."

Ich hob abwehrend beide Hände. "Bloß das nicht! Ich will nicht die Miss Marple der Psychologie werden, das sagte ich doch bereits. Ein paar solide Routinefälle wären jetzt genau das Richtige. Angststörungen, Zwänge, von mir aus sogar Liebeskummer. Wie geht es übrigens Johannes? Hat er seine Enttäuschung bezüglich Melissa überwunden?"

Ruth winkte ab. "Natürlich, so ernst war das nicht, eher eine kleine Schwärmerei. Er hat eine neue Mandantin, nämlich Anne Niemann. Sie wird die Klinik, in der sie so lange grundlos festgehalten wurde, auf Schmerzensgeld verklagen. Johannes meint, dieser Fall wäre genau sein Ding und er will sich jetzt auf Medizinrecht spezialisieren."

"Da müssen wir ja noch sorgfältiger arbeiten als bisher", meinte ich.

Dann war ich aber doch neugierig auf die Neuanmeldungen und griff nach der ersten Karteikarte. Bereits nach wenigen Sätzen schlugen mich die geschilderten Vorfälle in ihren Bann. Als ich aufblickte, bemerkte ich, dass Ruth meine Erregung nicht entgangen war, sie schenkte mir ein wissendes Lächeln. "Wusste ich es doch,", meinte sie, "du bist keine Frau fürs Alltägliche, ich sehe dich schon sehr bald wieder in einen rätselhaften Fall verwickelt. Und du wirst keine Ruhe geben, bevor du ihn nicht gelöst hast."

Eigentlich wollte ich widersprechen, doch plötzlich beschlich mich das Gefühl, dass Ruth mal wieder Recht behalten könnte.

ENDE

Lust auf mehr?

Alles über die Autorin und ihre Bücher im Internet auf ***http://fiona-limar.de*** oder auf Facebook unter ***https://facebook.com/limar.fiona***

Weitere Krimis von Fiona Limar sind bei amazon erhältlich!

Die Psychologie des Bösen – eine Psychologin auf den Spuren des Verbrechens.

Einige Fälle, mit denen es die Psychologin Iris Forster in ihrer Praxis zu tun bekommt, entpuppen sich als wahre Abgründe der menschlichen Seele.

Eine ihrer Patientinnen wird mehrerer Morde beschuldigt – hat sie sie wirklich begangen?

Ein mysteriöser Mord in einem Kurort weist eine rätselhafte Verbindung zu einem 400 Jahre zurückliegenden Hexenprozess auf.

Der „Dornröschenmörder“ verbreitet Angst und Schrecken und Iris muss befürchten, dass es sich bei dem Gesuchten um einen ihrer Patienten handelt.

In einem anderen Fall geht es um unerklärliche Vorgänge in einer Klinik, deren Patienten Jahre später ins Visier skrupelloser Mörder geraten.

Psychologin Iris Forster geht für ihre Patienten bis an die Grenze – für alle Leser, die tiefgründige und spannende Unterhaltung lieben!

Das Schweigen der Mörder – So dicht wie der Novembernebel lastet das Schweigen auf dem kleinen Dorf Geistmoor in Schleswig-Holstein. Vor fünfzehn Jahren verschwand hier ein junges Mädchen spurlos, doch niemand will etwas gehört oder gesehen haben. Dann geschieht plötzlich ein Mord und zwei weitere Mädchen verschwinden. Die junge Kriminalistin Sarah vermutet einen Zusammenhang mit dem ungelösten Fall, stößt damit jedoch auf breite Ablehnung. Nur der Täter nimmt sie ernst, und der ist ihr immer einen Schritt voraus. Die Zeichen, die er sendet, werden zunehmend bedrohlicher. Schließlich gerät auch Sarah in große Gefahr.

Fiona Limar

Schicksalsmord - Die attraktive Lydia hält sich für eine geniale Lenkerin der Geschicke anderer Menschen. Höchst raffiniert und immer auf den eigenen Vorteil bedacht zieht sie die Fäden, an denen die sie umgebenden Personen wie Marionetten tanzen. Ihre Eltern, zwei Ehemänner, einige Liebhaber, Freundinnen und Kolleginnen und nicht zuletzt ihre gutgläubige, sanftmütige Schwester Ulrike werden zu Opfern ihrer Manipulationen. In der Wahl ihrer Mittel ist Lydia dabei durchaus nicht zimperlich: Verleumdung, Rufmord und sogar Mord gehören zu ihrem Repertoire. Doch irgendwann beginnen ihr die Fäden zu entgleiten und sich zu einem Gespinst zu verknüpfen, in dem sie sich immer mehr verfängt. Sie wird des Mordes an ihrem Ehemann bezichtigt, und die Ermittlungen bringen immer neue Indizien und peinliche Enthüllungen ans Licht. In die Enge getrieben sieht Lydia nur noch einen Ausweg: Sie muss Ruf und Leben ihrer Schwester zerstören, um sich selbst zu retten. Doch der teuflische Plan birgt seine Risiken.

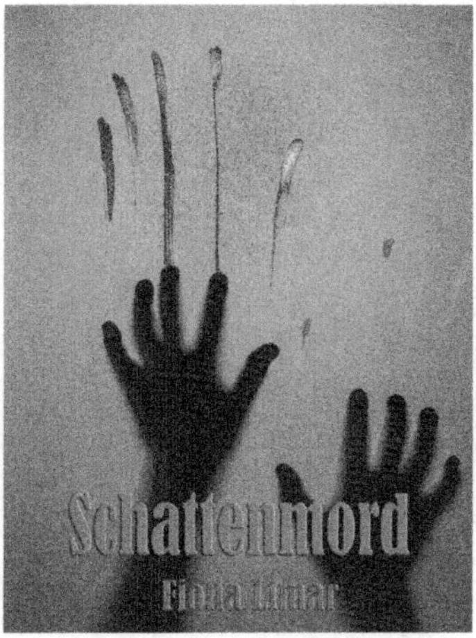

Schattenmord - Wenn dein schönster Traum zum Alptraum wird. Wenn sich Abgründe auftun, die dich zu verschlingen drohen...

Nach einem mysteriösen Überfall gerät Julias Leben aus den Fugen. Sie hat Gedächtnislücken, fühlt sich verfolgt und leidet unter düsteren Visionen von toten Frauen. Auch ihr Mann Alexander, mit dem sie zuvor sehr glücklich war, scheint ihr einiges zu verschweigen. Doch im Hintergrund zieht ein Anderer die Fäden, an denen Julias Leben hängt.

Der Teufel von Heiligendamm – Ostseethriller

Unheil braut sich im Ostseebad Heiligendamm zusammen. Niemand vermochte die Spuren am Körper einer Frau, die eines Morgens ermordet in der Brandung lag, zu deuten. Sie schienen weder tierischen noch menschlichen Ursprungs zu sein. Der Täter konnte nicht gefunden werden. Bald steht ein Haus an der Steilküste im Mittelpunkt unheimlicher Gerüchte, da sich hier bereits mehrere mysteriöse Todesfälle ereigneten. All das hält Lara, eine junge Frau, die an der Küste ein neues Leben beginnen will, nicht vom Einzug in dieses Haus ab. Doch bald häufen sich dort beängstigende Vorfälle. Und plötzlich geschieht ein weiterer Mord.

Printed by Amazon Italia Logistica S.r.l.
Torrazza Piemonte (TO), Italy

38386321R00228